GRIT POPPE
ANGSTFRESSER

GRIT POPPE ROMAN

ANGST FRESSER

mitteldeutscher verlag

ERSTER TEIL

(Hans, 1986)

Durch den dünnen Stoff seines Hemdes spürte er das Gemäuer, an dem er lehnte, und einen Moment stellte er sich vor, an einem Felsen zu stehen, irgendwo auf einer fernen Insel. Putz bröckelte hinter ihm, als er sich bewegte, prasselte leise auf die staubige Erde, doch in seinen Ohren klang es, als würde Eis hageln, kleine harte Körner, die kein Erbarmen kannten. *Wie Schüsse*, dachte er und wischte den Gedanken beiseite. Schließlich war es ein milder, feucht-warmer Abend. Kein Eis, kein Hagel, und *verdammt noch mal* keine Schüsse. Er besaß ihn doch, den *Passierschein zum vorübergehenden Aufenthalt im Schutzstreifen*, alles in Ordnung, kein Grund zur Sorge. Und er würde nur *vorübergehend* hierbleiben, soviel stand fest. Es kam ihm vor, als sei es die schwüle Luft, die das Gemäuer brüchig machte und die seinen Körper ermattete, die eigene Trägheit, die ihn noch hielt … Er war nur ein Gast … Gast einer läppischen Geburtstagsparty. Er konnte sich ein bisschen betrinken; beim Verlassen des Sperrgebietes die Grenzer mit einem blöden Winken grüßen – als wäre er ein harmloser Bürger, der nur ein bisschen Spaß haben wollte. Die Vorstellung erzeugte einen Brechreiz in ihm, stieg ihm in die Kehle, und er kämpfte dagegen an, schluckte ein paarmal, als könnte sich der Widerwille so vertreiben lassen. Doch der Ekel hatte sich in ihm festgesetzt wie ein Parasit und zerrte an ihm. War es genaugenommen nicht dieses Gefühl des Abscheus, das ihn aus dem Land trieb?

»Küss mich«, sagte das Mädchen, das plötzlich neben ihm stand.

Ein Zucken lief durch seinen Körper, wie ein kurzer leichter Stromschlag.

Sie wollte ihn zurückholen von seiner Insel. Wegen ihr war er heute hier – jedenfalls aus ihrer Sicht. Der Sicht einer Fünfzehnjährigen, die sich irgendetwas einbildete, eine Verliebtheit in einen Mann, den sie kaum kannte, einen wesentlich älteren Mann. Er ahnte, nein wusste eigentlich, dass sie sich verirrt hatte, im Labyrinth ihrer Tagträume. Doch diese eine Chance war auch seine einzige.

Schwerfällig wandte er sich ihr zu. Ein paar Minuten lang hatte er sie fast vergessen. Dabei folgte sie ihm wie ein Schatten. Irgendwie rührend und irgendwie albern.

Er betrachtete sie, als würde er sie eben das erste Mal sehen.

Sie trug eine Jeans, keine Boxer oder Wisent, sondern eine Westjeans. Eine Levis oder wenigstens eine Wrangler – himmelblau, hauteng. War das denn hier erlaubt? In Klein Glienicke, in dieser beschissenen eingemauerten Idylle? Hatte ihr Papa, der Genosse, der heute seinen Vierzigsten feierte, denn Kontakte zum Klassenfeind?

Sie lächelte ihn an, so glücklich, dass es ihm wehtat. Durch das weiße T-Shirt schimmerten ihre Brustwarzen.

»Hast du ihn dabei?«

Er sah zu, wie sie errötete, als hätte er etwas Unanständiges von ihr verlangt.

Und in gewisser Weise tat er das ja.

Sie war einfach zu jung. Ein kleines Püppchen mit Kindergesicht, dem man erst Eis und dann Rotwein spendierte. Zu verliebt, um zu kapieren, worauf sie sich einließ.

Sie hielt ihm ihre Hand hin, offen und spröde, mit abgeknabberten Fingernägeln. Wahrscheinlich raste ihr Herz in diesem Augenblick.

Als er nach dem Schlüssel greifen wollte, schlossen sich ihre Finger um ihn. Sie starrte ihn an. »Das kostet mindestens fünf Mark.«

»*Was*?«

»Eine nicht angeschlossene Leiter. Der ABV kassiert hier regelmäßig.« Sie seufzte. »Manchmal kostet das auch zehn Mark.«

Jetzt glaubte er zu verstehen, nickte und deutete ein säuerliches Lächeln an. Falls das ein Scherz sein sollte, war das der falsche Zeitpunkt. »Gib schon her.«

»Erst ein Kuss«, sagte sie mit ihrem hauchdünnen Stimmchen. »Sonst …«

»Sonst?« Er lachte.

War ihr klar, dass sie ihn verraten konnte? Dass sie die Macht besaß, sein Leben zu zerstören?

Doch sie legte nur den Kopf schief, sah zu ihm auf, mit diesem leeren saugenden Blick. Sie bettelte erneut um einen Kuss.

Mit sanfter Gewalt bog er ihre Finger auf. Sie fühlten sich wie aus Gummi an und er begriff, dass sie nur berührt werden wollte von ihm, sie leistete kaum Widerstand, als wäre alles ein Spiel. Endlich nahm er den Schlüssel an sich – er war klein, wie ein Kinderspielzeug –, steckte ihn in die Hosentasche.

»Geh jetzt«, sagte er leise. Er drückte seine Lippen leicht auf ihre Stirn. »Geh nach Hause.«

Sie schmiegte sich an ihn. Er spürte ihre kleinen harten Brüste.

»Mira, geh«, sagte er streng. Er hatte sich noch nicht an ihren seltsamen Namen gewöhnt. So heißen Katzen oder Papageien, dachte er müde. Ein weiblicher Papagei. Er lächelte sie an.

»Wann …«

Sie lächelte nicht zurück. Wirkte ernst, besorgt, beinahe erwachsen.

»Ich weiß nicht«, log er.

Dabei lag es auf der Hand. *Wannwennnichtjetzt.*

Sie verzog schmollend den Mund und er taxierte sie, betrachtete sie amüsiert.

Er hatte sie in sein Leben gelassen, wie sie ihn in ihres:

einfach so, weil es sich ergab, aus einer Laune heraus. An einem Samstag vor ein paar Wochen war sie an ihm vorbeigehuscht, verlegen, mit gesenktem Blick, als er am Pissoir stand und pinkelte.

Was sollte sie sonst auch tun? Es gab nun mal kein Frauenklo neben dem Fußballfeld; jedenfalls nicht bei einem Auswärtsspiel mitten in der Pampa.

Später sah er sie mit ihrem Vater, der in seiner Mannschaft spielte und mit dem er gelegentlich ein Bier trinken ging. Sie kamen die Treppe hinauf, als er hinunterstieg, das Abendlicht brachte ihr Gesicht zum Leuchten, sodass er sie ansehen *musste* und als er sie grüßte, schummelte sich ein leicht spöttischer Ton in seine Stimme. Er hatte an ihren geröteten Wangen gesehen, dass sie immer noch verlegen war, und hatte zu seinem eigenen Erstaunen bemerkt, dass er das genoss.

»Meine Tochter kennst du ja«, murmelte es von der Seite. Qualm kam aus dem Mund des Mannes, Zigarettenrauch.

»Na klar«, hatte er gesagt, ohne sich zu erinnern. Vielleicht hatte sie noch vor einem halben Jahr wie ein Kind ausgesehen? Wie eines von den vielen Kindern, die in der Nähe des Spielrandes herumturnten, auf Bänken balancierten oder auf den Zaun kletterten und denen er keine Beachtung schenkte.

Es war nicht schwer, sie zu beobachten, nach diesem Match und nach dem nächsten: Sie versteckte sich nicht. Und auch alles andere war nicht schwer: Sie fiel ihm in den Schoß wie ein reifer Apfel.

Jetzt schnurrte sie an seinem Hals. Sie roch süß und saftig, als könnte man tatsächlich in sie hineinbeißen wie in eine Frucht.

»Dein Vater hat Geburtstag«, sagte er. »Du musst nach Hause.«

Du wirst noch alles verderben, wenn du nicht gehst, dachte er und wunderte sich über sich selbst. Wie konnte er nur so sein? So grausam gelassen – oder so gelassen grausam. Einen Moment betrachtete er sich selbst – nicht wie in einem Spiegel, sondern eher wie einen Affen im Zoo. Das Bild vor seinem geistigen Auge ließ ihn erstaunlich kalt. Sollte er nicht eigentlich Angst haben? Was, wenn sie ihn erwischten? Er fühlte sich nicht einmal fremd in seiner Haut. Er fühlte sich eigentlich gar nicht.

»Und wenn schon«, hörte er sie sagen, als könnte sie seine Gedanken lesen.

Mira bückte sich plötzlich und zog ihm die Schnürsenkel auf.

Er lachte lautlos, griff ihr in den Nacken und schüttelte sie.

Ein quiekender Laut stieg aus ihrer Kehle und er ließ sie los.

Sie sprang auf, stemmte die Fäuste in die Hüften. So stand sie da, starrte ihn an, sprachlos, wütend … albern.

»Irgendwas nicht in Ordnung?«

Der Mann schob ein Fahrrad neben sich her und stellte es sorgfältig an einen Laternenmast. Er kam langsam näher, so als müsste er sich vorsichtig heranpirschen, und beäugte sie misstrauisch, mit erhobenem Kinn und gewölbter Brust, als wäre er der Dorfsheriff.

»Alles bestens.«

»Pssierschein!«, zischte es zurück. Es regnete Spuckebläschen. Die Stimme klang nach Wodka und ein wenig roch sie auch so. Der Mann trug keine Uniform und war scheinbar auch nicht bewaffnet. Eine grüne Armbinde mit Staatswappen wies ihn als *Freiwilligen Helfer der Grenztruppen* aus und auf seinem Kopf befand sich etwas Mausgraues, das bei der Armee als *Schiffchen* bezeichnet wurde.

»Ach, Herr Heinze«, quengelte Mira. »Sie wissen doch, dass mein Vater heut Geburtstag feiert. Wir sind nur ein bisschen … frische Luft schnappen.«

Herr Heinze sah an ihr vorbei, als wäre sie gar nicht anwesend. Seine Wangen wirkten plötzlich hart. Er stand erstarrt wie eine Schaufensterpuppe.

Schließlich nahm er das Verlangte entgegen, hob die Karte irgendwie fahrig in die Höhe, als hätte er die falsche Brille auf. »Ihren Personalausweis!«, befahl er dann.

»Ach, Herr Heinze«, murrte Mira wieder, als wäre sie furchtbar enttäuscht. »Das ist doch nur der Hans. Ein Freund meines Vaters. Sie wissen doch … Der gleiche Fußballverein. Sie kommen doch manchmal zu den Spielen? Er spielt in der Abwehr. Sie müssen ihn doch kennen? Hans …« Sie lachte plötzlich auf. »Wie heißt du eigentlich mit Nachnamen?«

Hans ignorierte die Frage. Sein Gesicht zeigte ein verkrampftes Lächeln, als er dem Befehl Folge leistete. Er hatte keine Angst vor dem Möchtegernsheriff. Er wollte nur seine Papiere zurück.

Ohne den Passierschein war er aufgeschmissen. Ohne ihn konnten sie ihn rauswerfen. Konnten ihn sogar festnehmen. Ihm Handschellen anlegen und ihn ins *Lindenhotel* verfrachten.

Der Mann hielt den Ausweis in den Lichtkegel der Laterne, reckte den Hals und kratzte sich das Kinn, das weiß aussah und jetzt rosafarbene Striemen bekam.

Er sah zweifelnd Mira an, die sich vor Hans stellte und sich an ihn lehnte, als wollte sie ihn mit ihrem Körper schützen. Schließlich nickte er langsam und verächtlich, als wüsste er schon Bescheid.

Hans fühlte eine Gänsehaut. Genauer gesagt marschierte eine unsichtbare Armee Ameisen über seinen Rücken, hinauf bis zum Nacken. Und ihre kleinen Insektenfüße waren eiskalt.

»Grüße an deinen Vater und alles Gute zum Geburtstag«, sagte Herr Heinze plötzlich. Sein Mund, der so schmal war wie bei einem Strichmännchen, zog sich zu beiden Seiten in die Länge.

Hans betrachtete das Ereignis verblüfft und nahm, wie nebenbei, die Papiere wieder an sich. »Einen schönen Abend noch«, sagte er fröhlich und vermied gerade noch so ein Grinsen. Heiterkeit war hier verdächtig. Alles war hier verdächtig. Seine bloße Anwesenheit sowieso. Die Mauer lag nicht mal einen Katzensprung entfernt. Und er besaß den Schlüssel, um auf die andere Seite zu gelangen.

»Es ist doch wirklich alles in Ordnung, Mädel?« Herr Heinze räusperte sich, hustete, als hätte er auf einmal Sägespäne im Mund.

»Was soll sein«, sagte Mira gereizt. Ihr rechtes Bein zappelte ungeduldig.

Der Mann stieg umständlich und unsicher auf sein Fahrrad, als sei er es nicht gewohnt, und fuhr kopfschüttelnd davon.

Mira hörte auf zu zappeln. Sie seufzte tief.

Hans schaute sie an, und sie zwinkerte ihm zu wie einem Komplizen.

Sein Gesicht blieb starr. Sie waren keine Komplizen.

Das Leuchten in ihrem Blick erlosch.

»Glück gehabt«, sagte sie nach einer Weile vorsichtig, als müsste sie mit den Worten nach etwas tasten.

Hans strich ihr durchs Haar. Er fühlte sich elend.

Gern würde er jetzt allein hier stehen, gegen die Hauswand gelehnt, sich von der feuchten Nachtluft umspülen lassen und von einem Leben auf einer Insel träumen: von einem üppigen Mahl am Feuer, von scheuen wölfischen Menschen und einsamen Spaziergängen. Er sah sich barfuß, über runde, vom Wasser geformte Steine laufen.

Hans hatte sich Mira nicht ausgesucht. Er besaß keine Antenne, um ihre Wellen zu empfangen. Ohne Zweifel begab sie sich in Gefahr wegen ihm. Vermutlich würde sie Probleme bekommen. Erhebliche Probleme. Hans versuchte, an etwas anderes zu denken.

Wieder fragte er sich, was er hier machte, in dieser Luft, die ihn umgab wie schlechter Atem, die an ihm klebte wie Schweiß oder Spinnweben. Ein normaler Mann würde sich abfinden mit den Gegebenheiten, sich einrichten in einem normalen Leben, vielleicht eine Nische suchen, in der man es bequem hatte, ohne sich ganz aufgeben zu müssen. Puppenspieler werden oder Dompteur im Zirkus. Schäfer, Glasbläser oder Orgelbauer. In den letzten Monaten hatte er sich von Job zu Job gehangelt – Bratwürste oder Eis verkauft, im *Gastmahl des Meeres* und im *Froschkasten* gekellnert oder Telegramme ausgetragen. Nichts davon besänftigte die Wut in ihm, nichts davon half gegen den Ekel. Er hasste den Geruch von Bratwürsten, das Eis, das ihm klebrig über die Hand lief, es demütigte ihn, als Telefonersatz herhalten zu müssen oder den genervten Gästen in den HO-Gaststätten zu erklären, welche Gerichte gerade »aus« waren. Falls sein Plan schief ging, konnte er später immer noch eine Karriere als Friedhofsgärtner starten. Nach der Haft. Wenn ihn der Westen nicht freikaufte.

Ein paar Minuten dachte er darüber nach, zu der Geburtstagsfeier zurückzukehren. Schwatzen, lachen, von Fußball reden und dem Training, von seinem alten Trabi, bei dem die Bremsen manchmal nicht funktionierten und die Hupe und die Scheibenwischer immer dann versagten, wenn man sie brauchte, die geschenkten hässlichen Krawatten, das billige Rasierwasser und die grauen Socken bewundern, Kartoffelsalat und Wiener Würstchen in sich hineinschlingen, sich den Bautzener Senf aus den Mundwinkeln lecken, ein Bier trinken und dann noch eines, ein paar Schnäpse kippen, Nordhäuser Doppelkorn. Doch er war nicht normal, ihn interessierten keine Geburtstage und Rasierwasser und graue Socken erst recht nicht. Seinen Trabi hatte er in der Karl-Marx-Straße in Babelsberg geparkt, unabgeschlossen, sollte ihn doch finden, wer ihn gebrauchen konnte.

Die Zeit verging. Sie versickerte. Sonst bewegte sich nichts in diesem Land.

Wenn er jetzt seinen Plan aufgab, würde er morgen oder übermorgen im Bad stehen und ein weißes Haar entdecken, ein einzelnes weißes Haar. Er würde es herausreißen, aber es würde ihm nichts nützen, und die Stunden, die folgten, würden sein wie immer. Es war dieses *Wie-Immer*, das seine Hände flattern ließ, sodass er sich morgens beim Rasieren schnitt. Vielleicht sollte er aufhören, in den Spiegel zu schauen, aufhören, sich die Zähne zu putzen und sich nie mehr rasieren. Aber dann würden sie ihn holen kommen, noch nicht gleich, aber bald, und ihn rasieren und ihm die Zähne putzen, ihm einen Spiegel vors Gesicht halten und ihn füttern, wenn er sich weigerte zu essen.

Er sah Mira an, ihr niedliches Mädchengesicht, das ihm nichts bedeutete und ihm war klar, dass er sie ihrem Schicksal überließ, wenn er seinen Plan durchführte – und das würde er.

Während er noch einmal durch ihr Haar strich, überlegte er, ob er sie fragen sollte, warum sie sich ausgerechnet an ihn hängte. Sie wusste doch Bescheid über ihn. Aber diese Spinnwebenluft machte ihn müde, und eigentlich interessierte es ihn nicht. Das, was ihm an ihr gefiel, stieß ihn auch ab: ihr Egoismus. Sie versuchte, sich zu nehmen, was sie haben wollte, das imponierte ihm. Aber sie bedrängte ihn. Sie war so aufdringlich wie der Duft von Haarwasser, das sie einem beim Friseur ungefragt in die Kopfhaut massierten.

Grob, zu grob, umfasste er Miras schmale Hüften.

»Lass mich!«, zischte sie.

Es tat ihm leid, dass er sie erschreckte, dass er ihr wehtat, aber er zeigte es nicht, er lachte sie an, es musste aussehen, als würde er sich über sie lustig machen.

Sie wich seiner Hand aus, die ihm die Wange tätscheln wollte.

»Mistkerl!«

Sie sah jetzt frostig und feindselig aus, sie sah aus, als sei sie fertig mit ihm.

Er hörte auf zu lachen, griff nach ihrem Handgelenk und zwang ihren Arm unter seinen.

»Lass los, du Mistkerl!«, sagte sie.

Beinahe freute er sich über die Wut, die er in ihr entfachte. Vielleicht kam sie ja doch noch zur Vernunft? Und gleichzeitig wurde ihm bewusst, dass er das verhindern musste. Das Einzige, was ihm zur Flucht verhelfen würde, war: der Verrat an ihr. Und das Einzige, was sie noch retten konnte, wäre: der Verrat an ihm.

Vielleicht sollte er ihr einen Tipp geben? Dass sie den Genossen Grenzhelfer informieren musste, sobald er … Nur damit sie eine faire Chance hätte …

»Ich bring dich noch ein Stück«, sagte er rau. Das klang doch beinahe romantisch, oder? Damit musste sie sich doch zufriedengeben.

Sie wehrte sich stumm und traurig, aber ohne Kraft. Er hielt sie fest.

»Spiel kein Theater und komm«, befahl er, als wäre sie seine Geisel.

»Mit offenen Schuhen? Meinst du, du kannst mit offenen Schuhen umherlaufen?« Sie sah ihn triumphierend an.

Er hielt sie fest und zog den Reißverschluss ihrer Jeans auf.

Als ihm klar wurde, was er da anstellte, ließ er sie los. Wartete, was sie nun tun würde.

»Jetzt sind wir quitt«, sagte sie trocken.

Im Licht der Laterne sah er, dass sie mühsam atmete.

Seufzend kniete er sich nieder und band sich sorgfältig die Schuhe zu. Sie hatte recht: Mit offenen Schürsenkeln würde er nicht weit kommen.

Er stellte sich vor, wie er wie Charlie Chaplin über den Todesstreifen stolperte, und sah zu ihr auf, zu ihren Schenkeln, und sagte: »Hör mal, das nächste Mal ziehst du einen Rock an.«

Sie schaute verstört, als hätte er ihr aufgetragen, in Ritterrüstung zu erscheinen, dann nickte sie – langsam, artig.

Er stand auf, drängte sich an sie und schob seine Hand in ihre Jeans. Er fühlte ihre warme Feuchtigkeit, ihre Erregung, die sich an ihm brach, wie die Welle an einem Felsen. Sie redeten nicht; ihr Geschlecht und die klamme Luft schienen sich verbündet zu haben: schienen einen Kokon um ihre Körper zu spinnen.

Ihre Hand bewegte sich vorsichtig, zögernd auf seiner Hose. Sie kam ihm vor, wie ein Taschendieb, der mit schlechtem Gewissen stahl.

Er lachte und das zarte Gespinst um sie zerriss. Ein paar Meter entfernt von ihnen bemerkte er jetzt den Mann mit dem Fahrrad.

»Warum hörst du auf?«, fragte sie. »Hör nicht auf.«

»Der starrt uns an.« Hastig zog er seine Hand aus ihrer Hose. Mira stöhnte enttäuscht.

»Das Schwein starrt uns an.«

Mira schaute nicht hin, als würde der Mann sie nicht sehen, wenn sie nicht hinschaute.

Hans fühlte Lust, sich zu prügeln, das Verlangen sich auszutoben.

Das Mädchen schlang sich die Arme um den Leib. »Du machst mich wahnsinnig.«

Er betrachtete sie neugierig. Sie sah komisch aus. Während ihre Augen noch gierig leuchteten, verzog sich ihr Mund missmutig. Ihr Körper wirkte angespannt und bittend. »Mensch«, sagte sie leise, flehend.

Er streckte langsam die Hand nach ihr aus, berührte ihre Brüste mit Daumen und Zeigefinger, als wollte er den Abstand zwischen ihnen messen. Das Mädchen zitterte plötzlich.

»Irgendwann wird der Tag kommen«, sagte er sanft. »Du vergisst mich doch nicht, oder?«

Sie schüttelte schnell den Kopf.

Er massierte ihre Brustwarzen, die hart und spitz waren wie Knospen von Rosen.

»Es ist besser, wenn du jetzt gehst.«

Sie rührte sich nicht. Sie stand stocksteif da, die Augen ungläubig aufgerissen.

»Geh jetzt!«, sagte er schroff.

Eine Träne kullerte über ihre Wange, ohne dass der Ausdruck ihres Gesichts sich veränderte. Er wusste nicht, ob sie tatsächlich weinte, aber wenn, schien sie es nicht zu bemerken.

»Heut Nacht träumst du von mir, okay?«

Er zog seine Hand vorsichtig von ihr zurück, als könnte eine schnellere Bewegung sie zerreißen. Drehte sich von ihr weg.

Der Grenzhelfer starrte noch immer unverblümt zu ihnen hinüber.

»Schon mal was von Privatsphäre gehört?«, schrie Hans unvermittelt. Die Wut brach aus ihm heraus, ohne dass er etwas dagegen tun konnte, und er begann auf den Mann mit dem Rad zuzurennen. Hinter sich hörte er ein Schluchzen.

Diesmal war der *Freiwillige Helfer* schneller – das Rad quietschte, als er in die Pedalen trat – und Hans schleuderte ihm einen saftigen Fluch hinterher.

Noch eine ganze Weile spürte er ein eigenartiges Jucken auf den Handflächen.

»Schmor in der Hölle, du feiger Hund«, brummte er.

Es gab immer weniger Männer in diesem Land, die den Mumm besaßen, sich ehrlich zu prügeln. Die Leute klebten an ihren Fernsehern, empfingen mit windschiefen Antennen die Signale aus einer verbotenen Welt und glotzten und glotzten, ohne wirklich etwas zu sehen. Sie waren auf die langweiligste Art süchtig: ohne das Bedürfnis nach einem Rausch.

Er warf einen Blick auf die Häuser der Straße und stellte sich saubere, grellrote Hakenkreuzfahnen vor, die aus den Fenstern hingen. Es ekelte ihn davor, dass es ihm so leicht gelang, dieses Bild in seinem Kopf entstehen zu lassen.

Er hätte sich gern mit dem Grenztruppenhandlanger, diesem miesen Spanner, geschlagen und Schmerz empfunden. Schmerz war besser als nichts.

Natürlich wäre das dumm gewesen, ausgesprochen idiotisch sogar und gleichzeitig ehrlich und authentisch. Nur eine Prügelei. Niemand würde ihn verdächtigen.

Auf der Straße war kein Mensch zu sehen. Überdeutlich hörte er seine eigenen Schritte, und einen irren Moment lang kam es ihm so vor, als hätte man die Menschen in dieser Mauerenklave evakuiert, wegen irgendeiner bevorstehenden Katastrophe. Natürlich hatte man ihn vergessen – er gehörte nicht hierher. Er war nur Gast im Sperrgebiet. Kein willkommener allerdings. Hans stellte sich vor, dass ein Panzer hinter ihm stand oder eine Flutwelle heranrollte, ein sattes Gefühl von Geborgenheit quoll in ihm auf und verebbte gleich wieder.

Hinter sich hörte er die Schritte einer Frau. Es war natürlich Mira, die ihm folgte.

Sie war ein Kind. Nur Kinder und Narren machten sich die Mühe, ihrem Gefühl zu folgen, auch wenn alles ganz und gar aussichtslos war.

Er lief über eine Baustelle. *Betreten verboten*, warnte ein Schild. Wie ein Akrobat balancierte er über Bretter und sprang über einen Graben. Wurde hier etwas gebaut oder abgerissen? Er tippte auf die zweite Variante.

Kaum vorstellbar, dass hier Menschen freiwillig lebten. Aber sie taten es.

Mit der Mauer vor der Nase. Tag und Nacht bewacht. Der Schrebergarten lag hier neben dem Todesstreifen. Die Dahlien blühten und die Hummeln summten unter Aufsicht. Dunkel wurde es nie. Motten tanzten im Licht der Scheinwerfer. Jede Stunde war Sperrstunde. Eine Sackgassenwelt.

Er nahm Miras tapsige Schritte wahr, ein Brett klapperte auf ein anderes Brett, und er hörte einen Schreckenslaut.

Mit Mühe unterdrückte er einen Fluch und blieb stehen. Zwar fühlte er sich nicht verantwortlich für sie, aber er fühlte sich verantwortlich für sich selbst. Wenn sie ihm die Tour vermasselte, würde er hinter Gittern landen und das erschien ihm nun doch reichlich verantwortungslos.

Er drehte sich um und wartete. »Was ist denn, meine Süße, was willst du?«

Mira kämpfte sich tapfer mit ihren hochhackigen Schuhen durch den Schlamm.

Als sie irgendwo stecken blieb, ging er ihr ein Stück entgegen und reichte ihr seine Hand. Er sah nun deutlich, dass sie geweint hatte. Jetzt versuchte sie zu lächeln, das arme Geschöpf.

Er fand, sie habe sich eine kleine Belohnung verdient und zog sie an sich und küsste sie auf den Mund.

»Was willst du?«, fragte er zärtlich.

»Das weißt du doch«, sagte sie trotzig.

Sie musste ausgiebig geweint haben. Ihr Gesicht sah aus wie das eines Indianers nach der Schlacht. Sie sah todmüde aus. Nur noch der Trotz, so schien es, hielt sie auf den Beinen.

»Komm, ich helfe dir hier raus«, sagte er sanft, nahm ihren Arm, um sie zu stützen und führte sie ein paar Schritte.

Sie stolperte zweimal. Die Scheinwerfer leuchteten nicht jede Ecke aus. Und sie schien nachtblind zu sein.

Er griff um ihre Taille; sie schmiegte sich wie eine Katze an ihn und griff um seine Hüfte. Plötzlich gingen sie eng umschlungen. Es sah wie ein Zufall aus. Hans spürte sein Herz schneller schlagen, als ihm bewusst wurde, was er tat. Zuletzt war er, soweit er sich erinnerte, als Sechzehnjähriger so mit einem Mädchen gelaufen.

Dieses Kind hier war das einzige Wesen, das um ihn kämpfte. Aber er wusste nicht, ob es sich lohnte, um ihn zu kämpfen.

Vorsichtig begann er sich aus der Umarmung zu lösen und redete leise auf sie ein: »Du vergeudest deine Kraft, meine Süße, deine Kraft, deine Zeit, deine Lust. Du vergeudest dich. Sieh mal …« Hans wollte ihr etwas erklären, aber ihm fiel nicht ein, was er ihr erklären wollte.

»Ich liebe dich«, jammerte Mira erschöpft.

Hans versuchte, das Lachen, das ihm in der Kehle saß, zu unterdrücken. Ernst sagte er: »Ich hoffe, du weißt, dass ich dich nicht liebe.«

Ein Zucken lief durch ihren Körper; in ihrem Blick flackerte Entsetzen.

Hans beugte sich nah an ihr Gesicht und setzte eine besorgte Miene auf. »Ich möchte dich nicht verletzen, Süße. Aber, ich denke, es ist besser, mit offenen Karten zu spielen.«

Sie bot ihm ihre Lippen. Sie waren aufgerissen und bluteten etwas.

Aus Angst, sie könnte wieder in Tränen ausbrechen, küsste er sie.

Ihr Speichel schmeckte metallisch salzig, und es wurde ein kurzer Kuss.

»Ich gehe jetzt«, sagte er sachlich. »Ich schnapp mir eure Leiter und hau ab.«

Den Rest konnte sie sich hoffentlich denken. *Sieh zu, dass du Land gewinnst*. Aber er wollte nicht zu grob sein. Nicht gröber als nötig.

Sie nickte tapfer und er klopfte ihr beruhigend auf die Schulter. »Vielleicht sehen wir uns ja irgendwann wieder«, murmelte er und ärgerte sich über sich selbst. Es klang sentimental und unglaubwürdig.

Sie blieb zögernd stehen und sah irgendwie hoffnungsvoll zu ihm auf. Das hatte er nun davon.

»Hast du vergessen, mir etwas zu sagen?«, fragte er höflich. Er fühlte sich wie ein Lehrer, der seiner Lieblingsschülerin noch eine letzte Chance gewährt.

Mira seufzte. »Ich zeige dir noch, wo sie steht. Und dann brauche ich den Schlüssel zurück«, antwortete sie resigniert. »Wenn der Schlüssel nicht am Haken hängt, bringt mein Alter mich um.« Sie lachte leise.

Mit schmalen Augen blickte er auf sie hinab. Sie konnte ihm immer noch alles verderben. Und beinahe rechnete er damit.

Die Leiter stand an einer maroden kleinen Hütte und war tatsächlich an etwas angeschlossen: an einer rostigen Leitung, die zu einem verwitterten, grün verkalkten Wasserhahn führte.

Seine Hand zitterte leicht, als er den Schlüssel in das Schloss steckte. Ihm wäre lieber gewesen, sie würde nicht dabei zusehen.

»Und was ist, wenn ich mitkomme?«, fragte sie beinahe gelangweilt.

Er schnappte nach Luft. »Soll das ein Scherz sein? Du machst nur einen blöden Witz, oder?«

Sie schüttelte den Kopf. Er sah jetzt, dass sie schwitzte. Ihr Gesicht war rot angelaufen. »Nimm mich mit.« Ihre Stimme klang auf einmal fremd, fast gespenstisch leise, wie ein kalter Windhauch. Hatte sie das wirklich gesagt? Verwirrt betrachtete er die Leiter in seinen Händen. Was machte er hier eigentlich?

»Nimm mich mit. Ich mach dir keine Schwierigkeiten. Bitte.«

»Kommt nicht infrage!«, stieß er hervor.

Sie war eindeutig übergeschnappt. Man sollte sich nicht mit Kindern einlassen. Einen Moment sah er sich seine Finger um ihren Hals legen.

Seine Hände fühlten sich plötzlich kalt an, als er das Seil, das er wie einen Gürtel um seine Hüfte getragen hatte, an der obersten Sprosse festband. Auch seine Füße kamen ihm ein paar Sekunden lang erstarrt vor.

Er warf ihr den Schlüssel zu, aber sie machte sich nicht die Mühe, ihn zu fangen. Eigentlich hatte er vorgehabt, zum Abschied noch etwas Feierliches zu sagen.

»Scheiße! Geh nach Hause, verdammt!« Auch seine Stimme klang verändert. Als würde sie im nächsten Moment reißen, wie eine überspannte Bogensehne.

Sie zuckte mit den Schultern. Als hätte sie es nicht so ernst gemeint.

Er ließ sie stehen. Ohne noch ein Wort an sie zu richten.

Hörte ihr Schweigen.

Keine Schritte mehr, die ihm folgten.

Gut. So.

Trat mit den Zehenspitzen zuerst auf. Wie ein Balletttänzer.

Tänzelte über den maroden Straßenbelag. Kopf. Stein. Pflaster. Eine Armee von Totenköpfen unter seinen Füßen.

Unsinn.

Der Friedhof. Endlich. Eine kleine rote Backsteinmauer. Ein Tor aus verwittertem Holz. Windschiefe Grabsteine. Er trug die Leiter wie Jesus seine Bürde getragen hatte. Bloß mit mehr Hoffnung vielleicht.

Er durfte jetzt keinen weiteren Fehler begehen. Sonst würden sie ihn ans Kreuz nageln. Ohne mit der Wimper zu zucken. Einmal abdrücken genügte.

Peng und Schluss.

Minen. Selbstschussanlagen. Gab es hier nicht. Zu nah dran. Eine Ostblase im Becken des Westens, Westberlins genauer gesagt. Doch wie konnte er sich sicher sein …?

Er versuchte seine wirren Gedanken auszuschalten. Konzentrierte sich auf das, was vor ihm lag.

Der Antifaschistische Schutzwall schimmerte ihm blass entgegen. Wartete auf ihn. Das Tor zur Glückseligkeit war eine Wand, gegen die er anrennen musste – auf Gedeih oder Verderben.

Krank. Die Mauer. Die Welt. Er selbst.

Er glühte wie im Fieber, als er die Leiter an die Betonwand lehnte.

Die festgebundene Schnur baumelte hin und her, als wollte sie ihm von oben herab zuwinken.

Einen Moment lauschte er, bevor er anfing zu klettern.

Es war so still. Zu still.

Als hätte sie aufgehört zu atmen.

Sie?

Sie war erst fünfzehn.

Verdammt.

Sie würden ihr schon nichts tun.

Er drehte sich nicht mehr um.

Dann, als er schon im Todesstreifen war, fiel ein Schuss.

»Die Angst kommt und geht«, sage ich beschwichtigend.

Ich lege mir ein Lächeln auf die Lippen. Ein Lächeln für die Ärztin, die vor mir sitzt. Herbe Miene, blasse Haut, Stirn in Falten. Sie lässt meine Hand los und betrachtet mich. Ich sehe die Sorge in ihren Augen und fühle mich schuldig. Streiche mir eine Strähne aus dem Gesicht, warte.

Warte darauf, dass sie endlich das Rezept ausstellt.

»Sie haben Fieber. Sie haben einen viel zu hohen Blutdruck, Ihr Puls ist auf Hundertvierzig.«

Ich betrachte die Tischkante. Vielleicht erzählt sie mir ja auch noch etwas, was ich noch nicht weiß. Meine Zunge fährt über meine Lippen. Trockene Zunge, trockene Lippen. Ich bin ausgedörrt. Ich überlege, ob ich diesen Satz aussprechen kann.

»Ich bin müde«, sage ich und hoffe, dass sie versteht.

»Wovon?«, fragt sie.

»Es ist so schlecht zu erklären«, murmle ich.

»Versuchen Sie es.«

Was geht Sie das an. Was zum Teufel geht Sie das an.

»Ich will in mein Bett«, sage ich. »Schlafen. Ich habe ein paar Nächte nicht geschlafen.« Mein Blick rutscht von der Tischkante auf den Boden, fällt auf den blauen Teppich. Ein wolkenlos blauer Teppich, azurblau, ein vollkommen unmögliches Blau für einen Teppich. Mir wird schwindlig, wenn ich in dieses Blau starre. Der Himmel liegt unter mir, aber was ist dann oben? Die Hölle?

Ich lache. Eine lustige Vorstellung. Die Ärztin schaut irritiert.

»Herzrhythmusstörungen in Ihrem Alter«, sagt sie vorwurfsvoll.

»Ich bin einunddreißig«, entgegne ich.

»Eben. Eine junge Frau.« Sie schlägt mit einem metallisch glänzenden Kugelschreiber auf meine Krankenakte. »Sie sollten das nicht auf die leichte Schulter nehmen.«

Da können Sie Gift drauf nehmen, Frau Doktor. Ich nehme mein Herz schon nicht auf die Schulter.

»Wissen Sie, wie es ist, wenn der Schlaf Sie ignoriert? Wenn er einen Bogen um Sie macht, obwohl Sie müde sind, todmüde?« Meine Stimme klingt aggressiv. Gut so.

Sie seufzt, schreibt das Rezept aus. Endlich.

»Sie hätten die Therapie nicht abbrechen sollen«, sagt sie, erhebt sich und wandert um ihren Schreibtisch. Auf mich zu. Streckt ihre Hand aus wie eine Waffe. In ihren Brillengläsern spiegelt sich das Blau des Teppichs.

Ich liege auf dem Rücken und starre an die Decke. Wie ich bis nach Hause, bis ins Bett gekommen bin, weiß ich nicht.

Ich habe einen seifigen Geschmack im Mund. Mein Puls rast. Ich drehe mich auf den Bauch und vergrabe mein Gesicht im Kissen.

Ich liege, doch der Schlaf kommt nicht. Ich bin müde.

Warte auf die Wirkung der Tabletten.

Der Teppich der Ärztin kommt mir in den Sinn. *Das Blau, das Ihnen direkt ins Hirn strahlt. Lassen Sie sich hypnotisieren! Fliegen Sie in eine andere Dimension!*

Weg damit.

Ich schließe die Augen und stelle mir ein Meer vor. Welle für Welle. Und eine überschwemmt die andere.

Bringt nichts.

Kornblumen, Sonnenblumen. In einem Mohnfeld einschlafen.

Schafe zählen. Warum Schafe? Ich zähle Pferde.

Ein weißer Hengst bricht aus der Reihe. Rast auf mich zu. Bevor er mich niedertrampelt, greife ich mir die Zügel, bringe ihn zum Stehen und schwinge mich auf seinen Rücken.

Weg. Nur weg hier.

Es klingelt an der Tür. Aber ich erwarte keinen Besuch. Oder doch? Ich kann mich nicht erinnern.

Vielleicht ist es Lex. Er hatte vor einer Woche angerufen, aus einer Kleinstadt in Südfrankreich, und sein Kommen angekündigt. Lex ist ein Nomade, heute hier, morgen dort. Ein Staatenloser, der seine Heimat verlässt, immer wieder, seit sie aufhörte zu existieren. Seit die Mauer umgefallen ist – einfach so.

Ich gehöre zu seinen Frauen. Denkt er.

Im Moment will ich niemanden sehen. Nicht einmal ihn.

Ich ziehe die Bettdecke über den Kopf. Das schützende Dunkel.

Ich sehe Jonas im Bauch des Wals. Ein alter Mann mit schlohweißem Haar im Innern des Königs der Meere.

Das Klingeln hört auf.

Ich zähle jetzt Wale.

Sie springen in Zeitlupe aus dem Meer, sprühen ihre Fontänen und gleiten zurück in die Tiefe.

Es dauert ziemlich lange, Wale zu zählen. Manchmal starre ich nur ins Wasser und warte darauf, dass der nächste kommt.

Irgendwann kommt keiner mehr.

»Hab keine Angst«, sage ich leise vor mich hin. »Hab keine Angst. Da ist nichts im Dunkel, was auf dich lauert. Du brauchst nur die Gardinen aufzuziehen, und schon ist es hell im Raum. Sei lieb, mach die Augen zu und schlafe. Danach sieht alles gleich viel anders aus.«

Ich springe aus dem Bett, laufe in die Küche, reiße den Kühlschrank auf.

Doch als ich ans Essen denke, wird mir übel.

Ich fühle einen Schwindel und setze mich auf den Fußboden.

Im Schneidersitz hocke ich da, überlege, was zu tun ist.

Ich schiebe ein Glas beiseite, starre die Würstchen an.

Ich bin hungrig. Aber der Gedanke, mir eine Wurst in den Mund zu schieben, erscheint mir seltsam.

In der Ginflasche ist nicht mehr viel Gin. Ich genehmige mir einen Schluck. *Einen*.

Angstsaft, selbst verschrieben. Drei Mal täglich. Nicht mehr, nicht weniger.

Abgesehen von den Ausnahmen.

Die Ausnahmen sind die Notfälle, in denen nichts anderes mehr hilft als ein kleines nettes einsames Besäufnis.

Ich verlasse die Wohnung.

Wenn dieser unbekannte wilde Rhythmus in mir spielt, wird alles um mich undeutlich. Verschwommen liegen die Wiesen vor meinen Füßen, doch habe ich nichts mehr mit ihnen zu tun. Manchmal nur zieht es mich hinab, und ich möchte mich tief in sie fallen lassen und einschlafen. Stattdessen haste ich auf dem schmalen Waldweg entlang, um den mir selbst auferlegten Spaziergang ja schnell hinter mich zu bringen.

Ich laufe an Bäumen vorbei, wie ich auf der Straße an Menschen vorbeilaufe.

Wenigstens sehen die Bäume mich nicht an, belästigen mich nicht mit Blicken oder Worten. Mir kommt der Gedanke, wie gelassen Bäume leben. Sie lassen ihre Blätter fallen, stehen nackt im Winter, ohne zu frieren, ohne zu klagen.

Die Tür der Kirche ist offen und so trete ich ein.

Vater unser, der du bist. Vater … Vater unser … Verdammt noch mal!

Ich wünschte, ich könnte beten. Die Angst fortbeten.

Ich kann nicht beten. Ich kann nur stammeln. Wie sollte *er*, den es nicht gibt, mich erhören?

Er hat mich längst erhört. Mich in die Angst geschickt wie in ein fremdes Land.

Es ist kalt. Ich kann meinen Atem sehen.

Die Bankreihen sind leer. Bis auf die letzte, dort sitze ich.

Die Leere ist auch in mir.

Der Himmel hat sich bezogen; es beginnt heftig zu regnen. Ich habe also Grund, meinen Spaziergang zur Flucht zu machen. Ich laufe, trete in Pfützen. Das Wasser schwappt mir in die Schuhe.

Es tut gut zu rennen.

Am Rand der Straße ein weinrotes Werbeplakat für Last-Minute-Reisen: *Nix wie weg!*

Beim Weglaufen bin ich wenigstens mit dem Weglaufen beschäftigt, obwohl ich das, vor dem ich weglaufe, mit mir trage.

Ich fühle Stiche in der Lunge. Bekomme keine Luft mehr. Ich taumle auf einen Zaun zu. Etwas in mir verstopft meinen Kehlkopf. Die Panik ist wie ein Stromschlag. Ziehe das Spray aus der Jackentasche. Einmal schütteln, sprühen, Luft anhalten, ausatmen. Fertig.

Ich hänge in dem Zaun wie ein verletzter Vogel. Warte darauf, dass sich mein Atem wieder normalisiert.

Angstasthma.

Der Rückweg jetzt: Schritt für Schritt. Ruhig atmen. Ich gewöhne mich an den Regen. Er fühlt sich beinahe warm an.

Ich stehe im Bad, betrachte mich im Spiegel: die Haut blass, das nasse Haar klebt an den Schläfen. Ist die Angst mir ins Gesicht geschrieben?

Mein Magen schmerzt. Ich fühle meinen Bauch hart werden.

Herzrasen.

Ich lehne mich gegen die Wand. Gegen die kühle, harte Wand.

Vielleicht kann ich einfach hier stehen bleiben. Für ein paar Stunden. Ein paar Minuten?

Ich kann nicht. Es treibt mich in den nächsten Raum.

Zwischen Wand und Wand.

Die Angst
jetzt
hier
im Zimmer.

In der Küche verschütte ich Kaffee, weil meine Hand ein Eigenleben führt.

Die heiße Flüssigkeit auf meiner Haut, der braune Fleck auf dem Tisch.

Der dumme durchgeknallte Specht in mir zerhackt mir das Herz.

Die Angst gibt mir das Gefühl, mein Leben zu versäumen.

Und das Gefühl, mein Leben zu versäumen, macht mir Angst.

Die Zeit vergeht. Nichts geschieht. Die Welt ist woanders.

Das Einerlei meiner Tage klebt wie Kaugummi.

Das Einerlei. Das Einerlei. Das *Einerleileid*.

Meine Angst ist meine Sehnsucht, dem Einerlei zu entkommen.

Es ist doch etwas geschehen. Jemand hat angerufen.

Das rote Licht des Anrufbeantworters blinkt.

Ich laufe im Zimmer umher, weiche dem Stuhl aus, dem Tisch.

Nehme die Tabletten vom Regal, lege sie wieder hin und schalte den Fernseher an und, noch ehe das Bild entstehen kann, wieder aus.

Ich hole mir aus der Küche ein Glas Wasser, proste meinem Spiegelbild im Korridor zu, schlucke eine weiße und eine blaue Pille. »Auf dein Wohl.«

Eine Weile sitze ich auf dem Schuhschrank, betrachte die Frau im Spiegel, wie jemanden, der zu Besuch gekommen ist. »Gibt es was Neues? Hast du einen vernünftigen Job gefunden? Bist du schwanger? Gibt es einen seriösen Herrn mit Geld und Familiensinn in deinem Leben?«

»Nichts dergleichen«, sage ich, wende den Blick ab, erhebe mich, wandere durch die Wohnung. Bleibe irgendwann stehen und sehe aus dem Fenster. Der Regen hat aufgehört. Es ist wenig Verkehr, zwei drei Autos, Leute sind kaum zu sehen, nur eine Radfahrerin, die an den Briefkasten heranfährt und dort hält.

Fühle einen sinnlosen Neid: Ein Mensch schreibt einem anderen Menschen. Wann habe ich den letzten richtigen Brief geschrieben? An wen?

Ich stehe auf, laufe im Zimmer umher, hin und her, mit kleinen Schritten.

Vor dem Bücherregal bleibe ich stehen.

Keinen Nerv zum Lesen. Alles dreht sich im Kreis. Chaos. Mich konzentrieren. Auf was? Auf mich. Denn das Chaos ist in mir.

Ich nehme irgendein Buch und versuche zu lesen, die Buchstaben zu einem Sinn zusammenzufügen wie ein Schulanfänger.

Die Worte rieseln, rauschen, säuseln. Sie blähen sich auf, um zu platzen wie Seifenblasen. Sie wirbeln umher wie Flocken.

Schneetreiben.

Das Schneetreiben in meinem Kopf.

Ich kann das Buch genauso gut verkehrt herum halten. Es macht keinen Unterschied.

Ich laufe im Zimmer umher, hinaus auf den Flur, bleibe vor dem Telefon stehen.

Drücke den Knopf.

Es ist die Chinesin. Sie will mich sehen. Sie klingt aufgeregt. Sie bittet um einen Rückruf.

Ich rufe nicht zurück.

Der Supermarkt ist gleich um die Ecke. Der Dunst des Regens liegt noch in der Luft, in den Straßen riecht es irgendwie neu. Ein würziger Geruch nach Lebendigem.

Vor dem Regal mit den Broten stehe ich unangemessen lange. Ich weiß nicht, für welches Brot ich mich entscheiden soll. Es erscheint mir plötzlich wichtig, das eine zu finden. *Das eine für mich bestimmte*. Woher kommen diese Worte? Hat die Chinesin sie benutzt?

Mein Herz schlägt schneller. Der Magen brennt. Ich reibe meinen Bauch mit langsamen kreisenden Bewegungen. So wie die Chinesin es mir beigebracht hat. Ich drehe mich einmal um mich selbst, zweimal, dreimal. Dann greife ich wahllos zu. Das Brot ist warm und schwer, ein Kartoffelbrot. Brot, das nach Kartoffeln riecht. Oder ist das Einbildung? Auf dem Weg zur Kasse presse ich den Laib an mich wie ein Baby.

Ich kann es nicht hergeben. Ich kann es nicht auf das Laufband legen.

Die Frau an der Kasse sieht mich seltsam an.

Ich würge mir ein Lächeln auf die Lippen und zahle.

Ich liege auf dem Bett, breche Brocken aus dem Brot, kaue.

Es ist das eine für mich bestimmte.

Jetzt werde ich schlafen können.

Träume süß. Vergiss die Angst. Diese peinliche Angst.

Peinlich, peinlich, weil sie ohne Grund ist.

Die Vergangenheit ist vergangen.

Überempfindlich? Wirr? Überspannt? Verrückt? Neurotisch? Geisteskrank?

Irgendetwas davon. Oder alles zusammen.

Das Brot schmeckt nach nichts. Es riecht auch nicht mehr nach Kartoffeln.

Ich höre noch einmal den Anrufbeantworter ab.

Die Chinesin sagt etwas von einem neuen Heilmittel.

Das eine für mich bestimmte.

Ich werde sie anrufen. Nicht jetzt. Später.

Oder ich gehe zu ihr. Hoffe, sie will nicht wieder Nadeln in mich stechen.

Die Akupunktur hat nicht viel gebracht. Für Yoga fehlt mir die Disziplin. Für Tai Chi die Ruhe.

Aber sie hat mich nicht aufgegeben.

Ich bin froh, dass sie mich nicht aufgibt.

Diesmal darf ich sie nicht enttäuschen.

Ich darf *mich* nicht enttäuschen.

Wie spät ist es?

Mein Wecker steht. Auch meine Armbanduhr tickt nicht mehr.

Ich habe mich nicht um neue Batterien gekümmert.

Die meisten Glühbirnen sind tot.

Das Licht ist gleichbleibend trübe.

Von der Nachbarwohnung dringen Geräusche zu mir. Das Geknatter der Gewehre. Die alte Frau ist schwerhörig. Der Nachtfilm oder schon der Morgenfilm?

Ich stehe vor dem Spiegel mit einem Glas Wasser in der Hand.

Ich sehe in meine geröteten Augen. Lege die Tablette auf meine Zunge.

Eine Pille gegen die Angst. Sie schmeckt bitterlich bitter.

Ich schlucke. Die Tablette bleibt in meinem Hals stecken.

Es ist, als stemme sich die Angst ihr entgegen.

Ich kippe das Wasser in mich hinein wie eine, die kurz vorm Verdursten ist.

Ich verschlucke mich, huste. Huste. Meine Augen glänzen feucht. Vielleicht sollte ich den Spiegel verhängen.

In ein weißes Laken starren, statt in mein Gesicht.

Es ist still.

Ich liege auf dem Bett und rühre mich nicht.

Es ist Nacht.

Ich stehe am Fenster. Öffne es. Lehne mich hinaus.

Immer der Gedanke: Brichst du dir die Knochen, wenn du springst?

Oder fällt man unbeschadet in den kurz geschorenen Rasen?

Oder können Menschen doch fliegen, und es hat ihnen nur niemand gesagt?

Ich breite die Arme aus.

Aber nach den Gesetzen der Logik werde ich nicht fliegen.

Ich werde fallen. Hinunterfallen, mir die Knochen brechen.

Vielleicht nicht einmal das Genick, aber einen Arm oder ein Bein.

Und darauf bin ich nicht scharf, liebe, verlockende Tiefe.

Wann begann dieses *Immer*? Ich weiß es nicht. Da wo andere glasklare Erinnerungen haben, sind bei mir Wolken im Kopf. Manchmal, in Träumen, reißen sie kurz auf und ich blicke hinab auf etwas Unbekanntes unter mir.

Ein Haus, das Augen hat und mich anstarrt, ein Treppengeländer ... ein Keller, Sand im Mund oder Dreck ... Die Masse rutscht mir in die Kehle, ich reiße die Augen auf und sehe nichts. Ich will um Hilfe schreien, aber es geht nicht. Das Fenster ist ein blindes Auge. Die Tür starrt mich an. Kurz vor dem Ersticken erwache ich. Keuche. Ringe nach Luft.

Wo war ich?

Ich werde die Chinesin anrufen, sobald es hell wird.

Ich muss hier raus. Weg. Schnell. Wohin?

Der nächtliche, menschenleere Markt. Kopfsteinpflaster.

... also wanderte ich durch die Stadt eurer Träume und
wählte mir die ausgestorbenen Marktplätze für diesen
reinen Umgang meiner Seele, unter euch
unsichtbar und immer von Neuem aufflackernd wie ein
Feuer von Dorngestrüpp im offenen Winde ...

Eine Zeitlang habe ich Gedichte gelesen. Gedichte vom Trödelmarkt – vergilbt, fleckig, mit geheimnisvollen Notizen am Rand. Saint-John Perse, ein Nobelpreisträger, den keiner mehr kennt.

Keine Romane, keine Zeitungen. Es half. Ein bisschen. Auch wenn mich manche Zeilen in die Tiefe zogen, auf den Grund eines unbekannten Meeres – wenigstens führten sie mich irgendwohin.

Und Musik. Ich habe sie nicht einfach gehört, sondern in mich fließen lassen, wie eine süße Medizin für Kinder. Musik ohne Worte. Klavierkonzerte, die nachts stundenlang im Radio laufen, ohne dass ein Moderator dazwischenquatscht.

Ein alter Mann sitzt auf einer Bank neben der Telefonzelle. Schläft.

Keine Tauben. Wo sind die Tauben?

Ich bleibe stehen, schaue zu dem bewegungslosen Mann hinüber.

Tot, denke ich, man hat sie vergiftet, die Tauben.

Wenn ich jetzt umkehre, muss ich wieder über dieses Pflaster laufen.

Jeder Schritt weiter wäre Flucht. Ich komme hier nicht weg. Jeder Schritt zurück wäre Flucht.

Das Kopfsteinpflaster glänzt vom Regen. Die steinernen Augen glotzen mich an. Es ist, als wäre ich unvermutet auf einem fremden Planeten gelandet.

Ich fühle die Steine unter den Füßen brennen.

Nein, ich bin nicht unvermutet gelandet.

Ich lebe hier. Auf einem fremden Planeten namens Erde.

*

»Legal oder illegal?«, frage ich in den Telefonhörer.

»Bitte?« Ich höre die Chinesin nervös lachen.

»Das Mittel.«

»Es ist … ein besonderes … ein ganz besonderes …«

»Also illegal. *Vollkommen* illegal?«

»Bitte? Ich erkläre alles. Aber nicht am Telefon.«

»Gut.«

»Ich erkläre alles. Sie entscheiden … dafür … dagegen …, wie Sie wollen.«

»Ja.«

Ich sehe sie so deutlich vor mir, als würde sie neben mir stehen.

Sie blättert in Papieren herum, lächelt ihrem Patienten zu, der genadelt auf dem Behandlungsbett liegt.

»Aber schnell. Sie müssen schnell sein. Kommen Sie dreizehn Uhr?«

»Heute?«

»Ja natürlich.«

»Wie spät ist es?«

Sie legt auf.

Heute noch. Dreizehn Uhr.

Die 13 ist böse. Das weiß jedes Kind.

Die Angst schlängelt sich auf mich zu. Ich sehe in ihre gelben Reptilienaugen. Halte dem Blick stand. Blinzle nicht. »Ich werde gehen«, erkläre ich ihr. »Du hältst mich nicht auf.«

Ich schalte den Fernseher an. Suche nach der Uhrzeit. Es ist kurz vor neun.

Ich frühstücke ein paar trockene Brocken Brot.

Trinke Kaffee. Schwarz. Heiß. Stark. Diesmal verschütte ich nichts.

Noch vier Stunden.

Warten.

Noch vier Stunden.

Herzrasen.

»Alles wird gut«, sage ich laut. »Ich verspreche dir, dass alles gut wird.«

Falls nicht, kann ich immer noch versuchen zu fliegen.

Bevor ich laufen lernte, konnte ich fliegen. Sagt meine Erinnerung.

Vielleicht können alle Kinder fliegen, bevor sie laufen lernen. Nachts, wenn sie allein sind. Wenn niemand sie kontrolliert. Nur vergessen sie später, wie es geht.

Etwas flattert in meiner Brust. Wie ein Vogel, der sich verflogen hat.

Mein Herz rast nicht mehr.

Ich liege auf dem Sofa. Starre die Mattscheibe an. Wie eine ordentliche Bürgerin.

Die Tabletten wirken endlich. Ich fühle mich betäubt. Kein angenehmes Gefühl. Aber besser als die Angst.

Noch drei Stunden.

Im Fernsehen krabbelt was herum. Ameisen. Ameisen vergrößert. Rattengroße Ameisen. Sie schleppen dies und das. Sie arbeiten fleißig. Man kennt das ja. Die Ameise unser Vorbild. Sie streiken nie. Sind immer einsatzbereit. Und auch noch ehrenamtlich. Jeder Firmenchef würde sich über sie freuen. Und die Mistkäfer und Schnecken hinauswerfen.

Meinen Job habe ich verloren. Wie die anderen Jobs davor auch. Zuletzt habe ich Zeitungen ausgetragen. Wenn man nicht schlafen kann, die ideale Beschäftigung. Dachte ich – zumindest zeitweilig. Wenn alle anderen schlafen, gehst du von Tür zu Tür. Der Geist mit den schlechten Nachrichten. Der Geist mit dem Wetterbericht und den Lottozahlen. Der Geist mit dem Fernsehprogramm und den Sportmeldungen. Fleißig wie eine Ameise.

Irgendwann warf ich einen Teil der Ware in die Grube einer Baustelle.

Ich wollte keine geistige Ameise mehr sein. Ich wollte Gedichte lesen und meine Ruhe haben.

Ruhe.

Beim ersten Mal gab es noch keine Beschwerden.

Aber beim dritten Mal schon.

Ich fühlte mich erleichtert, wie immer, wenn ich einen Job verlor, den jede Ameise besser erledigen könnte.

Li Ling zeigte sich weniger froh. Es waren ihre Rechnungen, die ich nicht rechtzeitig bezahlen konnte.

Wie soll ich das neue Heilmittel finanzieren?

Vorausgesetzt es ist *das eine für mich bestimmte*?

Ich weiß nicht, ob ich der Chinesin trauen kann. Aber es bleibt mir nichts anderes übrig.

Li Ling. Keine Ahnung, ob das ihr richtiger Name ist.

Sie könnte auch Mo Ment Mal heißen. Ich würde ihr trotzdem vertrauen.

Das erste Mal begegneten wir uns auf einem Trödelmarkt. Sie stand hinter mir und atmete in meinen Nacken. Ich las ein Gedicht, das ich nicht begriff, und dann hörte ich sie etwas fragen und drehte mich zu ihr um.

»Ein Gedicht ist … wie Traum …, oder?« Sie lächelte auf eine Art, als wüsste sie über mich Bescheid. Und dann gab sie mir ihre Karte. »Ich … Heilerin. Du zu mir kommen kannst.« Sie berührte mich leicht am Arm, dann verschwand sie wieder.

Am Abend desselben Tages rief ich sie an. Die Berührung saß auf meiner Haut wie ein Schmetterling.

Noch zwei Stunden.

Ich habe geschlafen. Vielleicht zehn Minuten. Aber immerhin.

Eher eine chemische Narkose als Schlaf. Aber ich will mich nicht beschweren.

Die Angst hat sich verzogen. Vorerst.

Sie wartet darauf, dass sich der Medikamentennebel lichtet.

Ich habe mir angewöhnt, die Angst wie ein Tier zu sehen, das in mir sitzt. Wenn sie keine Schlange ist, die scheinbar aus dem Nichts kommt, dann ein Insekt. Keine Ameise, eher eine Spinne.

Die Spinne kennt sich aus mit Angriff und Rückzug. Und erneutem Angriff.

Sie beobachtet mich. Sie lauert auf eine falsche Bewegung, auf einen günstigen Augenblick. Sie ist beinahe unsichtbar, solange sie in ihrem Versteck kauert. Sie lässt sich aus dem Nichts herab, an einem Faden, der nicht viel mehr ist als nichts. Sie krabbelt unerhört schnell. Kennt jede Ritze, jedes Schlupfloch, jede staubige Ecke in meinem Ich.

Mir kommt plötzlich der Gedanke, dass ich länger geschlafen habe als nur zehn Minuten. Vierundzwanzig Stunden und zehn Minuten.

Vielleicht ist heute schon vorbei? Vielleicht ist heute schon morgen? Und der Termin war gestern?

Der Fernseher zeigt mir die Uhrzeit, aber kein Datum. Die Nachrichten sind gerade vorbei.

Ich laufe barfuß die Treppen hinunter zu den Briefkästen. Ich weiß, wie man nach einer Zeitung fischt.

Heute ist immer noch heute. Gut zu wissen.

Noch eine Stunde.

Ich liege in der Wanne. Mit der Zeitung in der Hand. Entschuldigung, Frau Nachbarin. Der Anblick des Datums beruhigt mich. Zahlen kann ich noch lesen. Zahlen, die Schlagzeilen. Aber die Schlagzeilen machen mich schon nervös. Ich will nicht wissen, was sich hinter ihnen verbirgt.

Das Foto eines blutüberströmten jungen Mannes auf der Titelseite. Ein Kopfschuss? Ich will es nicht wissen.

Der Schaum duftet nach Schaum und nach Kräutern.

Melisse natürlich. Nichts dem Zufall überlassen.

Die Angstspinne nutzt jeden Fehler im System. Sogar falscher Schaum kann sie wecken. Oder ein falscher Geruch. Ein falscher Geschmack. Das Bild eines Toten.

An die Kellertür habe ich einen Zettel gehängt. *Bitte die Kellertür schließen!!!*

Aber sie steht trotzdem manchmal offen.

Ich starre auf das Datum. Heute.

Blättre die Seiten vorsichtig um. Ein Artikel über Saurier. Ich atme auf. Artikel über Saurier beruhigen mich. Nicht weil die Riesenechsen ausgestorben sind, sondern weil sie so lange auf dieser Erde überlebt haben. Zweihundert Millionen Jahre. Wahnsinn. Das schaffen die Menschen nie.

Die Stimme der Chinesin als Echo in meinem Kopf: *Das eine. Das für dich bestimmte.*

Ich werfe dem Saurier einen Abschiedsblick zu. Die gelben Augen wirken lebendig und wissend. Er weiß Bescheid über mich.

Werfe die Zeitung auf die Fliesen. Plansche mit dem Schaum herum, puste Bläschen in die Luft.

Das Fehlen der Uhrzeit irritiert mich plötzlich.

Steige aus der Wanne, trockne mich hastig ab. Laufe mit nassen Füßen zum Fernseher. Noch eine halbe Stunde.

Ich ziehe mich an. Frische Unterwäsche, frische Strümpfe, frische Jeans. Weiße Bluse. Als hätte ich Geburtstag.

Habe den BH vergessen. Macht nichts. Die Chinesin kennt meine Titten schon.

Ich stecke die Zeitung zurück in den Briefkasten. Sie ist ziemlich feucht geworden. Die Seiten werden zusammenkleben. Vermutlich haftet der Bundeskanzler jetzt an der neuesten Arbeitslosenstatistik. Geschieht ihm recht.

Haftet.

Eltern haften für ihre Kinder. Bundeskanzler für ihre Arbeitslosen.

Die U-Bahn meide ich. Grundsätzlich. Ich gehe zu Fuß durch die Stadt. Die Zeit vergeht schneller, wenn ich laufe. Und ich erspare mir die Angst, in der S-Bahn beim Schwarzfahren erwischt zu werden. Eine Angst weniger.

Ich gehe schnell, den Blick gesenkt. Ich habe einen wichtigen Termin bei einer Chinesin.

*

»Kyra, wo rennst du denn hin?«

Oh nein, nicht jetzt.

»Lex!« Ich bleibe stehen, hebe den Kopf, lächle.

»Ich war bei dir«, sagt er, während wir uns umarmen. »Aber du warst nicht da.«

Ich weiß.

»Schön dich zu sehen«, sage ich. Das ist noch nicht mal gelogen. Er ist braun gebrannt. Seine Haare sind jetzt länger. Und heller. Steht ihm. Er kommt aus einem anderen Leben, aus einem anderen Land. Ich will ihn küssen und dann davonrennen. Ich stehe herum und starre ihn an. »Seit wann bist du zurück?«

Fragen, bevor er Fragen stellt. Aber er hört nicht zu.

»Geht's dir gut? Du siehst müde aus. Wollen wir was frühstücken?«

Ich schaue auf meine Uhr, die seit Tagen die gleiche Zeit anzeigt. »Ich habe einen Termin«, sage ich steif. »Was Wichtiges.«

Lex streift mich mit einem Blick, nickt dann. »Schon okay, Kyrilie. Wir sehn uns.« Sein Mund ist schief; halb spöttisch, halb gekränkt.

Ich kann ihm nichts erklären. Ich will noch eine Umarmung, eine Berührung. Einen Kuss, wenigstens auf die Wange.

Er hebt kurz die Hand, läuft quer über die Straße, ein Wagen hupt. Der Fahrer tippt sich an die Stirn. Lex ignoriert ihn.

Von der anderen Seite winkt er mir zu.

Ich winke zurück.

Ich muss verrückt sein. Ihn ziehen zu lassen.

Ich bin verrückt. Ver rückt. Bin ein Pinguin in der Wüste. Ein Kamel am Nordpol.

Lex kann warten. Wird er aber nicht. Nicht auf mich.

Aber es geht jetzt um mehr. Es geht um *das eine für mich bestimmte*.

Lex, mein Lieber, du verlässt mich zu oft. Zu oft, zu lange.

Ich bin eine Telefonnummer, eine Adresse, eine Wohnung mit Bett, Bad, Wein, Kerze, Küche.

Du bist der unerreichbare Herumtreiber. Der Filou, der Zigeuner, der Abenteurer.

Ich gehe weiter, Schritt für Schritt, Blick gesenkt. Der Medikamentennebel umhüllt mich noch. Es ist mir egal, was um mich her passiert. Es spielt keine Rolle. Ich höre ein schreiendes Baby. Kein Grund aufzublicken. Einen kläffenden Hund. Soll er kläffen.

Die Straßenbahn fährt so dicht an mir vorbei, dass ich ihren warmen Atem spüre. Ich registriere die Gänsehaut im Nacken.

Ist eine Gänsehaut ein Gefühl? Oder nur eine körperliche Reaktion?

Von außen betrachtet sehe ich normal aus. Es ist normal, dass ich niemanden anblicke, der mir begegnet. Die Menschen auf der Straße könnten genauso gut unsichtbar sein. Unsichtbar ihren Hund Gassi führen. Unsichtbar den Kinderwagen vor sich her schieben. Ich betrachte das Bild, das in meinem Kopf entsteht. Die Autos fahren ohne Fahrer. Die Post trägt sich allein ins Haus.

Kein großer Unterschied.

Vielleicht sollten nicht nur afghanische Frauen, sondern alle Menschen mit einer Burka umherlaufen. Es wäre ehrlicher. Einfacher.

Aber womöglich hätte Lex mich dann nicht erkannt.

Was will er nur von mir? Warum kommt er ausgerechnet zu mir?

Nun, er kommt ausgerechnet auch zu anderen. Ich bin kein Special Guest in seinem Leben, nur ein Gast. Er mag Zwiebelkuchen, und ich kann Zwiebelkuchen backen.

Ich biege in eine Seitenstraße ein, laufe an Restaurants vorbei; es riecht nach Knoblauch. Mir fällt ein, dass ich noch nichts gegessen habe. Abgesehen von den Tabletten. Amitriptylinhydrochlorid. Klingt lecker.

Ich überquere einen Spielplatz mit rostigem Klettergerüst. Ein Ball rollt mir vor die Füße. Ich steige umständlich über ihn hinweg. Das Lachen der Kinder interessiert mich nicht.

Hunger ist ein lebensnotwendiges Gefühl. So wie Angst. Aber je länger man fastet, desto weniger spürt man den Hunger. Wenn man sich immer wieder einer Gefahr aussetzt, spürt man dann die Angst weniger?

Vielleicht. Aber vielleicht wird Lex irgendwann überfahren, wenn er einmal mehr das Rot der Ampel ignoriert. Nun, bis jetzt wirkt er reichlich lebendig. Im Gegensatz zu mir.

Das ist es: Wir sind die Gegenpole, die sich anziehen und abstoßen.

So simpel. Zu simpel. Gegenpole gibt es mehr als Steine am Meer. Es kommt auf die Art des Steines an. Es muss schon ein Fossil sein oder wenigstens ein Hühnergott.

Lex, du bist mein Hühnergott. Wenn du das wüsstest.

Ich fange an, mich selbst zu nerven. Laufe schneller, stolpere. Drehe mich um, schäme mich: Da ist kein Stein, kein Riss in der Erde, nichts.

Endlich die Gasse, in die ich gehöre. Keine Sackgasse. Zum Glück. Aber so dunkel, als wäre sie eine. Die Häuser hier wirken schwer und robust, wie mittelalterliche Burgen.

Li Ling wohnt im Gartenhaus. Es gibt zwar keinen Garten, aber was macht das schon. Hinterhaus klingt eben nicht so toll.

Vor der Ausfahrt steht ein weißer Lieferwagen, versperrt mir den Weg. *Rohrfrei-Sofortservice Tag & Nacht*, lese ich, als ich mich an dem Fahrzeug vorbeidrängle. *Wir lösen Ihr Problem. 24-Stunden-Notruf.* Ein gutes Omen, denke ich. Genau das, was ich brauche.

Ich gehe durch das erste Tor, durch das zweite und bleibe vor dem dritten stehen. Wie in einem Märchen. Jetzt muss ich eine Aufgabe erfüllen. Nur welche?

Klingeln wäre nicht schlecht. Die Haustür steht allerdings einen Spaltbreit offen.

»Come in!«, schreit Li Ling durch das Treppenhaus.

Klingt sie genervt oder bilde ich mir das ein?

Die Stufen knarren unter meinen Schritten. Das Geländer ist marode und wackelt, wenn man es berührt. Im ganzen Haus riecht es nach Li Lings Räucherstäbchen. Der Duft überdeckt den Gestank des feuchten Kellers. Irgendwo fällt ein Werkzeug klirrend zu Boden. Ein Rohr-Frei-Handwerker flucht in gebrochenem Deutsch.

Eine weiße mit goldenen Drachen bestickte Gestalt steht im Türrahmen.

Li Ling behandelt nicht nur Menschen, sie verkauft auch Kimonos. In allen Größen und Farben. Mit den Kimonos verdient sie mehr Geld.

Sie greift nach meiner Hand und schüttelt sie. Ein fester Händedruck. Kleine knochige Finger.

Ich sehe ihr ins Gesicht. Der Anblick ihres schiefen Ponys macht mich beinahe fröhlich. Schneidet sie sich die Haare selbst?

Ihre Wohnung ist eine bunte Höhle. An den Wänden hängen Bambus-Schmetterlinge und Fächer mit fernöstlichen Landschaften, Klangspiele aus chinesischen Münzen. Für die Touristen, die Schnickschnack kaufen wollen.

Wir gehen durch den schmalen langen Flur. In einem der Zimmer spielen ihre Kinder, zwei Mädchen.

Sie sehen mich, zeigen ihre Zähne beim Lächeln, und ich gebe mir Mühe mit dem Zurücklächeln.

Mit Kindern klappt diese Art der Kommunikation noch. Manchmal.

Eine schwarze Katze begegnet uns, streicht mir um die Beine.

Ich weiß nicht, ob es unhöflich ist, sie nicht zu streicheln. Aber ich kenne mich nicht aus mit Katzen und deshalb sage ich meist nur »Na du« zu dem Tier.

Diesmal schnalze ich ihr zu. Sie hebt kurz den Kopf, betrachtet mich ernst, wartet darauf, dass mehr kommt, aber da kommt nicht mehr.

Li Ling läuft in ihrem weißen Kimono vor mir her wie ein Geist.

Sie öffnet die Tür, lässt mich eintreten und schließt die Tür wieder.

»Willkommen«, sagt sie.

Ich murmle etwas, das wie »Harke« klingt und »Danke« heißen soll.

Ich nehme den Sessel, den ich immer nehme, samtblau mit Troddeln am Saum.

Meine Finger fangen sofort an, mit den Kordeln zu spielen, als wären sie extra dafür da.

Teekanne und Tassen stehen auf dem Tisch, Schälchen mit Gebäck und Nüssen.

Li Ling schenkt schweigend Tee ein.

Meine Hände sind kalt. Ich bin froh über die warme Tasse.

Ich blicke hinüber zu der Spanischen Wand. Hinter ihr befindet sich Li Lings Reich der Wunder. Eine Liege. Ein Regal mit den Utensilien.

Meine Hand mit dem Tee fängt an zu zittern. Der chemische Nebel reißt. Die Angst platzt aus ihrer Hülle. Zu früh.

Die Chinesin zündet eine Kerze an und ein Räucherstäbchen. Sie achtet nicht auf die Plemperei, die ich veranstalte.

»Es ist ein guter Tag«, sagt sie lächelnd.

Ein guter Tag wofür? Aber ich frage nicht. Ich setze die Teetasse vorsichtig ab. Wische mir die nasse Hand an der Hose trocken. Dünne Schwaden von Rauch winden sich um mich. Ich betrachte die goldenen Drachen auf dem Kimono und sauge den Dunst in mich ein.

»Bist du bereit?«, fragt sie.

Ich antworte nicht.

»Bist du bereit, dich von der Angst zu verabschieden?«

»Sonst wäre ich nicht hier«, sage ich. Es klingt nicht sehr freundlich. Aber Li Ling nickt bloß. »Gut.«

Wir trinken Tee. Meine Hand zittert noch, aber ich verschütte nichts mehr.

»Es ist das eine für dich bestimmte Mittel«, sagt Li Ling.

»Mit seiner Hilfe wirst du finden die Harmonie. Aber der Abschied wird nicht einfach werden.«

»Kein Problem«, versuche ich zu scherzen. Die Miene der Frau bleibt ernst. Ihr Blick ähnelt dem ihrer Katze. Sie sitzt gerade und mit leicht gerunzelter Stirn vor mir. »Es ist eine neue und zugleich uralte Heilmethode.«

Ich nicke, als wüsste ich, wovon sie redet.

»Du musst bereit sein, Schmerzen zu ertragen. Es werden kein körperlich Schmerzen sein.«

»Ich bin bereit«, sage ich. Meine Stimme klingt heiser, unsicher.

»Du musst bereit sein, auf Tabletten zu verzichten. Auf Tabletten, Alkohol, Nikotin, Drogen ... So lange die Behandlung dauert.«

Ich atme tief ein und aus. Blicke sie an. Ihren schiefen Pony. Nicke. Denke an die angebrochene Flasche Gin in meinem Kühlschrank.

»Ich bin zu *allem* bereit.«

*

»Es ist das eine für dich bestimmte«, sagt sie.

Mir fällt Li Lings Flyer ein, der wie durch ein Wunder immer wieder in meinem Briefkasten gelandet war.

Mein Kopf leert sich allmählich. Ich liege lang ausgestreckt auf der Pritsche und kämpfe gegen den Wunsch, mich zusammenzurollen wie ein Igel.

Sie atmet mit mir, als läge ich in den Wehen. »Die Luft in den Bauch hinein ... so ... ja ... anhalten ... lang ausatmen.« Die Angst wegatmen. Die Angst vor dem, was auf mich zukommt.

Der zweite Impuls ist der aufzuspringen und davonzulaufen. Den Tisch umzuwerfen mit diesem seltsamen Glas, in dem das seltsame Tier schwimmt; wegrennen.

Ich laufe nicht weg. Ich starre das Aquarium an und das Aquarium starrt zurück.

Ich bin zu allem bereit, aber nicht dazu. Ich will keinen Parasiten auf meinem Körper. Das Tier schwimmt gemächlich in dem Glas herum. Es ist platt wie ein Rochen und bewegt sich, als würde es Tai Chi unter Wasser üben.

»Eine Art Blutegel?«, frage ich Li Ling. »Aber ein Egel ist es nicht?«

Es klingt, als müsste ich ein Rätsel lösen. Ein Rätsel, das ich nicht begreife.

»Atmen«, sagt die Chinesin. »Tief ein … Gut … Es ist ein Parasit, der Leiden nimmt, nicht schafft«, erklärt sie. »Eine neue Spezies. Entwickelt aus Blutegel … und … *ausatmen* … anderen Lebewesen … Ein genetisches Wunder.«

»Ein Schmarotzer«, sage ich. Es klingt verächtlich.

Li Ling lässt sich nicht beirren. »*Hirudo Timor*. Eine vollkommene Weiterentwicklung … angepasst speziell an den Menschen, den er heilen soll.«

Ich denke an die drei Haare, die ich ihr geben musste, die Urinproben, das Blut.

Das eine für mich bestimmte. Hirudo … was?

Ein Geschöpf wie aus einem Albtraum.

»Er ist aber doch … ein Vampir?«

»Das Wesen ernährt sich von Blut, ja. Aber es entgiftet dich. Es leitet die negative Energie aus deinem Leib. Und es gibt Substanzen in dein Blut ab, die dir fehlen.«

Ich lache plötzlich. »Das Vieh wird mich aussaugen«, sage ich fröhlich.

»Es braucht nicht viel«, sagt Li Ling. »Es trinkt selten und es trinkt langsam.«

Ich kann nicht aufhören zu lachen. Es ist wie ein Anfall. Nach all dem Unsinn nun ein neuer Unsinn.

»Und?«, fragt Li Ling.

»Bin ich die Erste?«, frage ich.

»Die Erste …?«

»Die Erste, die … behandelt wird auf diese Art.«

»Nein.« Li Ling legt eine Hand auf das Aquarium und betrachtet das Wesen. Den anderen Arm streckt sie nach mir aus, legt mir zwei kühle Finger auf die Stirn. »Es gibt Menschen in Amerika und in China, die geheilt wurden. Von Professor Chang aus Peking, der die Methode entwickelt hat. Seine Züchtung ist ein Erfolg.«

»Aber ich bin … für dich ein Versuchskaninchen sozusagen?«

Die Chinesin nimmt die Finger von meiner Stirn und trommelt plötzlich nervös auf das Glas. In ihrem Blick funkelt etwas. »Wenn du nicht willst … bitte. Die Tür steht offen.«

Ich schweige.

»Verabschiede dich von dir selbst oder verabschiede dich von der Angst. Du hast die Wahl.«

»Ich habe keine Wahl«, gebe ich zurück und senke die Lider so, dass alles um mich her verschwommen aussieht. »Fang schon an.«

Li Ling legt etwas Warmes auf meinen nackten Bauch. Ein Tropfen rinnt über meine Haut. Ich schlucke, zwinge mich hinzusehen. Es ist nur ein Lappen.

Mit kreisenden Bewegungen wäscht sie meinen Oberkörper. Sie summt friedlich vor sich hin, als hätte es nie eine Unstimmigkeit gegeben.

Als ich die Augen wieder öffne, liegt das Tier auf meinem Bauch. Es sieht wirklich nicht wie ein Wurm aus. Es ist rund, flach und so groß wie eine Untertasse.

»Es hat mich noch nicht gebissen«, stelle ich fest.

»Nein, es saugt sich erst fest.« Li Ling lächelt. »Es besitzt zwei Saugnäpfe vorn und zwei Saugnäpfe hinten. Der Biss kommt später.«

Ich sage lieber nichts mehr. Die bräunliche Haut des Wesens erinnert eher an einen Pilz, an die schuppige Hülle eines Bovists. Es hat Punkte auf dem Leib, schwarze Punkte, wie Leberflecken.

Ich hüte mich davor, es anzufassen. Was ist, wenn es mich nicht mag?

Meine Hände schwitzen, obwohl sie eiskalt sind. Aber es ist eher das Warten, das mich verrückt macht.

Li Ling lässt mich nicht aus den Augen, genauer gesagt, meinen Bauch.

Das Tier bewegt sich, es kitzelt, dann spüre ich einen Stich.

»Jetzt«, sage ich.

Die Chinesin beugt sich über mich. Ihre schwarzen glänzenden Haare verbergen ihr Gesicht.

»Wie lange wird es dauern? Ich meine, bis die Heilung eintritt?« Meine Frage kommt mir dumm vor, kindisch.

Li Ling richtet sich auf, zeigt ein zufriedenes Lächeln. »Es braucht Zeit, dich kennenzulernen. Und du brauchst Zeit, um dich zu verabschieden.«

»Ja, aber …« Meine Hände heben sich, schieben eine unsichtbare Last vor sich her.

»Ein paar Tage, vielleicht auch Wochen … Ich kann es nicht sagen.«

Ich presse die Lippen zusammen. Das Tier trinkt jetzt. Ich kann es spüren. Das Blut strömt ihm ins Maul. Mein angstverseuchtes Blut.

»Wir haben noch nicht über Geld geredet«, sage ich, um mich abzulenken.

Die Chinesin legt den Kopf schief, verzieht den Mund spöttisch: »Sie haben recht, es ist ein Experiment. Sie schreiben Berichte für mich, für Professor Chang. Über jede Etappe der Heilung. Das ist Ihr Beitrag.«

Das plötzliche Sie verwirrt mich, wie immer. Es verwirrt mich mehr, als der Inhalt ihrer Worte. »Also doch«, murmle ich. »Ich bin ein Versuchskaninchen. Sie experimentieren mit mir. Mit meiner Seele.«

Li Ling macht eine wegwerfende Handbewegung. »Heilung kommt nicht von allein.«

Ich schweige. Betrachte das Tier auf meinem Bauch. Es liegt bewegungslos da, wie tot. Vielleicht ist es schon gestorben an dem Gift, das aus mir fließt.

»Sie sind hier, weil Sie zurück ins Leben wollen«, sagt sie leise. »Jeder Weg dorthin ist ein Experiment.«

Ich *bin* am Leben, denke ich. Die Angst ist der Beweis. Ich habe Angst, also lebe ich. Aber der Wunsch über Sprüche zu diskutieren, hält sich in Grenzen. Das Monster auf meinem Leib ist viel realer als jeder schlaue Satz.

»Was bedeutet: Etappen der Heilung?«, frage ich nervös. »Gibt es so etwas wie eine Erstverschlimmerung?«

»Das werden Sie sehen«, antwortet sie kühl.

Die Chinesin ist immer noch verstimmt. Ich kann mir keine verstimmte Chinesin leisten.

»Ist es ein Männchen oder ein Weibchen?«, frage ich so freundlich ich kann.

»Ein Zwitter.«

Ich seufze. »Auch das noch.«

Li Ling lacht plötzlich. »Keine Angst. Es befruchtet sich nicht selbst. Es braucht einen Partner.« Sie hält sich die Hand vor den Mund, aber das Lachen bricht zu mir durch. Sie tätschelt meinen Arm und entschuldigt sich für einen Moment. Dann läuft sie davon. Lässt mich allein. Wie kann sie nur?

Nun, sie ist keine Psychologin. Sie muss mich nicht verstehen wollen und keine Trostpflaster verteilen. Sie ist Heilerin. Sie verpasst mir ein Mittel zur Heilung. Der Rest ist meine Sache.

Außerdem bin ich nicht allein.

Ich wollte nie ein Haustier. Jetzt besitze ich ein Tier, das sich an mir festgesaugt hat. Oder es besitzt mich.

Es hat meinen Panzer angesägt, es trinkt mein Blut. Ich bin sein Wirt.

Ich muss verrückt sein, mich darauf einzulassen.

Ich *bin* verrückt.

Ich gehöre in die Klapsmühle. Ich lasse es zu, dass eine neue Spezies an mir nuckelt. Vielleicht ruft das Wesen irgendwann sein Raumschiff. Oder es will erst einmal nach Hause telefonieren wie E. T.

»Von welchem Planeten kommst du?«, frage ich leise.

Das Muster auf der Haut des Tieres verändert sich. Die Punkte wachsen, werden erbsengroß.

Keine Punkte! Augen! Der Parasit sieht mich an!

Warum kommt Li Ling nicht zurück? Wenn sie nicht gleich kommt, schreie ich.

Ich höre ihre Stimme. Sie spricht chinesisch. Mit ihren Kindern oder mit dem Telefon.

Schweiß bricht mir aus. Ich spüre mein Herz.

Schlagen. Stolpern. Schlagen.

Mein Atem wird schwerer. Ich japse nach Luft.

Richte mich auf. Die Kreatur passt sich meinem Körper an. Krümmt sich zusammen. Ich schwinge die Beine aus dem Bett. Stehe auf.

Das Tier fällt nicht ab. Es gehört zu mir. Es ist ein Teil von mir.

Mein Herz rast.

Nun friss schon, friss schon! Weißt du nicht, dass du jetzt fressen musst?

Meine Jacke liegt über dem blauen Sessel. Ich angle nach dem Asthmaspray. Schiebe mir Plastik zwischen die Lippen. Zwei Sprühstöße. Inhalieren. Luft anhalten. Ausatmen.

Ich lasse mich in den Sessel fallen. Fühle einen leichten Schmerz. Die Einstichstelle. Die winzige Wunde, aus der das Wesen trinkt.

Li Ling erscheint mit einem Tablett. Schüsseln mit Reis, Hühnchenfleisch, Gemüse. »Du musst essen«, sagt sie.

Ich nicke erschöpft. »Es hat Augen«, sage ich.

»Natürlich«, sagt die Chinesin. Sie sieht mich verwundert an. »Es besitzt fünf Augenpaare.«

Der Anblick ihres schiefen Ponys beruhigt mich.

Der Reis dampft. Alles wird gut.

*

Wieder zu Hause. Es ist Abend. Hinter den Fenstern ist es finster.

Kein Mond ist zu sehen. Kein Stern.

Das Tier liegt auf meinem Bauch. Nein, es liegt nicht, es wohnt dort.

Seine Augen reflektieren den Schein einer Kerze. Zehn Erbsenaugen mit winzigen Lichtpünktchen. Wir starren uns gegenseitig an. Wir müssen uns aneinander gewöhnen. Aber wie gewöhnt man sich an das vollkommen Fremde?

Wie gewöhnt sich das Wesen an mich? Es ist ja nicht gerade freiwillig zu mir gekommen.

Mit dem Monster auf mir werde ich selbst zum Monster. Ich bin abnorm. Etwas, das nicht in die Gesellschaft passt. Die anderen werden mich verachten. Sie werden sich vor mir ekeln und mich hassen. Sie werden auf mich heruntersehen wie auf eine Schwachsinnige. Sie werden mich ausstoßen aus ihren heiligen Reihen. Mich in die Klapsmühle stecken. Niemand wird mich verstehen. Niemand wird mich lieben.

Ist dieser depressive Anfall ein Anzeichen für die Erstverschlimmerung?

Und wäre dies nicht ein Indiz dafür, dass Li Ling richtig liegt?

Ist es Zeit für ein paar Notizen?

Ich schreibe langsam und in Schönschrift auf einen Zettel: *Die Angst vor der Verachtung anderer.*

Professor Chang soll seinen Bericht bekommen.

Das weiße Blatt nimmt die blaue Tinte auf. Ich schreibe mit einem Schulfüller. Genauer gesagt: Ich male Zeichen. Kopple Buchstaben aneinander, Zahlen. Name und Datum.

Hausaufgabe: Nenne mindestens zehn deiner Ängste. Reihenfolge spielt keine Rolle.

Die Angst zu versagen.
Die Angst, alles falsch zu machen.
Die Angst vor Ablehnung.
Die Angst, nicht wichtig genommen zu werden.
Die Angst jemanden, den man liebt, zu verlieren.

Die Angst, sich selbst zu verlieren.
Die Angst, den Verstand zu verlieren.
Die Angst, verlassen zu werden.
Die Angst, das Leben zu verpassen.
Die Angst, dass jeder meine Angst spürt.
Die Angst, dass die Angst anhält.
Die Angst, von der Angst beherrscht zu werden.
Die Angst vor der Angst.
Die Angst vor dem Tod.
Die Angst vor Krieg. Vor Terror. Vor Unfällen. Vor diesen ganzen mörderischen Sinnlosigkeiten.
Die Angst vor der Erinnerung.
Die Angst vor meiner eigenen Vergangenheit.
Die Angst, dass die Vergangenheit nicht vergeht.
Sie wohnt in mir. Hockt verborgen in einer kleinen Höhle. Manchmal kommt sie ein kleines Stück heraus und zündet ein Feuer an.
Das Feuer heißt Angst.

Ich lege den Füllfederhalter beiseite. Nehme das Blatt und betrachte das Gewirr der Buchstaben. Ich kann nicht lesen. Ich kann meine eigene Schrift nicht lesen.

Außerdem ist dieser Bericht kein Bericht und somit vollkommen wertlos für den Professor in Peking.

Ich zerreiße das Blatt.

Das Tier auf meinem Bauch zuckt zusammen. Also hat es Ohren. Aber wo?

»Was bist du eigentlich, wenn du kein Wurm bist?«

Seine Augen wachsen. Es sieht mich an.

Seine Farbe hat sich verändert. Oder bilde ich mir das ein? Sie scheint dunkler geworden zu sein. Ohren kann ich keine entdecken.

Eigentlich ist das Wesen konturlos wie ein Kuhfladen. Böse gesagt.

Ich zerreiße meine Ängste in kleine Schnipsel. Werfe sie in die Luft. Aber die Luft will sie nicht.

Bitte schön, Herr Professor, dies ist der erste Bericht.

Zwei Papierfetzen landen auf der Haut meines Schmarotzers. Ein Augenpaar ist verdeckt. Ich richte mich auf und puste ihm die Sicht wieder frei.

Wie soll ich einschlafen ohne Medikamente?

Ich hole mir ein Glas Wasser aus dem Bad, lege mir eine unsichtbare Tablette auf die Zunge, schlucke. Vielleicht hilft es.

Ich liege im Bett. Ich warte. Warte auf den Schlaf.

Das Tier scheint zu dösen. Seine Augen sind wieder geschrumpft. Es rührt sich nicht.

Ich habe die Lampe angelassen. Aber mit Licht kann ich nicht einschlafen.

Ohne Licht kann ich auch nicht einschlafen.

Ohne Licht fürchte ich mich vor dem Wesen auf mir.

Vielleicht sollte ich jetzt meinen ersten Bericht schreiben.

Aber worüber?

Über das Warten?

Ich liege im Bett. Das Licht ist ausgeschaltet. Eine Laterne leuchtet ins Zimmer.

Ich fühle das Tier nicht mehr auf meinem Bauch. Ich taste vorsichtig mit den Fingerspitzen. Spüre etwas Feuchtes. Ich kann nichts Genaues erkennen, weiß aber sofort, was es ist: Blut. Viel Blut. Eine Lache von Blut in der Mulde meines Bauches.

Das Tier hockt neben dem Bett und sieht mich an. Es hat eine andere Form angenommen. Es ist ein Hase.

Ich richte mich auf, fühle das Blut aus mir fließen. Lange sanfte Ströme.

Rufe: »Hase, Hase, Hase!«

Das Tier kommt näher. Es ist gewachsen. Auch die Augen sind jetzt sehr groß.

Es ist gar kein Hase. Es ist ein Hund, ein Wildhund, ein Dingo vielleicht.

Es schnüffelt an meiner riesigen offenen Wunde. Ich sage: »Hund, Hund, Hund.«

Das Tier knurrt. Wahrscheinlich wird es gleich über mich herfallen. Ich strecke die Hand nach ihm aus, berühre seine kalte Schnauze.

Mir fällt auf, dass es auch kein Hund ist. Es ist ein Wolf.

Und er war schon öfter bei mir.

Ich wache auf.

Es riecht nach Blut.

Ich schwitze.

Der Parasit liegt an der gleichen Stelle. Unterhalb meines Herzens.

Er ist weder Hase noch Hund. Auch kein Wolf. Leider.

Was er ist, weiß ich nicht.

Ich schalte das Licht an und gleich wieder aus. Es wird ohnehin bald hell.

Der Blutsauger ist leicht; ich spüre kaum sein Gewicht.

Die Einstichstelle schmerzt jetzt wie ein Wespenstich. Was ist, wenn sie sich entzündet?

Ich atme flach. Ich wage nicht, tief Luft zu holen.

Ich starre ins Dunkel und warte. Ich warte darauf, dass die Zeit vergeht. Ich warte auf die Dämmerung. Und darauf, dass der neue Tag etwas Neues bringt.

Was ist, wenn sich nichts verändert? Wenn trotz des Angstfressers alles beim Alten bleibt?

Das wäre das Schlimmste. Jede Veränderung ist besser als keine.

Das ist nicht wahr. Es kann durchaus noch übler werden.

Ich denke daran, die Chinesin anzurufen. Aber es ist immer noch Nacht.

Jeder normale Mensch schläft um diese Zeit. Jeder normale …

Die Angst vor dem Mann im weißen Kittel: Solange man mich nicht für verrückt erklärt, bin ich es nicht. Ich bin normal; ich habe es nicht nötig, mich durchleuchten zu lassen. Meine Erinnerung gehört mir. Sie sitzt eingeschlossen in einem stinkenden Keller. Ich will sie nicht herauslassen.

In der Nacht plustert sich die Angst auf wie ein hässlicher Truthahn.

Zeit, das Mistvieh zu schlachten.

Ich will töten. Die Angst töten.

Jedes Mittel ist mir recht.

Auch ein Vampir auf meinem Leib.

Es ist immer noch Nacht.

Ich stehe an einer Treppe, die zu einem U-Bahnhof führt. Mir ist schwindlig. Ich muss hinunter, es hilft alles nichts, ich bin verabredet. Die Stufen sind unregelmäßig und marode. Ich will mich festhalten, aber es gibt kein Geländer. Ein paar Steine poltern vor mir her. Bruchstücke der Treppe. Unten ist niemand. Ich bin allein. Dann kommt ein Mann herunter. Ich kann nur seine Umrisse erkennen. Er geht mechanisch wie eine aufgezogene Puppe. Ich weiß, dass er wegen mir kommt. Er will mich töten. Ich laufe davon, quer über den menschenleeren Bahnhof. Wieder eine Treppe. Ich renne die Stufen hinauf. Der Mann kommt mir entgegen. Ich erkenne ihn jetzt deutlich. Sein Kopf ist mit einem schmutzigen Verband umwickelt. Seine Augen leuchten gelb. Sein Mund ist zahnlos.

Er zieht einen Revolver und zielt auf mich.

Ein Sonnenstrahl weckt mich. Ich lächle dem Licht des Tages entgegen. Es hat mir soeben das Leben gerettet.

Ich habe oft Albträume. Aber sonst erinnere ich mich nicht so deutlich. Ein paar Details huschen mir durchs Gedächtnis, einzelne Bilder, nichts das einen Sinn oder gar eine Handlung ergibt. Diesmal ist alles ganz klar, beinahe wie eine tatsächliche Erinnerung. Auch der Hase-Hund-Wolf ist noch in meinem Kopf. Ich sehe ihn an meinem Bett sitzen, treu ergeben, weißes struppiges Fell. Ich sehe ihn hecheln; weißer Dampf quillt aus seinem Maul.

Das Tier auf meinem Bauch ist schon wach. Es zittert leicht, wie ein Wackelpudding. Seine Hautfarbe ist wieder verändert. Sie schimmert eine Spur lila.

Wenn ich die Augen schließe, sehe ich den Mann vor mir: der verdreckte Streifen Stoff um seinen Schädel, der eitrige Blick, der nicht ablässt von mir.

Er sieht verdammt real aus. Er *ist* real. Der Erschossene aus der Zeitung. Das Kriegsopfer hat sich von der Titelseite in mein Unterbewusstsein geschummelt.

Ich bin froh, dass er wenigstens nichts sagt.

Ich bin froh, dass ich wach bin. Dass ich die Nacht überstanden habe. Dass ich nicht erschossen wurde.

Vielleicht hat ja das Wesen meinen Traum gefressen? Vielleicht hat es zugebissen, gekaut und geschluckt, bevor der Schuss sich lösen konnte?

Warum zittert es so?

Ich stehe auf und schließe das Fenster.

Haustiere vertragen nun mal keine Zugluft.

Unten auf der Straße geht ein Mann. Seine Bewegungen sind seltsam steif.

Er trägt einen Mantel und etwas schmutzig Helles, das eine Mütze sein könnte oder auch ein Verband. Ich kann nicht erkennen, ob sein Kopf tatsächlich verbunden ist. Er hält inne, dreht sich langsam um. Lichter blitzen zu mir hinauf. Durch seine Sonnenbrille starrt er hoch zu mir, so kommt es mir vor. Als wüsste er Bescheid. Nicht nur darüber, dass ich ihn beobachte. Auch über das Zittern, das sich jetzt außerhalb meines Körpers befindet. In einem anderen Körper.

Ich verstecke mich nicht, warte und sehe zu, wie er am Friseur vorbeigeht, an der Bäckerei, an der Kneipe; ich warte, bis er in eine Seitenstraße einbiegt, bis er endlich aus meinem Blickfeld verschwindet.

Ich atme auf.

Das Tier hängt jetzt ruhig und ohne zu zittern an mir, friedlich, wie ein Säugling, der gestillt wurde. Vermutlich ist es satt.

*

Ich laufe die Straße entlang, auf der Suche nach einer Telefonzelle.

Der Wunsch, Lex zu erreichen, ist fast schmerzhaft. Ich muss ihn sprechen, jetzt. Ihm alles erklären. Ich kenne mich in der Stadt, in der ich lebe, nicht aus. Ich weiß nicht, wo ich suchen soll. Dann endlich, neben dem Zeitungskiosk … Ich ziehe die Tür auf. Kein Telefon. Ein schwarzes abgeschnittenes Kabel ragt aus der Wand. Die Luft ist verbraucht. Eine Zelle ohne Telefon, ohne Luft. Ich muss sofort raus.

Der Mann aus dem Zeitungskiosk schaut aus seinem Guckloch. Er fragt mich, ob ich jemanden identifizieren könne. Einen Toten mit verstümmeltem Gesicht. Noch bevor ich die Leiche sehe, weiß ich, dass es Lex ist. Ich starre auf seinen Körper, der plötzlich vor mir liegt. Ich erkenne die Kleidung wieder: Eine schwarze Jeansjacke, die auf dem Rückenteil ein Stück genäht wurde. Habe furchtbare Angst, das Gesicht zu sehen. Ich will nicht glauben, dass er es ist.

Es klingelt. Einen Moment denke ich, dass es in der Telefonzelle klingelt.

Ich springe aus dem Bett. Mein Herz rast wie blödsinnig. Ich denke nicht gleich an das Tier und berühre es versehentlich. Es fährt zusammen. Seine Haut ist feucht, aber nicht so feucht, wie ich dachte.

Ich nehme den Telefonhörer ab. Es klingelt immer noch.

Ich streife das Nachthemd über, das ich kürzlich auf dem Asia-Markt gekauft habe: Braune Schmetterlinge, die wie Motten aussehen – die mich an irgendwas erinnern, ich weiß nur nicht, woran –, auf dottergelbem Baumwollstoff.

Es ist zwar hässlich, aber so weit, dass ich zwei Mal hineinpassen würde. Ich öffne die Tür.

Lex sieht erregt aus. Seine Augen glänzen, seine Wangen sind gerötet. Er ringt nach Luft, als wäre er gerannt.

Ich umarme ihn, noch bevor er etwas sagt. Er ist da, er lebt.

»Du wirst es nicht glauben, Kyrilie, ich wäre beinahe überfahren worden«, sagt er. »Von einem fetten Laster. Ich konnte gerade noch zur Seite springen.«

Ich kann nicht sprechen, küsse seine Haut, irgendeine Stelle im Gesicht, rieche Schweiß und einen Hauch von Parfüm. Rieche Lex.

»Dabei war die verdammte Ampel grün, verstehst du?« Er schüttelt den Kopf, während ich versuche seine Wangen, seinen Mund zu küssen. »Da siehst du, was das bringt, sich an die Regeln zu halten. Sei brav und der nächste Scheiß-Lkw überfährt dich.«

Ich seufze, erleichtert über unser Glück am Leben zu sein, küsse seine Lippen, die nicht zurückküssen.

»Ich brauche jetzt was zu trinken«, sagt er und schiebt mich sanft beiseite. »Hast du was?«

Ich nicke. »Komm.« Ich will ihn jetzt nicht allein lassen. Falls der Laster noch auf seiner Spur ist. Falls er durch die Tür bricht. Falls er gleich durch diese Wohnung jagt. Woher weiß ich eigentlich, dass Lex nicht tot ist? Woher weiß ich, dass ich *jetzt* nicht träume?

Kippe Tonic in ein Glas, den restlichen Gin, ein paar Brocken Eis aus dem Tiefkühlfach, die nach Tiefkühlfach riechen. Lasse ihn nicht aus den Augen. Er sieht echt aus. Er trinkt, unterdrückt ein Rülpsen. Schüttelt immer noch den Kopf. Zeigt mit Daumen und Zeigefinger wie viel Platz noch war zwischen ihm und dem Tod.

»Das müssen wir feiern«, sagt er und bietet mir an, aus seinem Glas zu trinken. »Hast du das Hupen gehört? Die quietschenden Bremsen? Du musst es doch gehört haben?«

»Ich habe von dir geträumt«, sage ich, nippe nur am Gin Tonic. Lege eine Hand in seinen Nacken, ziehe ihn zu mir, lecke, sauge an seinem Hals, der salzig schmeckt. »Ich bin so froh, dass du lebst.«

»Kann mir schon denken, was du geträumt hast«, sagt er, seine Stimme klingt jetzt dunkler, sanft. Er schiebt sich an mich, fährt mit zwei Fingern über meinen Nacken, fährt den Hals entlang, berührt meine Brust. »Ein halbes Jahr der gleiche Traum, nicht wahr? Und jetzt bin ich bei dir, ganz real.«

Ich spüre den Parasiten auf meinem Bauch, er zwickt mich leicht, als wollte er sich in Erinnerung bringen. Mir wird schwindlig. Ich rücke ein Stück von Lex ab, sage: »Du hast mir nicht ein einziges Mal geschrieben.« Er streckt die Hand nach mir aus, nach der Strähne, die mir ins Gesicht hängt. Ich mache eine abwehrende Geste, um Zeit zu gewinnen.

»Komm schon«, sagt er. »Du weißt, dass ich nicht schreibe. Dir nicht, anderen nicht. Ich bin doch hier, oder?«

»Du hättest mal anrufen können.«

Lex zuckt mit den Schultern, trinkt, wartet, dass ich aufhöre, Blödsinn zu reden.

»Ich dachte, du kommst überhaupt nicht zurück. Ich dachte, du wärst spurlos verschwunden. Ich dachte, ich sehe dich nie wieder.« Meine Worte kommen mir fremd vor, wie bunte Stofffetzen, die sich ein Zauberer aus dem Mund zupft. Noch einen und noch einen.

Lex zieht eine Grimasse. »Hätte ja fast geklappt.«

»Du wolltest zwei Monate in Frankreich bleiben«, sage ich und umklammere das Tier unter dem Nachthemd mit beiden Armen. »Nicht ein halbes Jahr.«

»Hat sich so ergeben«, murmelt Lex, langsam schlecht gelaunt. »Was ist los mit dir?«

Ich starre ihn an, kaue auf der Unterlippe herum. »Nichts.«

Wenn ich so weitermache, wird er abwinken und gehen. Ich kenne dieses Abwinken. Ich fürchte es. Diese Geste sagt zu viel.

»Tut mir leid«, stammle ich. »Hab dich Kerl vermisst, du Mistkerl.« Es klingt nicht gerade glaubwürdig.

Statt »Ich dich auch« zu sagen, nimmt Lex mein Gesicht in beide Hände, schiebt seinen Daumen in meinen Mund. Besser als ein Abwinken.

Seine Zunge an meiner, tief, fordernd. Endlich. Zwei alte Bekannte treffen sich. Als wäre die Zeit stehen geblieben. Nichts ist passiert. Kein Parasit saugt an mir. So etwas wie Angst gibt es gar nicht. Und so leben sie glücklich und zufrieden, solange sie nicht an einer Kreuzung überfahren werden.

Seine Hand, die an meinem Nachthemd zerrt. Ich muss schnell sein, ihm zuvorkommen. Sein Reißverschluss. Der verdammte Knopf.

Sein Schwanz, heiß, in meiner Hand.

Ich schiebe ihn gegen den Stuhl, bis er sich endlich setzt. Ein Küchenstuhl, nicht sehr stabil. Was soll's.

Ich lege seine Hände auf meinen Hintern. Setze mich auf ihn. Bewege mich langsam, sorgfältig. Als wollte ich eine Zensur von ihm bekommen. Eine Zensur fürs Ficken.

An meinem Bauch pocht es. Mein Puls in einem fremden Körper. Nicht dran denken. Nur der Bewegung folgen, dem Atem, seinem und meinem, dem Stöhnen.

Wir schließen nicht die Augen. Wir sehen uns an. Wir lächeln nicht. Es gibt keinen Grund. Wir teilen den Augenblick, das ist alles.

Seine Geheimnisse werden seine Geheimnisse bleiben und meine Geheimnisse werden meine Geheimnisse bleiben.

Ich hoffe, mein Vampir verkraftet den Akt auf dem Küchenstuhl und die Körpersäfte von Lex. Aber ich denke nicht weiter an das kleine Monster von Professor Chang, ich zwinge mich an nichts zu denken. Das ist anstrengend. Anstrengender als an irgendetwas Bestimmtes zu denken. Ich konzentriere mich auf die Augen meines Besuchers, dunkelbraune Augen, schön und kalt, schwarze dichte Wimpern, so schwarz und dicht wie sein Haar. Sehr nah. Ich halte mich gerade und beinahe so elegant wie die Reiterin auf *Black Beauty*; es ist kein Galopp, nicht einmal Trab, eher ein gemächlich verspieltes Auf und Ab. Ich achte auf eine gewisse Distanz, damit er den Vampir an mir nicht doch noch spürt.

Der Kuss, den wir uns schließlich gönnen vor dem Höhepunkt, ist mehr ein Saugen, Beißen, geil und nicht sehr sanft.

Später teilen wir uns eine Zigarette. Eine halbe wird nicht schaden, denke ich. Seine Lippe ist geschwollen, meine blutet. Wir lachen drüber, als wir es bemerken. Was die Liebe angeht, sind wir nicht gerade Pazifisten.

Ich sitze auf seinem Schoß, halte meinen Leib umschlungen. Er hält die Zigarette, ein Zug für mich, ein Zug für ihn. Ich inhaliere den Rauch so tief wie sonst nur das Asthmaspray. »Die letzte Zigarette«, sage ich feierlich.

»Wirklich?«, fragt Lex. Aber so richtig glaubt er es nicht. Oder es interessiert ihn nicht.

»Wirklich«, sage ich.

In den Tassen dampft der Kaffee.

Sonntagsstimmung, obwohl heute wahrscheinlich nicht Sonntag ist.

Lex stellt das Radio an, sucht nach einem Sender mit passender Musik. Ich sehe seiner Hand zu. Sie ist kräftig, feingliedrig, leicht behaart.

Er lässt Marilyn Manson in die Küche grölen, stellt lauter. Nicht gerade mein Geschmack, aber *Sweet Dreams* ist schon okay.

Der Vampir ist offenbar anderer Meinung. Er zittert unter meinem Nachthemd.

»Muss mal wohin«, murmle ich und trage den blinden Passagier ins Bad.

Ich dusche ein bisschen, kämme mich, warte darauf, dass das Wesen ruhiger wird. Es dauert ein paar Minuten. Auch noch empfindlich das Kerlchen.

Lex klopft an die Tür. Drückt die Klinke ein paarmal hinunter. »Kyra«, sagt er vorwurfsvoll.

»Moment!« Ich werfe mir einen Bademantel über, binde den Gürtel zu, öffne ihm.

»Wieso schließt du denn ab?«, fragt er. »Und wieso hast du was an, wenn ich zu dir ins Bad will?«

»Hätte ja auch der Postbote sein können«, sage ich idiotisch.

»Der Postbote?« Er grinst. »Soso, der Postbote war also auch schon hier?«

»Blödmann«, knurre ich ihn an. »Ausgerechnet du hast es nötig …«

Seine Hand schiebt sich zwischen meine Beine. »Ich hab ein besonders eiliges Päckchen für dich«, murmelt er. »Willst du es nicht aufmachen?« Er zieht an dem Gürtel des Bademantels. Wie lange wird der Doppelknoten halten?

»Später, Lex«, sage ich etwas atemlos und deshalb klingt es unglaubwürdig. Ich ziehe ihm das Frotteeband nervös aus der Hand. »Später.«

Er achtet nicht darauf, was ich sage. Drängt sich an mich, reibt mich mit zwei Fingern, schiebt seine Zunge in meinen Mund. Er ist nah, viel zu nah. Er kennt mich, er kennt meinen Körper. Er weiß, was er tut. »Es ist wirklich ein bisschen dringend«, summt er in mein Ohr. »Komm schon, der Postbote will dir was in den Türschlitz stecken.«

Na schön, es wird schon schief gehen. Er redet weiter von dem Postboten und von *Express-Versand*. Ich versuche seine Albernheiten zu ignorieren. Dass Geilheit den Verstand vernebelt, ist ja nichts Neues. Dass ich mich so ziere schon. Beiße ihn, nicht wirklich böse, aber so, dass er stöhnt und mich loslässt. Ich drehe mich um, hebe den Bademantel ein Stück hoch, polstere mit dem Frottee das Wesen an meinem Bauch so gut es geht. Beuge mich über die Wanne, als wollte ich ein paar Haare aufsammeln.

Hoffen wir das Beste für meinen blutsaugenden Freund. Ein zerquetschter Hirudo Dingsbums würde die Chinesin sicher nicht gerade erfreuen.

»Komische Ideen hast du heute«, sagt Lex und lacht leise. Er seufzt, lässt sich auf die Knie fallen. Es muss ziemlich unbequem für ihn sein, mein Bad ist nicht besonders groß. »Was macht man nicht alles, wenn man Postbote ist und bei der Dame was loswerden will.«

Ich hasse es, wenn er mich so nennt.

Dame.

*

Lex ist gegangen. Ich bin froh, dass er nicht hier übernachten wollte.

Wie soll ich das Tier auf Dauer geheim halten?

Und wie immer, wenn er gerade zur Tür heraus ist, pocht die Angst ihren schrägen hektischen Rhythmus. Pocht in den Schläfen, pocht im Hals, pocht in den Pulsadern. *Er-ver-lässt-dich. Er-ver-lässt-dich. Er-ver-lässt-dich.*

Aber es ist nicht wie immer. Dem bösen Traum folgte ein gutes Erwachen.

Lex ist gestorben und wieder auferstanden. *Für mich.*

Die Angst verebbt, zieht sich zurück, löst sich erstaunlich schnell auf.

Ich muss dankbar sein, das ist mir klar. Aus lauter Dankbarkeit beschließe ich meine Zimmerpflanzen zu gießen. Das Gießen der Zimmerpflanzen gibt mir einen Grund in der Wohnung umherzulaufen. Das Gießen der Zimmerpflanzen gibt meinem Leben einstweilen einen Sinn. Für die Dauer von zwei drei Minuten in etwa.

Das Wasser sieht dicker aus als sonst, ölig, es färbt sich blau wie Tinte. Die Farbe wird heller, stechender. Der Teppich der Ärztin fließt in den Topf der Orchidee. Verdammt, ist das jetzt der nächste Albtraum?

Ich betrachte die Kanne aus Plastik in meinen Händen. Sie kann nicht zaubern. Bisher konnte sie das jedenfalls nicht. Bisher benahm sich diese Gießkanne ausgesprochen unauffällig. Ich schütte mir etwas Wasser in die Hand. Es ist durchsichtig. Es ist Wasser.

Ha zwei Oh.

Alles ist so, wie es sein soll. Kein Grund zur Panik. Es ist nur Wasser.

Ich schüttle das Gefäß, und es gluckst in seinem Innern, wie es glucksen muss. Meinen Zimmerpflanzen scheint es gut zu gehen. Sie sehen genauso kümmerlich und vernachlässigt aus wie vorher. Kein Grund zur Panik. Was auch immer hier geschieht, von dem die Wissenschaft keinen blassen Schimmer hat: Das Leben geht seinen Gang.

Was soll's. Ich mache einfach weiter. Blümchen gießen, Staub wischen. Dicker Staub. Ich hinterlasse Fingerabdrücke. Auf dem Fernseher klebt meine Hand. Ich wische über den Bildschirm. Aber der Abdruck bleibt, schwillt an, bewegt sich. Die Finger zappeln, greifen nach mir.

Ich schalte den Apparat ein. Eine Rakete startet und nimmt die böse Hand mit. Alles wird gut. Es gibt keine Geister. Ich werde nicht verrückt.

Im Kühlschrank liegt ein abgeschnittener Kopf. Verdammt noch mal. Den kenn' ich doch. Tür zu. Wieder auf. Der Kopf ist weg.

Wer war das bloß?

Ich habe kein gutes Gedächtnis für abgetrennte Köpfe.

Ich rufe die Chinesin an und schluchze ins Telefon. Eine ihrer Töchter ist am Apparat und sagt etwas, was ich nicht verstehe. »Gibst du mir bitte deine Mama?«, bettle ich. Der Hörer in meiner Hand ist schwarz, schwer und so heiß, dass ich ihn kaum halten kann. Auch verändert er seine Form und sieht jetzt aus wie ein Gummiknüppel.

»Komm schon …« Ich flüstere, um nicht zu schreien. »Das ist ein Notfall.«

Endlich dann ihre Stimme.

»Ich habe schlimme Träume«, beschwere ich mich, »und ich sehe falsche Dinge.«

»Schreiben Sie es auf«, sagt sie kühl.

»Die Gegenstände verwandeln sich. Im Moment rede ich gerade mit einem Schlagstock.«

Sie schweigt einen Moment. »Ihre Seele wirft nur etwas ab«, meint sie lapidar, »das ist ein gutes Zeichen.«

»Ein gutes Zeichen? Sie sehen nicht, was ich sehe.«

»Sie sehen nur, was in Ihnen ist.«

Ich schweige, schluchze. Versuche zu begreifen, was die Chinesin meint.

»Albträume und Halluzinationen sind vorübergehende Nebenwirkungen«, sagt Li Ling als würde sie aus einem Lehrbuch vorlesen. »Schreiben Sie bitte genaue Berichte.«

Sie legt auf.

Ich lasse den Gummiknüppel auf den Tisch fallen.

Ich verliere den Verstand also nur vorübergehend.

Wie schön.

Lex, komm bitte zurück. Ich möchte mit dir ins Kino gehen, in den Park, Eis essen. Ich möchte dich vögeln und dir Zwiebelkuchen backen. Lass mich nicht allein.

Im Kino sitze ich immer nur in der letzten Reihe. Ich halte unbekannte Menschen hinter meinem Rücken nicht aus. Ich mag den fremden Atem nicht, der mir in den Nacken bläst. Die Beine, die sich von hinten gegen meine Beine drängen.

Er hat mich erhört. Er liegt auf meinem Bett. Auf dem Bauch.

Er ist zurückgekommen. Ich habe ihn wieder.

Er ist halbnackt, trägt nur eine Jeans. Ich lege mich zu ihm.

Er schläft. Ich höre sein leises Schnarchen.

Auf seinem Rücken wächst das pockennarbige Muster einer Tapete. Scheußliches Muster, scheußliche Tapete.

Aber ich streichle ihn trotzdem. Haut aus Raufaser.

Fasst sich gut an. Reißt aber schnell.

Er wird wach und dreht sich zu mir um. Blickt mich mit Katzenaugen an.

In seinem Gesicht sehe ich Stadtpläne. Auf der linken Wange ist Lissabon. Auf der rechten Rom. Auf dem Kinn klebt Düsseldorf.

Ich war noch nie in Düsseldorf. In Rom und Lissabon war ich aber auch noch nicht.

Es ist schwer zu unterscheiden, was Traum und was Halluzination ist.

Der Angstfresser ist fett geworden wie ein Mops.

Ich gewöhne mir an, auf dem Boden zu liegen und seine Schlangenhaut zu streicheln.

Manchmal geht es mir richtig gut.

Ich sehe mich auf einem Karussell sitzen und Lakritze essen.

Ich sehe durch das schillernde Wasser der Ostsee auf meine nackten Füße.

Ich laufe durch einen Wald und finde einen Steinpilz auf einer Lichtung.

Ohne Maden.

Auf dem Weg zum Supermarkt.

Ich habe lange nichts mehr gegessen. In meinem Kühlschrank liegen nur abgetrennte Körperteile und andere Scheußlichkeiten. Ob die Hühnereier in der Packung echt sind, weiß ich nicht. Für alle Fälle verzehre ich nichts mehr von dem, was aus meinem Kühlschrank stammt.

Autos fahren an mir vorbei, Straßenbahnen, Busse. Die Bäume sehen normal aus. Sie tragen Blätter und ich sehe Vögel in ihren Wipfeln, Tauben und Krähen.

Die Häuser sind dieselben wie sonst auch. Der Himmel ist voller Wolken. Ein kräftiger Wind bläst und schiebt sie unermüdlich weiter.

Der Mann, der mir entgegenkommt, trägt einen schwarzen eleganten Anzug und einen Elefantenkopf. Der Rüssel schwenkt hin und her, während er geht.

Zwei Frauen dicht hinter ihm schnattern sich mit ihren Gänseschnäbeln die neuesten Nachrichten zu. Ihre dicken langen Hälse drehen sich nervös von den Schaufenstern zur Straße wieder zu den Schaufenstern. An der Haltestelle der Straßenbahn steht ein Mann mit dem Haupt eines Esels, neben ihm eine Frau mit einem Pferdeschädel.

Der Pferdeschädel sieht mich an und nickt in meine Richtung.

Ich grüße freundlich zurück. Vorsichtshalber.

Alles nur vorübergehend. Ich habe keine Angst. Sinnestäuschungen.

Ich sehe nur, was in mir ist. Meine eigenen privaten Hirngespinste.

Haben Sie vielen Dank, Monsieur Hirudo Timor. Mir wäre wirklich etwas entgangen, wenn ich Sie nicht kennengelernt hätte.

Im Supermarkt kriechen Kakerlaken aus den Kartoffelsäcken.

In der Fleischabteilung wimmeln die Maden im rohen Fleisch.

Ich werfe ein paar Konservenbüchsen in den Einkaufswagen, Gläser mit Gemüse und Obst. Nichts Offenes.

Außerdem kaufe ich einen Schreibblock mit extra starken Linien für Schulanfänger, Glühbirnen, Batterien für meinen Wecker.

Ein Rudel Menschen mit Wolfsköpfen steht an der Kasse an. Sie drehen sich alle gleichzeitig nach mir um. Haben sie mich erkannt? Wissen sie, wer ich bin? Riechen sie das Blut?

Ich gehe zurück bis zu den Cornflakesschachteln. Die Wolfsmenschen machen jetzt Turnübungen. Sie hüpfen im Hampelmanntakt, alle gleichzeitig.

Ich halte eine Packung Knuspermüsli vor mein Gesicht. Warte, bis das Rudel den Supermarkt verlassen hat.

Die Frau an der Kasse verwandelt sich vor meinen Augen. Ihre Ohren wachsen, werden Schmetterlingsflügel. Nach und nach verformt sich auch ihr Gesicht. Saugrüssel, Fühler, Insektenaugen. Ich versuche nicht so genau hinzusehen.

Sie arbeitet geschickt, schnell, nicht anders als sonst.

Ich bedanke mich und wünsche ihr einen schönen Feierabend.

Wenn man höflich ist zu den Gespenstern, tun sie einem nichts.

Wieder zu Hause.

In der Küche öffne ich vorsichtig ein Glas mit Mischgemüse.

Erbsen und Möhren. Alles okay. Alles ist so, wie es sein soll. Es riecht auch so, wie es riechen soll.

Auf meinem Teller krabbeln dann allerdings die Erbsen umher. Sie haben Beine bekommen und lange gelbe Fühler. Die Mohrrüben bleiben Mohrrüben.

Ich probiere eine und zerdrücke das weiche Ding zwischen Zunge und Gaumen.

Gut, schmeckt.

Ich probiere einen Käfer. Schmeckt nach Erbse.

Als sich auch die Möhren verändern, verliere ich den Appetit.

Die orangeroten Raupen auf meinem Teller sind behaart und haben schwarze Warzen auf dem Rücken.

Ich nehme eine von ihnen auf die Hand und betrachte sie. Sie ist wirklich hübsch.

Ich streichle ihre feinen Borsten. Hebe sie höher und öffne meinen Mund. Strecke die Zunge heraus.

Nein, unmöglich. Es geht einfach nicht.

Ich setze sie zurück zu ihren Artgenossen.

*

Ich habe einen Termin und Termine müssen eingehalten werden.

Ich sitze im Wartezimmer. Die Füße klemme ich um die Stuhlbeine, damit ich den Boden nicht berühre. Ich kann die Haie, die in dem ultramarinen Teppich herumschwimmen, ganz genau erkennen.

Es ist anstrengend so zu sitzen. Die Frau neben mir hat ein Giraffengesicht und liest den *Spiegel*. Ein Mann mit einem Wildschweinkopf zieht einen *Spiderman*-Comic aus seiner Aktentasche und blättert darin herum.

Ich schwitze unter den Achseln. Versuche die Leute nicht anzustarren. Es ist unhöflich, Menschen im Wartezimmer anzustarren. Es gibt auch keinen Grund, sie auf diese Art zu betrachten. Ich bin eine von ihnen. Eine Patientin, die hier ist, weil sie einen Termin hat.

Meine Ärztin ist freundlich zu mir. Mein Blutdruck ist vollkommen in Ordnung. Sie ist zufrieden. Auch der Puls schlägt einen normalen Takt.

»Na also«, sagt sie. »Wir sind auf dem Wege der Besserung.«

Ich nicke artig und lächle, versuche zu übersehen, dass ihre Froschzunge plötzlich hervorschnellt und eine Fliege fängt.

»Haben Sie noch Fieber?«

Ich werfe einen Blick in ihr Gesicht und sehe ein schwarzes Insektenbein, das an ihrer Unterlippe klebt. »Kein Fieber«, murmle ich.

»Was sind das für Blutflecken auf Ihrer Kleidung?«, fragt sie dann, plötzlich doch besorgt. Ihre Zunge leckt das winzige Bein von der Lippe.

Ich sehe an mir herunter. Ein paar rote Spritzer auf der weißen Bluse, in Höhe meines Bauchnabels. Mein Parasit hat wohl bei seinem Mittagsmahl ein bisschen gekleckert.

»Tut mir leid«, stammle ich. »Nasenbluten. Ich hatte vorhin Nasenbluten.«

Wieso muss ich auch ausgerechnet immer noch diese weiße Bluse tragen? Sie ist ohnehin schon ziemlich verdreckt. Von weiß kann eigentlich keine Rede mehr sein. Ich beschließe, in Zukunft mehr auf mein Äußeres zu achten. Wer von außen ordentlich aussieht, kann in seinem Innern nicht vollkommen plemplem sein. Oberflächlich betrachtet.

»Passiert Ihnen das häufiger?«

»Was?«

»Haben Sie oft Nasenbluten?«

Ich schüttle schnell den Kopf.

Die Ärztin steht auf, läuft um ihren Tisch herum auf mich zu.

Ich überlege flüchtig, zu welcher Art sie gehört. Grasfrosch oder Laubfrosch? Ich kenne mich mit Amphibien nicht so genau aus.

»Machen Sie bitte den Oberkörper frei. Ich möchte Sie abhören.«

»Nein, danke«, sage ich. »Das ist nicht nötig.«

Ihre gelben Augen quellen hervor, blicken mich erstaunt an.

»Sie sind eine Patientin mit Herzrhythmusstörungen«, sagt sie streng. »Ich *muss* Sie abhören.«

»Ja aber, das ist nicht nötig … Meinem Herzen geht es schon besser. Es stolpert nicht mehr, wissen Sie?« Ich hätte nicht herkommen sollen.

»Was hier nötig ist oder nicht, entscheide immer noch ich!« Zwei graue Schallblasen wachsen in ihrem Gesicht.

Eine Schwester mit einem gewaltigen Storchenschnabel betritt das Behandlungszimmer. Einen winzigen Augenblick fürchte ich um das Leben der Ärztin. Aber es wird ihr schon nichts passieren. Ich muss nur hier raus, dann wird alles gut. Schwester Storch legt ein paar Dokumente für Frau Doktor Frosch zurecht. Der nächste Fall wartet. Mein Glück.

Ich springe auf.

»Vielen Dank für alles. Sie haben mir sehr geholfen. Ich muss jetzt leider gehen.«

Ich werfe einen Blick auf die Haifische, die mich umkreisen, ihre Rückenflossen zerschneiden gemächlich den azurfarbenen Teppich. Ihre stahlblauen Körper kommen mir stark vor, unverletzbar. Mir scheint, sie haben alle Zeit der Welt und gute Chancen, die Menschheit letzten Endes doch noch zu überleben.

Ich gebe mir einen Ruck und halte der Ärztin die Hand hin. Sie nimmt sie schließlich, seufzend, kopfschüttelnd. Ich drücke ihre Finger, die klebrig sind und grün.

Wenn ich schlafe, träume ich.

Meist werde ich in diesen Träumen verfolgt.

Von Affen oder von Sportlehrern.

Nach dem Erwachen schreibe ich alles auf.

Ich will meinen Teil der Abmachung so gut wie möglich erfüllen. Ich versuche mein Bestes zu geben. Ich habe schon einen ganzen Stapel Blätter beschrieben.

Notizen über Albträume, über Visionen und über die Dinge, die in meinem Kühlschrank liegen.

Das Schreiben ist ermüdend. Das liegt vielleicht auch daran, dass der Füllfederhalter sich in einen kleinen rosigen Tintenfisch verwandelt und in meiner Hand zappelt, während ich versuche mein Bestes zu geben. Außerdem kann ich nicht lesen, was ich zu Papier gebracht habe. Ich gebe mir Mühe mit der Schrift; der Rest ist nicht mein Problem.

Ich schreibe über die Haie, die in einem schrecklich blauen Teppich leben, über Frau Doktor, die Fliegen verspeist während der Untersuchung. Und ich schreibe von der Befürchtung, den Verstand zu verlieren.

Dass ich befürchte, ihn bereits verloren zu haben, schreibe ich nicht.

Ich schätze, es sind schon Leute mit harmloseren Symptomen in der Klapsmühle gelandet.

Ab und zu macht der Tintenfisch einen Tintenklecks.

Wie lange dauert eigentlich *vorübergehend*?

Ich laufe in den Korridor, nehme den Gummiknüppel und rufe die Chinesin an.

Sie muss es wissen.

Sie ist die Einzige, der ich sagen kann, was mit mir los ist.

Diesmal schluchze ich nicht, während ich mit ihr spreche.

Ich bin ruhig, gelassen, beinahe neutral.

Sie will wissen, wie es dem Hirudo Timor geht.

Die Frage überrascht mich. Ich habe mir noch keine Gedanken über die Gesundheit meines Parasiten gemacht.

»Er wächst und gedeiht«, sage ich, als würde ich über mein Baby sprechen. »Ich denke, es ist alles in Ordnung mit ihm.«

Ich frage sie sehr gefasst, wie lange die Phase mit den Halluzinationen noch dauert, und ich frage sie, was danach kommt.

»Das ist unterschiedlich. Wir haben zu wenig Erfahrungswerte … Außerdem ist der Verlauf wahrscheinlich bei Ihnen anders als bei …« Sie spricht plötzlich nicht weiter.

»Als bei wem?«, frage ich.

Sie schweigt.

Der Gummiknüppel in meiner Hand fängt an, heiß zu laufen.

»Sagen Sie mir, was Sie wissen«, verlange ich kalt. »Oder ich verbrenne die Berichte.«

Li Ling lacht auf. Aber es ist kein fröhliches Lachen. »Es gibt einen Herrn mit ähnlichen Symptomen. Das heißt, er *hatte* ähnliche Symptome. Er ist geheilt. Der Hirudo ist von ihm abgefallen. Es funktioniert also. Haben Sie Geduld.«

Sie legt auf. Ohne sich zu verabschieden. Unvermittelt wie immer.

Ich rufe wieder an.

»Mehr kann ich Ihnen im Moment nicht sagen.« Ihre Stimme klingt ungeduldig. Ich höre ihre Töchter im Hintergrund plappern. Ich verabrede noch schnell einen Termin mit ihr.

Hoffnung. Es gibt Hoffnung. Ich schenke dem Schlagstock einen Kuss. Dann lasse ich ihn fallen.

Wer ist der Mann? Ich muss wissen, wer er ist; wo er wohnt; wie er heißt.

Ich will mit ihm reden. Ich will wissen, ob er mich versteht. Ob er gesehen hat, was ich sehe.

Der Termin mit der Chinesin ist erst in zwei Tagen. Bis dahin kann noch viel passieren. Es kann sich noch einiges ändern. Oder auch nichts.

Ich ziehe die blutverschmierte Bluse aus, stopfe sie in das Maul der Waschmaschine. Ich sehe Zähne, eine metallische Zunge, schaumigen Speichel; es überrascht mich nicht. Ich schließe das Bullauge, füttere den Automaten mit weißem Pulver, drücke die nötigen Knöpfe, fertig.

Vor dem Spiegel betrachten wir uns. Der Hirudo und ich. Seine Augen sind weit offen. Er beobachtet mich. »Du weißt, wer ich bin, nicht wahr?«, frage ich leise. »Du weißt alles über mich. Du siehst meine Albträume, du saugst meine Angst in dich hinein. Du kennst mich. Und ich weiß nichts über dich.«

Es kommt mir vor, als würde er mir mit seinen fünf Augenpaaren zublinzeln. Aber es ist zu dunkel, um wirklich etwas zu erkennen.

Ich steige auf einen Stuhl und schraube die toten Glühbirnen aus und die neuen ein. Das Licht wird gleißend hell.

Ich wechsle die Batterien in meinem Wecker und stelle die Zeit.

Die Glühbirnen bleiben Glühbirnen. Der Wecker bleibt Wecker.

Immerhin.

Die Zeit bleibt Zeit und verrinnt.

Lex ruft einmal an und redet davon, für eine Weile nach Italien zu gehen.

Natürlich ohne mich. Das ist nicht einmal wert, erwähnt zu werden.

»Schön«, sage ich. »Aber schreib' mir diesmal.«

Er verspricht es nicht. Er verspricht nie etwas.

Ich weigere mich, Schmerz oder Angst zu fühlen. Kein Futter für Hirudo.

Ich frage Lex diesmal nicht, wie lange er wegbleiben wird. Es ist seine Sache. Es geht mich nichts an. Ich lerne allmählich, es so zu sehen. Außerdem telefoniere ich immer noch mit einem Knüppel in der Hand und weiß nicht, ob ich wach bin oder träume.

Vielleicht reist Lex in Wirklichkeit nicht nach Italien. Vielleicht war er vor ein paar Tagen auch nicht bei mir.

Möglicherweise gibt es ihn gar nicht.

»Lex?«, frage ich.

»Ja?«

»Gibt es dich wirklich?«

»Soll ich vorbeikommen und es dir beweisen?«

Ich erschrecke, antworte nicht. Ich sehe Lex mit einem Hundekopf vor mir.

»He, Kyrilie!«, schreit er. »Bist du noch da?«

»Welches ist dein Lieblingstier?«, frage ich.

»Was soll der Unsinn. Keine Ahnung. Ich habe keins.«

»Das ist gut.«

»Ich muss gleich auflegen, Kyra. Ich arbeite gerade.«

»Was machst du?«

»Ich raube eine Bank aus, was sonst.«

Ich höre Wasser im Hintergrund rauschen. Tippe auf Schwimmhalle.

Lex ist Rettungsschwimmer, wenn er nicht gerade Karten im Kino abreißt oder sich als Statist beim Film verdingt.

»Die Bankdirektorin habe ich schon flachgelegt«, behauptet Lex und kaut auf irgendwas herum. »Im Augenblick bin ich dabei, mir den Weg zum Tresor freizuschießen.«

»Okay. Viel Glück, mein Schatz.«

Mein Schatz. Oh Gott, es ist das erste Mal, dass ich ihn so nenne.

Jetzt kommt er bestimmt nicht. Vielleicht besser so.

Aber er scheint es nicht gehört zu haben.

»Als Geisel nehm' ich mir eine junge Krankenschwester«,

sagt er schmatzend, »man kann ja nie wissen. Der Fluchtwagen steht schon bereit, und morgen kannst du alles in der Zeitung lesen.«

Vor zwei Jahren war er für die Kinosäle fünf bis zehn verantwortlich. Ich wollte einen Thriller sehen, der in einem seiner Kinos lief. Der Film spielte in der Psychiatrie und handelte von einer Psychopathin. Mir brach schon nach fünf Minuten der Schweiß aus. Ich verabscheute diesen Streifen vor allem darum, weil ich mich sofort mit dieser Irren identifizierte. Ich saß hilflos in der letzten Reihe, eingeklemmt zwischen fremden Menschen, und ich wusste, ich würde es nicht schaffen, allein, im Dunkel, hinauszustolpern. Ich tat so, als hätte ich mich am Popcorn verschluckt. Ich hustete und keuchte, schlug um mich wie eine Ertrinkende. Bis man wegen mir die Vorstellung unterbrach. Und Lex mich rettete.

Er bildete sich ein, ich wäre ohne ihn am Popcorn erstickt. Und wie es sich für einen Lebensretter gehörte, brachte er mich nach Hause und schlief mit mir.

Wenige Tage nach unserer Begegnung reiste er nach Portugal und nahm an einem Stierkampf teil. Nicht als Torero allerdings; er warf nur einen Sombrero, den er sich extra für diesen Anlass gekauft hatte, in die Arena. Wozu das gut sein sollte, verstand ich nicht, Lex interessierte sich nicht für Stierkämpfe, aber er ist nicht der Typ, der sich mit umständlichen Erklärungen aufhält.

Er macht keinen Hehl daraus, dass er nicht ganz bei Trost ist. Während ich mich leidlich bemühe, geheim zu halten, was in mir abläuft. Vielleicht ist es das, was ich ändern sollte?

»Lex, hör mal«, sage ich verlegen. »Es gibt da etwas Neues in meinem Leben.«

Einen Moment ist er stumm. Ich überlege, wie ich ihm auf die Schnelle beibringen soll, dass ich mit einem Vampir am Leib herumlaufe.

»Ein Kerl?«, fragt er schließlich.

»Nein«, sage ich. »Es ist eher eine Art Haustier.«

»Oh, wie scheußlich«, sagt Lex. »Ich hoffe, es ist kein Meerschweinchen? Ich bin allergisch gegen Meerschweinchen.«

»Nein«, antworte ich. »Ein Meerschweinchen ist es nicht.«

»Ein Freund von mir hat Meerschweinchen«, erzählt Lex. »Bei seiner Geburtstagsparty habe ich die ganze Zeit geheult. Ich dachte erst, es ist eine plötzliche Lebenskrise. Aber es lag an den Nagetieren.«

»Keine Sorge«, murmle ich, »es ist nichts in der Art. Es hat nicht einmal ein Fell.«

»In Peru essen sie Meerschweinchen. Gegrillt oder gebraten. Meinst du, ich bin auch gegen gut durchgegarte Nager allergisch? Ich sollte mal nach Peru reisen, um das herauszufinden.«

»Ich weiß nicht. Es ist, wie gesagt, kein Meerschweinchen. Es ist eher etwas Nützliches. Ein Tier, das …«

»Tut mir leid, ich muss jetzt wirklich Schluss machen, Kyra. Die Polizei hat die Bank umstellt. Ich muss meine Million in Sicherheit bringen.«

Ich höre ihn noch Trillerpfeife pfeifen, bevor er auflegt.

Einen Moment sehe ich ihn so vor mir: beinahe nackt, nur mit einer Badehose bekleidet, bereit zum Sprung, um ein Menschenleben zu retten. Und ich wünschte mir, wir hätten uns im Wasser kennengelernt. Nicht in einer deutschen Schwimmhalle allerdings, eher an der Küste Portugals, in den tosenden Wellen des Atlantiks. Er müsste nur die Arme um mich legen und für uns beide kämpfen, damit wir nicht ersaufen. Nach einer solchen Heldentat wäre er für mich verantwortlich, lebenslang, und wir würden gemeinsam durch die Welt reisen. Allerdings würde ich mich weigern, Hüte in eine Stierkampfarena zu werfen. Ich könnte auch niemals Meerschweinchen essen. Vermutlich würde ich ihn überreden, die Tiere mit mir aus ihren Käfigen zu befreien.

*

Ich befinde mich in einem riesigen Kinosaal. Weit oben; die Treppe ist sehr steil und hoch – wie eine Skischanze. Das Kino ist überfüllt. Ich sehe Lex mit Skiern die Treppe hinunterfahren. Zaghaft, als könnte ich jeden Moment stürzen, steige ich Stufe für Stufe hinab. In den Reihen suche ich nach Lex. Blicke in fremde Gesichter. Als ich auf die Stufen schaue, bemerke ich plötzlich, dass überall Skorpione und Käfer herumkriechen. Das Getier zu berühren, heißt zu sterben. Panik im Saal. Dann absolute Stille. Ich springe zum Ausgang. Der Saal ist fast leer. Die Leute sind tot, ihre Leichen verschwunden. Es gelingt mir, ohne mit einem Skorpion in Berührung zu kommen, den Saal zu verlassen.

Der Raum, in den ich trete, ist vollkommen weiß. Auf einem großen Bett liegt eine massive steinerne Statue mit Löwenkopf. Es ist Lex.

Ich bin auf einem Bahnsteig und lese an einem Aushang meinen Namen.

Ich stehe auf einer Liste von Gesuchten, die ihre Sportprüfung noch nicht gemacht haben. Um ein größeres Unglück zu vermeiden, beschließe ich, mich zu stellen. Ich will den Sportlehrer finden. Es ist aber schon spät. Als ich im Schulgebäude bin, verlassen zwei Sportlehrer gerade die Turnhalle. Ich gehe an ihnen vorbei, habe Angst, erkannt zu werden.

Auf dem Schulhof befindet sich ein kleiner See. Der Sportlehrer packt seine Sachen zusammen, auch er will gehen. Ich springe ins Wasser und schwimme. Plötzlich bemerke ich einen Jungen, der leblos am Ufer liegt. Ich gehe zu dem Sportlehrer und sage, dass ein Junge ertrunken ist. Der Mann rennt mit mir zu dem Kind und operiert es sofort: Er schlitzt ihm den Hals mit einer Rasierklinge auf und holt einen Kugelschreiber hervor. Der Mann sagt: Ist ja gar nicht so schlimm. Ich hätte ihn gar nicht operieren müssen.

Er fragt mich, was ich hier zu suchen habe, die Schule sei doch längst vorbei.

Ich behaupte, ich hätte nur baden wollen.

Ich bin an einem Ort, der von riesigen affenähnlichen Tieren beherrscht wird. Überleben ist nur möglich durch ständiges Verstecken. Es gelingt mir, in eine Siedlung im Wald zu fliehen. Hier waren die Tiere noch nicht.

Ich trage eine graue Wildlederjacke, die innen mit Fell gefüttert ist.

Laufe völlig erschöpft auf die ersten Menschen zu. Sie lächeln mich an. Eine Frau sagt: So eine Jacke möchte ich auch haben. Ansonsten wird von meiner Ankunft weiter keine Notiz genommen. Zelte sind aufgebaut worden, viele Leute sind hier, auch Kinder. Ich befürchte, in keinem der Zelte unterzukommen.

Ich setze mich zu einer Frau und einem Mann, die irgendetwas erregt besprechen. Zu mir sagen sie: Da bist du ja auch.

Plötzlich Schreie. Die ersten drei Riesenaffen kommen.

Die Erde dröhnt und bebt. Panik. Ich fliehe mit der Frau und dem Mann. Der Mann schreit: Ich muss das Kind stillen! Bleibt ihr zusammen!

Ich laufe der Frau nach. Überall jetzt Felsen und Büsche. Dann: ein großes Haus. Wir suchen vergeblich nach einem Eingang. An einer Stelle der Wand ist ein rostiges Stück Metall eingesetzt. Die Frau bleibt stehen, versucht das Metall aufzuschieben. Ich denke, dass das viel zu lange dauert. Ich laufe ein Stück vor, bis die Steppe beginnt. Am Horizont die Riesenaffen.

Ich fliehe zurück. Die Frau hat es geschafft: Das Metall ist beiseitegeschoben, eine viereckige Öffnung ist zu sehen. Die Frau kriecht hinein. Ich bleibe zögernd stehen. Jeden Augenblick, so weiß ich, werden die Riesenaffen hier sein.

Eine Horde Sportlehrer verfolgt mich. Sie suchen ein Mädchen, das einen Sportrucksack geklaut hat. Ich laufe mit meinem Rucksack auf einen Markt, auf dem nur Rucksäcke verkauft werden. Ich suche mir einen aus, der mit gelber Farbe beschmiert und sehr alt ist. Habe nun zwei Rucksäcke und hoffe so, nicht erkannt zu werden.

Treffe auf dem Markt eine ehemalige Schulfreundin, die mich verächtlich ansieht.

Ich verstehe nicht, warum sie mich verachtet, und sehe in einen Spiegel.

Das linke Auge fehlt mir.

Ich werde am Strand von einem Gorilla verfolgt. Der Gorilla ist pechschwarz und läuft aufrecht wie ein Mensch. Am Ufer stehen mehrere Gruppen von Gorillas, es sieht aus, als unterhalten sie sich.

Neben mir rennt ein Mann in weißem Kittel. Ich schreie ihm zu, er möge mir helfen. Der Mann lächelt und erklärt, dass der Affe mich mit Haut und Haaren fressen wird, und er habe keine Lust, ebenfalls verschlungen zu werden.

Ich werfe dem Gorilla Brotstücke zu, um ihn von mir abzulenken. Jetzt halte ich ein letztes Stück Brot in der Hand. Der Mann schreit: Je mehr du ihn fütterst, umso wilder wird er! Ich weiß plötzlich: Wenn ich den Brotrest fallen lasse, ist das mein Ende.

Ich wache auf.

Es ist Nacht. Das Bettlaken ist feucht und verknautscht.

Der Schweiß auf meiner Haut ist kalt.

Der saure Geruch meines Körpers verursacht mir Übelkeit.

Ich spüre den Vampir auf meinem Bauch. Er ist wach. Er trinkt.

Ich kann fühlen, wie mein Blut zu ihm fließt.

Es ist ein langsamer warmer Strom.

Ich spüre seinen saugenden Mund.

Ich fühle keine Angst. Meine Müdigkeit ist leicht wie erster Schnee.

Das Wesen ist ein Teil von mir. Und ich bin ein Teil von ihm.

Wir ergreifen Besitz voneinander. Was immer das bedeutet.

Ich summe eine Melodie für den Hirudo zur Belohnung dafür, dass er meine grässlichen Träume schluckt. Es dauert eine Weile, ehe ich bemerke, dass ich *Sweet Dreams* summe. *Sweet Dreams are made oft this. Who am I to disagree?*

Ich starre ins Dunkel, auf meinen Bauch hinab und es kommt mir vor, als würden seine Augen leuchten.

Vielleicht ist Verrücktwerden doch nicht so schlimm, wie ich dachte. Es bedeutet möglicherweise nur, dass man Ich wird. Ohne Rücksicht auf die Menschheit. Ohne Rücksicht auf Freunde, Feinde, Verwandte, Nachbarn, Chefs, Sportlehrer, Fahrkartenkontrolleure … Ohne Rücksicht auf Meinungen, Moden, Moral, Regeln, Gesetze, Launen, Zwänge aller Art …

Warum sollte Napoleon in der Klapsmühle nicht wirklich Napoleon sein? Vielleicht gibt es ja mehrere von der Sorte?

Wer kann einem schon sagen, wie die Welt wirklich beschaffen ist?

Etwa der Physiklehrer? Der Politiker? Der Pfarrer? Der Clown im Zirkus?

Es ist drei Uhr nachts.

Ich kann nicht mehr schlafen.

Knipse die Lampe an. Knalliges gelbes Licht. Der Parasit zuckt zusammen.

Ich notiere meine Träume. Für einen unbekannten Professor in Peking.

Aus Langeweile beginne ich die Affenträume der letzten Tage und Nächte zu zählen. Es sind dreiunddreißig. Sie führen die Hitliste an, gefolgt von den Sportlehrerträumen. Von denen gibt es siebzehn. Seit Hirudo bei mir ist, vergesse ich keinen einzigen Traum mehr.

Vielleicht gewinnt der Professor ja mit meiner Hilfe den Nobelpreis. Vorausgesetzt, das Experiment scheitert nicht.

Ich sortiere die Träume, loche sie, hefte sie ab.

Es ist eine von jenen Nächten, in denen der Mond ganz rund ist und aussieht, als habe er ein Gesicht. Die Sonne ist zu hell und heiß, als dass sie ein Gesicht haben könnte. Nur der Mond schaut herab, mit dem Ausdruck eines staunenden Kindes: Die Augen sind starr und groß, die Nase zieht sich gerade und lang bis zum halb geöffneten Mund. Ein gehorsames Kind mit einem artigen Lächeln.

Ich stehe am Fenster. Die Zeit verstreicht irgendwie. Dass ich nicht schlafe, macht mich nicht mehr unruhig. Es ist Vollmond. Viele Leute schlafen schlecht, wenn Vollmond ist.

Der Kindskopf verändert sich, je länger ich ihn anstarre: hohle Augen, zahnloser Mund, bleicher Schorf, kahler Totenschädel. Er grinst mich an. Er weiß etwas, das ich nicht weiß. Weil er mein Geheimnis kennt? War er dabei? Lacht er mich aus?

Ich sehe was, was du nicht siehst, flüstert er.

Meine Hand bildet eine Faust und schlägt mitten hinein in das Antlitz des Mondes.

Die Scheibe klirrt. Es ist ganz einfach.

Meine Hand schmerzt, blutet. Kleine Splitter stecken in der Haut.

Ich betrachte sie versonnen. Der Wille zur Tat.

Die Luft, die eindringt, ist so wie der Schmerz, den ich fühle: kalt und klar.

Der Schmerz sagt mir, dass ich lebe.

*

Ich irre durch die Straßen ohne Ziel. Genauer gesagt: Ich denke nicht über ein Ziel nach.

Der Hirudo, mein ständiger Begleiter, wärmt mich. Sein Leib ist wärmer als meiner. Er scheint noch zu schlafen, bewegt sich nicht.

Ich trage einen Rucksack bei mir mit den Berichten. Ich habe auch den Gummiknüppel eingepackt. Man weiß nie, wozu man einen Gummiknüppel so gebrauchen kann. Auch wenn mein Verstand mir sagt, dass es sich nicht um einen Gummiknüppel handelt. Verwandelt er sich zurück, wenn ich weit genug laufe?

Der Vollmond hängt immer noch über mir, doch er wird blasser. Ich spüre seine Anwesenheit, ohne ihn anzusehen. Er verfolgt jeden meiner Schritte. Vielleicht schickt er mir einen Meteoriten.

Es kommt mir seltsam vor, dass so viele noch in ihren Betten liegen. Warum begraben wir uns freiwillig Nacht für Nacht unter einem Berg von Daunenfedern? Warum überwinden wir die Müdigkeit nicht auf andere Weise? Warum sehnen wir uns nach einer Zeit der Bewusstlosigkeit?

Wer ist überhaupt *wir*?

Wir gibt es nicht.

Im Augenblick bin ich mir allerdings auch nicht sicher, ob es *ich* wirklich gibt.

Mein Ich ist an einen Zwitter gekoppelt. Mein Ich ist ein Experiment mit mir selbst.

Meine Ärztin würde sich auf ihrem Drehstuhl winden, wüsste sie davon. Vermutlich würde sie sich beim Anblick meines Schmarotzers auf ihren himmelblauen Teppich übergeben. Sie würde keine Sekunde zögern, mich in ein Irrenhaus zu schicken. Geschlossene Abteilung.

Ihre Tabletten liegen jetzt in der Kanalisation. Sollen die Ratten sie doch fressen.

Amitriptylinhydrochlorid. Wohl bekomm's.

An einer gelbfleckigen Wand hockt eine Ratte. Sie lächelt mir zu. Mit glasigem Blick. Halb bewusstlos.

»Das hast du nicht verdient«, flüstere ich ihr zu.

Ich hätte die Tabletten anders entsorgen sollen. In den Kaffee der Ärztin zum Beispiel. Soll sie doch mit sich selbst experimentieren.

Die Wut steigt in mir auf wie der Gestank aus dem Gulli, um den ich einen Bogen mache.

Der Gestank bleibt natürlich. Ich kann Bogen machen, so viel ich will.

Ich trete mit dem Fuß ein Kellerfenster ein. Suche mir die schärfste Scherbe, spitz und lang wie der Dolch in *Halloween*. Steche, während ich unter dem Mond wandere, in den einen und den anderen Reifen. Beinahe lautlos. Mal abgesehen davon, dass ich die Melodie von *Sweet Dreams* vor mich hin summe.

Sie summt sich selbst, aus meinem Mund.

Manche der Reifen sind reichlich marode. Manche sind fest.

Ich steche zu.

Bis die Scherbe irgendwann zerbricht.

Von meiner Hand tropft Blut. Ich lasse es tropfen.

Ein paar Spuren für die Polizei. Falls die Polizei sich die Mühe macht, nach Spuren zu suchen.

Ich stehe vor einem Haus.

Als ich aufblicke, erkenne ich es wieder.

Der Eingang nach Chinatown, das Tor zum Reich meines persönlichen chinesischen Märchens. Irgendwo brennt ein Licht. Ich laufe auf das Licht zu, eine ansonsten dunkle Treppe hinauf, wie ein Schlafwandler. Es tut mir leid, dass ich die Stufen beschmutze.

Ich klopfe an ihre Tür, leise, um ihre Kinder nicht zu wecken. Ich klopfe den Rhythmus von *Sweet Dreams* und pfeife kaum hörbar mit.

Irgendwann öffnet Li Ling. Sie trägt ein Nachthemd, schillernd wie Fischschuppen. Sie schüttelt den Kopf, als sie mich sieht. Ihre Haare sind nass. In meinem Gesicht landen ein paar Tropfen.

Ich murmle eine Entschuldigung, gehe einen Schritt auf sie zu. Ein Strahl Licht fällt auf meine mit Blut besudelte Kleidung.

»Es ist nicht so schlimm, wie es aussieht«, erkläre ich.

Sie winkt mich herein, mit Händen, die durchsichtig schimmern wie Flossen.

»Es sind nur leichte Schnittwunden«, murmle ich vor mich hin. »Nichts Ernstes.«

Li Ling berührt meinen Ellenbogen und führt mich in ihr Bad. Sie lässt Wasser in die Wanne einlaufen und bedeutet mir mit einer Geste, dass ich mich ausziehen soll. Ohne ein Wort geht sie hinaus. Überlässt mich dem Rauschen des Strahls aus der Leitung, das mir in den Ohren klingt wie ein Wasserfall. Warum spricht sie nicht mit mir?

Ich streife meine Kleidung ab, die schmutzig ist und bis auf die Unterwäsche blutverschmiert, Stück für Stück. Lumpen, für die ich mich plötzlich schäme.

Der Hirudo sieht gedunsen und prall aus. Seine Haut ist gespannt, elastischer als meine. Ich tippe ihn mit zwei Fingern an und er richtet seine Blicke auf mich.

»Wie lange willst du noch bei mir bleiben?«, frage ich.

Ich halte den Atem an, lausche auf eine Antwort. Auf irgendein Zeichen des Verstehens. Nichts. Seine Stecknadelaugen bleiben leer auf mir haften.

Immerhin, er sieht mich an. Er hört mir zu. Auch wenn er wahrscheinlich kein Wort versteht.

Ich steige behutsam in die Wanne. Das Wasser ist heiß, zu heiß, aber ich lasse es so. Es tut mir gut, meinen Körper zu spüren. Die Hülle, die zu meinem Ich gehört, ob es mir nun passt oder nicht. Die Haut, die mir zu weich vorkommt, färbt sich allmählich rot. Auch der Hirudo verändert seine Farbe, läuft lila an. Es sieht beinahe hübsch aus so unter Wasser. Ich hoffe, ich töte ihn nicht. Er hält die Augen offen; vielleicht ist er erschrocken über die Veränderung. Aber ich kenne ihn zu wenig, um zu wissen, was er fühlt.

Meine Wunden brennen, ich beachte sie nicht. Kleine Splitter stecken noch in meiner Haut; ich sehe nicht so genau hin. Tauche, bis in der Luft nichts mehr von mir übrig ist. Kein Verlust für die Luft, schätze ich.

So wie Wasserbetten sollte es auch Wassersärge geben. Im Winter friert die Leiche ein, wird zu einem Erdenbürger in einem Eisblock. Vielleicht gibt es dann Fenster auf den Friedhöfen, durch die man hinabblicken kann zu seinen lieben Toten, die niemals zu Staub zerfallen.

Als ich die Augen wieder öffne, als ich nach Luft schnappe, sitzt Li Ling grün schillernd auf dem Rand der Wanne. Sie hält meine Hand, zupft mir mit einer Pinzette Glassplitter aus der Haut. Mit einem vorsichtigen Blick streife ich ihren Fischleib, den, das ist mir schon klar, außer mir, niemand sehen kann.

In ihren Haaren kleben ein paar Algen; sie duftet nach dem Salz des Meeres, nach Tang und Muscheln, die am Ufer liegen. Ihr Gesicht ist unverändert, ernst, ein wenig traurig. Sie legt die Splitter nebeneinander, auf den Rand der Wanne. Sie sieht mich prüfend an. Ich versuche es mit einem Lächeln.

»Danke«, sage ich und bemerke selbst, dass es zu leise klingt, zu unsicher. Ich bin nicht wert, dass man mir hilft, sagt dieses Danke, und sie kann es hören, wie ich es höre. Ich bin nur Anhängsel eines Parasiten, der meine Angst frisst, zum Frühstück, zum Mittag, zum Abendbrot; Vollpension. Kost und Logis gratis oder zu einem Preis, den ich nicht kenne. Ich bin ein Experiment, ein Gegenstand der Forschung, so etwas Ähnliches wie ein Affe im Labor.

Ich stemme mich wie eine Schwangere aus der Wanne, darum bemüht, dass mein Baby keinen Schlag abbekommt, sich nicht am Wasserhahn stößt.

Li Ling hält ein Handtuch für mich bereit, aber bevor sie es mir gibt, betrachtet sie den Hirudo aufmerksam. Tastet ihn ab, untersucht ihn, wie einen Hund, auf dem man Zecken vermutet. Ich warte geduldig. Ihre Finger sehen zart und kindlich aus. Ihre Zunge klemmt wie eine vergessene Zigarette zwischen ihren Lippen.

»Ist alles in Ordnung?«, frage ich besorgt.

Li Ling hört mich nicht oder will mich nicht hören. Sie reicht mir schweigend das Handtuch.

Ihre Kinder tuscheln miteinander. Ich sehe sie erst jetzt, wie sie da stehen, im dunklen Korridor zwischen Tür und Wand zu uns hinein spähen.

Ich schlinge das Tuch um den Hirudo und lächle den

Mädchen zu. Aber anders als sonst, lächeln sie nicht zurück. Kein Zweifel, sie haben ihn gesehen, den Mops aus der Urzeit oder für was sie ihn auch halten mögen.

Als ich mich aufrichte, weichen sie zurück. Vor mir altem Ungeheuer. Vor dem schleimigen Alien an meinem Leib.

Ich stülpe die Lippen vor, blinzle, versuche so harmlos auszusehen, wie es geht. Aber die beiden sind schon verschwunden. Ich kann aufhören mit dem Getue.

Ich bin nicht harmlos. Ich zertrete Kellerfenster, ich steche Reifen kaputt. Wer weiß, was als Nächstes kommt.

Li Ling betrachtet das rote rohe Fleisch meiner Hand eingehend, bevor sie einen Verband anlegt. Ich behalte für mich, dass ich den Mond geschlagen habe. Auch die Geschichte mit dem Kellerfenster und den Reifen behalte ich für mich.

Dass ich sie als Nixe sehe, werde ich in meinem nächsten Bericht erwähnen.

Sie reicht mir einen zusammengelegten Kimono, orange, mit schwarzen Drachen. Ich ziehe ihn an. Mein Parasit hat ausreichend Platz unter dem leichten Stoff.

Sie gleitet auf ihrem Fischschwanz vor mir her, führt mich in einen Raum, den ich noch nicht kenne. Ein winziges Zimmer. Ein Stuhl, ein Tisch, ein Bett.

Eine Tasse mit dampfendem Tee steht für mich bereit. Mein Rucksack lehnt an der Wand.

Ich hole die Berichte hervor, ein Stapel Blätter mit Fettflecken und Eselsohren, reiche sie Li Ling. Sie klemmt sich meine Albträume und Halluzinationen unter den Arm, als wären sie so wichtig wie Sitzungsprotokolle des Vereins der Friedhofsgärtner. Ich erwarte von ihr, dass sie sofort mit dem Lesen beginnt. Stattdessen deutet sie auf die Tasse, auf das Bett und verschwindet. Sie schließt die Tür, leise, aber bestimmt.

Ich bin allein. Allein mit dem Hirudo Timor. Mit dem Angstfresser, der Tag und Nacht an mir klebt. Was wird aus ihm, wenn er mit mir fertig ist? Was wird aus mir?

Der Tee duftet nach Kräutern, vor allem nach Zimt. Ich setze mich, trinke einen Schluck. Er schmeckt süß und ungewöhnlich scharf. Meine Zunge wird heiß, ich fühle ein Prickeln am Gaumen wie von Brausepulver. Ich trinke die winzige Tasse in einem Zug aus. Lege mich auf das Bett und starre an die Decke.

Sie ist weiß.

In einer Ecke schräg über mir hockt eine schwarze Spinne.

Ich denke an die Spinne Angst, die in mir wohnt. Sie hat sich verkrochen. Dass sie gestorben ist, glaube ich nicht. Sie wird nur warten. Wie die Spinne oben in der Ecke wartet. So wie auch ich warte.

Worauf? Auf das Glück, worauf sonst. Jeder wartet doch auf sein privates Schnipselchen Glück. Für die eine heißt das auf die große Liebe und für die andere auf die dicke Fliege.

Für mich ist Glück die goldene Kugel, die in einen tiefen tiefen, womöglich vergifteten Brunnen gefallen ist.

Nur leider ist kein hässlicher Frosch für mich da, der bereit wäre, in den Schlamassel hinabzutauchen, um sich dann von mir zum Dank an die Wand klatschen zu lassen. Vermutlich ist der Frosch, der für mich zuständig ist, gerade erst aus dem Ei geschlüpft und weiß noch nicht, ob er mehr Kaul oder mehr Quappe ist. Vielleicht ist der für mich zuständige Frosch auch einfach nur zu schlau für einen Deal Kugel gegen Wand.

Typische Gedanken vor dem Einschlafen, denke ich und schlafe ein.

Ich erwache von einem Geräusch. Ein Stuhl kippt um oder eine Tür fällt ins Schloss, etwas in der Art. Der Hirudo schläft weiter. Es scheint ihm gut zu gehen. Ich berühre ihn vorsichtig. Spüre ein leichtes Pulsieren unter seiner Haut. Er fasst sich warm an, wie Eierkuchen.

Ich hatte keinen Albtraum, fällt mir auf. Keinen einzigen Sportlehreralbtraum. Kein Gorilla, der mich bis ans Ende der Welt, bis in den letzten Winkel meines Ichs verfolgte.

Ich fühle mich frisch wie eine aufgeschnittene Zitrone. Falls sich eine aufgeschnittene Zitrone frisch fühlt.

Über dem einzigen Stuhl hängt friedlich der Kimono. Er brennt ein bisschen.

Ich weiß schon, dass das wahrscheinlich nicht stimmt.

Ich halte eine Hand ins Feuer, und zwar die ohne Verband, und spüre nichts. Die Flamme leckt wie ein winziges Hündchen an meinen Fingern.

Der Hirudo sieht aufgedunsen aus. Als hätte er zu viel Bier getrunken, Chips vor dem Fernseher verzehrt. Ich halte ihn nicht für dumm. Ich schätze, er würde sich das Auslandsjournal ansehen oder eine Reportage über die Geburt eines Elefanten, wenn er fähig wäre, mit einer Fernbedienung umzugehen.

Ich lege meine Hände um seinen Körper, versuche vorsichtig ihn anzuheben.

Ihn von mir abzuziehen. Er wird wach. Seine Augen sind weit aufgerissen, verengen sich, werden wieder weit.

Ich fühle einen Stich unterhalb des Herzens.

»Schon gut«, murmle ich, »war nur ein Test.«

Mein Bauch gehört mir, fällt mir ein. Aber ich stoppe den Satz, bevor er mir aus dem Mund flutscht. Mein Bauch gehört nicht mir. Ich teile ihn.

Die Angst hat ihren Anspruch angemeldet, vielleicht von Geburt an oder noch früher. Und der Vampir scheint ebenfalls überzeugt zu sein von seinem Besitz. Meinen Bauchnabel habe ich in einem zärtlichen Augenblick an Lex verschenkt.

Der ihn vermutlich gar nicht haben wollte. Aber verschenkt ist verschenkt. Vielleicht gehört mir ein Viertel, wenn überhaupt.

Ich erhebe mich, ziehe den brennenden Kimono über und schlurfe in den Gang hinaus. Niemand zu sehen. Ich rieche Qualm. Aber es ist nicht mein Umhang. Auch nicht der feuerspeiende Drache auf der kreischend orange-roten Seide.

Wahrscheinlich sind es Räucherstäbchen.

Li Ling arbeitet also schon. Vermutlich für mich. Sie bereitet den Raum vor. Reinigt die Atmosphäre oder so. Ich glaube an ihre Kräfte. Und ich glaube daran, dass es nötig ist, die Atmosphäre zu säubern. Sicherlich ist es nötiger die Atmosphäre zu putzen als ein verdrecktes WC.

Ich reiße die Zahnbürste aus dem Zellophan, putze mir die Zähne, betrachte meinen schaumigen Mund im Spiegel, spucke ins Waschbecken. Ich habe einmal eine Schwarze Witwe in einer Spinnenausstellung gesehen; sie war die kleinste, unscheinbarste und giftigste von allen. Sie bewegte sich auch nicht, als ich mit der Faust gegen die Panzerglasscheibe schlug. Sie kam mir irgendwie schrecklich bekannt vor.

Sogar der rote Fleck auf ihrem Bauch kam mir bekannt vor.

Wahrscheinlich krabbelte einst auch ihr Ehemann in mir herum, geil und voller Todesangst. Nun ist die Spinne in mir allein, hungrig, unbefriedigt und ohne Aussicht auf ein Date mit einem frischen Männchen.

Kein Wunder, dass sie mir Ärger macht.

Der Rauch an dem Stäbchen hängt auf Halbmast. Die Asche liegt wie ein toter Wurm unter ihm.

In dem blauen Sessel, in dem ich normalerweise sitze, wenn ich Li Ling konsultiere, kauert ein Mann. Ich kenne ihn nicht. Als er mich sieht, ballt er beide Fäuste. Wir starren uns an.

Ich warte darauf, dass er sich in einen Bären verwandelt. Oder wenigstens in eine Robbe. Aber nichts geschieht. Wir starren nur.

Seine Gesichtszüge sind zu eckig und zu grob für eine Robbe, und sogar für einen Bären. Er ist eher ein Vertreter der Supermarktwölfe. Nicht irgendein Vertreter, er ist der Chef des Rudels oder auch ein Einzelgänger, der ohne die anderen umherstreift.

Irgendwie kommt er mir plötzlich doch bekannt vor: Er ähnelt einem der Sportlehrer in einem meiner Träume.

Der Oberkörper des Mannes ist nach vorne gebeugt. Er ist bereit zum Sprung.

Vielleicht will er fliehen, vielleicht will er sich auf mich werfen. Keine Ahnung.

Sein Blick fällt auf meinen Bauch, der sich unter dem brennenden Gewebe des Kimonos wölbt. Er entspannt sich augenblicklich, lächelt sogar.

»Wer sind Sie?«, fragt er freundlich.

Ich schweige, denke über die Frage nach, ohne Resultat.

»Sie sitzen auf meinem Sessel«, antworte ich schließlich. Antwortet mein Mund.

Er nickt verständnisvoll. »Sie haben sich verletzt«, sagt er und erhebt sich. »Sie sollten sich setzen.«

Ich lege die Hände auf den Hirudo. Vielleicht hält der Mann mich für schwanger. Oder für irre. Oder für eine schwangere Irre. Ich nehme seinen Platz wie selbstverständlich ein. Der Sessel ist warm wie ein See im Hochsommer.

»Vielen Dank«, sage ich ausgesprochen höflich. Spiele sofort mit den Troddeln, wie immer. Der Verband hält mich nicht davon ab.

Er lässt sich auf einem Stuhl nieder, der zu klein scheint für ihn. »Was ist Ihnen passiert?«, fragt er leise.

Ich betrachte die verbundene Hand, als würde ich sie zum ersten Mal sehen.

Ich will nicht antworten, aber der Mann schaut mich ausdauernd fragend an.

»Halb so wild«, murmle ich, »nur eine Schnittwunde. Li Ling hat sich gekümmert … um mich.«

»Ich verstehe«, sagt er.

Das klingt nicht gelogen. Ich verstehe nur nicht, was er versteht.

Ich versuche es mit einem Nicken. Aber mein Hals fühlt sich steif an. Er will wohl nicht mitspielen. Warum auch.

Der Stoff des Kimonos rutscht über meine Haut. Die Knie

sind zu sehen, ein halber nackter Schenkel. Ich sitze praktisch nackt vor einem Fremden.

Ich schlage die Beine übereinander. Zupfe das Gewand zurecht. Es nützt nicht viel, eher im Gegenteil. Der Schenkel ist jetzt fast vollständig entblößt.

Es kommt mir vor, als würde der Mann über mich lächeln. Auch wenn seine Mundwinkel ihn nicht verraten.

Der Fremde trägt schwarze Hosen, ein weißes Hemd, das bis zum Kehlkopf zugeknöpft ist. Eine schwere silberne Uhr umschließt seinen Arm, die mich an Handschellen denken lässt. Vielleicht hat Li Ling ihn angekettet, auf irgendeine Weise.

Natürlich. Er ist es. Experiment Nummer eins. Und er weiß, was ich unter dem Kimono trage. Das Blut steigt mir in den Kopf. Ich zerre an den Kordeln des Sessels herum. Ich bin ertappt, entlarvt. Er aber auch.

»Sie sind *es* also losgeworden«, sage ich leise.

Er schweigt. Seine linke Augenbraue hebt sich einen Moment. Das ist alles.

Vielleicht ist er es gar nicht. Vielleicht ist er nur ein Akupunkturpatient oder ein Tourist, der einen Geheimtipp bekommen hat. Oder ein Verirrter. Der Massagesalon ist im gleichen Haus, ein paar Stockwerke höher.

Aber sein Blick verrät ihn. Er weiß, wovon ich rede.

Mein Mund wird trocken vor Neid. Er ist durch. Er hat es geschafft. Was auch immer. »Geht es Ihnen besser?«

»Ich antworte nicht auf läppische Fragen wie diese«, sagt er brüsk. »Nicht mehr.«

Ich kaue auf meiner Unterlippe herum. Überlege, ob ich aufstehen und von hier verschwinden soll. Ich überlege zu lange. Der Augenblick vergeht. Gerade als ich denke, dass ich sitzen bleibe, stehe ich auf. Gehe durch das Zimmer, bis ich auf meinen Rucksack stoße. »Na schön«, sage ich lahm und hole den Gummiknüppel hervor. »Diese Frage hier ist noch läppischer: Können Sie mir sagen, was das ist?«

Er zuckt mit den Achseln. »Ein Telefon. Was sonst?«

»Ja, natürlich. Danke.« Ich lasse das Ding in den Rucksack fallen. Komme mir dumm vor. Er versteht nicht, wovon ich rede.

»Sie werden sich sicherlich fragen …«

»Nein«, fährt er dazwischen. »Ich frage mich nicht, welche Halluzinationen Sie haben. Es geht mich nichts an. Schreiben Sie Ihre Berichte.«

Er sieht auf seine Armbanduhr, zieht eine Sonnenbrille aus seiner Hemdtasche und setzt sie auf.

»Ich muss gehen«, murmelt er und wirft mir durch das dunkle Glas einen misstrauischen Blick zu.

Kindergeschrei und die Stimme der Chinesin dringen aus dem Nebenraum. Die Stimme der Frau wird höher, schriller, überschlägt sich. Es klingt wie ein Schluchzen. Dann ist es plötzlich still. Der Mann steht auf, schiebt den Stuhl an den Tisch und sieht mich an. Langsam knöpft er sich das Hemd auf. Ich sehe schwarzes Kraushaar, eine breite Brust, rote vernarbte Stellen. »Er hat hier gelebt«, sagt er. »Ein starkes Exemplar, aber nicht so groß wie …« Er deutet vage auf meinen Bauch und kommt zögernd auf mich zu.

Ich nicke, drücke eine kleine Flamme aus, die in der Nähe meines Herzens tanzt.

Der Mann steht eine Weile abwartend vor mir, beugt sich schließlich über mich und löst den Knoten über dem Hirudo. Er betrachtet ihn, scheint mich zu vergessen; es ist Gier in seinem Blick und ein Leuchten. Ich rieche den Schweiß, der ihm auszubrechen scheint. Ich mustere die Wundmale auf seiner Brust, das schwarze Haar, das aus ihm sprießt, wie struppiges Steppengras.

Ein Wilder, der Angst hat?

Hatte.

Seine Hand schwebt dicht über der Haut des Wesens.

Ich lasse zu, dass er ihn berührt. Der Parasit regt sich nicht. Der Mann tastet vorsichtig, behutsam. Er gibt einen Laut von sich, der wie ein sanftes Knurren klingt.

Ich sehe mich im Spiegel seiner Sonnenbrille doppelt. Betrachte die Falte auf seiner Stirn, seinen Mund, der kein Lächeln zeigt, das eckige Kinn. Er sieht nicht aus, wie einer, der die Angst kennt. Aber wem sieht man die Angst schon an.

»Entschuldigen Sie bitte«, sagt er, plötzlich verlegen. Sein Mund zuckt. Er zieht seine Hände zurück, scheu, verkrampft, als hätte er etwas Explosives berührt, richtet sich auf. Er knöpft sein Hemd wieder zu.

Wir starren auf das Geschöpf, gemeinsam, ich weiß nicht wie lange.

»Es genügt«, sage ich schließlich, bedecke den Hirudo, binde den Knoten mit seltsam steifen Fingern.

Nehme die Chinesin wahr, die vielleicht schon länger im Raum ist. Sie hält ein Tablett in den Händen, auf dem drei Apfelsinen liegen.

»Greifen Sie zu«, sagt sie. Es klingt nicht nach einer Bitte. Sie sieht kaum überrascht aus über unsere Begegnung. »Setzen Sie sich«, sagt sie zu dem Mann. Sie spricht leise, langsam, als wäre sie nicht wirklich hier.

Roter Saft quillt aus den Früchten, die wir mit den Fingern schälen. Er sickert durch meinen Verband, brennt in den Wunden meiner Wut.

Jeder stapelt seinen eigenen Haufen Apfelsinenschalen auf den Tisch.

Wir essen die Blutorangen schweigend. Li Ling verteilt Servietten an ihre Zöglinge. Sie ist etwas grün im Gesicht. Grasgrüne Flecken tanzen auf ihren Wangen.

Ich sehe nicht so genau hin. Konzentriere mich auf das Kauen. Darauf, dass ich mich nicht verschlucke. Nicht unangenehm auffalle. Die Heilerin und der Geheilte. Nur ich bin die Dumme. Die immer noch mit einem Vampir am Leib herumläuft. Was ist, wenn die Angst mein Ich schon gefressen hat? Was bleibt von mir übrig, wenn der Hirudo die Angst frisst?

Ich habe so viele Fragen an den Unbekannten, dass ich keine einzige stelle.

Was ich wissen will, ist eigentlich alles. Wie hat es angefangen? Wie hat es aufgehört? Was war dazwischen? Wie kommt er jetzt klar mit dem Leben? Warum ist er hier? Wieso musste er den Hirudo berühren? Warum schlingt er seine Frucht so herunter?

Unvermittelt springt er auf und verbeugt sich vor Li Ling, verabschiedet sich, mit ein paar Floskeln über die verrinnende Zeit. Für mich hat er nur ein Kopfnicken übrig.

Ich nicke zurück, mit immer noch steifem Nacken, den Mund voll Apfelsine. Wir starren einander einen Moment zu lang an. Es ist ein anderes Starren als am Anfang. Er weiß jetzt etwas über mich.

Ich weiß nichts von ihm. Abgesehen davon, dass ich weiß wie seine Brust aussieht.

Ich kaue langsam, der Saft staut sich vor meiner Kehle, weil ich nicht schlucke, nicht bevor sich sein schwarzer Sonnenbrillenblick von mir abwendet. Nicht bevor er die Tür mit einem Ruck hinter sich schließt. Nicht bevor ich seine lauten Schritte höre.

Dann schlucke ich endlich. Meine Speiseröhre bekommt zu viel auf einmal. Ich verschlucke mich, huste, der Apfelsinenbrei rutscht zurück, ich halte mir den Mund zu.

Li Ling redet auf mich ein, schlägt mir den Rücken ausdauernd und schnell, wie einem Säugling, der endlich rülpsen soll.

Ich huste und denke an die Haare auf der Brust des Mannes, an das Muster, das der Hirudo hinterlassen hat, die Saugspuren, die beinahe wie zusätzliche Brustwarzen aussehen.

Saft rinnt mir über die Lippen, das ist nicht zu verhindern. Er tropft von meinem Kinn auf meine Schenkel, sickert auf den Sessel. Ich schäme mich. Wische mir ungeduldig mit dem Ärmel des Umhangs im Gesicht herum, als wäre Ich eine andere. Eine ziemlich fremde Person, die nicht weiß, wer sie ist und keinen blassen Schimmer davon hat, wie sie sich benehmen soll.

Li Ling verschwindet einen Moment und kehrt mit meinen Sachen zurück. Sie packt mir den ordentlich zusammengelegten Stapel auf den Schoß. Gewaschen, getrocknet, duftend, mit einem Rest Feuchtigkeit im Gewebe. Keine Spur mehr von Blut.

Ich ziehe mich um, ohne mir die Mühe zu machen hinter die Spanische Wand zu gehen. Den befleckten Kimono hänge ich über die Stuhllehne. Aber er rutscht ab, legt sich auf den Boden wie ein müdes Tier. Die Chinesin nimmt ihn auf, drückt ihre Hand flüchtig auf den entblößten Hirudo, nickt mir zu.

Ich denke an die Berührungen des Fremden.

Ich kenne nicht einmal seinen Namen.

Er hat meinen Vampir berührt. Er hat ihn gesehen und berührt. Und jetzt höre ich seine Schritte, obwohl es nicht sein kann, dass ich seine Schritte höre. Aber ich höre sie.

Er geht ein Stück, bleibt stehen, überquert die Straße, bleibt stehen, geht ein Stück, bleibt stehen. Kommt zurück. Überquert die Straße. Kommt näher. Steht vor diesem Haus. Ich höre ihn atmen. Ich sehe seine Brille, die ihn vor einer Sonne schützt, die nicht scheint.

Li Ling sieht mich streng an. Sie hat etwas gesagt.

Ich stammle eine Entschuldigung. Unter dem Grün auf ihren Wangen wirkt sie sehr blass. Sie sieht anders aus als sonst. Der aufgetragene Lippenstift betont den linken Mundwinkel. Ihr Haar wirkt ungekämmt, strähnig; ihr Gesicht gedunsen feucht. Ihre Finger trommeln auf dem Tisch herum, auf den Seiten des Berichtes. Sie gibt sich nicht einmal Mühe zu lächeln.

»Wie geht es den Kindern?«, frage ich vorsichtig.

Vielleicht ist etwas mit den Kindern. Vielleicht ist eine der Töchter krank. Vielleicht ist es das. Soweit ich es beurteilen kann, lebt sie allein mit den Mädchen. Niemand da, der ihr hilft, wenn etwas ist.

»Es geht ihnen gut, danke«, sagt sie höflich. Aber der Ton klingt nicht höflich, eher abweisend. Über ihr Privatleben redet sie nicht.

»Ich hoffe, ich habe die beiden nicht erschreckt«, murmle ich.

Sie antwortet nicht, versteht nicht, wovon ich rede. Ich mag nichts erklären.

Wir sind zu verschieden, wir sehen die Dinge mit anderen Augen. Jede Erklärung ist mühsam. Sie ist mir fremd in diesem Augenblick, so fremd wie alle anderen. So fremd wie ich mir selbst. Was suche ich hier? Was soll dieses gummiartige, Blut schlürfende Ungeziefer an meinem Bauch?

Sie blättert in dem Bericht herum, liest ein Stück, blättert weiter.

Vielleicht ist sie unzufrieden mit mir. Mit den Aufzeichnungen wirrer Träume, mit den Schilderungen von Begebenheiten, die nie stattgefunden haben, außer in meinem Kopf. Mir fällt ein, dass ich die Seiten nicht nummeriert habe. Aber spielt die Reihenfolge eine Rolle?

Vielleicht. Eine Phase folgt der nächsten. Am Ende steht das Glück. Nicht wahr?

»Es geht mir schon besser«, sage ich. »Ich fühle keine Angst. Die Träume kommen nicht mehr jede Nacht und die Halluzinationen stören mich nicht allzu sehr, da ich weiß, dass sie nicht wirklich sind. Es kann sogar recht unterhaltsam sein, die Menschen gewissermaßen anders wahrzunehmen.«

Sie sieht mich mit unbewegter Miene an. Ich warte auf ein Wort, Lob oder Tadel, egal. Sie schweigt.

»Ich bekomme auch besser Luft.« Als müsste ich ihr meine Worte beweisen, atme ich tief ein. Und aus. Und ein. Und aus.

Sie sieht mir zu. Ich komme mir wie ein schnaufender Drache vor.

Nebenan klingelt das Telefon. Sie springt auf, als hätte sie auf dieses Signal gewartet. Der Stuhl kippt, wie in Zeitlupe. Sie ist schon aus dem Zimmer, als er fällt. Der Hirudo zuckt zusammen. Ich streichle ihn, wie ich mir früher die Angst aus dem Bauch gestreichelt habe.

Ich höre die Schritte des Mannes vor dem Haus auf und ab gehen. Er schwitzt. Ich kann seinen Schweiß riechen.

Meine Finger greifen nach dem Blatt auf dem Tisch.

Die erste Zeile, die ich sehe, gehört nicht zu mir. Die zweite auch nicht.

Es ist ein Fragebogen. Ausgefüllt. Ich entziffere seinen Nachnamen.

Konzentriere mich auf das erste Wort: Heroin. Ja – Nein – Manchmal. Er hat Nein angekreuzt. LSD. Nein. Alkohol. Nein. Valium. Nein. Die Kreuze stehen exakt untereinander. Sie sehen alle gleich aus. Nur in einer Zeile ist das Kreuz nach rechts außen verrutscht, Cannabis.

Als Li Ling den Raum betritt, lege ich das Blatt beiseite. Sie achtet nicht darauf. Ihre Augen sind rot. Die Wimperntusche verschmiert. Schwarze Tränen auf weißem Gesicht. Der Pony sieht gerade aus und kantig, wirft Schatten in ihr Gesicht.

»Er ist tot«, flüstert sie. »Professor Chang … Er ist vor wenigen Minuten gestorben.«

Ich erhebe mich, taumle auf sie zu, strecke die Hand aus. Suchend, tastend, orientierungslos wie eine Blinde.

Sie weicht zurück.

»Es war kein Unfall«, sagt sie, betrachtet die Wand. »Er ist … ermordet worden.«

*

Ich gehe die Straße hinab, mit fremden Worten im Kopf. In einem anderen Land, sage ich mir, ist möglicherweise ein Mord geschehen. Was geht mich das an?

Ich höre ihn, höre seine Schritte hinter mir. Ich rieche ihn, er schwitzt, während er läuft.

Ich drehe mich nicht um. Renne quer über die Straße. Tauche in die Fußgängerzone. Der Geruch von Bratwurst und Pommes frites quillt mir entgegen. Der ranzige Gestank von heißem Öl. Es ist Markttag. Fresstag, Sauftag. Ich drängle mich an den Ständen vorbei. Die Leute sehen normal aus. Verwandeln sich nicht in meinem Hirn. Ein blonder Junge kippt mir Cola auf den Schuh. Der Vater rülpst über sein Bier hinweg. Die Mutter holt sich einen Knorpel aus dem Mund. Das Leben ist lustig. Das Leben ist schön. Ich trete versehentlich einen Blumentopf um. Schwarze Erde, rote Blüten. Jemand schreit hinter mir her.

Ich achte nicht darauf, laufe weiter. Überlege, was der Tod des Professors in Peking zu bedeuten hat. China ist weit weg.

»Kommen Sie«, sagt er. Ich spüre seinen Atem in meinem Nacken. »Gehen wir in ein Restaurant.« Er greift nach meinem Arm. Zieht mich zu sich herum. Sein Gesicht ist ernst. Seine Augen schimmern hinter den dunklen Gläsern. »Ich habe es gerade eben erfahren«, sagt er, zeigt mir etwas, das wie ein toter Spatz in seiner Hand liegt. Keine Waffe. Nur ein Handy. Silberfarben, zu klein für ihn. »Sie hat es mir ins Ohr geschrien.« In seiner Stimme schwingt ein Vorwurf, den ich nicht entschlüsseln kann. Er lässt mich nicht los, lenkt mich, schubst mich ein bisschen vor sich her.

»Sie … sie hat … mich gebeten zu gehen«, stammle ich. »… Was ist hier eigentlich *los*?«

»Kommen Sie«, wiederholt er. »Kommen Sie einfach.« Wir biegen in eine Seitenstraße, in der es nach Hundescheiße riecht. Wir biegen um die Ecke und sind plötzlich am Tempelhofer Ufer. Sein Griff ist fest, aber er achtet darauf, mir nicht wehzutun. Sicher will er nur mein Bestes.

»Lassen Sie mich«, sage ich trotzdem. Blicke mich um, nach einer Fluchtmöglichkeit, nach Zeugen, nach irgendeinem Wink des Schicksals.

Auf einer Bank sitzt eine Frau mit einer Einkaufstüte zwischen den Beinen und hebt müde die Hand. Ein Kind läuft auf sie zu. Ich bin nicht gemeint. Ich bin mir selbst überlassen. Ihm. Denke daran zu schreien. Aber der Gedanke kommt mir seltsam vor. Wozu denn. Wahrscheinlich hat er einen Grund. So zu sein, wie er ist.

Leonard Hagedorn. Seite an Seite mit Kyra Morell. Zwei armselige Irre, die ihr Selbst mithilfe eines Vampirs manipulieren.

Das Restaurant ist dunkel, ein Schlauch. Wir gehen immer tiefer hinein. Es sitzen kaum Leute an den Tischen. Zwei Pärchen, die rauchen, schwatzen, angetrunken lachen. An den Wänden hängen afrikanische Masken. In Vitrinen liegen Speere, Messer, Pfeifen. Fundstücke aus einer anderen Welt. Wie kommen die hierher? Der Mann wechselt ein paar Worte mit dem schwarzen Kellner. Wir werden an einen Tisch geleitet, etwas abseits. Der Kellner rückt einen Stuhl für mich und wartet, bis ich mich niederlasse.

»Zwei Kaffee, zwei Cognac«, sagt Leonard, ohne nach meinen Wünschen zu fragen. Eigentlich mag ich Gin lieber. Er greift nach den Streichhölzern, die im sauberen Aschenbecher liegen, zieht die Schachtel auf und zerbricht einen Streichholz nach dem anderen. Ich sehe ihm dabei zu.

Er setzt die Sonnenbrille ab, reibt sich die Augen.

»Wieso?«, frage ich. »Wieso?«

Der Mann schnauft, reibt sich ausdauernd die Augen.

»*Wieso*?«, fragt er zurück. Reibt sich die Augen, hört damit auf, blinzelt, setzt die Brille wieder auf. Schiebt sich ein Streichholz in den Mundwinkel. Kaut darauf herum. Streift mich mit einem fahrigen Blick. »Die brauchen keinen Grund«, murmelt er. »Die brauchen nur einen Anlass.« Er kaut heftig. Es knackt in seinem Mund. Er spuckt die Splitter aus. Trifft direkt in den Aschenbecher.

Ich sehe ihm zu, als würde ich nur dafür hier sitzen.

»Einige Menschen, die aus chinesischen Lagern kamen, zeigten ein paar Monate später keine Angst mehr vor der Staatsführung und der Kommunistischen Partei. Haben Sie eine Ahnung weshalb?«

»Sie wurden … *behandelt*?«

»Richtig. Sie trugen den Angstfresser spazieren und verloren ihre Furcht. Die Machthaber sorgten sich um ihre Macht. Es gab Verhaftungen, Urteile, Tote. Sie haben ihre

Wut an ihm abreagiert, an dem Professor … Vielleicht haben sie ihn … nicht einfach nur getötet.«

»Nicht einfach nur getötet?«

»Schon mal von Organraub gehört?«

Ich schüttle den Kopf.

»Sie verkaufen ihre Dissidenten in Einzelteilen an Leute, die es sich leisten können und diese Organe benötigen.«

Der Kellner serviert schweigend. Ich spüre eine Gänsehaut, lehne mich zurück und lege die Hände auf den Hirudo.

China ist nicht weit weg. Ein Stück davon lebt auf meinem Bauch.

Der Mann meidet meinen Blick. Zündet sich eine Zigarette mit einem der zerbrochenen Zündhölzer an. Trinkt den Cognac in einem Zug.

Ich warte darauf, dass er weitererzählt. Aber er sagt nichts. Der Gummiknüppel in meiner Tasche fällt mir ein. Das Telefon. Fühle ein Jucken in meinen Achselhöhlen. Unterdrückter Schweiß. Schlägt das Herz schneller? Nur einen Moment. Die Angst hat keine Chance mehr. Sie fließt durch meinen Leib. Und aus ihm heraus. Ich fühle mich erleichtert, leicht, befreit.

Er zieht mein Glas zu sich herüber. Mit einem abwesenden Blick hinter den dunklen Gläsern, als wüsste er nichts davon, was seine Hände anstellen. Drückt den Glimmstängel in den Aschenbecher, mehrmals, bis alle Glut aufhört, trinkt meinen Schnaps.

»Der Professor wurde erst nach einem Jahr wieder entlassen, nachdem es seiner Tochter gelungen war, *Amnesty International* auf ihn aufmerksam zu machen.«

Ich nicke zu seinen Worten, obwohl ich nicht viel begreife.

»Seine Tochter bat ihn nach Deutschland zu kommen, aber er wollte nicht.«

»Li Ling?«

»Es ist nicht ihr richtiger Name.«

»Verstehe.« Ich lüge, ohne rot zu werden.

»Der Hirudo wurde also gezüchtet für Menschen, die von einem Trauma beherrscht wurden. Die aus dem Knast kamen oder aus den Umerziehungs- und Arbeitslagern.« Er spricht geduldig mit mir – wie ein Lehrer, der Nachhilfeunterricht gibt. »Am Anfang hat der Professor die Experimente nur mit sich selbst durchgeführt. Erst als er sich über die Wirksamkeit im Klaren war, hat er angefangen Patienten zu behandeln. Es ist also eine sehr junge, weitestgehend unbekannte Methode.«

Ich schweige. Blicke in die hohlen Augen einer afrikanischen Maske. Spüre das Gewicht des Hirudos an mir. Normalerweise würde die Angst jetzt in mir aufsteigen. Herz, Hals, Hirn überfluten.

Ich ziehe die Streichholzschachtel auf, betrachte die gebrochenen Hölzer, die grünen Schwefelköpfe. »Warum erzählen Sie mir das alles?«

Der Mann lacht auf. »Weil *sie* mich darum gebeten hat. Li Ling ist außer einem chinesischen Arzt, der in San Francisco lebt, jetzt die Einzige, die mit dem Hirudo Timor praktiziert. Sie wollte, dass ich Ihnen das Nötigste berichte, falls …«

»Falls?«

»Falls etwas passiert …«

»Aber was …?«

»Das kann ich nicht sagen.«

Ich starre in meinen Kaffee, der inzwischen kalt ist. »Es erscheint alles so … unwahrscheinlich.«

»Unwahrscheinlich?« Sein Lachen schlägt in ein Husten um.

Ich warte darauf, dass er sich beruhigt. Mir fällt das Asthmaspray ein, das ich lange nicht mehr gebraucht habe. »Danke«, sage ich schließlich. Aber es klingt gleichgültig. »Ich begreife allmählich, was hier vor sich geht.«

Er sieht nicht aus, als ob er mir glaubt. Nichts deutet darauf hin, dass er mich überhaupt gehört hat. »Das ganze Leben ist unwahrscheinlich«, murmelt er. »Vom Urknall bis zur Menschwerdung des Affen … vom Neandertaler bis zum Steuerzahler … Krieg, Folter … alles nicht sehr wahrscheinlich.« Er zündet sich die nächste Zigarette an. Bestellt einen weiteren Cognac. Trinkt meinen Kaffee, kalt, mit zu viel Milch.

Als ich mich räuspere, um etwas zu sagen, schickt er ein Knurren in meine Richtung. Wenn das Unwahrscheinliche immer wahrscheinlicher wird, wird das Wahrscheinliche dann immer unwahrscheinlicher? Der Wunsch diese Frage auszusprechen, wird erstickt durch das Geräusch aus seiner Kehle.

Eine Bettlerin mit Balalaika oder etwas in der Art tritt klimpernd an unseren Tisch. Das Knurren verstärkt sich, übertönt sogar das rumänische Volkslied. In meinen Ohren jedenfalls.

Ich finde, die Sprache des Wolfes ist nicht misszuverstehen. Aber die Frau bleibt, klimpert mit einer Hand weiter und singt jetzt auch noch, während sich ihre andere Hand langsam öffnet und auf uns zu bewegt.

Ich sehe seine Zähne aufblitzen. Seine Augenbrauen, die sich über dem Rahmen der Sonnenbrille zusammenziehen wie Gewitterwolken.

Die Sängerin singt lächelnd, wiegt sich leicht in den Hüften. Sie gefällt sich und meint wohl, anderen müsste es ebenso gehen. Ich lege ihr die Streichholzschachtel in die Hand, schüttle den Kopf mit leichtem Entsetzen, verabschiede sie mit einem Winken. Sie klimpert verbissen weiter, wie ein Blechspielzeug, das sich aufziehen, aber nicht abstellen lässt.

Die Hölzer sind spurlos verschwunden. Ihre Hand ist wieder leer und groß. Ihre Finger scheinen gewachsen in den letzten Sekunden. Vorausgesetzt es sind überhaupt Finger unter ihrem Handschuh. Wieso trägt sie plötzlich Handschuhe? Ich schreie auf, drücke ihren Arm nach oben, der Schuss löst sich, die Kugel knallt in die Stirn der afrikanischen Maske und hinterlässt das Mal eines Sowjetsterns.

Ich spule den Film zurück, lege der Bettlerin ein paar Münzen in die Hand, sage »Arrivederci« zu ihr und sie versteht. Hört auf zu klimpern. Geht. Noch mal gut gegangen.

Der Mann zerkratzt mit einem Streichholz die Tischplatte. »Kommen Sie«, sagt er plötzlich und springt auf. »Wir verschwinden von hier.«

Im Vorbeigehen steckt er dem Kellner einen Schein zu. Der Kellner hält die Banknote gegen das diffuse Licht über der Theke, dann folgt er uns. Redet auf Leonard ein. Der Mann schüttelt den Kopf, deutet auf mich. Der Kellner nennt mir eine Summe und hält mir ein schwarzes überdimensional großes Portemonnaie unter die Nase.

Ich bin erleichtert, dass ich das Portemonnaie als Portemonnaie erkenne.

Wir laufen aus dem Hinterausgang, über einen engen Korridor mit bonbongelben Wänden, von denen der Putz bröckelt. Leonard rennt eine Treppe hinauf, nimmt immer zwei Stufen auf einmal. Es scheint ihn nicht zu interessieren, ob ich ihm folge oder nicht. Vielleicht folge ich ihm deshalb.

Die Tür, vor der ich stehe, ist stahlgrau. Sie ist halb offen oder halb geschlossen, wie man es nimmt. Keine direkte Einladung jedenfalls. Aber auch keine Ausladung. Kein Name. Keine Klingel. Niemandsland. Was ist, wenn er einfach nur irre ist?

Dann sind wir uns wohl ähnlich.

»Was stehen Sie da herum?«, sagt er mürrisch.

»Keine Ahnung«, murmle ich.

Er stößt die Tür unsanft auf, deutet eine Verbeugung an. Nimmt endlich die idiotische Sonnenbrille ab. In seinen Augen ein Lauern. Keine Ahnung, was er von mir will. Keine Ahnung, warum ich hier bin.

Ich trete ein, mit dem Lächeln des Gastes, der bald wieder gehen wird.

Die Dielen unter unseren Füßen sind zerkratzt und von Zigaretten angesengt.

Seine Wohnung: bescheiden, schlichte alte Möbel, nackte Fenster. In einer Ecke stapeln sich Zeitungen auf dem Boden, in der anderen Bücher. In leeren Weinflaschen stecken weiße Kerzen.

Die Dielen knarren, wenn ich mich bewege. Mit dem Hirudo am Bauch habe ich zugenommen. Nicht nur durch das Gewicht des Parasiten. Angst ist ein Schlankheitsmittel. Vorausgesetzt, man frisst nicht vor Angst, stopft sich nicht mit Pfannkuchen und Brathähnchen voll.

Der nervöse Druck sitzt nicht zufällig im Magen. Die Angst braucht Platz – für sich selbst oder für ein hübsches Geschwür.

Wahrscheinlich werde ich in der Zukunft fett werden. Fett und glücklich.

Hin und wieder werde ich mit Diäten ein bisschen abspecken. Ich werde nach entsprechenden Rezepten suchen und endlich begreifen, wozu es Frauenzeitschriften gibt. Ich werde mir eine Personenwage anschaffen, die mir präzise übermittelt, wie fett ich bin und mir damit meine Existenz bestätigt. Ich werde ohne Angst leben – gedankenlos, selig, optimistisch, enthirnt. Ich werde mich leicht fühlen und Urlaub in der Lüneburger Heide machen, um das Heidekraut zu bewundern. Ich werde den Duft der Schafe einatmen, den Wolken nachsehen und tagelang seufzen.

Der Mann geht schweigend hin und her, stellt Tassen auf den Tisch, eine davon mit abgebrochenem Henkel. Er bietet mir keinen Platz an, also bleibe ich stehen.

Starre aus dem Fenster in die Wohnung auf der gegenüberliegenden Straßenseite.

Zwei Rennwagen fahren um die Wette. Ein Junge im weißen T-Shirt hockt vor dem Bildschirm und spielt mit sich selbst. Der eine der Wagen rast gegen die Brüstung, überschlägt sich, der andere fährt weiter.

Ich setze mich endlich. Aus den Augenwinkeln beobachte ich Leonard, der mit einer orientalisch anmutenden Kanne herumläuft. Heißer Tee schwappt ihm auf die Hose. Aber es sieht nicht so aus, als ob ihn das interessiert. Er holt etwas aus dem Schrank, stellt es vor mich ab, ein Schälchen mit irgendwas. Brauner Kandiszucker, der wie Bernstein aussieht. Automatisch nehme ich ein Stück in die Hand, halte es gegen das Licht, suche nach einem Einschluss. Nach einer Fliege oder Ameise, im Moment ihres Todes erstarrt.

Ich finde nichts. Der Zucker ist sauber. Nur dafür da, sich aufzulösen, zu verschwinden. Ein Wohlbefinden in meinem Mund zu erzeugen. Ich verabscheue Zucker im Tee.

Leonard gießt das Getränk in die Tassen, ohne hinzuschauen, ohne darauf zu achten, dass er plempert. Er redet und versucht gleichzeitig sich eine Zigarette anzustecken. »Mögen Sie Schokolade? Ich kann Ihnen sonst nichts anbieten. Außer Schokolade … Nuss oder Nougat … mögen Sie?«

»Gern«, sage ich artig.

»Macht satt. Hebt die Stimmung.« Leonard läuft mit der Zigarette zwischen den Lippen herum, wühlt in den Schubläden des einzigen Schrankes. »Da ist sie ja«, sagt er schließlich zufrieden. Er reißt das Papier auf, präsentiert die Süßigkeit wie eine milde Gabe. Es ist weder Nuss noch Nougat, sondern Vollmilch; das Braun verfärbt sich leicht ins Weiße. Ich denke flüchtig daran, das Verfallsdatum zu kontrollieren. Breche eine kleine Ecke ab, schiebe sie in den Mund. Schmeckt besser als sie aussieht.

Der Gastgeber lächelt stolz, als hätte er mir einen Hummer serviert oder einen Lammbraten. Es ist das erste Mal, dass ich ihn lächeln sehe.

Es dauert nur einen Moment, dann wird seine Mimik wieder düster. Ohne Übergang beginnt er von China zu erzählen, nennt Namen, die ich noch nie gehört habe. Spricht von Toten. Von Folterungen. Vom Organraub. Von der Vergangenheit und von der Gegenwart. Von Professor Chang, den er zu verehren scheint. Von dem Gefängnis und dem Arbeitslager, in dem der Meister war. Er nennt ihn Meister, nicht Professor.

Ich höre ihm zu, ohne viel zu begreifen.

Mir wird schwindlig von dem Bild, das in meinem Kopf entsteht. Eine Flut, die alles überschwemmt. Menschen, Häuser, Bäume. Ihn und mich. Ein Meer von Blut.

Ich schaue auf seinen Mund, während er spricht. Er sieht mich an. Aber mir scheint, es ist ihm egal, ob ich zuhöre oder nicht. Meine Anwesenheit reicht. Es genügt, dass ich da bin. Es genügt, dass ich nicht taub bin. Stumm wäre wohl nicht so schlimm.

»Und Ihnen?«, fragt er plötzlich. »Was ist Ihnen passiert?«

Ich schrecke auf. Der Themenwechsel kommt mir wie ein Angriff vor.

»Nichts!« Ich lege die Hände auf den Hirudo. Wie eine Schwangere, die ihr Ungeborenes schützen will. »Was soll mir passiert sein?« Unter dem Verband beginnt der Schmerz zu pulsieren.

Er setzt die Sonnenbrille auf. Seine Miene wird hart wie Stein.

»Darüber rede ich nicht«, sage ich schließlich.

Darüber denke ich nicht einmal nach. Über die Lücke im Gedächtnis, das schwarze Loch in meinem Schädel. Die Vergangenheit ist vergangen.

Außerdem: Was geht ihn das an?

»Sie sollten jetzt gehen«, schlägt er vor. Falls es ein Vorschlag ist.

»Das wollte ich sowieso gerade«, antworte ich.

Wir erheben uns gleichzeitig.

»Danke für den Tee«, sage ich.

»Keine Ursache«, sagt er.

Ich blicke auf den zerschrammten Boden.

Leonard läuft davon, öffnet eine Tür.

Ich folge ihm ohne ein Zögern. Gehe unter seinem ausgestreckten Arm hindurch. Wir geben uns Mühe, uns nicht zu berühren. Wünsche mir einen Moment, dass er mich gefangen nimmt. Wie in diesem alten Kinderspiel. Er darf ruhig unbarmherzig sein, zupacken und damit drohen, mich nie wieder freizulassen.

Aber er guckt nur bockig. Und in den Gläsern seiner Sonnenbrille sehe ich ein bockiges Weib.

Meine Schritte auf der Treppe sind schwer. Einmal stolpere ich. Meine Füße glauben nicht an mich. An das bisschen Verstand, das mir noch geblieben ist.

Sie wollen umkehren. *Kommt nicht infrage*. Mein Kopf setzt sich durch.

Schließlich will ich nicht vor ihm stehen, wie die Balalaika-Bettlerin. Mit hohler Hand, mit flachgelegter Stimme. *Umkehren kommt nicht infrage*.

Infrage kommt, dass ich sehr langsam gehe.

Infrage kommt, dass ich einmal stehen bleibe und lausche.

Infrage kommt, dass ich ausgiebig die Wand betrachte, den bröckelnden Putz, die Schimmelflecken, die Graffiti. Die chinesischen Schriftzeichen in mörderischem Rot. Sie wirken frisch, die Farbe schimmert noch feucht.

Ich sollte umkehren, ihn fragen, was die Zeichen bedeuten – falls sie überhaupt von ihm sind. Ich zucke mit den Achseln, gehe weiter. Durch den bonbongelben Korridor, der zu dem schummrigen Café führt.

An der Haustür fehlt die Türklinke. Ich stecke meine Finger in den Ritz zwischen hier und dort, zwischen Wand und Welt. Etwas sticht mich. Ein Insekt?

Am Rand der Straße betrachte ich den Stachel, der mir in der Kuppe des Mittelfingers steckt. Ein hübscher kleiner Pfeil. Abgeschossen von einem Holzwurm vielleicht. Ich taste mit der Zunge nach ihm, ziehe ihn mit den Zähnen heraus, spucke auf den Asphalt. Blut quillt aus dem Loch in meiner Haut. Ich betrachte den Tropfen, der etwas Magisches hat, der ein Beweis ist für meine Existenz. Dann sauge ich sanft meinen eigenen Saft.

Der Geschmack kommt mir fremd vor, ungenießbar das Zeug. Vampire sind nicht zu beneiden.

Ich stehe länger als nötig vor seinem Haus herum.

*

Erst ist da sein Atem in meinem Nacken. Dann seine Hand, die nach meiner Hand greift. Dann der ganze Kerl, dicht, sehr dicht. Seine Arme, die mich an seinen Körper pressen.

Wir stehen auf den Planken eines schwankenden Schiffes, direkt an der Reling, genauer gesagt an einem schlappen durchhängenden Seil, an dem man sich unmöglich festhalten kann. Das Meer rollt in schwarzen Lawinen auf uns zu. Gischt spuckt uns vor die Füße. Die Yacht neigt sich zur Seite, kippt auf die aufgewühlte See zu.

Abgesehen von seinen Armen, mit Haaren nass wie Seetang, kann ich ihn nicht sehen.

Dafür spüre ich ihn umso mehr. Er ist ganz und gar bei mir, in seiner ganzen prallen Unwahrscheinlichkeit, hält mich fest.

Wenn ich zur Seite blicke, sehe ich das herrenlose Steuerrad, das sich mal in die eine, mal in die andere Richtung dreht. Der Mann hat seinen Platz verlassen, damit ich nicht über Bord gehe.

Ich wache auf, spüre die Berührung noch immer. Die Umarmung aus der anderen Dimension ist erstaunlich intensiv. Sogar seinen Geruch nehme ich wahr und das Schlingern des Schiffes unter mir.

Die Sportlehrer und Gorillas haben mich also verlassen. Möchte wissen, wo sie sich jetzt herumtreiben.

In der realen Welt halte ich ein Kissen im Arm.

Es ist schön, im Bett zu liegen und etwas zu umarmen. Wenn es kein Mensch ist, dann eben ein Kissen.

Der Bezug ist mit Käfern bedruckt. Marienkäfer, Maikäfer, Mistkäfer, sogar ein Hirschkäfer ist dabei. Ich umarme ein einziges Gewimmel. Versuche nicht an Leonard dabei zu denken. Ich will kein Gefühl für ihn zulassen, keine Sehnsucht, keinen Schmerz. Wozu auch. Wir kennen uns nicht. Wir haben nichts miteinander zu tun, beinahe nichts. Dass ich von ihm träume, muss nichts bedeuten.

Die Käfer auf dem Bettbezug fangen an sich zu paaren. Die kleinen Männchen springen auf die großen Weibchen. Sie müssen sich mit allen sechs Beinen festhalten, um von den harten Flügeln nicht abzurutschen. Nur der Hirschkäfer bleibt allein. Hirschkäfer Leonard.

Der Gedanke rutscht mir ins Hirn, ob er morgens beim Erwachen einen Steifen hat. So wie Lex.

Der Hirudo bewegt sich. Ich schlage die Decke beiseite. Streichle seine gespannte Haut. »Guten Morgen. Die Sonne scheint«, sage ich. »Hast du schön geschlafen?« Zwei seiner Augenpaare starren mich glasig an.

»Dann wollen wir mal«, plappre ich weiter. »Duschen, Frühstücken. Aber ich nehme an, du hast schon gefrühstückt?«

Es tut gut, Selbstgespräche nicht nur mit sich selbst zu führen. Ich begreife allmählich, warum manche Leute sich die Mühe machen, morgens um fünf mit einem kläffenden Köter Gassi zu gehen oder nach einer schielenden mausgrauen Katze sogar mit einem Steckbrief zu suchen. Selbstgespräche nicht ausschließlich mit sich selbst zu führen ist tatsächlich ein Gewinn.

Ich bewege mich Richtung Bettkante und ein Strahl der Sonne trifft den Hirudo. Er zuckt zusammen, kneift die Augen zu. Er scheint Licht nicht zu mögen. Vermutlich ist er nachtaktiv, so wie alle Vampire. Das würde auch erklären, weshalb er tagsüber meist schläft. Nachts saugt er so sanft, dass ich nur selten davon aufwache. Ich fühle das schwache Pulsieren seines Saugnapfes auf meinem Leib wie einen Kuss. Er ist nett zu mir, der Hirudo, auf eine geistlose Art nett.

Nicht einmal seine Blicke sind mir mehr unangenehm.

Ich gewöhne mich daran, dass da immer jemand ist, der mir Beachtung schenkt. Eine stillschweigende hohle Beachtung, aber immerhin. Auch ich schenke ihm eine meist stillschweigende, meist hohle Beachtung, schenke ihm mein Blut und als Abfallprodukt die Angst.

Was er wohl damit anfängt? In was verwandelt sich das stärkste aller Gefühle? In noch mehr Hunger? Mir auszumalen, was in dem Parasiten geschieht, übersteigt, das gebe ich zu, meine Vorstellungskraft. Vielleicht besitzt er so viel Verstand, um zu wissen, dass er und ich nicht eins sind? Doch mir scheint, dass er sich nicht darum kümmert: wer oder was er ist, wo er herkommt, was er eigentlich auf meinem Bauch soll und in der Welt. Er existiert, sitzt fest, wie eine Alge an einem Felsen. Er ist mir weder dankbar, noch hasst er mich. Ich bin seine Nahrungsquelle, nicht mehr und nicht weniger. Ich weiß nicht, warum mich dieser Gedanke beruhigt, aber er beruhigt mich.

Der Hirudo und ich duschen. Er kneift die ganze Zeit die Augen zusammen. Trotzdem achte ich darauf, dass der Schaum nicht über seinen Körper läuft.

Ich will ihm nicht wehtun. Ihm auch nicht den chemischen Zitronenduft des Duschgels aufdrängen. Respektiere ihn als eigenständiges Wesen, soweit dies unser symbiotisches Verhältnis erlaubt. Unter dem fließenden Wasser versuche ich mir vorzustellen, er wäre ein natürlicher Teil meines Körpers. So wie die Brust aus zwei Teilen besteht und der Hintern, könnte auch der Bauch doppelt sein.

Aber der Vampir bleibt ein Fremdling. Wir unterscheiden uns grundlegend. Gattung, Hautfarbe, Geschlecht, Anzahl der Augen. Er ist kein Teil von mir. Ich bin kein Teil von ihm. Unsere Liaison ist nur vorübergehend. Wir tauschen Flüssigkeiten aus und Energien. Irgendwann verlässt er mich, mit dem Treiben der Angst in seinem Bauch. Irgendwann bin ich befreit, leer, bereit für ein Leben, in dem ich daran denke, die Wäsche aufzuhängen statt mich selbst. In dem ich die Blumen auf dem Balkon gieße, ein Embryo in meiner Gebärmutter schaukle, meinem Mann den Immobilienteil der Lokalzeitung über den Küchentisch schiebe. In dem ich mir das wünsche, was sich alle wünschen und das bekomme, was alle bekommen. Ein Los vom Rummel des Daseins, noch eingerollt, ein Los, auf dem das Wort Hauptgewinn steht. Oder das Wort Niete.

*

»Einmal ein Loser immer ein Loser«, sagt Lex, als ich ihn frage, was er von Verlierern hält. Er lümmelt auf meinem Bett herum und isst eine rohe Möhre.

»Glaub ich nicht«, halte ich dagegen. »Am meisten verlieren können doch nur die, die schon mal gewonnen haben. Der ewige Verlierer hat nichts mehr zu verlieren.«

Lex ist wieder einmal gekommen, um sich zu verabschieden. Er hat Blumen mitgebracht, drei rosa Rosen, die die Köpfe hängen lassen und jetzt in einer flüchtig ausgespülten Ketchupflasche auf dem Fensterbrett stehen. Das Blumenwasser hat die Farbe von holländischen Tomaten, und ich hege die unsinnige Hoffnung, dass die Stängel eifrig saugen und die Blüten sich wenigstens ein bisschen röten.

»Verlieren kann man immer was«, sagt Lex mürrisch. »Nehmen wir mal an …« Er blinzelt in die Luft und überlegt. »Nehmen wir mal an, ein Taxifahrer verliert den Autoschlüssel. Dumm für ihn, aber keine Katastrophe oder?«

Ich zucke mit den Schultern. Betrachte seinen Mund. Volle Lippen, vollere als sonst, als hätte er sich kürzlich mit wem geschlagen.

»Könnte aber eine werden. Jemand findet den Schlüssel in der Nähe des Taxis. Steigt ein, fährt los. Taxi weg. Taxi weg heißt Job weg. Job weg heißt Geld weg. Geld weg könnte heißen, Frau lässt sich scheiden. Also: Schlüssel weg heißt am Ende Frau weg, Kinder weg …« Lex beißt von der Mohrrübe ab, hält sie mir hin.

»Ja aber …«, sage ich und knabbere vorsichtig an dem

Gemüse. »Jetzt ist er frei. Er kann noch mal von vorne anfangen. Auswandern oder Astronaut werden.«

»Vielleicht«, meint Lex lapidar. »Vielleicht auch nicht. Vielleicht pumpt er sich mit Drogen voll, legt sich in die Badewanne und schlitzt sich die Pulsadern auf.«

Während er spricht, fuchtelt er fröhlich mit dem Gemüse in der Luft herum. Ich senke die Lider, sehe das Blut aus den Schlitzen quellen, rote chinesische Schriftzeichen winden sich im Wasser um einen fremden männlichen Körper. Leonard? Ich schüttele heftig den Kopf.

Lex wirft mir einen fragenden Blick zu. »Aber …«, sagt er gedehnt, kratzt sich mit der Karotte die Augenbraue. »… als er gerade so vor sich hin stirbt, könnte er den Mond sehen, der zu ihm in die Wanne scheint und einen Stern, der nur ihm allein zublinzelt. Er könnte beschließen, Astronaut zu werden oder auszuwandern und er stapft nass und blutend zum Telefon.«

»Mit letzter Kraft«, sage ich erleichtert.

»Mit letzter Kraft«, stimmt Lex zu.

»Und wen ruft er an?«

»Jedenfalls nicht seine Frau, wenn ihm das Leben noch lieb ist.«

»Doch«, widerspreche ich. »Sie rettet ihn. Er wird Astronaut. Sie heiraten ein zweites Mal, wandern aus und bekommen das dritte Kind.«

»Ja, meinetwegen, und eines schönen Tages explodiert seine Rakete beim Start«, sagt Lex kauend. »Die Frau sitzt vor dem Fernseher und verliert den Verstand.«

»Die Geschichte vom ewigen Verlierer«, sage ich und seufze. »Und die Kinder?«

»Oh, die Kinder … Richtig. Die Geschichte geht noch weiter.« Lex klopft sich mit dem Stummel der Mohrrübe gegen die Stirn. »Die Kinder kommen in ein Heim und werden später adoptiert. Von einem Paar mit pädophilen Neigungen. Wenn die Kinder groß sind, gehen sie auf den Strich, handeln mit Drogen, spritzen Heroin in ihre Adern und lernen schließlich in der Psychiatrie ihre richtige Mutter kennen. Nach ein paar Jahren werden alle vier als geheilt entlassen und erledigen gemeinsam das pädophile Paar mit zwei giftigen Cocktails. Also Happy End zu guter Letzt.«

»Nicht ganz«, wende ich ein. »Denn irgendwann kommt ihnen Kommissar Oberschlau auf die Schliche. Die Mutter unterschreibt ein Geständnis, um ihre Kinder zu retten. Schließlich steht sie allein in ihrer Zelle und betrachtet den Mond, der in kleine Stückchen zerhackt durch die Gitterstäbe fällt.«

»Du hast den blinkenden Stern der Hoffnung vergessen«, sagt Lex. »In diesem Fall den ehrgeizigen Anwalt. Der ehrgeizige Anwalt wird seinen ganzen Ehrgeiz einsetzen, um sie da rauszuholen. Die Mutter kommt raus, ihre Kinder kommen rein. Aber der nächste Anwalt steht schon auf der Matte. Und die Dinge nehmen ihren unaufhörlichen Lauf. Wie wär's jetzt mit ein bisschen Sex?«

»Und alles wegen eines verlorenen Schlüssels«, sage ich seufzend.

Lex fährt mit dem Blätterbüschel der Rübe über mein Gesicht, über meinen Hals, kitzelt in meinem Ausschnitt herum.

»Jetzt weiß ich, warum ich nie Taxifahrer werden wollte«, sagt er.

»Aber wäre der Taxifahrer Taxifahrer geblieben, wäre er wohl noch am Leben.«

»Wer weiß das schon.« Er wirft das Karottenüberbleibsel in die Luft und lässt seine Hand auf meinen Schenkel fallen. Er scheint es plötzlich eilig zu haben. Seine Zunge in meinem Mund ist schwer und warm. Der Kuss ist kurz. Seine Jeans reibt sich an meiner Jeans. Zwei seiner Finger stoßen nervös gegen den Stoff zwischen meinen Beinen. »Zieh dich aus«, verlangt er.

Keine Zeit für Erklärungen. Keine Zeit, ihm den Hirudo Timor vorzustellen.

Die Variante jetzt mit der Wahrheit herauszurücken, fällt schon mal flach.

»Morgen fliegst du nach Italien«, beklage ich mich plötzlich. »Und wann kommst du diesmal zurück?« Ich blicke ihm mitten ins Gesicht. Er verdreht die Augen, wie erwartet. Da seine Augen beeindruckend sind, ist das Augenverdrehen ebenfalls beeindruckend. Seine Hand arbeitet mittlerweile weiter, als ginge sie mein Gerede nichts an.

Ich betrachte seinen Mund wie in Nahaufnahme. Seine geschwollenen Lippen können auch von einem Kuss kommen. Wahrscheinlich bin ich nicht die Einzige, von der er sich verabschieden muss.

»Du kommst, wann du Lust hast, dann verschwindest du für eine Ewigkeit«, sage ich trotzig und suche nach einer geeigneten Stelle seines Körpers, in die ich beißen kann.

»Keine Ewigkeit«, murmelt er. »Diesmal nicht.«

»Versprichst du es?«

»Ich verspreche nie etwas.«

Ich entscheide mich für den Hals. Lecke sehr sanft die Stelle neben seinem Adamsapfel. Er zieht meinen Reißverschluss auf, zerrt an der Hose; der Knopf ist noch zu.

Ich nehme seine Haut zwischen die Zähne, sauge sie in meinen Mund, massiere die Haut mit der Zungenspitze.

Lex beginnt zu stöhnen. Seine Hand ist immer noch auf dem Weg zum Ziel, zwängt sich in meinen Slip, taucht tiefer. Finger formieren sich zu einem Glied, dringen in mich ein. Ich schlage die Schenkel um meine Beute. In meinen Schenkeln sitzen einige sehr aktive Muskel. Ich beiße heftiger, besinne mich auf die Spitze eines Eckzahnes, konzentriere mich auf die eine für mich bestimmte Stelle. Ich weiß nicht, wie lange es dauert. Höre Lex wie aus weiter Ferne wimmern und schreien. Schmecke sein Blut. Der Geschmack kommt mir gar nicht mehr so unangenehm vor. Vielleicht schmeckt fremdes Blut ja besser als das eigene?

Lex brüllt jetzt. Aber ich achte nicht darauf. Er verlässt mich ja eh. Ich bin für ihn ein Wegwerfprodukt. Ich bin leicht zu haben und leicht loszuwerden. Praktisch und austauschbar. Ich hole mir nur das, was mir zusteht. Ein bisschen Flüssigkeit von ihm, ausnahmsweise nicht aus seinem Schwanz.

Er hat Schwierigkeiten damit, seine rechte Hand aus meiner Hose zu ziehen. Auf seine linke stütze ich meinen Ellbogen. Er schreit. Er schreit meinen Namen. Seine Stimme klingt grell, dünn, als wäre sie am Zerreißen. Aber der Name kommt mir fremd vor. Irgendwie ausgedacht.

Ich lasse nicht ab von ihm, beiße und sauge, melke ihn mit der Zunge. Hat er noch mal Glück gehabt, dass ich mich nicht für ein anderes Körperteil entschieden habe.

Er versteht es jedoch nicht, sein Glück zu würdigen. Er flucht, reißt sich los, zieht mich an den Haaren von sich weg. Er springt wie von der Tarantel gestochen vom Bett und taumelt im Zimmer umher. Presst die Hand an seinen besudelten Hals. Schreit mich an. Eine Lawine von Schimpfwörtern, *fuck* und *bitch* und *fucking bitch* kommen wiederholt vor. Ein Herumtreiber flucht in der Sprache der Herumtreiber.

Ich wische mir das Blut von den Lippen. »Vielleicht können wir ja Freunde bleiben«, sage ich freundlich. Etwas sprudelt beim Reden in meinem Mund, rinnt in Richtung Kehle. Ich schlucke es hinunter.

»Du gehörst in die Klapsmühle«, antwortet Lex. Er geht langsam rückwärts, als fürchte er einen neuen Angriff, schüttelt meine ausgerissenen Haare von seiner Hand.

Ich nicke, versuche es mit einem Lächeln.

Aber mein Liebster knallt schon die Tür hinter sich zu.

Das Telefon ist wieder ein Telefon, schwarz, matt glänzend.

Ich wiege es in der Hand, bevor ich wähle. Es wird weder schwerer noch länger. Es behält seine hässliche Form. Bleibt, was es ist.

»Es geht mir gut. Ich bin auf dem Wege der Besserung«, murmle ich in den Hörer. »Ich bin keine *fucking bitch*.«

Li Ling nimmt nicht ab.

Ich gehe mir die Zähne putzen. Reibe auch Zunge, Gaumen und das innere Fleisch meiner Wangen mit Zahnpasta ein. Der Schaum füllt meinen Mund aus – wie bei einem tollwütigen Tier.

Ein schwacher Geschmack von Blut bleibt trotzdem.

»Armer Lex«, sage ich mit meinen rotweißen Lippen in mein Spiegelbild hinein. »Das hast du nicht verdient.« Der Sabber, den ich ausspucke, ist mit Blut vermischt. Einen Moment lang sehe ich die Ratte vor mir; die mit dem abgedreht glasigen Blick.

Ich verstehe mich nicht. Ich verstehe mich selbst nicht mehr. Wie konnte ich nur? Beißen und kratzen verboten. Das lernt man doch schon im Kindergarten.

Für den Hirudo hätte ich eine Ausrede erfinden können. »Eine Form von Gürtelrose«, höre ich mich im Nachhinein erklären. »Sieht schlimmer aus, als es ist.«

Ich versuche Reue zu empfinden. Ernsthafte Reue. Ich strenge mich an. Bereit, jede Regung von Mitleid in mir zu registrieren. Ich warte. Denke an seine zuckenden Lippen. An seine erschreckten Augen. An die Wunde, die ich ihm zugefügt habe. Ich warte lange. Ich will die Geduld nicht verlieren. Die Geduld mit mir selbst. »Armer Lex«, murmle ich wie eine Beschwörungsformel. »Armer armer Lex, verzeih mir.«

Ich stehe herum und ziehe traurige Grimassen. Streichle den Hirudo Timor zärtlich und routiniert. Ich empfinde, dass die Luft im Bad nicht besonders gut riecht. Ich öffne das Fenster.

Jetzt ist es besser.

Ich gehe zurück zum Telefon. Drücke die Wahlwiederholung. Höre dem Freizeichen des Telefons zu, wie einer vertrauten langweiligen Melodie.

Nichts.

Ich schiebe mir einen Kaugummi in den Mund, extrascharf. Ich kaue langsam, als müsste ich bei jedem Malmen überlegen. In Wirklichkeit denke ich an nichts, beinahe an nichts. Ich denke nicht einmal an Lex. Ich denke seinen Namen und an den Ausdruck in seinem Gesicht, aber das war's auch schon. Ich denke an ihn, ohne an ihn zu denken. Er ist soeben aus meinem Leben gefallen und es ist mir egal.

*

Die Tür steht einen Spalt weit offen.

Die meisten Möbel sind zerhackt worden, womöglich mit einer Axt.

Auf den Betten liegen zerrissene Kimonos, zerfetzte Fächer, verbogene Glücksmünzen. Ich laufe über die Reste der Spanischen Wand. Zucke zurück vor einem Gesicht: in einem zerbrochenen Spiegel. Meine Nase ist in Einzelteile zersplittert.

Ich lasse mich in den blauen Sessel fallen, greife nach einem Gegenstand unter mir, eine Puppe ohne Kopf. Eine Weile sitze ich nur da und suche mit den Augen nach dem zweiten Teil des Spielzeugs. Es ist seltsam still in der Wohnung.

Ich lausche in die Stille hinein. Der Tisch vor mir liegt mit den Beinen nach oben wie ein toter Käfer. Haare quellen unter der Tischkante hervor. Ich greife danach, halte einen lächelnden Kopf in der Hand. *Made in China* ist in den wulstigen Hals gestanzt. Meine Finger sind taub. Ich brauche eine Ewigkeit, um die Puppe wieder zusammenzusetzen. Sie klappert, während ich an ihr arbeite. Die Augen sind in die Höhlen gedrückt und kullern in ihrem Schädel herum. Der Kopf sieht zu blass aus für den rosa Torso, vielleicht ist es der falsche.

Der Sessel, auf dem ich sitze, ist das einzige Möbelstück, das noch auf seinem alten Platz steht.

Ich bin nicht erschüttert, nicht einmal überrascht. Mir kommt nur alles falsch vor.

Die Puppe ist falsch, mein Spiegelbild, diese Wohnung

mit dem ganzen zerstörten Krempel. Ich befinde mich im falschen Film, im falschen Zug, im falschen Leben.

In einer solchen Situation kann man schlecht etwas richtig machen. Also bleibe ich sitzen. Auch das ist sicherlich falsch. Vernünftig wäre, so schnell wie möglich von hier zu verschwinden.

Ich bin nicht vernünftig. Ich bleibe hier und warte. Möchte bloß wissen, worauf.

Es sieht nicht danach aus, dass sie Li Ling hier angetroffen haben. Sonst hätten sie sich nicht an ihrer Wohnung gerächt. Wer immer *sie* sind.

Li Ling wird wohl nicht zurückkommen. Das dämmert mir allmählich. Sie ist verschwunden. Und ich habe keinen Anhaltspunkt, wo sie sich aufhalten könnte.

Auf alle Fälle ist es sinnlos in diesem Chaos auf Li Ling zu warten. Aber mir fällt gerade nichts Besseres ein.

Ich schlinge die Arme um den Hirudo, ziehe die Beine an und starre auf ein zerfetztes Poster an der Wand. Der Mensch mit den aufgemalten Akupunkturpunkten wurde gevierteilt. Aber eigentlich sehe ich nicht ihn an, sondern die Wand dahinter, und das Dahinter, das dahinter kommt. Auf diese Art kommt man einmal um den Erdball und landet im eigenen Hinterkopf.

Diese Reise kann Sekunden dauern oder Jahre. Bei mir dauert sie einige Minuten. Glaube ich jedenfalls.

Wenn man diese Art von Blick nach unten richtet, wird es gefährlicher. Man landet in der Hölle oder im All. Und eine Rückkehr ist erst einmal unwahrscheinlich. Es sei denn, es gibt einen wahren Freund, der sich um dich kümmert und dir eine heftige Ohrfeige verabreicht. Aber wahre Freunde sind Mangelware, jedenfalls in meinem Leben. Eine Ohrfeige könnte ich jetzt gut gebrauchen oder einen Menschen, der mir sagt, was zu tun ist.

Vielleicht sollte ich die Polizei anrufen und mich als Zeugin zur Verfügung stellen. Eine Zeugin zu sein ist eine wichtige Rolle.

Aber genau genommen, weiß ich nicht, was ich bezeugen soll. Die Polizei wird schon von selbst darauf kommen, dass hier etwas nicht stimmt.

Früher oder später.

Schließlich erhebe ich mich, stehe eine Weile herum, verpasse mir ein paar einsame, halbherzige Ohrfeigen, bis mein Gesicht brennt und schlurfe in die Küche.

Ein Tee wäre jetzt nicht schlecht. Ein Tee für Frankensteins Monster, das die ersten Schritte tut in eine Welt, von der es nicht den geringsten Schimmer hat.

Die Teeblätter liegen vermischt mit Reiskörnern auf dem Boden verstreut. In einem Brotlaib steckt ein Messer mit schwarzem Griff. Daneben finde ich ein Stück Käse, durchbohrt von Akupunkturnadeln.

Mir fällt ein, dass ich lange nichts gegessen habe. Ich ziehe Messer und Nadeln vorsichtig aus den misshandelten Lebensmitteln. Das Brot ist noch einigermaßen frisch, der Käse weniger.

Ich kaue langsam, warte, dass sich etwas wie Appetit einstellt. Es stellt sich nichts ein. Ich kaue und schlucke. Beim Abbeißen knirscht die Rinde in meinem Mund.

Der Käse ist hart wie Gummi. Schmeckt auch so.

Die Küchenstühle sind beinahe sorgfältig in ihre Einzelteile zerlegt. Die Beine liegen auf dem einen Stapel, die Lehnen und Sitzflächen auf dem anderen.

Der Tisch ist nackt und zerschrammt, aber ansonsten unversehrt.

Ich sitze auf dem Fußboden, sammle ein, was ich für die Zubereitung eines Getränks gebrauchen kann. Brühe mir etwas von dem Tee-Reis-Gemisch auf.

Ich probiere gern neue Rezepte aus. Ich probiere gern Dinge aus, die ich noch nie ausprobiert habe. Das Fremde ist mir nah, so wie mir das Nahe oft fremd ist. Das Gebräu ist gar nicht so übel.

An der Oberfläche der Plörre treibt allerdings ein kleiner schwarzer Käfer.

Ich puste ihn jedes Mal beiseite, ehe ich die Schale an die Lippe setze und trinke.

Schließlich ist das Gefäß leer. Auch der Käfer ist verschwunden.

Ich fühle mich gestärkt, jedenfalls rede ich mir ein, dass ich mich gestärkt fühle, bereit hinauszugehen und Ausschau zu halten nach dem schiefen Pony einer Chinesin.

In Wirklichkeit spüre ich eine lange nicht gefühlte Übelkeit. Vielleicht ist es der Käse in mir. Kein guter Gedanke. Besonders das *in mir* ist kein guter Gedanke. Er weckt das Bedürfnis, den Käse auf schnellstem Wege aus mir herauszubefördern.

Ich ignoriere meine Übelkeit.

Und meine Übelkeit ignoriert mich.

Ich taumle ins Bad, knie nieder, umarme die Toilette und übergebe den Käse-Reis-Tee der Kanalisation.

Ich höre ein Glucksen und überlege, während ich mich in einer zweiten Welle erbreche, woher dieses Geräusch stammt. Aus der Toilette, aus meinem Bauch oder aus dem Parasiten.

Der Hirudo Timor zuckt auf meinem Leib. Dass das Glucksen von ihm kommt, wird immer wahrscheinlicher. Vielleicht ist das Glucksen auch kein Glucksen, sondern ein Schmatzen. Wie dem auch sei, es geht mir sofort besser. Ich fühle mich befreit, beinahe schwerelos. Ich stehe auf, als wäre nichts gewesen, drücke die Spültaste, gehe zum Waschbecken, wasche mich ein bisschen, spüle mir den Mund aus und betrachte im Spiegel mein Gesicht. Es sieht rosig und gesund aus. Wie frisch geohrfeigt.

Ich werde in meinem nächsten Bericht erwähnen, dass der Angstfresser nicht nur Angst frisst. Er beschützt mich. Er sorgt für mein Wohlergehen.

Ich lächle mir zu, und mir fällt ein, dass es wahrscheinlich nicht mehr nötig ist, Berichte zu schreiben. Nötig oder nicht, ich werde weiterhin aufschreiben, was geschieht. Für Li Ling, für die Wissenschaft oder lediglich für mich selbst.

Angesichts der zerhackten Kommode, über die ich klettere, um Li Lings Wohnung zu verlassen, kann ich mir die Leichtigkeit, die ich empfinde, kaum erklären. Aber ich empfinde sie.

*

Vor dem Haus, in dem Leonard wohnt, steht ein Chinese. Er bemerkt mich nicht. Der Anzug, den er trägt, sieht aus der Entfernung seltsam steif aus, wie aus Holz geschnitzt. Auch sein Gesicht wirkt hölzern. Er hat kurz geschnittenes Haar, leicht abstehende Ohren, eine breite Nase. Ich senke die Lider, um seinem Blick nicht zu begegnen, wie ein Kind, das die Augen schließt, um sich zu verstecken.

Meine Füße wollen stoppen, davonlaufen, aber ich zwinge sie dazu, einfach zu gehen, unauffällig, normal. Es ist normal, dass ich hier gehe. Jeder kann hier herumspazieren. Dies ist ein freies Land; man kann sich bewegen, wohin man möchte, sogar ohne Grund.

Ich kaufe Tomaten an einem Gemüsestand, kehre um, nehme den Weg durch das Restaurant. Der Kellner wirft mir einen glasig fragenden Blick zu, sagt aber nichts. Ich beiße in eine Tomate, sauge ihren Saft ein. Er schmeckt säuerlich, aber darauf kommt es nicht an. Es kommt auf das Saugen an. »Frag mich nicht, warum«, murmle ich, als ich vor seiner Tür stehe. Zögere eine kleine Ewigkeit, ehe ich den Arm hebe, den Finger auf den Klingelknopf drücke. Er wird dich verscheuchen, denke ich. Er wird dich verscheuchen wie eine Katze, die auf seinen Schuhabtreter pinkelt.

Leonard öffnet, halb bekleidet. Die Haare auf seiner Brust glänzen feucht. Die Wundmale unter ihnen leuchten rot, wie entzündet. Er begrüßt mich mit keinesfalls zaghaften Küssen auf die Wange, als hätte er mich eingeladen. Ich rieche ihn, seinen Schweiß, rieche Rauch, spüre einen Moment die Hitze von Glut an meinem Gesicht vorbeiziehen. Er hält eine brennende Zigarette in der Hand, die nicht nach Zigarette stinkt.

»Li Ling ist verschwunden«, beschwere ich mich sofort. »Ihre Wohnung wurde vollkommen verwüstet.«

Leonard scheint nicht richtig zuzuhören. Er murmelt etwas vor sich hin. Schaut mich unter schweren Lidern an. Wendet mir seinen nackten Rücken zu. Schlurft davon, ohne weiter auf mich zu achten. Als wäre es ganz normal, dass ich unaufgefordert in seine Wohnung eindringe. Oder als hätte er die Tür nur versehentlich geöffnet, eigentlich für jemand anderen.

Ich halte mich dicht hinter ihm. Atme den süßen Dunst seines Joints ein.

Betrachte die Tätowierung auf seinem linken Schulterblatt. Eine Schlange, die etwas im Maul trägt. Vielleicht den Schwanz einer anderen Schlange oder ihren eigenen. So genau kann ich es nicht erkennen.

Er dreht sich nicht nach mir um. Vermutlich kann ich zufrieden sein, dass er überhaupt geöffnet hat.

»Da steht ein Chinese vor dem Haus«, berichte ich ihm.

Er registriert nicht, was ich sage, oder wenn er es registriert, zeigt er es nicht.

Einen Moment überlege ich, ob ich mir den Chinesen nur eingebildet habe.

»Wissen Sie, wer der Mann ist?«, frage ich hilflos. »Hat er etwas mit Li Ling zu tun? Mit ihrem Verschwinden? Oder mit dem Tod des Professors?«

Die Fragen schlüpfen aus meinem Mund wie Kaulquappen aus dem Ei. Irgendwann bewegen sich meine Arme, als müsste ich nach oben schwimmen, hinaus aus dem Sumpf. Ich schnappe nach Luft.

Er inhaliert das Was-auch-immer-Kraut. Rauch umhüllt ihn wie Nebel. Ich dringe nicht zu ihm durch. Weder mit Blicken noch mit Worten. Ich sauge die nächste Tomate aus, kaue auf der Schale herum, folge ihm auf Schritt und Tritt, als könnte er ebenfalls plötzlich verschwinden. So wandern wir durch seine Wohnung, von Tür zu Tür, von Zimmer zu Zimmer, nur vor dem Bad bleibe ich stehen.

Ich weiß, was sich gehört.

Höre ihm beim Pinkeln zu. Die Hände scheint er sich nicht zu waschen.

Als er herauskommt, sehe ich einen Moment in seine geröteten Augen. Er starrt mich ausdruckslos an.

Im Korridor reißt er die Tür eines Schrankes auf, schiebt Mäntel und Jacken beiseite und klopft an die hölzerne Rückwand. Er grinst irgendwie stolz, und ich sage »Aha«, als wäre alles klar. Ohne Anstrengung öffnet er eine Luke, von der von außen nichts zu sehen ist.

Ein Loch, eine Höhle ohne Licht. Es gibt weder Lampen noch Fenster.

Ein schal feuchter Dunst liegt in der Luft. Ich muss an dunkelgrüne Tümpel denken, an Libellen, die über die Wasseroberfläche schießen, an frische Spermaflecken auf einem schwarzen Bettlaken.

»Na, mach schon«, sagt er ungeduldig. Schubst mich mit zwei Fingern in den Schrank hinein, auf die Öffnung zu. Ich warte auf die Welle der Angst, die mich warnt. Sie bleibt aus, natürlich. Und in meinem Kopf steht geschrieben: Er ist einer von deiner Sorte; er ist verrückt, also vertrau ihm.

Das Loch in der Wand ist erstaunlich groß. Ich muss mich nur ein wenig bücken, um hineinzugelangen. Der Teichgeruch wird intensiver. Ich warte ein paar Sekunden, bis sich meine Augen an das Halbdunkel gewöhnt haben. Leonard hinter mir atmet geräuschvoll.

In der Ecke steht ein Aquarium.

Ich schiebe mir eine Tomate an die Lippen und ritze sie mit den Zähnen auf.

Der Hirudo segelt elegant durch das Wasser, taucht durch einen Pflanzenbusch, umschwimmt einen Brocken Geröll. Ein Streifen Licht aus dem Korridor lässt die Zeichnung auf seinem Rücken metallisch blau glänzen.

»Na sieh mal einer an«, sage ich spöttischer als beabsichtigt. »Hübsches Tierchen.« Er ist kleiner als meiner, beinahe zierlich. Attraktiver, falls man das von einem Egel behaupten kann. »Zwischen Egel und Engel gibt es nur einen Buchstaben Unterschied«, murmle ich vor mich hin.

Leonard nickt geistesabwesend. Er saugt an seinem Glimmstängel, hält die Luft an. Die Welt, in der er weilt, ist eine andere. Ich würde gern die Tür eintreten zu ihm. Falls es eine Tür gibt.

Ich stehe neben ihm, so nah, dass ich ihn beinahe berühre. So fern.

Dass er zur Hälfte nackt ist, macht es mir nicht gerade einfacher.

»Säugetiere«, sagt er. »Wir sind alle Säugetiere.«

Ich weiß nicht so recht, worauf er hinaus will und was ich sagen soll.

Aber wahrscheinlich will er auf gar nichts hinaus und ich muss auch nichts sagen. »Mal abgesehen von den Pinguinen«, entgegne ich trotzdem.

Irgendwie bin ich froh, dass er nicht ganz bei Sinnen ist. Das macht mich mutiger.

Er wird sich an nichts erinnern. Oder nur an Bruchstücke, einzelne Augenblicke, die auch aus einem Traum stammen können.

Ich nehme seine Hand. Er wehrt sich nicht.

Eine Weile stehen wir so da, wie Hänsel und Gretel.

»Willst du eine Tomate?«

Leonard sieht mich an, lächelt, unverbindlich, ausdruckslos, als wäre ich eine Verkäuferin auf dem Gemüsemarkt.

»Später«, sagt er.

»Okay.« Ich bin froh, dass er mir antwortet, dass er mir seine Hand lässt. Dass ihn die Berührung nicht zu stören scheint. Seine Hand fasst sich gut an, groß, kräftig, warm.

»Und du? Was willst du?«

Ich zucke mit den Schultern. Wenn ich das wüsste. Irgendwie leben.

»Willst du Sex?«, fragt er sanft.

»Nein, danke«, antworte ich im gleichen Ton. »Später. Vielleicht.«

Er lässt meine Hand los, lässt den Stummel seines Joints fallen, tritt gemächlich darauf herum, länger als nötig, als wäre das Ding unter seinem Fuß etwas anderes als nur eine Kippe. Auch das Lächeln verschwindet aus seinem Gesicht. Wie es scheint, ist der Spaß nun vorbei. Seine Miene wirkt, als müsste er jetzt etwas Geschäftliches mit mir besprechen.

»Er ist wegen ihm gekommen«, sagt er mit plötzlich klarer Stimme, zeigt auf den Angstfresser, der seine Runden dreht. »Der Kerl, der vor dem Haus herumsteht. Er hat mal für Li Ling gearbeitet. Er wurde in einem chinesischen Gefängnis gefoltert. Sie haben ihm … Also er ist stumm durch das, was sie mit ihm gemacht haben. Aber jetzt … Sie bedrohen seine Familie in China.«

»Er wird erpresst?«

Leonard sieht an mir vorbei. »Scheinbar wissen sie bisher nicht, dass es noch einen zweiten gibt«, murmelt er.

»Was werden sie mit dem Angstfresser tun?«

»Ihn töten. Wie die anderen. In seiner Heimat haben sie vor dem Professor die Hirudos abgeschlachtet. Sie werden keine Ruhe geben, ehe sie den letzten aufspüren.«

Was er sagt, klingt nicht anklagend, eher sachlich, als würde er nur ein paar unbedeutende Informationen weitergeben.

»Was ist mit den Menschen passiert?«

»Mit den Wirten der Parasiten? Die meisten von ihnen leben noch. In der Psychiatrie, im Arbeitslager, im Gefängnis. Hausarrest ist auch eine beliebte Variante.«

»Aber wozu? Wozu denn? Wozu das Ganze?«

»*Liu si*. Das bedeutet *Sechs Vier* oder auch vierter sechster 1989, der Tag des Massakers auf dem *Platz des Himmlischen Friedens*. Sie fürchten eine Wiederholung. Sie fürchten sich nicht davor, dass sie wieder schießen müssen. Sie fürchten eine Wiederholung der Revolte. Sie fürchten, dass der Aufstand diesmal gelingen könnte.«

»Ich verstehe nicht.«

Leonard stößt ein Knurren aus. »Was gibt es da nicht zu begreifen? Nur Menschen ohne Angst sind zum Sturz der Regierung fähig. Menschen ohne Angst scheuen sich nicht davor, ihr Leben zu riskieren. Außerdem ist das System ohnehin am Bröckeln, statt Marx wird wieder Konfuzius gelehrt. Die Gelegenheit ist also günstig, beziehungsweise für die Herren der Macht zunehmend bedrohlich.«

»Verstehe«, sage ich zögernd. »Aber … müssen sie denn deshalb gleich morden und einsperren? Aus einem Verdacht heraus?«

»Vor ein paar Monaten hat es ein Attentat auf einen hohen Parteifunktionär der KP gegeben. Sie haben bei dem Attentäter, einem Falun-Gong-Anhänger, etwas gefunden, von dessen Existenz sie bis zu diesem Zeitpunkt nichts wussten.«

»Einen Artgenossen«, sage ich, klopfe gegen die Scheibe des Aquariums.

»Ja. So ist es. Die Hirudos wecken den Widerstand selbst in den Sanftmütigen, Duldsamen und Ängstlichen, bei Leuten, die normalerweise im Lotossitz meditieren oder Gymnastik in Zeitlupe absolvieren und Wahrhaftigkeit, Barmherzigkeit und Nachsicht predigen. Die Regierung fürchtet den Aufstand der Anständigen. So ist der Stand der Dinge. Jetzt ist Li Ling an der Reihe. Und wir, ihre Kunden.«

»Verdammt noch mal«, gebe ich zurück. »Warum wenden wir uns nicht an die Polizei?«

»Ja, na klar«, sagt er und lacht. »Gute Idee. Ich werde ihnen erzählen, dass ein Chinese vor meiner Haustür herumlungert, weil er einen Vampir töten will, der in meinem Aquarium lebt. Und du kannst dein Exemplar den Beamten gleich höchstpersönlich vorstellen und um Schutz bitten für dich und ihn.«

»Aber Li Ling ist verschwunden und ihre minderjährigen Töchter ebenfalls. Wir können sie als vermisst melden.«

»Sicher. Du kannst auch Donald Duck als vermisst melden.« Er legt seine Hand auf die Scheibe des Aquariums und starrt mich im Halbdunkel an. »Li Ling gibt es offiziell überhaupt nicht.«

Das Wesen im Wasser steuert auf die Wand des Aquariums zu, stößt mit dem Kopf gegen das Glas, schwimmt hektisch hin und her, taucht zurück in ein Knäuel aus Pflanzen. Ich versuche Donald Duck aus meinem Kopf zu schubsen.

»Wo ist sie?«, frage ich leise. »Wo ist sie jetzt?«

Leonard hebt die Hände, weist in die Dunkelheit über uns. »In Sicherheit, hoffe ich.«

»Aber *wo* …?«

»Sie hat mir vieles erzählt, aber nicht alles. Ich weiß nicht, wo sie steckt. Und wenn ich es wüsste, würde ich es nicht sagen.«

Ich nicke frostig, wende mich ab. Stolpere auf den Ausgang zu. Das Licht im Flur erscheint mir zu hell. Nackte 100-Watt-Birnen. Seine Wohnung sieht aus, als wäre er erst kürzlich hier eingezogen. Oder als würde er sich für die Details, die andere zum Leben brauchen, nicht sonderlich interessieren. Abgesehen von den Geheimtüren, die in die eine, verborgene, in die wesentliche Welt führen.

Ich ziehe mich ins Bad zurück, schließe mich ein. Wenigstens gibt es einen Schlüssel. Ein Stück Seife hingegen finde ich nicht. Ich wasche mir die Hände mit Antischuppenshampoo. Spritze mir Wasser ins Gesicht. Der Spiegel ist so winzig, dass ich nur ein Auge, ein Stück Nase und einen halben Mund habe.

Das einzige Handtuch sieht nicht sehr vertrauenerweckend aus. Grauweiß gefleckt hängt es an einem rostigen Nagel. Es riecht muffig.

Ich schüttle meine nassen Hände ein bisschen in der Luft herum, wie eine Ente ihre Flügel.

Was soll nun werden? Was wird aus einem Experiment, wenn der Erfinder plötzlich stirbt? Was aus der Heilung, wenn die Heilerin verschwindet?

Ich finde keine Antworten. Nur neue Fragen. Sie stapeln

sich in meinem Kopf; ein schiefer lästiger Turm. In der Badewanne kniet ein gefesselter Chinese, mit einem Schild um den Hals. Ein Revolver bohrt sich in sein Genick, und der Mann schließt die Augen.

Leonard steht in der Küche, mit dem Oberkörper aus dem Fenster gebeugt.

»Was ist mit dem Attentäter passiert?«, schreie ich ihn an.

Er wirft mir einen Blick zu, blinzelt verwirrt. »Er wurde hingerichtet.«

»Wie?! Auf welche Art und Weise? Wann? Wo?«

Leonard schließt das Fenster, dreht sich zu mir herum. »Soweit ich weiß …« Er runzelt die Stirn, mustert mich wie eine Nonne, die in einer Bar nach dem Weg fragt. »Soweit ich weiß, wurde das Todesurteil am Tatort vollstreckt, schon ein paar Tage nach dem Attentat. Sie haben extra einen Bus kommen lassen …«

»Einen Bus?!«

»Li Ling hat es so beschrieben. Ein Toyota-Reisebus für Todeskandidaten, ein Mobil für Hinrichtungen. Der Mann durfte sich auf ein bequemes Bett legen, Musik hören und dann wurde ihm das Gift gespritzt … Alles in Ordnung, Mira?«

Ich antworte nicht. Nichts ist in Ordnung. Trotzdem geht es mir besser.

Der Genickschuss in der Badewanne hat nicht stattgefunden. Auch deutliche Halluzinationen bleiben Halluzinationen. *Und* … Leonard zeigt sich besorgt um mich. Er hat meinen Namen genannt; zum ersten Mal.

»Bist du okay? Du siehst blass aus.«

»Ich heiße Kyra«, sage ich. Es klingt kläglich. Und irgendwie gelogen.

Ich warte darauf, dass er meinen Namen jetzt richtig ausspricht, aber er sagt nichts weiter.

»Ich habe was gesehen«, sage ich unsicher. »Ich habe eine Hinrichtung gesehen.«

»Ein Chinese …?«

Ich nicke. »Er kniete in der Badewanne und wurde von hinten erschossen.«

Leonard reibt sich mit der Hand die Stirn, ausdauernd, als müsse er eine komplizierte Aufgabe lösen oder die Falte zwischen seinen Augenbrauen glätten. »Das kommt vor«, murmelt er schließlich. »Ich habe mal gehört, wie Li Ling mit dem Angstfresser redete. Sie sprach Chinesisch und das Merkwürdige daran war, dass ich sie verstanden habe.«

»Was hat sie gesagt?«

Er zuckt mit den Schultern. »Alles Mögliche«, sagt er abwehrend.

»Aha«, sage ich, verziehe den Mund so missbilligend ich kann.

»Was willst du wissen?«, fragt er gereizt. Er sieht mich an. Seine Stirn ist jetzt rot gefleckt. Auf seinen Wangen liegen Schatten. Ich fühle seinen Blick wie eine Berührung. »Sie sprach von ihrem Vater, aber das ist nicht der Punkt. Ich kann kein Wort Chinesisch und habe alles verstanden, genügt das nicht? Es war, als würde sie in meinem Kopf sprechen. Klingt reichlich paranoid, was?«

Ich seufze. »Wem sagst du das.«

»Dir, Kyra«, sagt er mit einem spöttischen Unterton, der mich einen Moment misstrauisch macht. Was, wenn er lügt? Wenn er mich nur auf den Arm nimmt?

Wenn er sich die Stimme in seinem Kopf, die Geschichte vom Gifttod im Toyotabus und all die anderen Geschichten nur ausgedacht hat, um mich in die Irre zu führen? Aber wozu?

Und wo ist Li Ling?

»Du hast nicht gewusst, worauf du dich einlässt«, sagt er so leise, dass ich Mühe habe, ihn zu verstehen.

Ich überlege, ob das eine Frage oder eine Feststellung sein soll. »Nein«, sage ich schließlich. »Aber ich hatte keine Wahl.«

»Ich weiß«, sagt er. Das Schweigen danach dauert lange und kommt mir wie aus Beton vor.

»Die Angst ist jetzt außerhalb von dir. Aber das Chaos ist nicht gerade geringer geworden.«

Es gefällt mir nicht, dass er so zu mir spricht, wie ein Lehrer, der seiner Schülerin den misslungenen Test zurückgibt und der über jeden Fehler genau im Bilde ist.

»Ich habe vielleicht nicht gewusst, worauf ich mich einlasse«, sage ich trotzig. »Aber ich bereue nichts. Li Ling hat mir ihre Hilfe angeboten und ich habe angenommen, das ist alles. Mit den Folgen komme ich schon klar. Ich würde wieder zu ihr gehen, denn sie hat *das eine für mich bestimmte Mittel* gefunden und es *wirkt*!«

Leonard beginnt zu lachen, deutet einen Beifall an, wird ernst, nur um wieder loszulachen. Ich starre ihn an, starre in sein Gesicht, das verzerrt ist, wie von einem Krampf. Warte darauf, dass sein Anfall vorübergeht. Es dauert ein paar Minuten. Ich bin ihm nicht böse über diesen Ausbruch. Tränen steigen ihm in die Augen. Vielleicht ist dieses Lachen nur eine andere Art von Weinen. Vielleicht sollte ich dankbar dafür sein, dass er überhaupt eine Gefühlsregung zeigt.

»Was ist so witzig?«, frage ich schließlich kühl.

»Nichts«, sagt er. »Gar nichts. Das *eine*, das *für dich bestimmte …* das sagt sie auch zu ihrer Katze, wenn die nicht fressen will. Aber es stimmt, es scheint zu funktionieren. Nebenwirkungen werden in Kauf genommen. Vor allem dann, wenn es gar keine Nebenwirkungen sind.«

»Wie meinst du das?«, frage ich, fische die vorletzte Tomate aus der Tüte und sauge sie aus. Die Haut esse ich nur, weil ich nicht weiß, wohin damit.

»Nun, was passiert, ist einfach, dass du so nach und nach deine Blindheit verlierst, du wirst sehend gemacht. Der Hirudo macht dich sehend. Erst zeigt er dir, was in dir ist, den Seelenmüll, den du normalerweise übergehst. Und später siehst du das, was in der Welt tatsächlich geschieht oder manchmal auch vor langer Zeit geschehen ist oder das, was noch geschehen könnte.«

»Du meinst«, sage ich kalt, »ich tausche das eine Übel nur gegen ein anderes.«

Er schweigt einen Moment, zuckt dann gleichgültig mit den Schultern. »Wenn du es so deuten willst ...« Ich spüre die Enttäuschung in seinen Worten. Die Schülerin hat nichts kapiert, hinsetzen, sechs.

»Wie soll ich es denn sonst deuten?«, frage ich, bereit mich zu streiten.

Er schaut auf seine Uhr und murmelt ein paar Worte, die mich dazu bringen sollen zu verschwinden. Aber jetzt will ich es ihm nicht mehr recht machen. »Hast du einen Kaffee für mich?«, frage ich. »Ohne Kaffee fall' ich gleich um.«

Ich bin wieder dicht hinter ihm, als ich ihm in die Küche folge. So einfach lasse ich mich nicht abwimmeln. Die Schlange auf seiner Schulter starrt mich böse an, aber ich nehme es nicht persönlich. Eher im Gegenteil, es tut mir leid, dass sie sich selbst beißt, statt mich. Ihr Anblick erinnert mich außerdem daran, dass Leonard sich bisher nicht die Mühe gemacht hat, sich etwas überzuziehen. Dass er mich spüren wird, wenn ich ihn berühre. Es muss nur wie ein Zufall aussehen.

»Ich nehme jetzt doch eine Tomate«, sagt er und dreht sich so plötzlich um, dass ich den Zufall nicht kommen sehe und ihm entgeistert die Papiertüte hinhalte.

Die Kugel, die er herausangelt ist recht klein, im Vergleich zu den anderen.

»Es ist die letzte«, sagt er verwundert, als könnte er meine Gier nicht fassen. »Willst du sie?« Er hält sie ratlos zwischen Daumen und Zeigefinger, als hätte ich ihm ein Glasauge angeboten oder eine angeleckte Kaugummikugel.

Statt den Kopf zu schütteln, berühre ich ihn, seine Brust, die wunden Spuren, das struppige Haar. Berühre ihn flüchtig, könnte es dabei belassen. Den Blick senken, mich abwenden, ihm die Tomate schenken und ein paar freundliche Worte. Ich bleibe stumm. Berühre die warme Mulde in der Mitte seines Bauches, als wäre damit alles gesagt. Und scheinbar ist alles gesagt, denn ich höre seinen Atem, höre sein Schweigen. Sein Nabel liegt tief, meine Finger umkreisen ihn langsam; der Radius wird allmählich größer. Ich denke an ein Riesenrad, das sich dreht und dreht, Runde für Runde. Kein Stopp, keine Gelegenheit auszusteigen. Ich registriere die Bewegung unter dem dünnen Stoff seiner Hose. Er zieht den Bauch ein wenig ein, damit die Schnalle seines Gürtels für mich nicht zum Hindernis wird.

Sein Mund, mit der Tomate zwischen den Lippen, kommt auf meinen Mund zu. Wir nehmen sie zwischen uns, beißen in ihr Fleisch, saugen den Saft gemeinsam, während die Hände ihr bekanntes Spiel spielen, Gürtel und Kleidungsstücke öffnen, nach lebendiger warmer pochender Haut suchen. Und finden.

Der Hirudo zittert leicht, als Leonard ihn vorsichtig berührt.

*

Ich bin noch einmal in Li Lings Wohnung. Keine Spur von ihr. Es ist niemand da.

»Hallo?«, sage ich trotzdem. Ich stapfe von Zimmer zu Zimmer. Der Hirudo hängt heute schwer und träge an mir. Mir fällt ein, dass ich über dreißig bin. Höchste Zeit, ein Kind zu bekommen. Ein lebendiger Bauch fühlt sich gut an. Ein bisschen unheimlich, aber gut.

»Ist da jemand?«

Vielleicht versteckt sie sich ja. Vielleicht hockt sie unter dem Berg ungetragener Kimonos. Ein blasser Kimonogeist, mit rosa Flecken im Gesicht, die aussehen wie Schmetterlinge.

Mein »Hallo« klingt nicht sehr überzeugend. Es ist zu leise. Aber in der Stille des zerstörten Raums klingt es laut. »Haaallooo?« Ich lausche dem Echo, als würde ich in einer schwindelerregenden Schlucht stehen.

Natürlich rührt sich nichts. Nicht einmal die Fliege auf

dem Küchentisch bewegt sich. Was wahrscheinlich daran liegt, dass sie tot ist. Jemand hat sie erschlagen. Ich frage mich, ob die Fliege schon bei meinem letzten Besuch dort lag. Oder ob jemand hier gewesen ist.

Aber alles sieht unverändert aus. Mal abgesehen von der verstorbenen Fliege.

Eigentlich hat *er* mich hergeschickt. Mein neuer Liebhaber. Er meinte, ich könnte etwas übersehen haben. Ich stecke also mitten in einem Rätsel. Nun, das ist nicht unbedingt neu für mich. Das Problem ist vielleicht, dass ich mich überfordert fühle. Sogar von Kreuzworträtseln fühle ich mich überfordert. Meine Worte sind stets zu lang oder zu kurz; sie passen nie in die Kästchen.

Ich stehe bewegungslos da, starre auf die Insektenleiche auf dem Küchentisch und frage mich, warum ich hier bin. Die Fliege hebt einen Moment den Kopf. »Wer bist du überhaupt?«, fragt sie.

»Gute Frage«, antworte ich und lächle.

Ich hoffe, dass mein Lächeln irgendetwas nach sich zieht. Wenigstens einen Hauch von Freude. Aber es zieht nichts nach.

Ich kann keine Antwort geben. Nicht einmal einer toten Fliege. Wie soll ich da ein Rätsel lösen?

Ich stehe hier herum, grüble was das zu bedeuten hat – der Tod des Professors, das Verschwinden seiner Tochter samt seiner Enkelinnen. Ich. Allein. Mit einem immer schwerer werdenden Monster an meinem Bauch.

Ich komme nicht drauf. Mein Kopf fühlt sich leer an. Was, wenn der Hirudo auch meinen Verstand frisst?

Die Gedanken sind unangenehm. Ich schüttle sie ab. Sie kommen zurück, umschwirren mich wie Mücken, setzen sich wie etwas Feindseliges auf meine Haut. Doch sie machen mir keine Angst mehr.

Ich versuche ein bisschen zu pfeifen. Ich konnte noch nie gut pfeifen.

Es ist nicht einmal eine richtige Melodie. Wahrscheinlich der Wurmfortsatz eines alten Schlagers. Falls Schlager Wurmfortsätze haben.

Ich fühle mich beobachtet. Vielleicht liegt das an der Fliege. Sie starrt mich an mit ihren Fliegenaugen.

»Du hast es nicht im Griff«, flüstere ich.

Der Hirudo zuckt leicht zusammen. Ich tätschle ihn beruhigend. »Es ist ja nicht deine Schuld«, schiebe ich etwas verlegen hinterher.

In den Ruinen der Möbel nach etwas Brauchbarem zu suchen, erweist sich als mühsam. Es ist eine trostlose Angelegenheit und ich fange mir einen Splitter ein. Wie eine Minipfeilspitze hat er sich in mein Fleisch gebohrt. In den Mittelfinger der linken Hand. Direkt unter den Nagel.

Ich lächle auf den Schmerz hinab, damit er nicht denkt, dass er gewonnen hat. Dann laufe ich zurück in die Küche und esse Petersilie direkt aus dem Topf. Wohl um mich abzulenken. Außerdem ist Petersilie reich an Nährstoffen.

»Schau doch mal im Büro nach«, wispert die Fliege mit einer Spur von Ungeduld.

»Im Büro?« Na klar, sie hat Patienten. Es gibt irgendwo Unterlagen. Li Ling ist sorgfältig.

Ich sauge mit meinem Petersilienmund wie ein Kleinkind an meinem Finger und suche vergeblich nach einem Büro. Dem Rat einer toten Fliege zu folgen, ist vielleicht doch nicht die beste Idee.

Mir fällt die Pinzette ein, die Li Ling benutzt hat, um mir die Glassplitter aus der Haut zu ziehen. Ich reiße die Tür zum Bad auf.

In der Wanne sitzt der Chinese. Das Erschießungskommando ist er selbst. Er hält sich die Waffe an die Schläfe. Zum Glück ist er nicht nackt. Das wäre nun doch etwas peinlich. Er trägt eine nasse schwarze Hose und ein nasses zerknautschtes Sakko.

Ich nicke ihm zu wie einem entfernten Bekannten. »Sie sind eine Halluzination, stimmt's?«, frage ich vorsichtshalber.

Er antwortet nicht. Vielleicht versteht der eingebildete Chinese auch kein Deutsch. Sein Blick ist glasig. Er sieht irgendwie gestresst aus.

Ich gebe ihm ein Zeichen, dass er verschwinden soll. Sich in Luft auflösen, wie jeder anständige Geist.

Aber er tut mir den Gefallen nicht.

Wenigstens finde ich im Spiegelschrank die Pinzette.

»Können Sie mir vielleicht helfen?«, frage ich höflich. »Ich hab mir einen Splitter eingefangen … Die Pistole können Sie mir solange geben.«

Ich nehme ihm die Waffe aus der Hand. Sie fühlt sich merkwürdig echt an. Schwer und kühl.

Ich will ihm dafür die Pinzette geben. Aber sie fällt klirrend auf den Boden. Der Mann zittert. Ihm ist wohl kalt. Eine zitternde Halluzination.

Ich habe beinahe Mitleid mit ihm.

»Wissen Sie … Es ist schon gut … Machen Sie sich keine Sorgen. Sie müssen mir keinen Gefallen tun.« Ich grinse ihn an. Fuchtele mit der Pistole herum. Es ist nicht als Bedrohung gemeint. Ich weiß nur nicht, wohin damit.

Der Chinese erhebt sich und klettert umständlich aus der Wanne. Nimmt mir die Waffe vorsichtig aus der Hand. Bedankt sich mit einem Nicken, als hätte ich sie eben nur mal für ihn gehalten – wie einen Regenschirm etwa.

Er öffnet den Mund, als wollte er etwas sagen. Aber es kommen nur ein paar unartikulierte Laute aus seiner Kehle. Ich starre in seinen Schlund wie in eine Höhle.

»Ich sollte Sie töten«, höre ich ihn trotzdem. Er spricht durch die Laute hindurch zu mir: freundlich, leise, fast flüsternd und beinahe akzentfrei. »Ich sollte Sie töten und ich könnte es immer noch tun. Ehrlich gesagt, hatte ich den Auftrag dazu. Aber dann … Kam der *Ekel.*« Er stößt ein komisches Schnaufen aus. »*Selbst-Ekel.* Kennen Sie das? Ich fühlte mich minderwertig, nichts wert, wollte auf einmal sterben. Doch dann kamen Sie und haben meine Pläne zerstört und mir das Leben gerettet.«

»Eine schöne Geschichte«, lobe ich ihn.

»Ich wollte Sie töten«, wiederholt er, als sei ich etwas begriffsstutzig.

»Das habe ich verstanden, glaube ich. Aber warum ist Ihre Kleidung nass?«

Der Mann seufzt, als wäre ich ein hoffnungsloser Fall. Dabei ist er es, der eben noch mit Mordabsichten in der Badewanne saß.

»Während ich auf Sie wartete, habe ich geduscht. Ich fühlte mich etwas verschwitzt.«

Ich nicke versonnen. »Zu diesem Zweck hätten Sie sich auch entkleiden können.«

»Das konnte ich nicht riskieren. Nackt bedeutet wehrlos.«

»Auch nackt mit Pistole?«

Er starrt auf meinen Bauch. Mir wird plötzlich klar, vor wem er sich fürchtet.

Das Schweigen, das entsteht, gefällt mir nicht.

»Wollten Sie wirklich mich töten oder …«

»Sie beide.«

»Verstehe.«

»Sind Sie mir nicht böse?«

Ich schüttle den Kopf. »Sie haben es ja nicht getan. Aber … Wer ist Ihr Auftraggeber?«

Er schweigt. Senkt verlegen den Blick.

Eigentlich verstehe ich es doch nicht, wenn ich länger darüber nachdenke.

»Ich soll also getötet werden«, fasse ich unser Gespräch zusammen. »Ist die Gefahr real?«

Er zuckt mit den Achseln. »Jede Gefahr ist real.«

Ich versuche ein Gegenbeispiel zu finden. Aber mir fällt keins ein.

»Bekommen Sie jetzt Ärger wegen mir?«

»Schon möglich.«

»Wissen Sie, wo Li Ling sich gegenwärtig aufhält? Ich muss sie finden. Sie kann mir vielleicht sagen, wie es weitergehen soll mit …« Meine Hände schweben über dem

Schmarotzer auf meinem Bauch und lassen sich dort nieder.

Der Mann steht tropfend neben der Wanne. Er sieht mich nicht an. Schweigt.

Ich mustere ihn eine Weile. »Sie zittern nicht mehr. Sie könnten mir jetzt vielleicht doch helfen.« Ich halte meinen Leib, als könnte ich sonst auseinanderfallen, hocke mich auf die Fliesen und taste nach der Pinzette. Sie muss unter den Schrank gerutscht sein.

Als ich mich erhebe, klappt leise die Tür.

Der Chinese hat sich nicht verabschiedet.

Die Pistole, die mich erschießen sollte, liegt auf dem Toilettendeckel.

Schwarz auf weiß.

Der Chinese hat überall Pfützen hinterlassen, wie ich kurz darauf feststelle. Wässrige Kalligrafie-Zeichen, die vielleicht etwas zu bedeuten haben, vielleicht aber auch nicht.

Ich nehme die Waffe an mich und beginne den Spuren zu folgen.

Vielleicht lauert der Chinese irgendwo auf mich. Ich habe keine Angst, aber ich rede mir ein, dass die Pistole mich schützen wird. Menschen glauben eben an unsinnige Dinge. Da bin ich keine Ausnahme.

Etwas, das aussieht wie eine Schneckenschleimfährte, führt ins Kinderzimmer.

Bisher habe ich es nicht weiter beachtet. Es ist aufgeräumt. Keine Spur von Verwüstung. Ich laufe quer durch den Raum. Ein Schaukelpferd starrt mich prüfend an. Ich schnalze ihm zu. Sein Blick verfolgt mich und einen Moment kommt mir in den Sinn, dass ich überwacht werde, vielleicht sogar gefilmt. Ein Gefühl, das mir bekannt vorkommt. Es war einmal ein Auge, das mich anstarrte. Es lebte einsam und verlassen in einer Tür und beobachtete mich. Morgens und abends. Tag und Nacht.

Ich betrete einen verglasten Balkon. Sonne, Mond und

Sterne kleben auf den Fensterrahmen. Wahrscheinlich leuchten sie nachts. Ein Irrlichterlicht. Einen Moment höre ich die Mädchen wispern und kichern. Nur deshalb öffne ich den Schrank.

Ihre Kleider schaukeln sanft. Ein Wind entschwebt, der nach etwas Altem riecht. Als hätte das antike Möbelstück einen tierischen Mundgeruch. Ich schiebe die bunten Stoffe beiseite.

Die Akten. Es sind nicht viele. Und sie sind nicht einmal sonderlich gut versteckt.

Noch könnte ich die Tür einfach wieder schließen. Die Wohnung verlassen, die Stadt, das Land. Li Ling hat mir während einer Behandlung einmal von Marokko erzählt. Ich wollte schon immer mal in die Wüste.

Halte den ersten pappig speckigen Hefter in der Hand.

Falsch. Falscher Name. Hans Leonard Hagedorn.

Wieso *Hans*? Irgendetwas rauscht in meinen Ohren. Nicht wie das Meer. Eher wie die Klospülung. Hansspülung.

»Geht mich nichts an«, murmle ich.

Ich muss nicht lange suchen. Es ist schon wieder der falsche Name, aber fast habe ich damit gerechnet.

»Mira Möller«, lese ich dem Hirudo klar und deutlich vor. »Nennt sich heute Kyra Morell.«

Ich warte ab, was die Worte mit mir machen.

Nichts.

Die Stimme spricht aus mir. Aber ich weiß nicht, wem sie gehört.

Wenn die Dornröschenhecke um mein Gedächtnis undurchdringlich ist, wird das schon seinen Grund haben. Ich sollte gehen, bevor es zu spät ist.

Ich spüre meinen Parasiten fester zubeißen. Das erste Mal seit Langem fühle ich seine achtzig spitzen scharfen Kalkzähnchen, sein gleichmäßiges Saugen.

Da ist nichts mehr, was mir Angst macht.

Das Wispern und Kichern der Mädchen ist verstummt. Ein Schatten gleitet gemächlich hinter der Scheibe vorbei.

Die restlichen Seiten der Akte sind bereits vergilbt. Totes, verwestes Papier. Automatisch blättere ich vorsichtig, damit es nicht reißt.

Die Buchstaben halten sich fest, als würden sie sich an Bord eines maroden Kahns befinden. Ein paar von ihnen rutschen hin und her – wie mit Lehm beschmierte Gummistiefel. Es dauert eine Weile, bis sie sich beruhigen.

»Glien«, sagt mein Mund. »Klein Glien…« Ich höre ein sanftes Stöhnen. Vielleicht ist es aber auch gar nicht sanft. Sondern nur leise, wie aus weiter Ferne. Oder tief aus meinem unbekannten Innern. »Mira?«

Niemand antwortet. Die Kleider der Mädchen schaukeln jetzt heftiger, als wollten sie davonfliegen.

Mir wird schwindlig. Ich starre in den Wirrwarr der Buchstaben, schließe die Augen. Da sehe ich ihn.

Er. Läuft. Davon.

Der Vorhang öffnet sich. Nicht langsam, sondern mit einem Ruck.

(Mira, 1986)

Ich bleibe stehen, sehe ihm nach. Begreife, wohin ihn seine Schritte führen.

Die Mauer. Das Ende der Welt. Meiner Welt.

Ich hatte sie ausgeblendet. Ihr keine Beachtung geschenkt. Mit ihr gelebt – wie mit einem besonders hohen, besonders tristen Gartenzaun. Ich bin hinter ihr geboren, in ihrem Schatten aufgewachsen, ein menschliches Mauerblümchen, stapfe jeden Tag an ihr vorbei. Sie ist mir egal, aber ich bin ihr nicht egal. Sie beobachtet mich – mit ihren Regentropfenaugen, die im Stacheldraht hängen. Die Krähen fliegen über sie hinweg – mit einer Gelassenheit, um die ich sie beneide. Niemand behindert ihren Weg, niemand schießt auf sie.

Ich stehe stocksteif da, wie ein Tier in Schockstarre. Das war's dann. Er haut ab. Einfach so. Sein Kuss liegt noch schwer, süß und bitter in meinem Mund. Wie eine Lakritzstange. Klebrig trostlos dieser Schmerz.

Ich möchte, dass er zurückkommt. Ich möchte, dass er mich mitnimmt.

Nicht, weil ich in den Westen will. Das Reich auf der anderen Seite ist mir egal. Eine fremde Stadt mit fremden Menschen. Was soll ich da.

Ich will nur nicht allein sein. Wenn die Welt untergeht.

Ein komisches Zittern läuft mir über den Nacken, rinnt den Rücken hinab und sammelt sich in den Kniekehlen. Hocke mich hin, ehe der Schwindel mich umwirft. Über mir flirrt es. Kleine, noch nicht ausgewachsene Mücken. Vielleicht saufen die auch Tränen.

Ich betrachte die Wolke über meinem Kopf und zerre mir meine Jugendweiheschuhe von den Knöcheln. Das hässliche mit Motten bedruckte Polyester-Kleid, das zwischen den Schulterblättern spannte, mir an den Waden und zwischen den Schenkeln klebte, liegt zusammengeknüllt in meinem Schrank. *Vom Sinn unseres Lebens* verstaubt schon jetzt im Regal. Samt *Geleit*wort des Genossen Staatsratsvorsitzenden. Wohin geleitet er uns denn?

Immerhin habe ich die letzte Seite überflogen.

Carpe diem.

Lasse die Pumps liegen.

Tapse *ihm* hinterher. Wie ein verirrtes Küken.

Natürlich weiß ich, wo ich mich befinde. Hier kann man sich nicht verlaufen. Doch ich habe den Weg nie so gesehen wie jetzt: nur ein paar Schritte, bis zur anderen Seite …

Vorbei an der Kapelle.

Keine Glocke läutet in Klein Glienicke.

Vorbei am Altersheim. *Feierabendheim*.

Sogar im Sommer riecht es hier nach Kohlenstaub.

Kein Licht leuchtet hinter den maroden Fenstern.

Das Haus sieht nicht aus, als gäbe es etwas zu feiern für die Alten.

Wilhelm-Leuschner-Straße. Efeu hängt wie eine Locke über dem Schild. Es gibt nicht viel zu sehen hier. Also laufe ich ihm einfach weiter nach.

Sonst ist nichts in mir. Kein klarer Gedanke. Nur dass ich ihm folgen muss.

Carpe diem.

Es sieht lächerlich aus, wie er da läuft. Mit der Leiter auf dem Rücken. Ganz in Schwarz gekleidet. Wie ein Schornsteinfeger. Nur ohne das rußige Glück.

Er hat es jetzt sehr eilig. Natürlich. Es ist nicht mehr weit.

Einen Moment denke ich, dass er es gar nicht ist. Sondern ein Fremder. Jemand, mit dem ich nichts zu tun habe. Doch ich erkenne ihn am Gang. Er schreitet aus wie ein Seemann auf den Planken eines Schiffes bei Sturm. Ich fühle seine Schritte in mir. Das Wanken des Bodens. Das Auf und Ab der Wellen. Der Kahn wird kentern, absaufen – und ich mit.

Einmal stolpert er. Fast hoffe ich, dass er fällt. Liegen bleibt. Besinnungslos. Bis ich bei ihm bin.

Liebster …
Du Mistkerl.
Ich bin hier …
Hörst du mich?

Aber er fängt sich.

Hört mich nicht.

Öffnet das Holztor. Rennt weiter über den Friedhof. Grabsteine, die wie verfaulte Zähne eines Riesen aus der Erde ragen. Die Toten, die hier liegen, sind schon lange tot.

Ich kann nicht fassen, dass er das wirklich tut: *Abhauen. Mich im Stich lassen.*

Mein Herz spielt verrückt. Mein Atem. Ich bin ihm schon ein Stück nähergekommen, oder?

Nein, kein bisschen.

Er läuft um sein Leben. Und ich stolpere ihm irgendwie nach. Über den Gottesacker. Ich sollte nicht hier sein. Ihm schon gar nicht folgen. Nicht rennen. Nicht rennen, wenn … Nicht rennen, sonst … Hocke mich hin, als die Leiter nur ein winziges Stück in meine Richtung schwenkt. Verstecke mich hinter einer der *letzten Ruhestätten*. Einem Grabstein mit wunderschön traurigen Skulpturen. Dicke Spinnweben hängen wie ein Schleier vor der Frau mit Flügeln, die einen nackten Jungen führt.

Warum gerade heute. Wieso gerade jetzt. Wie spät ist es eigentlich.

Sie werden sich wundern. Dass wir nicht zurückkommen. Die Pizza. Wird kalt. Die Wurst im Fettaugenwasser. Wird kalt. Alles. Wird kalt.

Ich sollte ihm nicht länger folgen. Wenn mir mein Leben lieb ist.

Aber es ist mir nicht lieb.

Nicht ohne ihn …

Mein Liebster – dieses Arschloch – ist mir lieber als mein Leben.

Ich schwitze. Und ich friere. Mein Gesicht fühlt sich fremd an. Als würde es nicht mir gehören. Ein Gesicht aus Pappe oder Rinde. Irgendetwas, das einreißen kann.

Er lehnt die Leiter an die Scheißmauer. Was soll schon sein auf der anderen Seite. Wofür es sich zu sterben lohnt.

Schattenland. Zerteilt. Zerschnitten. Wie der Käsekuchen auf dem Tisch. Im Garten. Spatzen stürzen sich auf die Krümel.

Die Gier in den Augen. Und die Angst, etwas zu verpassen.

Er dreht sich nicht um. Nicht ein einziges Mal.

Möchte ihn rufen. Ein Wort nur.

Weiß nicht welches.

Die Stummheit windet sich in mir. Wie ein Wurm in der Erde.

Blind und mit Dreck beschmiert.

Ich höre die Leiter, als er sie hinüberzieht. Metall auf Beton.

Das Geräusch zerrt an den letzten Nerven.

Er ist längst weg, als es passiert.

Auch die Leiter ist verschwunden.

Ich stehe vor der Wand aus hartem Gestein. *Sesam öffne dich.*

Fühle mich nackt, verlassen, verwirrt.

»Du kommst doch zurück, oder?«, flüstert es aus meinem Mund.

Als der Schuss an mir vorbeipfeift.

Der Knall etwas in mir zerreißt.

Als wäre ich getroffen worden.

Und wenn ich nicht gestorben bin …

Dann lebe ich noch heute?

Carpe diem.

Was kommt danach?

ZWEITER TEIL

(Hans, 1986)

Er spürte sich nicht, als er von der einen Mauer über den sorgfältig geharkten Sand zur nächsten lief. Er spürte auch die Leiter nicht, die er mit sich schleppte, die irgendwie zu ihm gehörte und doch fremd war, wie ein gebrochener Arm.

Er dachte nur daran, dass er hinüber *musste*, dass die andere Seite sein Ziel war.

Die andere Seite ... da ... rüber ... abhauen ... weg ..., stammelte es in ihm.

Es verwirrte ihn, dass er noch über eine zweite Mauer klettern musste, als wäre eine nicht genug. *Zum Abschuss freigegeben*, schwirrte ihm im Kopf herum. Wie ein Reh auf einem schneebedeckten Feld. Es war viel zu hell. Grelles Scheinwerferlicht. Es gab kein Versteck. Vielleicht hätte er sich besser in Grau kleiden sollen. Grau wie die Mauer, wie das Land, wie die froststarre Leere in ihm.

Hatte er Alarm ausgelöst? Suchten sie nach ihm? Hatten sie ihn schon entdeckt? Die Grenzer da auf ihrem Wachturm? Luden sie gerade ihre Gewehre? Schossen sie von oben auf ihn hinab? Oder machten sie sich die Mühe, zu ihm hinunterzukommen? Das Lachen saß ihm wie eine Rasierklinge in der Kehle und er wagte nicht zu schlucken.

Er lauschte angestrengt, während er die Leiter vorsichtig und konzentriert an den Betonwall schob. Wieso hörte er nichts?

Die Stille war wie ein langes Atemholen. Er misstraute ihr, wie er allem misstraute, sogar sich selbst. Er würde es nicht schaffen, oder? Warum sollte ausgerechnet er ...

Seine Füße stiegen die Sprossen hinauf, seine Hände

griffen hektisch nach einem Halt. Seine Muskeln funktionierten. Er hatte geübt. Tag für Tag trainiert. Sogar nachts, wenn er nicht schlafen konnte. Gewichte gestemmt, Liegestütze neben dem Bett, Klimmzüge an der Garderobenstange, bis sie brach ... Aber das hier ... Entzog sich. War wie ein Traum. Gleich würde er ... *fallen*. So endeten seine Träume meist: Er fiel und dann wachte er auf. Bevor er unten aufschlug, fuhr er erschrocken aus dem Schlaf.

Nein, er träumte nicht. Er befand sich im Niemandsland, im *Todesstreifen*. Hing wie ein Affe an der Käfigtür. *Lasst mich raus*!

Der Knall fuhr ihm direkt in die Glieder, ließ ihn erstarren, die Schockwelle flutete durch ihn hindurch, durch seine Adern, durch seine Nerven, durch sein Herz. War er getroffen worden? Er spürte nichts. Und er fiel nicht. Schossen sie jetzt auf ihn? Würde er jetzt sterben?

Er zog den Kopf ein, wie ein Kind, das Verstecken spielte. Kletterte mechanisch das letzte Stück. Das letzte Stück war das schwerste. Er fand keinen Halt für seine Hände. Da war ein Rohr angebracht, an dem man sich nicht festhalten konnte. Es kam ihm wie ein Spiel vor: von einer Station zur nächsten. Schwierigkeitsgrad: lebensgefährlich. Tod oder Leben. Er wollte *leben*. Also stieß er sich ab. Mit Kraft. Es war eher ein Tritt. Ein Tritt gegen sein altes Dasein. Ein Lachen zuckte durch seinen Körper, verzerrte seine Lippen. Die Leiter rutschte unter ihm weg, aber er saß schon oben, breitbeinig, um nicht die Balance zu verlieren, *wie auf einer Kanone*, ging ihm seltsamerweise durch den Kopf, *oder wie auf einem dicken Pferd, einem Kaltblüter*. Er drehte sich nicht mehr um. Und dann sprang er. Ohne Pardon mit sich selbst. Wie vom Dreimeterturm. Nur dass es kein Wasser gab.

Der Boden auf der anderen Seite war überraschend weich, Lehm oder Moos. Waldboden. Glück gehabt.

Das Wort Glück saß ihm im Schädel wie ein Gegenstand. Eine klappernde Streichholzschachtel. Konnte brennen, in Flammen aufgehen, explodieren sogar.

Er rannte los.

Rechnete beinahe damit, dass sie ihm hinterherschossen. War er schon im Westen? Er hatte keine Ahnung. Sein Verstand funktionierte nicht so richtig. Nicht so, wie er sollte. Also lief er einfach weiter im Takt seiner Streichholzschachtelmusik. *Klapperdieklapp. Klapperdieklapp. Klapperdieklapp.* Irgendwann hörte er sein Keuchen, fühlte sein Herz schlagen, wummern. Er registrierte, dass sein rechter Knöchel schmerzte. Automatisch trat er vorsichtiger auf, humpelte auf einmal.

Irre, vollkommen irre.

Hatte er es wirklich geschafft?

Zweige klatschten ihm ins Gesicht, Äste brachen unter seinen Schritten.

Er hatte sich keine Gedanken darüber gemacht, was auf der anderen Seite sein würde. Die Sterne blinzelten ihm zu, als wollten sie ihn beruhigen.

Er warf einen kurzen Blick hinauf, rannte weiter. Eine Flüssigkeit sickerte über seine Stirn, in die Augen, nahm ihm die Sicht. Er roch mehr als er sah, dass es Blut war.

Hatten sie ihn getroffen? Ein Streifschuss? Konnte nicht sein. Der Knall war nicht so nah gewesen. Als hätten sie gar nicht auf ihn gezielt. Auf wen dann? Gab es vielleicht einen zweiten Flüchtling? Er dachte an die Geburtstagsfeier, ging die Gesichter durch, die wie Gespenster vor ihm auftauchten. Keiner von denen. Unmöglich. Alles Hundertprozentige.

Dieses *Mädchen* … Ihr Bild flammte in ihm auf und erlosch so schnell wieder, dass er nicht mal ihren Namen dachte. Nein. Sie würden doch nicht auf Kinder schießen.

Dann fiel ihm der Stacheldraht ein auf der ersten Mauer. Der hatte ihn erwischt, ihn gebissen wie ein tollwütiger Köter. Vielleicht hatte er sich den Schuss auch nur eingebildet? Spielten ihm seine überdrehten Nerven einen Streich?

Wie warmer Regen sickerten ihm ein paar Tropfen über den Kopf, ins Gesicht, am Ohr vorbei, den Hals entlang, in den Nacken.

Nicht weiter wichtig. Nur ein Kratzer.

Ungeduldig wischte er sich das Blut aus den Augen. Torkelte einen Moment.

Als er wieder sehen konnte, bemerkte er den Asphalt. Glatt, schwarz. Eine Allee. Düster. Soweit er erkennen konnte, keine Schlaglöcher. Also keine Oststraße. Seine Schritte wurden schneller, beinahe übermütig. Bis ein Gedanke ihn stoppte: Lief er in die richtige Richtung? Verwirrt drehte er sich um sich selbst. Schluckte ein paarmal schwer. Blut, Rotz, Spucke. Viel zu dunkel hier. Den Westen hatte er sich anders vorgestellt. Mit mehr Licht. Menschen, die ihn fröhlich umarmten. Ihm auf die Schulter klopften und »Du hast es geschafft, Kumpel« zu ihm sagten und etwas von »Freiheit« faselten, ihm ein kühles Bier reichten. Er hatte Durst, verdammt noch mal. Niemand zu sehen. Die Nacht lag wie ein gläserner Deckel über ihm.

Die Wunde an der Stirn pochte jetzt. Er widerstand der Versuchung, die dreckige Hand auf die blutige Stelle zu pressen. Nerven behalten.

»Weißt du, wie viel Sternlein stehen …?«

Er sang doch nicht etwa? Gut, dass ihn niemand sah. Ganz in Schwarz, dreckig, humpelnd, blutend, singend. Ein Typ wie aus einem Horrorfilm. Aus der Irrenanstalt ausgebrochen.

Sein Mund verzog sich zu einem grimmigen Grinsen. *Weißt du? Wie viel? Stern Lein? Stehen?* Nein, weiß ich nicht! Euer Himmel ist mir egal! Ich bin auf der Erde!

Seine Schreie blieben zum Glück stumm. Er hatte sich im Griff. Die Lippen zusammengepresst.

Auch als er das grelle Licht zwischen den Bäumen aufflammen sah, entfuhr ihm kein Laut. Sein Herz stockte, doch er gab keinen Ton von sich. Scheinwerferlicht! Ein Wachturm! War er doch noch im Osten?

Reiß dich zusammen, Herz! Schlag einfach *ganz normal* weiter! *Ganz normal*!

Er zwang sich dazu, den Turm, der halb verdeckt von

Bäumen ein paar Meter entfernt von ihm stand, genauer zu betrachten.

Der Lichtstrahl traf ihn nicht. Schoss in die andere Richtung.

Er befand sich *hinter* der Mauer. Außerhalb der Zone. Er war *draußen*.

Also … kein Grund zur Sorge. Sie können dir nichts mehr …

Als der Wagen neben ihm hielt, unterdrückte er den Impuls, in den nächsten Busch zu springen.

Jemand schob sich über den Beifahrersitz und das Fenster auf seiner Seite wurde heruntergekurbelt. Ein Frauengesicht erschien, rund, blass, als würde der Mond aufgehen. »Was ist … passiert? Kann ich … Kann ich Ihnen helfen?«

Er schüttelte den Kopf. Dann nickte er. Das sanfte klare Licht umhüllte ihn wie eine Decke.

»Soll ich die Polizei rufen? Einen Krankenwagen?«

»Nein, danke. Schon gut.«

Ein Duft schwebte auf ihn zu. Er nahm ihn wahr, wie eine sachte Berührung.

Sie roch nach Westen. Eindeutig. Eine Mischung aus Parfüm, Wrigleys Spearmint und Westkaffee. Dallmayr Prodomo oder Jacobs Krönung. Er kannte die Marken aus der Werbung.

»Wir sind in Berlin, richtig?«, fragte er leise.

Die Frau schwieg verblüfft.

»In *West*berlin, stimmt's?« Er kam sich wie ein Kind vor.

»Sind Sie … von drüben? Doch nicht etwa …« Sie musterte ihn erschrocken.

Einen Moment glaubte er, sie würde ihm davonfahren, das Weite suchen.

An ihrer Stelle hätte er es getan. So wie er aussah. So fremd, so bedrohlich. Schwarz. Blutverschmiert. Hatte sie keine Angst vor ihm? Wie konnte sie ihm trauen?

»Ich … bin … bin … über die …«, stammelte er.

»Oh mein Gott. Sie bluten ja! Kann ich irgendwas … kann

ich etwas für Sie tun?« Sie schien noch blasser zu werden. Ihre Haut leuchtete beinahe durchsichtig. Ihre Augen wirkten groß und schockiert.

»Es ist nur ... nur eine kleine Verletzung. Nicht so schlimm. Halb so wild. Aber ... ich weiß nicht, *wohin*. Ich hab keinen Plan, was ich jetzt ...« Er lachte rau.

»Über die Mauer«, sagte sie leise, kopfschüttelnd, als würde sie erst jetzt begreifen, was er da getan hatte. »Oh mein Gott!«

»Etwas Hilfe wäre gut«, murmelte er schließlich verlegen, fast schüchtern.

Er hörte das Zögern in ihrem Schweigen.

»Steigen Sie ein«, sagte sie schließlich und öffnete ihm schnell, plötzlich seltsam energisch, als könnte sie es gleich wieder bereuen, die Tür ihres Wagens.

*

Dunkel, groß und abwesend hockte er in der Küche, wie ein Rabe, der versehentlich durchs offene Fenster gekommen war und nun nicht mehr herausfand.

Die Frau brachte ihm eine dampfende Tasse Tee und ein paar Kekse und er starrte durch sie hindurch, als wäre sie eine Glasscheibe, die ihm den Weg nach draußen versperrte. Das schwarze, an den Ärmeln zerrissene Hemd klebte ihm am Körper und ihm wurde wieder bewusst, wie schlimm er aussah. Vermutlich stank er auch nach Schweiß. Der saure Geruch der Panik musste noch an ihm haften. Das Sekret der Angst verdunstete in seinen Achseln.

Die Küche wirkte aufgeräumt, hell, glänzend – die Möbel schimmerten in einem perfekten Niveaweiß. Er kam sich fremd vor – aber das war für ihn kein ungewohntes Gefühl.

»Trinken Sie, das wird Ihnen gut tun«, sagte die Frau sanft und setzte sich an den Tisch.

Er nickte ihr zu, probierte ein Lächeln und versuchte ihr die Aufmerksamkeit zu schenken, die sie verdiente.

War sie nicht sein Glücksbringer? Jemand musste sie ihm geschickt haben, kam ihm in den Sinn. Der geheimnisvolle Unbekannte? Der liebe Gott, an den er nicht glaubte? Das sogenannte Schicksal?

»Vielen Dank«, sagte er. »Vielen Dank, dass Sie Ihre Zeit für mich opfern.« Es klang hölzern. Nicht so, wie es klingen sollte. Es kam ihm vor, als redete er Blödsinn. Er räusperte sich, als läge es nur an seiner eingerosteten Stimme. Dann hob er die Tasse mit beiden Händen an seine Lippen, als wäre sie irgendwie zu schwer für ihn, nippte ein wenig und nahm sie auf seinen Schoß – hielt sie wie ein Kätzchen. Der Dampf stieg auf zu ihm und er starrte ungläubig in die Flüssigkeit.

»Ohne Sie würde ich noch irgendwo da draußen auf der Straße herumirren.«

Sie wurde rot, lächelte verlegen. »Möchten Sie lieber Zucker oder Honig für Ihren Tee?«

Er schwieg eine Weile. Die ganze Situation kam ihm absurd vor. Er war über diese Scheißmauer geklettert, sie hatten geschossen – wenn auch nicht auf ihn, *auf wen dann*? –, er war um sein Leben gerannt, dreckig, blutend, schwitzend, und jetzt saß er hier, in einem mondhellen Raum, und wurde von seiner unbekannten Retterin gefragt, womit sie seinen Tee versüßen konnte? Er schüttelte den Kopf. Dann räusperte er sich noch einmal. »Darf ich ehrlich sein?«

»Natürlich.«

»Ich hätte am liebsten einen Schnaps und dann eine Dusche.«

Sie lachte. »Kann ich verstehen. Einen Schnaps kann ich Ihnen leider nicht anbieten. Wäre ein Kräuterlikör auch in Ordnung?«

Er zuckte mit den Achseln. Nickte.

Sie erhob sich schnell und machte einen fröhlichen Satz, der so mitten in der Nacht seltsam wirkte, riss die Kühlschranktür mit einem Ruck auf.

Vielleicht hat sie ja auf mich gewartet, dachte er.

Seine Anwesenheit musste so etwas wie ein Abenteuer für sie sein.

Sie stellte zwei Likörgläser auf den makellos sauberen Tisch und natürlich schenkte sie ihm zuerst ein.

Sie behandelte ihn wie ein rohes Ei. Und obwohl er sich nicht sicher war, dass es ihm gefiel, denn er fühlte sich nicht zerbrechlich, nicht in dieser Situation, eigentlich nie, versuchte er ihre Fürsorge zu genießen. *Jemand achtet mich, also existiere ich*. Vielleicht ist es so einfach. Vielleicht dachte er das auch nur, weil er sich außerhalb der Schusslinie befand. Er hatte es geschafft, er war im Westen und diese unglaubliche Tatsache sickerte erst allmählich in sein Bewusstsein. Seine Hand zitterte, als sie sich zuprosteten, er verschüttete etwas von dem klebrigen Likör. Sie warf ihm einen besorgten Blick zu und er war merkwürdig dankbar, dass sie nicht gleich einen Lappen holte.

»Alles okay?«

»Alles okay«, murmelte er.

Nach ein paar Gläsern wurden sie redseliger. Sie fragte ihn nach der Flucht, wollte Details wissen. Und er meinte zu spüren, dass sie herausfinden wollte, wer er war und ob er die Wahrheit sagte.

Also erzählte er einfach drauf los – von dem Friedhof, über den er gelaufen war, von der ersten Mauer, dem Stacheldraht, dem seltsamen Rohr auf der zweiten Mauer, dem Schuss, der fiel, kurz bevor er in den Westen sprang.

»Sie hätten jetzt tot sein können!« Ihre Mundwinkel zuckten, als wäre sie kurz davor zu weinen. »Hätte man Sie dann gleich auf dem kleinen Friedhof begraben?« Er wusste nicht, ob sie scherzte und von ihm ein Lachen oder wenigstens ein Grinsen erwartete. Aber ehe er noch antworten konnte, veränderte sich ihr Gesichtsausdruck abrupt, ihre Züge glätteten sich und sie lächelte ihn höflich an. »Kommen Sie, ich zeige Ihnen, wo das Bad ist.«

Artig lief er ihr nach und betrachtete ihren Hinterkopf. Ihr kurzes Haar sah blond-braun aus, fast wie Fell oder wie

Federn. Er ertappte sich dabei, wie er auf ihren Nacken starrte, auf den Streifen Haut, der stark und verletzlich zugleich wirkte.

Ihr Gang hatte etwas Tänzelndes, Katzenhaftes. Als sie sich zu ihm umsah, drehte er sich weg, betrachtete ein Stillleben über einem Türrahmen. Ein gedeckter Tisch: ein Glas Rotwein, Obst, Brot und Käse – das Meer im Hintergrund. Die Gischt wirkte beinahe echt. Die Wellen schienen auf ihn zuzurollen und einen Moment lauschte er auf ein Rauschen.

»Da geht's zur Dusche«, erklärte sie wie ein Fremdenführer. Und in gewisser Weise war sie das ja. Sie ließ ihn, einen ihr unbekannten Mann, der ihr eine wilde Story auftischte, in ihre Wohnung, als hätte sie keine andere Wahl.

»Und jetzt bekommen Sie noch ein Handtuch«, sagte sie leise. »Lassen Sie sich Zeit, ja?«

Er nickte. Verstand aber nicht, warum sie das sagte. Hatte sie noch etwas vor? Störte er sie? Wollte sie jemanden anrufen? Die Genossen von der …

Quatsch!, dachte er.

»Sophia«, sagte sie und reichte ihm etwas plüschig Weiches, das nach blumiger Chemie roch.

Einen Moment dachte er, dass das Handtuch so hieß. Dass Dinge hier Namen hatten wie Menschen oder Haustiere.

»Und wie heißen Sie eigentlich?«, fragte sie dann.

*

Das Licht im Bad war grell wie ein Scheinwerfer. Er blinzelte, fühlte eine Gänsehaut und überlegte einen Augenblick, ob er es ausschalten sollte. Aber er konnte ja schlecht im Dunkeln duschen.

Still und wie erstarrt, ohne etwas zu berühren, stand er in dem fremden Raum. Drei, vier Minuten oder länger betrachtete er die Fläschchen und Tuben, das Deo-Spray, die

Kämme und die Zahnputzbecher – es waren zwei – eine von den Zahnbürsten war sehr klein. Also existierte noch ein Kind in der Wohnung.

Der Duft der Seife stieg ihm in die Nase. Er gab sich einen Ruck, nahm das Stück in die Hand. Es fasste sich seidig an, war von einem unwirklichen Blau, als wäre es ein aus dem Himmel herausgelöstes Teil.

Er sah sich selbst beim Händewaschen zu, massierte langsam, ausgiebig seine Finger, die ihm wie eingeschlafen erschienen. Sie fühlten sich taub an und er musste sie erst wieder zum Leben erwecken.

Nichts schien ihm vertraut, auch er sich selbst nicht. Ihn beschlich ein mulmiges Gefühl – als hätte er etwas vergessen auf der anderen Seite. Ihm fiel nicht ein, was das sein sollte. Den Gashahn hatte er zugedreht, sogar das Wasser abgestellt und die beiden erbärmlichen Topfpflanzen schon vor Tagen an die Nachbarin verschenkt.

Vorsichtshalber schloss er die Tür ab, bevor er sich auszog – als könnte die Frau plötzlich in ihr Bad gestürzt kommen. Vielleicht sogar in Begleitung eines Polizisten? Oder mit einem Kerl vom Verfassungsschutz? Konnte er nicht auch ein Spion sein? Glaubte sie ihm denn seine Geschichte?

Er warf die schwarze schmutzige Kleidung auf die weißen Kacheln. Der große eckige Spiegel hing direkt vor ihm, doch er senkte den Blick. Wollte sich nicht sehen. Nicht jetzt.

Erst musste der Dreck weg, das verklebte Blut, der Schweiß. Sein altes Leben.

Er wollte ein neuer Mensch werden. Was hatte die Flucht sonst für einen Sinn?

Das Wasser floss. Nervös hantierte er an den Schaltern herum, bis es die richtige Temperatur erreichte. Zu Hause hatte er nur ein Waschbecken mit kaltem Wasser gehabt. Eine alte verrostete Dusche stand in der Küche wie ein Museumsstück. Sie hatte schon bei seinem Einzug nicht funktioniert.

Zu Hause. Er dachte an den alten Waschlappen, den er noch am Morgen benutzt hatte und der jetzt einsam und nutzlos über dem Beckenrand hing. Vielleicht würde die Stasi ihn ja konfiszieren? Sicher würden sie seine Wohnung durchsuchen, Dinge beschlagnahmen, ihm hinterherschnüffeln; die Briefe seiner Ex hatte er vorsichtshalber verbrannt. Während er sich mit einer seidig glänzenden, spermafarbenen Creme einrieb, dachte er flüchtig an ihr Gesicht, versuchte sich auszumalen, wie sie aussah, wenn sie *es* erfuhr. Zum Schluss hatten sie sich gehasst, kein Wort mehr miteinander geredet. Doch ihre Briefe aus der Zeit ihrer Verliebtheit hatte er lange Zeit aufbewahrt. Warum eigentlich? Was wollte er festhalten? Er hatte sie verloren und sie hatte ihn verloren. Menschen tauchten auf in seinem Leben und verschwanden wieder. Die Briefe waren bei ihm geblieben – bis er sich zur Flucht entschloss, zur Flucht vor all dem Alten, Verstaubten, Verkrustetem.

Die Creme lag jetzt wie eine zweite Haut auf seinem Körper. Sie roch nach *Intershop*, Parfüm und noch etwas anderem: nach Westen, nach der sogenannten Freiheit, die hier eine Selbstverständlichkeit war, um die niemand kämpfen musste. Er spürte einen idiotischen Neid auf Sophia. Sie konnte jeden Tag duschen, so oft sie wollte. Dann fiel ihm ein, dass er nicht mehr nach Hause zurückkehren würde. Die Waschbeckenzeit war vorbei. Der Duft der Lotion, der ihn irgendwie benebelte, war seine neue Wirklichkeit.

Er stand in der Kabine wie in einer Höhle, einem Versteck, einem Tempel.

Er benetzte Augenlider, seine Brauen, seine Lippen. Feuchtete seine Schläfen an. Seine Halsschlagader.

Das Wasser prasselte auf seinen Kopf, in die Wunde hinein und er spürte ein schmerzhaftes Zucken, das wie ein leichter Stromstoß durch seinen Körper fuhr.

In diesem Augenblick sah er wieder den geharkten Sand vor sich, wartete auf den Schuss. Die Muskeln unter seiner Haut spannten sich. Sein Herz raste plötzlich.

Wütend schüttelte er den Kopf, lachte, nannte laut seinen Namen. Er stellte den Strahl so heiß, wie er es gerade noch aushielt, dann kalt, wieder heiß, wieder kalt. Das Wasser küsste und biss seine Haut. In die offenen Wunden sickerten die Tropfen wie Tränen. Er ließ sich durchweichen bis auf die Knochen, besprühte seinen Körper, bis er rein war, klar, fast durchsichtig, wie ihm schien. Fleckenlos sauber. Der nasse Segen sprach seinen Leib heilig. Der Dampf nahm ihm die Sicht, als wäre er in Watte gepackt. Gleich darauf folgte die Eiseskälte, die ihm Löcher in den Bauch schnitt, sodass ihm schwindlig wurde und er weiße Schmetterlinge um sich tanzen sah. Sie flatterten, wirbelten, schwirrten um seinen Kopf, durch seinen Blick, glitten in sein Gehirn. Da war wieder diese graue Betonplatte. Doch die weißen Falter bedeckten sie vollständig, brachten sie in Windeseile zum Einsturz. Es krachte. Die Detonation hallte in seinen Ohren. Die Schmetterlinge schwirrten aus ihm heraus, tanzten einen lustigen Reigen, ließen sich auf ihm nieder, auf der Brust, auf jedes Haar, das auf ihm spross, die Arme, den Bauch, sein Geschlecht, das vor plötzlichem, ihm unerklärlichem Verlangen prall wurde, die geschwollene Ader, die Schenkel.

Zu guter Letzt spürte er sie auf seinen geschlossenen Lidern, seiner Stirn, seinen Wangen, seinen Lippen. Ihre hauchdünnen Beine krabbelten auf seiner Haut. Er fühlte das Schlagen ihrer Flügel.

Sein Herz schlug wieder normal. Er atmete regelmäßig.

Er schüttelte sich. Öffnete die Augen.

Da war kein Schmetterling mehr.

Das Wasser rauschte immer noch.

Er stellte es ab.

*

In der Nacht wachte er zwei-, dreimal auf. Er lag in einem kleinen Zimmer, auf einer dünnen Matratze, gekleidet in einen blauweiß gestreiften Pyjama, der ihm etwas zu eng war und ihn unangenehm an Knastkleidung denken ließ, die er jetzt getragen hätte, wenn …

Sophia hatte nicht erklärt, woher der Schlafanzug stammte, und er hatte sie nicht gefragt. Er wusste noch nicht, was sich gehörte in diesem westlichen Teil Deutschlands. Waren die Frauen hier anders?

Der Mond leuchtete grell durch das gardinenlose Fenster und er kam sich beobachtet vor. Er erhob sich und schob die Matratze ein Stück unter den Schreibtisch, legte sich wieder hin. Doch es schien ihm, als würden die Strahlen durch das Holz dringen, durch die Wunde in seinen Kopf – den Sophia sorgfältig verbunden hatte – direkt ins Hirn. Wurde er verrückt? Ausgerechnet jetzt? Oder waren das die Nachwirkungen seiner Flucht? Er war einfach noch zu nah an der Grenze. Vielleicht hätte er weiterlaufen müssen, in eine S-Bahn steigen, irgendwohin fahren … zum Bahnhof Zoo oder nach Kreuzberg. Aber was hätte das genutzt? Die Grenze war doch überall? Westberlin war ein eingemauerter Fliegenschiss. Er konnte hier nirgendwohin.

Wieder rappelte er sich auf, schaltete das Licht an, atmete ein paarmal tief ein und aus und betrachtete schließlich die Bücher im Regal. Sie glänzten matt, irgendwie müde, und waren alphabetisch geordnet. Doch unter K fand er keinen einzigen Kafka und unter H keinen Hemingway und unter O noch nicht einmal Orwell.

Sophia las offenbar lieber Krimis von Agatha Christie und Patricia Highsmith, Kinderbücher von Astrid Lindgren und Reiseführer, die jeweils nach Ländern und Orten sortiert waren.

Sein Blick blieb an den Städtenamen auf den Buchrücken haften. Ungeduldig zerrte er Band für Band aus dem Regal, blätterte in einem San-Francisco-Taschenbuch: die Golden Gate Bridge, die sich blutrot über die Bucht spannte, die

Cabel Car, die hügelabwärts glitt, die Seehunde am Pier 39. Seine Finger wurden hektischer, nervöser. Amsterdam, Athen, Barcelona, Dublin, Jerusalem, London, Lissabon, New York. Er stellte die Bücher nicht zurück, sondern ließ sie einfach fallen. Paris, Peking, Porto, Prag, Rom, Stockholm, Tokyo, Wien …

Wo wollte er überhaupt hin? Jetzt, wo ihm die Welt zu Füßen lag? Immerhin: In Prag war er schon einmal gewesen.

»Können Sie auch nicht schlafen?«

Sophias Stimme klang sanft wie ein Schmetterling, der sich auf ihn niederließ, seine nackte Haut, seinen Nacken. Klang gleichzeitig atemlos, flattrig, als könnte sich der Zitronenfalter oder Kohlweißling sofort wieder abstoßen von ihm, könnte verschwinden, davonfliegen.

Er fuhr herum, registrierte mit einem Blick, dass sie nur ein kurzes weißes Nachthemd trug. Stumm sahen sie sich an. Auf seltsame Art hob sie die Hände, so als wollte sie ihm etwas geben, und ließ sie langsam wieder sinken.

Wortlos schob er sich an sie heran, an das Geschöpf, das ihm klein und zerbrechlich erschien und doch Wärme und Ruhe versprach. *Ruhe*!

Sie wich nicht zurück und einen Moment standen sie Körper an Körper, er spürte ihre Brüste, ihren aufgeregten Atem, und ehe sich ihre Hände berührten, küssten sie sich. Seine Zunge drang sofort fordernd in ihren Mund – als wäre dies sein gutes Recht. Und er fühlte ihr leichtes Zittern – ein Strom, der von ihr zu ihm floss. Ohne Umschweife zog er sie auf die Matratze, fegte die Bücher mit einer fast wütenden Bewegung vom Laken, ohne Umschweife streifte er den wenigen Stoff ab, der sie noch trennte, ohne Umschweife war er über ihr, in ihr.

Erst später, kurz vor dem Einschlafen – er hielt die Frau an der Hand fest, als könnte sie sonst davonlaufen – dachte er an die Zurückgelassene, an dieses *Mädchen* hinter der Mauer, an ihr Gesicht, das ihm jetzt schon merkwürdig verschwommen vorkam. Er sah sich selbst, wie er beide Arme nach ihr ausstreckte. Nicht um sie an sich zu ziehen, zu umarmen, sondern um sie wegzuschieben, sanft, mit aller Gewalt.

Zum ersten Mal war er froh, dass es die Mauer gab. Dass ihm Mira nicht folgen, dass er sie einfach aus seinem Gedächtnis löschen konnte.

Als hätte es sie nie gegeben.

*

Schutzwall – dieses Wort bekam nun doch noch eine sinnvolle Bedeutung.

Das Schlechte, das Böse, das graue Einerlei hatte er hinter sich gelassen.

Es konnte ihm nicht folgen. Oder?

Seit Wochen lebte er nun schon bei Sophia und ihrer Tochter Marlene – eine quirlige Zweijährige, die sich kaputtlachte, wenn er Grimassen zog oder sie wie ein Welpe ankläffte. In den ersten paar Tagen hatte sie ihn noch hinter dem Rockzipfel ihrer Mutter beobachtet, schüchtern und neugierig. Doch dann war er für sie schon fast so alltäglich, wie das Plüschzebra, das sie ständig mit sich herumschleppte.

Er wohnte bei ihnen, als wäre das eine Selbstverständlichkeit. Sophia ersparte ihm nicht nur den Aufenthalt im Notaufnahmelager Marienfelde und half ihm bei den Behördengängen, sie nahm ihn auf, als wäre er nur eben mal umgezogen – von einer Stadt in die nächste –, als wäre das alles nichts Besonderes. Nur die Nähe zur Grenze machte ihn hin und wieder nervös.

Bei Einbruch der Dunkelheit wurde er stets unruhiger – als würde es nur wegen ihm finster werden –, lief zwischen Wohnzimmer und Küche hin und her, stieß sich am Tisch oder Stuhl, der krachend umfiel, verschüttete Salz, als er die Spiegeleier für das Abendbrot würzen wollte oder warf eine Weinflasche um, die noch bis obenhin voll war, weil der Wein erst mal *atmen* sollte, wie Sophia betonte.

»Nicht so schlimm. Schon okay. Von dem Wein hab ich sowieso Kopfschmerzen bekommen. Ein Glück, dass wir jetzt einen neuen aufmachen können«, meinte Sophia. »Eine andere Sorte. Ich habe noch einen guten Spanier.« Sie zündete Kerzen an, stellte Nüsse und Salzstangen auf den Tisch und suchte Natursendungen im Fernsehen aus, die meist von Gottesanbeterinnen, Stabheuschrecken und anderen merkwürdigen Insekten handelten und die wohl einschläfernd auf ihn wirken sollten.

Er zwang sich zur Ruhe, schob sich die Nüsse in den Mund, eine nach der anderen, wartete, bis der Wein mit Atmen fertig war, um ihn dann schnell in sich hineinzuschütten und sah der Gottesanbeterin beim Verspeisen des Männchens zu, mit dem sie sich gerade gepaart hatte. »Heißt eine männliche Gottesanbeterin eigentlich Gottesanbeter?«, fragte er leise.

Aber Sophia wusste es auch nicht. »Sie sind Kannibalen«, sagte sie bloß.

Manchmal fuhr er nachts aus dem Schlaf: Er hatte einen Schuss gehört, ganz eindeutig! Der Knall raste durch seinen Körper – es fühlte sich so *echt* an – sein Herz pochte und er sprang aus dem Bett, das ihm plötzlich viel zu weich vorkam, wie ein sumpfiges Loch, wie eine Falle.

»Das bildest du dir ein, du hast schlecht geträumt, komm wieder her, schlaf weiter.«

Sophia streichelte ihn, bis er sich beruhigte, bis er aufhörte zu zittern. Womit hatte er das verdient? Womit hatte er eine Frau wie sie verdient?

Vor eineinhalb Jahren war ihr Mann bei einem Unfall ums Leben gekommen. Seitdem beschäftigte sich Sophia mit dem Tod.

»Ich habe mich in dich verliebt, weil du über einen Friedhof geflohen bist«, erklärte sie ihm einmal. Das klang seltsam und er lachte darüber. Aber sie schien es tatsächlich so zu meinen.

»Ja, genau, ich bin von den Toten auferstanden«, sagte er dann – halb im Ernst, halb im Scherz. Um ein Haar hätten sie mich erschossen, war das, was er dachte. Um ein Haar … Er sah Strähnen im Wind wehen. Ein bleiches, bittendes Gesicht. Eine Träne. Das *Mädchen*. Er zwang sich, ihren Namen nicht zu denken. Sie bedeutete nichts. Sie brauchte nicht in ihm … zu spuken.

War sie denn … Hatte man sie …?

Nein, das wäre doch berichtet worden, oder? Eine tote Minderjährige? Das hätte irgendwo erwähnt werden müssen.

Sophia begleitete ihn zu den Ämtern und Behörden, und bevor sie Marlene von den Großeltern oder der Tagesmutter abholten, spazierten sie meist über einen Friedhof, durch einen Park, am Wannsee entlang oder besuchten Ausstellungen oder Kirchen. Sie mochte bewegungslose alte Dinge. Sie lief mit ihm zum Grab des Dichters Heinrich von Kleist, der sich am Wannsee erschossen hatte, wie zu einer Pilgerstätte und verharrte dort minutenlang schweigend. In der Kirche setzte sie sich wortlos in die letzte Reihe und er fragte nicht, sondern ließ sich stumm neben ihr nieder. Wenn sie ins Museum gingen, konnte sie vor den Resten eines Gefäßes aus der Steinzeit eine halbe Stunde stehen und die Scherben versonnen betrachten – so als hätte sie die Fundstücke persönlich ausgegraben.

Bei jeder anderen Frau hätte ihn das verrückt gemacht. Doch Sophia war für ihn ein Engel und Engel mussten etwas seltsam sein. Man durfte ihnen dies nicht zum Vorwurf machen, sonst vertrieb man sie.

Erst später fiel ihm auf, dass die Gegenstände in den Vitrinen, die sie länger anstarrte, etwas gemeinsam hatten: Es waren Grabbeilagen, die man – genaugenommen – den Toten gestohlen hatte.

Eher selten besuchten sie gemeinsam das Grab ihres verstorbenen Mannes. Sophia stand auch dort wie eine Statue – gekleidet in einen schwarzen, eleganten Mantel –, bevor sie nach einer Weile vor sich hin zu murmeln begann. Anfangs versuchte Hans zu verstehen, was sie sagte. Er wollte ihr antworten, sie irgendwie trösten. Doch schließlich begriff er, dass sie nicht mit ihm redete, sondern mit Gott. Sie betete.

Er fühlte sich fremd, ausgeschlossen. Wieso redete sie nicht mit ihm? Gehörten sie jetzt nicht zusammen?

»Glaubst du an so was?«, fragte er beinahe unwirsch.

»An so was?« Ihre Stimme klang so arglos, so verwundert, dass es ihn fast schmerzte.

»Na, an …« Er drehte seine Hand so, dass die Fläche nach oben zeigte – als wollte er Regentropfen auffangen.

»Und du? Glaubst du an Jesus?«

»An Jesus?« Es verblüffte ihn, dass sie das fragte. »Du meinst, als historische Figur?«

»Glaubst du nicht an die Liebe?«, fragte sie theatralisch.

»Willst du mich missionieren?« Er grinste spöttisch.

»Gott sieht alles«, sagte Sophia ernst.

»Wirklich?«

»Das hat meine Mutter mir erzählt, als ich klein war. Und ich dachte immer, Gott steht hinter der Gardine und beobachtet mich.«

Hans nickte. Mit dieser Art von Paranoia konnte er etwas anfangen.

»Bei uns hat die Stasi Gott gespielt«, murmelte er.

Sophia warf ihm einen befremdeten Blick zu. Aber sie sagte nichts.

»Aber gebetet haben wir nicht zu den Herren von Horch und Guck.«

Er wartete auf einen Lacher. Doch der kam nicht. Sophia blickte beim Laufen auf ihre Füße.

Vielleicht sollte er besser die Klappe halten. Mit religiösen Gefühlen kannte er sich schließlich nicht aus.

»Immer, wenn die Gardine sich bewegte, dachte ich, das ist Gott. Und gleich würde er hervorkommen und mich mit sich nehmen.«

Er nickte ihr verständnisvoll zu – auch wenn er bei ihrer Beschreibung kurz an den Film *Poltergeist* denken musste. Er blieb ernst. Er wusste, dass sie es ernst meinte, also blieb er ernst.

»Doch wie kommt man in den Himmel, wenn man nicht fliegen kann?«

Sie sah ihn an, als wäre das eine Frage, die nur er beantworten konnte.

Er räusperte sich. »Mit einem Flugzeug?«, schlug er vor.

Sie lachte. Ihr Gesicht, das eben noch starr gewesen war, schien aufzubrechen. Ihre Augen funkelten ihn an und Hans fühlte sich einen Moment lang erleichtert, beinahe glücklich und seine Schritte wurden leichter.

»Vielleicht sollten wir einmal verreisen«, meinte sie. »Du, ich und Marlene. Wie eine richtige Familie.«

*

Sie flogen nach Venedig.

Einfach so.

Es kam ihm immer noch verboten vor, was er tat.

Er besaß jetzt einen bundesdeutschen Pass.

Aber am Flughafen Tegel zitterte ihm die Hand, als er den Ausweis vorzeigen sollte.

Bei jedem Blick eines Uniformierten fühlte er sich ertappt.

»Was tun Sie denn hier? Gehören Sie nicht eigentlich hinter Schloss und Riegel?«

Aber niemand fragte ihn das.

Er war jetzt Bundesbürger. Der Pass war echt. Es gab keinen Grund, nervös zu sein.

Zum ersten Mal in seinem Leben stieg er in ein Flugzeug.

*

In der Lagunenstadt schwitzte er viel und sie verirrten sich oft.

Zum Glück besaß Sophia einen ebenso schlechten Orientierungssinn wie er und seine Hilflosigkeit fiel nicht so auf, wenn sie mal wieder am Ende einer Sackgasse landeten und in das trübe Wasser eines Seitenkanals starrten, das ihm mal blaugrau und mal giftgrün erschien. Schon in Westberlin hatte er sich dauernd verlaufen und er war nicht der Typ, der nach dem Weg fragte. Er wollte selbst herausfinden, welche Route die richtige war.

Natürlich ahnte er, dass sie nicht rein zufällig durch Venedig spazierten. Vermutlich wartete Sophia jetzt auf seine romantischen Gefühle. Doch er hielt sich einfach nur an ihr fest.

Hand in Hand liefen sie über die Plätze und Brücken, durch die Straßen und Gassen. Manchmal, wenn die Gänge zwischen den Häuserwänden zu eng wurden, hob er Marlene auf seine Schultern. Sie kicherte ängstlich, zappelte nervös mit den Beinen und schenkte ihm dennoch ein Vertrauen, das ihn auf seltsame Art beglückte und gleichzeitig erschreckte. Als sie auf dem Markusplatz *Engelchen flieg* mit ihr spielten und dabei die Tauben verscheuchten, kam es ihm vor, als könnte er selbst bei jedem Schritt den Boden unter den Füßen verlieren. *Venedig*. *Venezia*. Wie konnte es sein, dass er plötzlich durch diese Stadt in Italien wanderte?

Sie schlenderten die Stufen über die *Rialto*-Brücke hinauf und hinab, über den Markt mit den Meerestieren, die ihm mit ihren Schalen und Saugnäpfen so exotisch und seltsam vorkamen wie Außerirdische, vorbei an den Ständen mit den Fischen, die silbern oder rosarot leuchteten und ihn anstarrten, jedes einzelne Auge schien ihn anzuglotzen, ihn skeptisch zu mustern. Es war nicht nur die Hitze, die ihm den Schweiß aus den Poren trieb. Auch die Möwen, die auf den porösen Fenstersimsen lauerten, beobachteten ihn mit ihren gelben Raubtieraugen, richteten ihre Raubtierschnäbel gegen ihn. Noch nie hatte er so große Möwen gesehen. Sie schienen ihn zu meinen, wenn sie bis in die Nacht hinein ihre lauten gellenden Schreie ausstießen. Es strengte ihn an, diese Vorstellungen aus seinem Kopf zu schieben. Er fühlte sich immer noch fremd. Er kannte keine der Sehenswürdigkeiten, die Sophia zur Besichtigung vorschlug, kein italienisches Wort, keinen Wein mit Namen. In den Restaurants mit den absurd hohen Preisen und unbekannten Speisen wusste er nicht, wie er sich benehmen sollte. Wie aß man Garnelen, die mitsamt ihrer Schale serviert wurden, ohne sich zu blamieren? Fiel seine Unsicherheit denn niemandem auf?

Wenn sie wieder einmal am Ende eines Ganges um eine Ecke bogen und in einer neuen fremden Gasse standen und erkannten, dass sie sich abermals verlaufen hatten, machte sich ein Gefühl in ihm breit, das er nur mühselig unterdrücken konnte: Er würde nie wieder aus dem Gewirr der Gassen, aus diesem irren Labyrinth herausfinden. Was hatte er hier zu suchen?

Auch wenn er sich nicht beklagte, schien Sophia seine Unruhe zu spüren.

»Dann sind wir eben im Kreis gegangen. Na und? Das ist doch nicht so schlimm. Wir lassen uns einfach treiben und schauen, wo wir landen.«

Sophia, die es aufgegeben hatte, von der Karte aus ihrem Reiseführer irgendeine Hilfe zu erwarten, lächelte ihn an, als wäre das alles ein großes Abenteuer. Sie zeigte ihm die Dinge, die er übersah: die Wäscheleine über ihnen, die sich von Hauswand zu Hauswand spannte und an der überdimensional große schwarze Unterwäsche hing, eine fette Taube, die unter einem mickrigem Wasserstrahl, der aus einem Brunnen mit Löwenmaul kam, ausgiebig duschte und sich die Federn putzte, oder eine in einem Keller versteckte Bar, die sich wegen des guten günstigen Weines als Glücksgriff erwies.

Auch an der Seitengasse, die so schmal war, dass man kaum hindurchpasste, wäre er ohne Sophia vorbeigegangen, ohne sie zu beachten.

Doch sie blieb bewegungslos stehen, als könnte sie nicht fassen, was sie sah: »Stell dir vor, da laufen jeden Tag Leute durch!«

Er nickte und versuchte, diese Entdeckung mit ihren Augen zu sehen, ihr die gebührende Aufmerksamkeit zu schenken, doch es kostete ihn Mühe, nicht einfach mit den Achseln zu zucken und weiterzugehen. Was ging ihn das alles an? Was gingen ihn diese Frau und ihr Kind eigentlich an?

Schon war Sophia dabei sich in den Spalt zu zwängen – beinahe so, als könnte sie gar nicht anders. Sie streckte ihre Hand aus, damit Marlene ihr folgte und irgendwie herausfordernd sah sie auch in seine Richtung.

»Das ist doch verrückt!«, rief sie.

»Da hast du vollkommen recht«, murmelte er. Den leisen Groll, der langsam zu wachsen schien, schluckte er hinunter.

Sophia tauchte immer tiefer in den Schlauch und ihm blieb wohl nichts anderes übrig, als ihr nachzugehen. »Wo willst du denn hin?«

Der Gang führte um eine Ecke und Sophia war mit ihrer Tochter verschwunden und antwortete nicht.

Beim Versuch sich zu beeilen rammte er sich die Schulter und stieß einen Fluch aus. Zarte Personen wie Sophia und Marlene kamen sicher problemlos hier durch, doch er …?

Hans blickte nach oben, als könnte es dort einen Ausweg geben. Die Häuserfronten schienen ihm hässlich grau und hoch zu sein. Zwischen ihnen war nicht einmal Platz für eine Wäscheleine. Vom Himmel war nur ein schmaler dämmriger Streifen zu sehen. Er wollte rufen, doch aus seiner Kehle kam nur eine Art Stöhnen oder Würgen, als würde er sich gleich übergeben. Er musste hier raus! Sofort!

Mühsam wandte er sich um und tastete sich an der Wand entlang zurück. Schweißgebadet ließ er sich auf eine mit grünen Algen bewachsene Treppenstufe am Wasser sinken und steckte sich eine Zigarette an. War das die Welt, nach der er gesucht hatte?

Sophia lächelte, als sie nach zehn Minuten, die ihm wie eine Ewigkeit erschienen, zu ihm zurückkam. »Hattest du eigentlich schon mal eine Nahtoderfahrung?«, fragte sie in einem merkwürdig süffisanten Ton, als würde sie sich nach einem Ausflug in ein Bordell erkundigen.

Er schüttelte den Kopf.

»Also das muss so ähnlich sein wie in dieser Gasse«, meinte Sophia. »Die Leute gehen durch einen Tunnel und sehen am Ende ein Licht. So wird es doch beschrieben, oder?«

Hans wusste nicht, was er dazu sagen sollte, aber Sophia schien auch keine Antwort zu erwarten. Vielleicht war er ja eine Art Zombie für sie? Einer, der direkt aus dem Todesstreifen zu ihr kam?

Ein paar Minuten später stiegen sie in ein *Vaporetto* und fuhren ein Stück auf dem Wasser weiter. Das Boot war mit Touristen und Einheimischen überladen, sodass Hans sich wunderte, dass sie nicht einfach sang- und klanglos untergingen. Eingequetscht in der Menschenmasse, versuchte er die beginnende Panik, die wellenartig in ihm hochschwappte, zu ignorieren. Der Geruch von Schweißfüßen stieg ihm in die Nase und zerrte noch zusätzlich an seinen Nerven. Es gab keine Haltegriffe und als das Schiff schaukelte, hielten sich Mutter und Tochter an ihm fest, als wäre ausgerechnet *er* der Fels in der Brandung. Hans lächelte so tapfer er konnte, legte den Arm um Sophias fast nackte Schulter und griff nach Marlenes Hand. »Macht euch keine Sorgen«, murmelte er nervös. »Die nächste Station steigen wir aus und laufen wieder ein bisschen, okay?«

An Land zündete er sich erst mal eine Zigarette an. Sophia wartete die ersten drei Züge geduldig, und er steckte die Schachtel *Marlboro* in den Rucksack, den sie trug. Ihm wurde bewusst, wie selbstverständlich das schon war. Sie gehörten also zusammen, ja? Er wollte das nicht so richtig glauben. Es kam ihm wie ein Wunder vor, dass er hier mit *ihr* war, dieser märchenhaften Frau in dieser märchenhaften Stadt – ein Wunder, das er nicht verdient hatte.

Marlene bekam ein Eis von ihm spendiert, eine riesige Portion, obwohl er die Variante *Small* ausgewählt hatte. Sie gluckste fröhlich vor sich hin, während sie sich von oben bis unten vollschmierte.

»Immer, wenn man einen Brunnen braucht, ist keiner da«, murmelte Sophia.

Sie durchwanderten ein paar Gassen, verirrten sich in einem Viertel, in dem sie noch nicht gewesen waren. Aber sie liefen immer weiter, ohne sich zu beschweren. Auf einem Campo fanden sie einen der gesuchten Trinkwasserbrunnen und Sophia putzte ihre Tochter: Gesicht, Hals, Hände und was es sonst noch so zu putzen gab. Hans sah eine Art Wärterhäuschen, in dem vorn ein Uniformierter hockte und weiter hinten ein zweiter ein Nickerchen machte. Auf dem Dach saß majestätisch eine der riesigen Möwen, als müsste sie den Wächter bewachen. Über der Mauer des Viertels erblickte er Stacheldraht.

»Wir sind im Ghetto«, erklärte Sophia, die seinen Blicken gefolgt war. »Bei den Juden von Venedig.«

Hans nickte ihr zu, als wüsste er Bescheid. Aber im Grunde wusste er nichts von der Welt.

Männer mit Schläfenlocken und Bärten begegneten ihnen auf einer der kleinen Brücken, sie wirkten ernst und trugen schwarze Gewänder und schwarze Hüte, die aussahen, als könnte man weiße Kaninchen aus ihnen ziehen. Hans bemühte sich, sie nicht anzustarren, schließlich war er Deutscher. Durfte er überhaupt hier sein?

Sie aßen im *Gam Gam*, einem jüdischen Restaurant, mit Blick auf einen der Kanäle. Hans hatte etwas Krümliges auf dem Teller, das Couscous hieß, Couscous mit rosafarbenen Fischstückchen – Lachs, wie ihm Sophia erklärte – und es schmeckte viel besser, als es aussah, viel besser als alles, was er bisher in Venedig gegessen hatte.

Ich hab' das nicht verdient, dachte er kurz, und blinzelte gegen die Tränen an, die bestimmt nur von dem hellen Sonnenlicht kamen. Zum Glück hatten sie hier einen guten Hauswein, und er hob den Arm und bestellte schnell noch zwei Gläser.

*

Die Gondelfahrt hoben sie sich für den letzten Tag auf. Sie sollte der Höhepunkt der Reise werden, etwas worauf sie sich zu dritt freuten, als wären sie tatsächlich eine Familie.

Wenigstens die Gondoliere kamen ihm einigermaßen bekannt vor: vertraut wie Märchenfiguren, die einer verzauberten Welt angehörten, die hier aus Lagunen und dem Canal Grande bestand und aus maroden, vor sich hin bröckelnden Palästen mit maroden, vor sich hin bröckelnden Türschwellen, über die das Wasser in das Gemäuer drang und nach und nach Besitz von ihm ergriff.

Marlene klatschte in die Hände, als sie das mit rotgoldenem plüschigem Pomp geschmückte Boot sah, und warf ihrer Mutter aufgeregt erwartungsvolle Blicke zu. Der Gondoliere, der einen Strohhut und ein gestreiftes T-Shirt trug und aussah, als wäre er aus einer Postkarte geklettert, begrüßte sie mit einem überschwänglichen »Buon giorno!« und half Sophia und ihrer Tochter beim Einsteigen. Ein leichter Wind wehte. Das Boot schaukelte und das Wasser platschte in einem rhythmischen Takt gegen die Wand der Gondel.

Hans versuchte die Balance zu halten, ohne dass es nach Mühe aussah und setzte sich Knie an Knie zu Sophia, die ihre Tochter im Arm hielt.

Ihm fiel jetzt auf, dass Marlene eine knallrote Regenjacke und Gummistiefel trug – obwohl der Himmel glasklar und blau war und die Sonne schien. Nicht die allerkleinste Wolke warf einen Schatten.

Auf dem Kanal lag ein Glitzern, aber das Wasser unter ihnen sah dunkel und schmutzig aus.

Was genau erwartete Sophia?

Was erwartete sie von diesem Tag, von diesem Ausflug … von *ihm*?

Sie selbst hatte sich elegant gekleidet, trug eine neue Sonnenbrille und einen altmodischen breitkrempigen Hut, den er heute zum ersten Mal auf ihrem Kopf sah.

Sie lächelte ihn auf eine Art an, die ihn zwang zurückzulächeln. Aber die Unbeschwertheit, auf die er vielleicht gehofft hatte, als er auf Reisen ging und das geteilte Deutschland für ein paar Tage hinter sich ließ, diese Unbeschwertheit stellte sich nicht ein.

Die schmalen Kanäle, durch die sie glitten, kamen ihm nicht viel anders vor, als die verwinkelten Gassen – nur dass sie sich den Weg jetzt nicht selbst suchten und unter den Brücken hindurchfuhren, statt über sie zu laufen. Der Gondoliere musste sich jedes Mal bücken, um nicht geköpft zu werden, und bewegte dabei das Ruder in einer Art, als rührte er in einem etwas zähen Kuchenteig herum.

Wenn ein Motorboot an ihnen vorbeifuhr, schaukelte der Kahn leicht. Sehr dicht fuhren sie an einer Hauswand entlang. Der Mann mit dem Strohhut stieß sich einfach mit dem Fuß von ihr ab, wenn sie Gefahr liefen, sie zu rammen. Hans registrierte die Bewegungen um sich herum aus den Augenwinkeln, sah, dass sich Marlene an ihrer Mutter festklammerte und fühlte nichts als eine matte Gleichgültigkeit. Er musste sich zwingen, nicht einzudösen. Schließlich war so eine Gondelfahrt unverschämt teuer. Sophia hatte das alles bezahlt: den Flug, das kleine Hotel, eine preiswerte Absteige ohne Komfort, mit quietschenden Betten, defekter Klimaanlage und vertrocknetem Brot und dünnem Kaffee zum Frühstück, das Essen – meist holten sie sich an einem Stand ein Stück Pizza auf die Hand und gingen nur abends in ein Restaurant – und nun auch noch diese Herumschaukelei auf modrig dunstigen Wasserwegen.

Hans fühlte sich beschämt. Er fühlte sich davon beschämt, ausgehalten zu werden. Zwar wusste er, dass es Sophia nichts ausmachte – sie bekam regelmäßig Geld von ihren reichen Eltern und bezog eine Witwenrente –, aber es störte ihn, er kam sich wie ein Bittsteller vor – auch wenn er um nichts gebeten hatte. Dass er auf diese Art umsorgt wurde, schien ihn festzunageln auf eine Rolle, die er nicht wollte: der Flüchtling aus der Zone. Gerade so entkommen, den Knall noch im Kopf, durchgeknallt gewissermaßen, entwurzelt, heimatlos.

Hans starrte vor sich hin, mit einem festgefrorenen Lächeln. Nicht mehr auf der Flucht, aber immer noch im Niemandsland – zwischen dem, was war, und dem, was sein würde. Ein wenig tat er sich wohl selbst leid – es gefiel ihm nicht, als er es erkannte. Er würde sich um einen Job bemühen, gleich nach seiner Rückkehr, möglichst schnell möglichst viel Geld verdienen, Sophia alles zurückzahlen und sich eine eigene Wohnung suchen.

Erleichtert atmete er auf, als wäre der vage Plan schon der Schlüssel, der ihm das Tor öffnete, der ihn einließ in das richtige Leben. Gerade wollte er nach Sophias Hand greifen, als er die Gondel auf der anderen Seite sah, die irgendwie über der Wasseroberfläche zu schweben schien. Pechschwarz, mit einem pechschwarz gekleideten Gondoliere, einem pechschwarzen Sarg als Frachtgut.

Der schwarze Mann trug einen steifen Anzug und eine Maske mit einem gewaltigen goldenen Schnabel, den das Sonnenlicht zum Leuchten brachte, und Hans musste blinzeln. Als sich die Wege der Kähne kreuzten, nahm der Fremde die Verkleidung ab, riss die Maske mit einem Ruck herunter. Und Hans erkannte ihn. Aber … *wie konnte das sein*? Wurde er beschattet? Selbst hier?

Sie bewegten sich jetzt wie in Zeitlupe aneinander vorbei. Und Hans wusste, dass er ebenso bemerkt worden war. Irgendwie hatte der Mann ihn ausfindig gemacht.

Hans sprang hoch, um von der Gondel zu flüchten. Doch

dann hörte er einen wütenden Aufschrei und spürte eine derbe Berührung. Jemand griff grob nach seinem Arm, und er riss die Augen auf. Schimpfworte, die er nicht verstand, prasselten auf ihn hinab. Die Gondel schwankte heftig hin und her, als wäre sie betrunken. »Si sieda, prego! Sit down! Sit down, please!«

Und allmählich begriff er. Keuchte noch. Ließ sich aber gehorsam nieder.

Sophia hielt ihre Tochter an sich gepresst und starrte ihn an.

Der Gondoliere fluchte noch immer vor sich hin, auch wenn seine Stimme an Lautstärke verloren hatte – die Wut war noch frisch.

»Wir wären beinahe gekentert!«, stieß Sophia schließlich hervor. »Marlene wäre fast über Bord gefallen!« Sie deutete auf die Wassertropfen auf der roten Regenjacke, als wollte sie irgendetwas beweisen.

»Es … es … tut mir leid«, stammelte er.

»Du bist eingeschlafen … du hattest einen Albtraum, was?«, fragte sie.

Hans schüttelte den Kopf. »Ich kenne ihn. Ich kenne den Mann«, murmelte er.

»Welchen Mann?«, fragte Sophia ratlos.

Hans presste die Lippen zusammen wie ein bockiges Kind und starrte hinab auf das Wasser, die schwarze Riesenschlange, die an ihm vorbeizog. Als er Geräusche hörte, das Plätschern von Wasser und noch etwas anderes … ein leises Rufen? Rief da jemand seinen Namen? Mit einem Ruck hob er den Kopf. Es war nichts zu sehen. Keine Trauergondel, kein schwarzer Mann, kein Sarg – natürlich nicht.

»Nicht so wichtig«, stieß er hervor.

»Nicht so wichtig?« Sophia wischte mit einem Papiertaschentuch das hochgespritzte Kanalwasser von der Regenjacke ihrer Tochter, als wären die Tropfen gefährliche Insekten. Sie nahm das patschnasse Zebra, das unter Marlenes Arm klemmte, wrang es aus – sodass er es genau sehen konnte.

Hans wartete. Lauerte auf ihren Hass, der doch irgendwann kommen musste. Er brachte sie in Gefahr, sie und ihre Tochter – was sollten diese idiotische Herumtupferei, die strafenden Blicke sonst bedeuten?

Sophia lächelte den Gondoliere an, der immer noch mit dem Kopf schüttelte, wenn er auf Hans hinabblickte. »Scusi!«, rief sie ihm zu.

(Hans, 1989)

Als er erwachte, sah er Sophias Augen auf sich gerichtet. Sie kamen ihm so dicht sehr groß vor – forschend, misstrauisch, besorgt. Ihre sorgfältig gezupften Brauen wölbten sich über diesem Blick, als wäre sie über irgendetwas erstaunt.

Hatte er geredet im Schlaf? Irgendein Geheimnis ausgeplaudert? *Sein Geheimnis*? Über jene Nacht, in der sie sich auf so seltsame Weise kennengelernt hatten, über die Details seiner Flucht, redete er nur, wenn es sich nicht umgehen ließ. Und meistens ließ es sich umgehen.

»Was hast du geträumt?«, fragte sie.

Er überlegte eine Weile, versuchte, sich zu erinnern und spürte das Bedürfnis sie abzuwehren. Ja, er träumte – fast jede Nacht. Nicht immer erinnerte er sich daran, nur das Gefühl blieb in ihm zurück. Ein Gefühl der Leere. Hatte er von *dem Mädchen* geträumt? Manchmal sah er sie im Nebel stehen. Eine einsame dunkle Gestalt. Er konnte ihr Gesicht nicht erkennen. Sie kam nicht näher, sie hielt Abstand. Sie blieb zurück.

Und er fühlte sich erleichtert und gleichzeitig beunruhigt. Als könnte sie plötzlich hervorgeschossen kommen aus der grauen Zone – wie ein tollwütiges Tier. Genau dann, wenn er nicht mehr damit rechnete.

»Na, nun sag schon«, drängelte Sophia.

»Ich hab von dir geträumt«, antwortete er. Es kam ihm

nicht wie eine Lüge vor. Vielleicht stimmte es ja sogar. Er konnte sich an keine klaren Bilder erinnern.

Er war nicht allein gewesen. Soviel stand fest.

»Ach, wirklich?«

Der Spott in ihrer Stimme gefiel ihm nicht. Doch ihm stand nicht der Sinn nach einem Streit. Jetzt erinnerte er sich an einen Traum, den er vor ein paar Nächten gehabt hatte. »Ja, wir waren wieder in Italien. In Venedig – so wie vor drei Jahren. Du hast mir die Stadt von oben gezeigt.«

»Von oben?« Sophia runzelte die Stirn. »Du meinst vom *Campanile di San Marco*?«

»Was? Nein, nicht von dem Turm. Es war … keine Ahnung. Wir sind geflogen, denk ich.«

»Geflogen? Wie Vögel?«

»Nein, eher … Eher mit einem Teppich oder einer Gondel. Ich weiß nicht. Nur dass es eine wacklige Angelegenheit war. Wir hätten jederzeit abstürzen können.«

Sophia seufzte. »Sind wir aber nicht. Wir liegen ganz sicher in diesem Bett.« Sie klopfte ein wenig auf der Matratze herum und lachte, aber es klang nicht echt.

Gehen dir meine Albträume auf die Nerven?, dachte er. Gehe *ich* dir auf die Nerven?

Natürlich fragte er das nicht. Sophia hielt zu ihm. Das war das Verrückte. Er konnte es kaum fassen. Er konnte sein Glück kaum fassen. Er wusste, dass er es nicht verdient hatte.

Sie hielt zu ihm, obwohl er nachts oft schreiend aufwachte, obwohl er die Unruhe nicht loswurde. Den Schuss hörte. Die Kugel kommen sah: in Zeitlupe, unausweichlich, weil er sich nicht rühren konnte, zielstrebig, gnadenlos.

Bevor sie ihn traf, fuhr er aus dem Schlaf – schweißgebadet und mit Gänsehaut. Nie wurde er erschossen. Doch die Patrone schien trotzdem in ihm zu stecken – irgendwo in seiner Brust – und sie hatte etwas verändert in ihm.

Manchmal lenkte Sophia ihn mit Sex ab. Nahm seinen Schwanz in die Hand, rieb ihn – rhythmisch und in einem aufreizend langsamen Tempo –, ließ die Zunge sanft, wie in Zeitlupe, um seine Eichel kreisen, bis er hart wurde, seine Angst überschäumt wurde vom Verlangen und sein Albtraum sich auflöste, während er beinahe hektisch in sie drang.

Manchmal sagte sie auch nur etwas Tröstliches.

»Es wird schon noch werden«, murmelte sie. »Hab Geduld, vor allem mit dir selbst. Es heißt ja nicht umsonst, dass die Zeit Wunden heilt.«

Oft klangen ihre Sprüche, als wollte sie ihm eine Predigt halten. Eine Predigt, die allmählich müder wurde, weil sie zwar nicht die immer gleichen Worte, dafür aber stets ähnliche Floskeln wählte: »Rom wurde bekanntlich nicht an einem Tag erbaut.« – »Kommt Zeit, kommt Rat.« – »In der Ruhe liegt die Kraft.«

Die Sätze waren nichts als Phrasen, die mal mehr und oft weniger passten. Doch vielleicht beruhigten sie ihn gerade deshalb. Ihre Worte klangen so selbstverständlich, so *normal*, als wäre er kein *Sonderfall*, als gäbe es keinen Zweifel daran, dass eines Tages alles besser werden würde. Dennoch wollte er am liebsten widersprechen: *Was weißt du schon. Du hast doch keine Ahnung!*

Aber er kannte sie gut genug, um zu wissen, was dann kommen würde: *Erzähl es mir! Sag mir, was los ist! Sprich mit mir darüber!*

Sie wollte ihn retten. Aber er war nicht zu retten.

Wenn er nachts von einem dieser Träume erwachte, kam es ihm vor, als würde er sich immer noch auf dem ordentlich geharkten Todesstreifen befinden – eingeklemmt zwischen Mauer und Mauer, nach Luft ringend, den Schlüssel in der Hand, aber ohne Leiter – ohne die Chance zu entkommen.

Hans streichelte Sophia automatisch. Sein Daumen glitt über ihre Stirn, ihre Nase, drückte in ihre Lachgrübchen, als wollte er ihre Echtheit prüfen, dann wischte er über ihre

Lippen, drang in ihren Mund. Ihre Zunge kam ihm heiß vor, als hätte sie Fieber. Sie lutschte erst an seinem Daumen herum, wie ein Baby, dann biss sie mit einem Lachen, das irgendwie wie ein Gurren klang, zu. Er zog sich aus ihrem Mund zurück, fuhr mit den Fingerspitzen über ihr Kinn, ihren Hals, ihre Brüste. Ihre Haut fühlte sich weich und vertraut an. Sie rieb ihren Schenkel an seinem Schenkel und als er wie nebenbei an ihren Brustwarzen zupfte, stöhnte sie leise.

Kurz hob er den Blick, starrte die grüne hässliche Wand an, die er unbedingt heute noch streichen musste. Sie sah irgendwie schuppig aus, wie die Haut eines altersschwachen Krokodils, abblätternde Farbreste, die hornig hart an dem Gemäuer klebten.

Sie waren bereits das dritte Mal umgezogen. Von Wannsee nach Steglitz, von Steglitz nach Tempelhof, von Tempelhof nach Kreuzberg. Er mochte an Kreuzberg, dass es ihm immer noch fremd erschien. Fremde Menschen, fremde Sprachen, fremde Läden, in denen er fremde Lebensmittel kaufen konnte. Zwar hockte der Osten auch hier nebenan, wie ein unsympathischer Nachbar, mit dem er nichts zu tun haben wollte, doch fühlte er sich im Unbekannten heimischer. Es besaß nichts von dem Erstarrten, Steifen, Farblosem, vor dem er geflohen war. Die Menschen wirkten nicht nur durch die verschiedenen Nationalitäten bunter. Sogar die Mauer war hier farbig, respektlos beschmiert – mit Graffitis, lächerlichen Parolen von Möchtegernanarchisten, Herzen und Pimmeln, Fäusten und Fratzen – und unterstrich den morbiden Charme des Viertels. Kinder mit Rotzblasen oder dreckverschmierten Gesichtern spielten Fußball oder buddelten im Sand oder veranstalteten am Wochenende einen Trödelmarkt mit ihrem ausrangierten Spielzeug, zerzausten Puppen, dem Legowirrwarr und klebrigen Kassetten. Verliebte Pärchen im Hippielook und türkische Familien spazierten am Betonwall entlang, als wäre es ein Gartenzaun. Und wer wollte, konnte ganz gemütlich von einer Aussichtsplattform in den Todesstreifen glotzen und den Grenzern zuwinken. Das andere Deutschland gleich nebenan war hier weiter entfernt als der Amazonas oder die Rocky Mountains. Die Kreuzberger stolperten aus ihren verdreckten Hauseingängen direkt auf die Mauer zu und es interessierte sie nicht die Bohne, was auf der anderen Seite war. Wozu auch? Hier hatte jeder mit sich selbst zu tun.

Hans war mit Sophia schon einige Male an der *Schandmauer* entlanggelaufen. Sie hatte ihn dabei beobachtet, als würde er an einem Experiment teilnehmen oder als könnte er plötzlich wieder auf die andere Seite flüchten. Er musste grinsen bei dem Gedanken. Was würden die Grenzer dann tun? Schießen?

In der einen oder anderen Kneipe hatte er schon von Flüchtlingen gehört, die es nicht aushielten im Westen, die Heimweh hatten, die mit der neuen Freiheit nicht zurechtkamen. Er konnte das nicht im Geringsten verstehen. Falls an diesen Gerüchten überhaupt etwas dran war, musste es sich wohl um schwache, labile Menschen handeln, die sich nach ihrem Käfig zurücksehnten, kaum, dass sie ihn verlassen hatten. Manch einer fand es ja vielleicht gemütlich, wenn es bei schlechtem Wetter durch das löchrige Dach direkt in die Wohnung regnete und es so freundlich in die aufgestellten Blechwannen platschte oder er genoss den Smalltalk beim Schlangestehen vor dem Russenmagazin, in dem es Mangelwaren wie Kirschen in Gläsern und Papiertaschentücher gab. Manch anderer freute sich vielleicht sogar über die Beachtung, die der Staat einem schenkte, sobald man mal einen Witz über Honecker etwas zu laut erzählte. Wenn die *Staatssicherheit* einen beobachtete, musste man doch eine gewisse Bedeutung haben, oder? Bloß: Was wollten die hier? Wieso waren die dann erst hergekommen? Was genau vermissten sie denn? Die kuschlige Wärme der Überwachung? Das klar geregelte Leben unter der Glasglocke? Vielleicht gehörten sie ja auch zu denen, die einfach nur weg wollten aus ihrem beschränkten kleinen Leben und hier angekommen, fanden sie nicht, wonach sie nie gesucht hatten, und nun wollten sie eben wieder weg. Schade, dass es keinen dritten deutschen Staat gab, eine Mischung aus Ost und West – für die, die sich nicht entscheiden konnten. Wobei Westberlin ja allein schon durch die Lage eine gewisse Mixtur der Himmelsrichtungen und Ideologien zu bieten hatte. Während man aber im Osten eher gelangweilt oder angewidert an *Der-Sozialismus-siegt*-Parolen und Marx-Engels-Lenin-Plakaten vorbeischlurfte, gab es in Kreuzberg Menschen, die freiwillig ihre Häuser mit antiimperialistischen Sprüchen beschmierten oder sich ein knallrotes Leninposter in ihr anarchistisch vermöhltes Wohnzimmer über ihre Sperrmüllcouch hängten und auch noch stolz darauf waren.

Die Grenzanlage von der Westseite aus gesehen wirkte schäbig, aber nicht bedrohlich. Sie war von ihrem Wesen her hässlich, aber die Westberliner schienen sie irgendwie auch praktisch zu finden: Sie hielt ihnen die Ossis vom Leib. Die hatten nämlich bei den meisten Ureinwohnern hier keinen besonders guten Ruf – vor allem was ihre Sprache, Umgangsformen und »Anziehsachen« betraf. Hans bemühte sich – mit Sophias Hilfe – um eine glaubwürdige westdeutsche Identität, kaufte Kleidung, die elegant wirkte, Hemden in Weiß, Schwarz und Kobaltblau mit silbernen Manschettenknöpfen, dazu ein passendes Sakko und tintendunkle Jeans. Er testete sein Auftreten vor dem Spiegel, vermied DDR-Begriffe und redete den Berliner Dialekt ebenso fließend wie hochdeutsch. Ja, er lernte sogar recht schnell, wie man in der Öffentlichkeit Döner aß, ohne dass die Hälfte davon auf den Asphalt klatschte. Nach einiger Zeit besorgte er sich einen Gebrauchtwagen – einen metallicfarbenen BMW, der schon fast zwanzig Jahre alt, aber noch gut in Schuss war. Was wohl aus seinem Trabant, den er vor der Flucht in der Nähe der Grenze abgestellt hatte, geworden war?

Sophia schien sich an seiner Herkunft nicht zu stören. Allerdings hatte sie sich nur schwer trennen können von ihrer Wohnung in dem Zweifamilienhaus in der idyllischen Lage zwischen Mauer und See. Sie war in dieser Gegend geboren und aufgewachsen, ihr Mann lag auf dem *Alten Friedhof Wannsee*. Jeder Umzug kam ihr wie ein Verrat vor.

Aber die dauerhafte Nähe zu dem Grenzabschnitt, über den er geflohen war, hatte Hans nicht länger ertragen können. Die verbotene Zone strahlte ihm direkt ins Hirn, in die Nerven, ins Herz. Es fühlte sich an, als wäre er kaum einen Schritt weitergekommen. Als zielten sie von *da drüben* immer noch auf ihn.

Das Knacken eines Astes auf dem Spazierweg verwandelte sich in das Klicken eines Gewehres, das geladen wurde. Er wusste, dass er paranoid war. Aber das Wissen nützte ihm nichts. Er wollte – wie Sophia – in Berlin bleiben. Es gefiel ihm in Berlin. Und gleichzeitig wollte er nicht in Berlin bleiben. Die Stadt war keine Stadt, sondern eine Insel, um die der Betonring lag – egal, wohin man ging, egal, wohin sie zogen. Es war wie ein Strick, der sich um seinen Hals geschlungen hatte. Jede Wohnung kam ihm nach ein paar Monaten falsch vor. Zu eng, zu laut, zu teuer … Er hielt es nirgendwo lange aus. Schränke auseinander- und später zusammenzubauen, Regale leeren und dann wieder einräumen, lenkte ihn wenigstens etwas ab, zu renovieren und zu tapezieren verschaffte ihm eine gewisse Befriedigung. Doch wenn alles fertig war, schienen die Wände allmählich wieder auf ihn zuzurücken. Die Enge nahm ihm die Luft zum Atmen. Etwas wie eine Dornröschenhecke wuchs aus dem neuen Teppichboden und die Stacheln bohrten sich in seine Gänsehaut.

Wenigstens bot ihm Sophia die Ablenkung, die er brauchte. Ihre Ahnungslosigkeit, ihr Geschwätz, ihr Kichern, sogar die Traurigkeit, die sie manchmal erfasste, ihr Schmerz des Vermissens, wenn ihr toter Mann Geburtstag hatte, ihr

Seufzen, ihr selbstvergessenes Gemurmel, wenn sie die Traueranzeigen las …

Wie sie da so neben ihm auf dem Bett lag – ausgestreckt, dösend, irgendwie entrückt, manchmal auch melancholisch und niedergeschlagen – betrachtete er sie wie ein Bild – nicht wie ein Gemälde, sondern eher wie die unschuldige Zeichnung eines Kindes.

Scheinbar unentschlossen landete sein Daumen in ihrem Bauchnabel, umkreiste ihn kurz und wanderte tiefer. Er fühlte ihre Feuchtigkeit, ihre erstaunlich fiebrige Hitze, und sie umschlang seine Hand mit den Schenkeln, als suchte sie nach einem Halt. Es kostete ihn etwas Mühe, nicht über ihre Gier zu lachen und damit alles zu verderben.

Sanft, routiniert und doch mit einiger Anstrengung befreite er sich. Sein Blick fiel wieder auf die Wand und er schloss schnell die Augen, um nicht die Lust zu verlieren. Er fühlte ihre Finger, ihr Tasten und Streicheln, dann den Druck, das gleichmäßig rhythmische Auf und Ab. »Komm«, sagte sie etwas atemlos. Sie umfasste seinen Hintern und dirigierte ihn ein Stück, und er ließ sich nicht lange bitten. Schob sich, so tief er konnte, in sie hinein, suchte nach dem Rhythmus, der ihr entsprach, so hoffte er jedenfalls, fand in einen gleichmäßigen Takt, langsam, konzentriert, lauschte auf ihren Atem, ihr Stöhnen – ohne selbst einen Ton von sich zu geben – wartete gespannt, angespannt, fiebrig auf etwas. Auf was bloß? Auf Erlösung?

Danach schaltete sie Musik ein, es war immer die gleiche CD, die sie hörten, immer das gleiche Lied. Elton John:

It's a little bit funny this feeling inside
I'm not one of those who can easily hide
I don't have much money but boy if I did
I'd buy a big house where we both could live.

Er mochte den Song nicht besonders. Er kam ihm etwas schmalzig vor. Ziemlich schmalzig sogar. Doch die Musik störte ihn auch nicht.

Er fragte nicht nach dem Warum und Wozu. Hatte es mit

ihrem Mann zu tun? Sollte er eifersüchtig sein? Auf einen Toten?

Keine zehn Minuten später begann er die Wand zu streichen – mit kräftigen, beinahe wütenden Bewegungen. Das Grün erwies sich als hartnäckig und tauchte wie eine unbezähmbare Schicht aus Moosen, Farnen und Flechten immer wieder unter der orangeroten Farbe, die Sophia ausgesucht hatte, auf. Aber er akzeptierte das. Akzeptierte seinen Gegner, der hier mit Geduld besiegt werden musste. Es gefiel ihm sogar, dass es nicht zu leicht voranging. Es gefiel ihm, dass er nackt kämpfte. Und es gefiel ihm, dass die Frau, die er eben noch gevögelt hatte, ihm zusah, ihn verwundert anstarrte, wie … wie etwas … etwas *Besonderes.*

*

Drei Tage später waren alle Wände gestrichen: jedes Zimmer in einer anderen Farbe – in einem matten Orange, in Zitronengelb und in einem warmen Mittelmeerton. Nur die Küche und das Bad glänzten weiß gekachelt. Und eine Wand des Kinderzimmers hatten sie nach Marlenes Wünschen gestaltet: Fische, Kraken und Seejungfrauen tummelten sich auf der Tapete und es wirkte, als würde das Kind in einem Aquarium leben. Auch kauften sie für Marlene, die sich schon lange ein Pony wünschte, zwei Meerschweinchen. Sie nannte die beiden Hopsel und Popsel, weil sie nach ein paar Tagen völlig aufgedreht durch das Gehege hüpften. Als Kuscheltiere dienten sie allerdings weniger. Nahmen sie eine Bewegung oder ein Geräusch wahr, tauchten sie ab in eines der Häuschen, als müssten sie den Angriff eines Raubvogels in Marlenes Zimmer befürchten.

»Die sind wie du«, sagte Marlene beiläufig zu Hans und grinste ihn so breit an, dass er ihre allererste Zahnlücke sehen konnte, auf die sie sehr stolz war. Ehe er nachfragen konnte, meinte sie bloß achselzuckend: »Fluchttiere eben.« Für eine Fünfjährige kam sie ihm manchmal zu weise vor.

Sie holten die Möbel aus dem Keller und richteten alles ein. Wie eine *Puppenstube*, dachte er. Mit drei Puppen, die man auf Stühle setzte oder in Betten legte und die unentwegt lächelten mit ihren Plastikgesichtern.

Es trieb ihn nach draußen, er wollte die Kneipen in der Nachbarschaft erkunden, sich vielleicht ein bisschen betrinken – kein Bier, kein Wein, einfach ein paar Schnäpse kippen, damit es schnell ging und diese Erdkugel, auf der er weilte, sich in einem anderen Tempo drehte.

Er schloss noch den Fernseher an, während Sophia Geschirr und Besteck in die Schränke räumte. Etwas knallte auf den Boden und er fuhr zusammen, unterdrückte gerade noch einen Schreckenslaut. Warum nur war er immer so empfindlich? Ein Knall war ein Knall und kein Schuss!

Er lächelte Sophia an, um ihr zu zeigen, dass alles in Ordnung war, dass er sich im Griff hatte. Ein zerschlagener Teller – was machte das schon?

Doch Sophia beachtete die Scherben auf dem Boden gar nicht. Sie starrte an ihm vorbei, obwohl es da nichts zu sehen gab, außer dem Geflimmer auf dem Bildschirm. »*DDR öffnet Grenze*?«, fragte sie verblüfft.

Hans dachte, dass er sich verhört hatte. Dass vielleicht ein anderes Land gemeint war oder eine andere Grenze. Doch der Nachrichtensprecher schien ihr zu antworten: »Ausreisewillige DDR-Bürger müssen nach den Worten von SED-Politbüromitglied Schabowski nicht mehr den Umweg über die Tschechoslowakei nehmen. … Visa zur ständigen Ausreise würden, so heißt es, unverzüglich erteilt, ohne dass dafür noch geltende Voraussetzungen für eine ständige Ausreise vorliegen müssen. Auch Privatreisen ins Ausland könnten ohne Vorliegen von Reiseanlässen beantragt werden.«

»Was zum Teufel … *was geht da vor*?«, murmelte Sophia.

Irgendetwas in ihm weigerte sich, den Kopf zu drehen. So wie es in den letzten Tagen und Wochen an ihm vorbeigerauscht war, was in der *Zone* passierte. Der Osten rückte wieder näher, rückte ihm auf den Pelz. Aber das da … ging ihn nichts mehr an, oder? Er lebte doch jetzt hier, im Westen.

Die Ausreisewelle im Sommer. Die Menschen, die über Ungarn und Prag flüchteten. Überkletterte Zäune, besetzte Botschaften – die Menschen ließen sich nicht mehr aufhalten. Ja, ja, sensationell, sicher, wer hätte das gedacht, doch es hatte immer mal wieder Ausreisewellen und Massenfluchten gegeben, so wie es anderswo auf der Welt Erdbeben gab oder Vulkanausbrüche. Und die Demos in Leipzig? Montagsdemos nach Montagsgebeten. Weiße Haushaltskerzen, Transparente, aufgeregte Gesichter, die etwas Feierliches besaßen, irgendwie bleich, ernst und entrückt wirkten. Die Zahl der Demonstranten wuchs von Woche zu Woche. Ebenso die Zahl der Verhafteten. Andere Städte wurden erfasst, sogar seine Heimatstadt Potsdam, in der es am siebenten Oktober in der Innenstadt, am Brandenburger Tor, auf dem Broadway und in der Friedrich-Ebert-Straße gegen die sich selbst feiernde Regierung zu einer Protestaktion kam, die von staatlicher Seite als »antisozialistische Provokation« und »ungesetzliche Zusammenrottung« bezeichnet wurde. Die Volkspolizei hatte das *Café Heider* gestürmt, das Hans gut kannte, und das zufällig im Gebiet der Demo lag, und vermutlich hatte die Polizei in der Mehrzahl unschuldige Kaffeetrinker verhaftet. Das alles registrierte er – nur es berührte ihn nicht viel mehr als der Wetterbericht. Es wird kalt, es wird warm, es regnet, es schneit … Oh, schau an, ein Sturm kommt auf und es hagelt sogar.

Dieses kollektive Aufbegehren *drüben* machte ihn nur ein bisschen nervös – so wie ein angekündigtes Unwetter. Letztlich würde es nicht viel ändern. Es würde sein Leben nicht ändern. So hatte er jedenfalls bis zu diesem Augenblick geglaubt.

»Nun schau doch mal …«

Sophia sah ihn fassungslos an, ihr Mund stand offen und ihre makellos weißen Zähne reflektierten das Flackern des Fernsehgerätes.

Hans brachte es immer noch nicht fertig, in den Bildschirm zu starren. Er hörte ja die Stimme des Nachrichtensprechers. Er klang so wie immer. Aber vielleicht war der Reporter ja doch betrunken. Das schien Hans plötzlich mehr als wahrscheinlich. Wer seriös aussah, musste ja noch lange nicht seriös sein – jedenfalls nicht vierundzwanzig Stunden am Tag. Auch ein Fernsehmensch konnte mal einen über den Durst kippen – und Silvester gab es dann eine Sendung mit den besten Versprechern des Jahres!

Und überhaupt: Was sollte das heißen »Ausreisewillige DDR-Bürger müssen nicht mehr den Umweg über die Tschechoslowakei nehmen«? Öffnete der Osten jetzt seine Grenze, damit es seine Bürger bequemer hatten abzuhauen?

»Vielleicht eine Satiresendung?«, fragte er hilflos.

Sophia lachte. »Nein, die meinen das ernst.«

Sie erhob sich von ihrem Stuhl und kam zu ihm aufs Sofa, das nagelneu und deshalb noch in Zellophan eingepackt war und das auf seltsame Art knirschte. »Jetzt besser?« Sie lehnte sich sacht an ihn.

»Was ist besser?«

»Na, ich dachte, ich sitze dir im Weg. Du siehst ja gar nicht hin?«

»Ich sehe lieber *dich* an«, sagte er matt. Er blickte in ihr weiches, blasses Gesicht, in ihre Augen, die ihn anstrahlten, und ihm wurde klar, dass er sich weiter bedeckt halten musste. Die Wahrheit war ihr nicht zuzumuten. Dass sie sich in den Falschen verliebt hatte, in einen Loser, der es nicht wert war, geliebt zu werden. Er sah ihren Mund an, der ihm so unerträglich sanft vorkam. Ihre Zunge fuhr über ihre Oberlippe und er wusste, dass sie geküsst werden wollte. Das war das Zeichen, doch er brachte es nicht fertig, nicht jetzt.

Sie seufzte, rückte ein kleines Stück von ihm ab.

»Wenn das wahr ist …«, murmelte sie. »Wenn das wahr ist … bedeutet das …«

Sie sah ihm tief in die Augen, als könnte sie dort die Lösung eines Rätsels finden.

»Dann kommen die jetzt alle her«, beendete er ihren Satz schroff. »Dann überrennen die uns.« Er sah eine Art Zombiearmee mit SED-Parteiabzeichen, den sogenannten *Bonbons*, durch Kreuzberg wanken.

»Freust du dich denn nicht?«

»Worüber?«

»Darüber, dass die Mauer fällt!«

»Doch. Natürlich.«

»Das ist jetzt wahrscheinlich gerade ein historischer Moment.«

Hans nickte. »Scheint so.«

»Dann siehst du vielleicht deine Eltern bald wieder?«

Hans antwortete nicht. Seine Eltern lebten in einem Dorf in Thüringen, dem Heimatort seiner Mutter. Er hatte den Kontakt zu ihnen schon lange vor seiner Flucht verloren. Sein Vater war Genosse und Parteisekretär in einer LPG. Es hatte immer wieder Streit gegeben, meist um Banalitäten. Zuletzt ging es um eine steinalte Ausgabe des *Spiegel*, die Hans – eher aus Langeweile – am festlich gedeckten Weihnachtstisch las. Der Vater riss sie ihm aus der Hand, zerfetzte sie schweigend, erbittert, und warf sie in den Ofen. Ein glühender Zeitungsrest fiel auf das Blech und das Titelblatt, das Ronald Reagan vor der deutschen Flagge zeigte, verbrannte vor aller Augen. Hans hatte darüber gelacht, die Wut machte sich lustig über seinen Spießer-Vater. Er konnte es kaum stoppen – bis er eine Ohrfeige bekam: von seiner Mutter, ausgerechnet. Sie heulte dabei und sie tat ihm sofort leid – auch weil sie es nicht einmal fertigbrachte, richtig zuzuschlagen. Aber er schaffte es nicht, das Lachen zu stoppen. In aller Ruhe hatte er sich das *Neue Deutschland* gegriffen, es an einer Weihnachtskerze angezündet und das Blatt auf den Wohnzimmerteppich geworfen, der noch so neu war, dass er nach Chemie stank. Während seine Eltern mit ihren Hausschuhen auf den Flämmchen herumtrampelten, verließ er sie, für immer.

Der Bruch hatte ihm nicht viel ausgemacht. Er fühlte sich schon sein ganzes Leben lang ausgeschlossen. Flucht war immer das Mittel seiner Wahl gewesen, sobald er weglaufen konnte. Als Kind flüchtete er vor den Brüllattacken seines Vaters in den Wald oder tauchte bei einem Freund unter, bis ihn die Polizei aufstöberte und zurückbrachte. Als er mit vierzehn, fünfzehn anfing die Schule zu schwänzen, schützte ihn sein Vater mit seiner Parteifunktion vor der Einweisung in einen Jugendwerkhof. Doch er blieb stets der Fremde, der Ausgeschlossene, der Außenseiter – das in die Enge getriebene Tier – und hatte sich an diese Rolle gewöhnt. Angriff kam für ihn genauso wenig in Betracht wie die Variante, sich tot zu stellen. Wer angriff, verletzte Menschen. Wer sich tot stellte, war irgendwann auch tot.

»Ich geh mal ins Bad. Ich … ich muss mich …« Übergeben, hätte er beinahe gesagt. »… frisch machen.«

Das war auch nicht ganz korrekt ausgedrückt. Doch das Wort Duschen wollte er lieber nicht aussprechen.

Sophia sah ihn erstaunt an. *»Jetzt?«*

»Wäre es dir lieber, wenn ich stinke?«, verteidigte er sich aufbrausend. Die Röte stieg ihm ins Gesicht. Er glühte beinahe. Nicht aus Scham allerdings. Es war die Wut, er kochte vor Wut. Das überraschte ihn selbst, doch es gelang ihm nicht, diese Zornesattacke zu unterdrücken. Die alte Wut schwappte in ihm hoch.

Sie schwieg, lächelte verletzt. Aber sie beschwerte sich nicht, jedenfalls nicht mit Worten.

Das Bad war besetzt. Er hörte Marlene darin mit irgendetwas klappern und sie sang lauthals *»Rock me Amadeus!«* dazu.

Hans wartete einen Moment. Dann klopfte er höflich. »Brauchst du noch lange?«

Marlene antwortete nicht. Sie trällerte jetzt den Refrain vor sich hin. »Amadeus! Amadeus!«, schrie sie, als wollte sie Mozarts Geist herbeirufen.

»Was machst du da drin?« Hans überlegte, ob er nicht doch sofort in die Kneipe gehen sollte; duschen konnte er auch später.

Marlene riss die Tür auf. »Was machst du hier *draußen*?«

Hans antwortete nicht. Gerade so unterdrückte er den Impuls, das Kind mit einem Schubs beiseitezufegen.

»Oh oh oh«, sagte Marlene.

»Was?«

»Ich singe.«

Offenbar tanzte sie auch. Jedenfalls schwang sie ihre Hüften wie eine Bauchtänzerin.

»Er war ein Superstar, er war so po-pu-lär. War so ein Echsentier. Genau das war sein Flär.«

»Exaltiert.«

»Was?«

»Er war so … Schon gut.« Hans drängte sich ins Bad, zog die Tür mit einem Ruck zu und schloss ab.

In einem rasenden Tempo zog er sich aus, beinahe riss er sich die Kleider vom Leib. Er wollte keine Ostzombies hier haben. Er wollte nicht ständig daran erinnert werden, woher er kam. In dieser Stadt, in dieser kleinen Familie, fühlte er sich zum ersten Mal nicht »anders«. Auf dieser Mauerinsel konnte anders sein, wer anders sein wollte.

Der eiskalte Strahl kam kräftiger als sonst aus dem Duschkopf. Er fing an zu frieren, aber er hielt durch. Schloss die Augen und dachte das Wort *Echsentier*. Echsentier, Echsentier, Echsentier. Er sah es vor sich, grün leuchtende Schuppen, Wasser perlte von der Reptilienhaut, ein starrer Blick aus gelben Augen. Sie beobachteten einander – die Echse sah wie ein Basilisk aus, eine Art Drache. Hans bewegte seine Augäpfel unter den geschlossenen Lidern hin und her, um diesem forschenden Blick zu entgehen, aber das Echsentier blieb.

Hans dachte an Saurier, ans Aussterben, an den Meteoriten, der auf die Erde knallte, und ein bisschen dachte er auch an Falco.

Irgendwann, vielleicht nach einer Stunde, stellte er den Wärmegrad auf So-heiß-er-es-gerade-noch-aushielt. Er vertrug eine Menge. Als seine Haut glühte und aussah wie die von einem gekochten Krebs, regulierte er die Temperatur wieder zurück. Kalt. Kälter. Eisig kalt.

Das Echsentier fiel in eine Art Schockstarre, eine Eisschicht überzog seine Schuppen und es zerbarst klirrend.

Als Hans anfing, sich halbwegs lebendig zu fühlen, hörte er ein lautes schnelles Klopfen. Sein Herz fiel sofort in den hektischen Takt ein. Fielen Schüsse an der Mauer? Rückten die Russen vor? Gorbatschow hin oder her, das würden sie doch nicht zulassen, oder? Der *Große Bruder* würde im letzten Moment verhindern, dass sein Hätschelkind zum Feind überlief ... Drohte ein Krieg?

Das Klopfen wurde energischer.

Hans schlang sich hastig ein Handtuch um die Hüfte. Mit zitternden Fingern drehte er den Schlüssel.

»Was ist ... *was ist passiert*?«

Marlene streckte ihm ein Buch entgegen. »Schreibst du mir was hier rein?«

Obwohl sie erst fünf war, besaß sie schon ein Poesiealbum. Ein bisschen war sie ihm unheimlich.

*

»Bleibe lustig, bleibe froh wie das Würstchen in dem Klo. Ist das Leben auch ein Rauschen, unsere Freundschaft werd' ich niemals tauschen«, las er ihr vor.

»Prima!« Marlene klatschte und schien zufrieden. Sie wollte noch, dass er das Würstchen malte, das ein wenig zu groß geriet, da seine Hand leicht zitterte, und sie selbst zeichnete ein paar Blümchen und Marienkäfer dazu, dann verschwand sie endlich in ihr Bett.

Sophia hockte viel zu dicht vor dem Fernseher und murmelte vor sich hin. »Ich fass es nicht. Ist das zu glauben? Da geht doch eher ein Kamel durchs Nadelöhr.« Sie hielt Selbstgespräche oder redete mit dem aufgeregten Moderator. Mit ihm redete sie jedenfalls nicht.

Er dachte etwa eine Minute über das Kamel nach. »Durch ein Nadelöhr?«, fragte er. Aber Sophia hörte ihn nicht. Sie schaute kurz nach ihm mit glasigem Blick und er sah, dass sie an ihren Fingernägeln knabberte.

Hans brauchte jetzt unbedingt sofort ein Bier. Eine ordentliche Dosis Hopfen, um die Nerven zu beruhigen. Es war schon fast Mitternacht und wie es aussah, strömte ganz Ostberlin nach Westberlin.

»Ich geh noch mal ums Eck«, brummte er unbestimmt.

Sophia versuchte ihn aufzuhalten. »Meinst du nicht, wir sollten jetzt zu dieser Brücke?« Sie deutete auf den Bildschirm, zeigte auf die wie von Sinnen herumhüpfenden, schreienden, lachenden Menschen.

»Du meinst die *Böse*brücke?«, murmelte er düster.

»Genau. Zur Bornholmer Straße, die Ostdeutschen empfangen.«

Die *Ostdeutschen*. Hans konnte ihr schlecht erklären, warum sich ihm der Magen umdrehte bei diesem Wort.

Sie hätte auch die Neger aus dem Busch sagen können. Oder die Rothäute aus der Prärie.

Er konnte ihr überhaupt schlecht etwas erklären.

»Ich … ich kann nicht.« Hans lief in den Flur, griff sich seine Jacke und stürzte aus der Wohnung.

Auf der Straße rannte er los, als wäre er wieder auf der Flucht. Als er um die Ecke bog, trat er auf etwas Weiches, Felliges, das im Rinnstein lag – eine tote Ratte? Mit nervösen Blicken tastete er den Boden ab, aber es war zu dunkel, um etwas zu erkennen. Wenigstens war es keine Hundescheiße, oder? Vorsichtshalber schaute er unter seinen Schuhsohlen nach. Nichts. Ohne aufzusehen, hastete er weiter und stolperte dabei in eine Gruppe Punks.

»’tschuldigung«, murmelte er.

»Das heißt sorry, du Affe, oder bist du ausm Osten?«

Hans blieb wie erstarrt stehen. Sah er also immer noch so aus, als käme er von drüben?

»Woher kommst du?«, wurde er prompt gefragt. Der Mann war groß und hatte ein hartes markantes Gesicht, eine Nase, die an einen Schnabel erinnerte, und er sah finster und zu allem entschlossen aus. Die Schar umringte Hans, er roch das Bier, das aus ihren Poren zu dampfen schien, den Qualm ihrer filterlosen Zigaretten, und dann fühlte er eine unwirsche Berührung am Ellenbogen.

Würden sie ihn zu Boden reißen? War das hier etwa sein erster Raubüberfall?

»Potsdam«, antwortete Hans. »Ich hab nur Ostkohle.« Das klang plump. Aber einen Versuch war es wert.

»Okay, okay, wir haben schon auf dich gewartet!«

»Auf mich?« Hans sah sich nach einer Fluchtmöglichkeit um. Aber die Irokesenkämme der Punks versperrten ihm die Sicht.

»Du bist der erste Ossi, der hier auftaucht. Also säufst du nun was mit uns zur Feier des Tages?«

Hans zuckte mit den Achseln. Warum nicht, dachte er. »Warum nicht, wenn ihr einen ausgebt?« Es klang irgendwie zweifelnd, verzweifelt schüchtern, das hörte er selbst. Er machte sich klein, duckte sich weg; sie waren in der Überzahl. Er glaubte immer noch an einen Trick, eine ihm unbekannte Abziehmasche. Doch die Punks grölten nur zustimmend, schlugen auf seinem Rücken herum und schoben ihn in die Kneipe.

Laute, schnelle Töne prasselten auf ihn ein – Musik wie harte, kurze Ohrfeigen, die tatsächlich die Ohren trafen und nicht die Wangen.

»Motörhead«, brüllte ihm jemand zu und er nickte und tat ahnungslos.

Sie hielten ihn tatsächlich für einen *Ostdeutschen* und schütteten ihm dauernd Salz auf die Hand und schoben ihm ungebeten Zitronenscheiben in den Mund, um ihm beizubringen, wie man vernünftig billigen Tequila trinkt. Einige der Punks lallten schon und er gab sich Mühe, sie einzuholen. An einem Tag wie diesem schien es ihm naheliegend, sich zu betrinken.

Im Verlauf der Nacht bekam er Schluck für Schluck eingeflößt, Schnaps und Bier, ohne einen Pfennig zahlen zu müssen – und eigentlich war ihm das ganz recht.

»Gefällt es dir im Westen?«, fragte der mit dem markanten Gesicht, der von den anderen Skippy genannt wurde – offenbar, weil er einmal drei Wochen bei der Marine gedient hatte und als Fahnenflüchtling in Westberlin gelandet war. Er schien erstaunlich nüchtern zu sein, obwohl er abwechselnd Whisky, Tequila und Wodka trank und nicht einmal zur Erholung an einer Zitrone lutschte.

Hans wollte etwas Geistreiches sagen, aber er nickte nur mit schwerem Kopf vor sich hin und murmelte etwas, das die Ossis im Fernsehen von sich gegeben hatten und das ihm der Situation angemessen erschien: »*Wahn…sinn*! … Ab… abso…luter … *Wahn…sinn*!«

»Denk mal nicht, dass das ein Zuckerschlecken ist hier«, warnte der Mann, der keinen Irokesenschnitt trug, sondern strubblige schwarze Haare, die aussahen, als hätte er sie vor drei Jahren das letzte Mal gekämmt. »Der Kapitalismus ist auch Scheiße. Nur dem Schotter hinterherrennen, ist auf Dauer halt auch ungesund.«

Hans nickte wieder und sagte mit einiger Mühe: »Prrrooost!«, schleckte Salz von seiner Hand und trank.

»Ist nicht immer so geil wie heute«, sagte Skippy. »Gibt Probleme, von denen hast du keine Ahnung. Keinen blassen Schimmer habt ihr Ossis, was hier abgeht. Wo liegt eigentlich dieses Potsram?« Die Frage klang scharf und verächtlich.

Hans lachte auf. Einen Moment kam er wieder zu sich und betrachtete seinen Tresennachbarn verblüfft. »Dam«, korrigierte er und hob warnend den Zeigefinger. Dieser ortsunkundige Typ wollte ihm erzählen, wie es in der Welt zuging?

»Potsdam liegt … nicht weit weg. Eigentlich nur ein paar Kilometer von hier.« Ein Schauer lief ihm über den Rücken, als er diese simple Tatsache aussprach. »An der Havel.« Er überlegte einen Moment. »*Sanssouci* … schon mal gehört?«

»Was faselst du da? Was sang Susi?« Skippy blies ihm eine Mischung aus Alkoholatem und Zigarettenqualm ins Gesicht. »*Sanssouci*. Das bedeutet: Ohne Sorge.« Hans fragte sich kurz, ob der Mann sich nur verstellte, so wie er selbst sich immer verstellt hatte, dass er in Wirklichkeit auch aus dem Osten kam. Aber er hatte schon zu viel Alkohol in sich, um länger über diese Vermutung nachdenken zu können.

»Ohne Sorge? Weil euer Honni alles regelt, oder was? Oder der komische Typ, der jetzt dran ist, der … wie heißt der gleich?«

»Krrrenz«, krächzte Hans und schüttelte den Kopf, um das Bild loszuwerden. Das Bild von dem alten dicken FDJler mit Grinsegebiss.

»Stimmt es, dass ihr nur Schwarzweißfernseher habt und die Trabbis aus Pappe sind?«, fragte Skippy gnadenlos weiter.

Hans zuckte mit den Achseln. »Nee, nee, na ja«, brachte er heraus. »Der Trabbi ist aus … Kunst…stoff … Blech … Fernseher … gibt's manchmal auch in … bunt. Jedenfalls für die … Ge…nossen.« Er hielt immer noch den Zeigefinger in die Luft gestreckt – wie ein vorbildlicher Schüler, der dringend etwas verkünden wollte – und versuchte nun, ihn unauffällig verschwinden zu lassen.

Das Schwarz-Weiß auf dem Bildschirm hatte ihn nie gestört, nur die Antenne auf dem Dachboden, die aus unerklärlichen Gründen immer mal wieder umfiel und den West-Fernseh-Empfang unmöglich machte, war ein Ärgernis gewesen.

»Hier macht man so«, erklärte Skippy und zeigte ihm den

Satansgruß. »Das ist die Pommesgabel«, setzte er wie ein geduldiger Lehrer hinzu. Er lächelte kein bisschen und rieb sich ernst dreinblickend seine tätowierten Arme.

Hans bekam von einem hellblonden Irokesenmenschen, der noch minderjährig aussah, eine *Roth-Händle* angeboten und rauchte, weil alle rauchten.

»So geile Fluppen habt ihr nicht im Osten, stimmt's?« Das aufgestellte Haar wirkte, als würde es leuchten. Vielleicht lag es an dem Klebstoff oder was der Punk sonst für seine Stacheln benutzte?

»Wir haben Karo«, murmelte Hans und betrachtete weiterhin die Frisur des Jungen, die ihm auf einmal wie ein Sonnenaufgang erschien.

»Karo?«

»Ist alles … der gleiche … *Dreck*«, sagte er, mit Betonung auf dem letzten Wort. Er nahm einen tiefen Zug und der Rauch, der in seine Lunge drang, erfüllte ihn mit seltsamer Genugtuung. Normalerweise hatten Zigaretten für ihn keine besondere Bedeutung. Die Filterlose kratzte in seinem Hals und er hatte ständig Tabakfussel im Mund. Aber er gehörte dazu. Er saß in einer Punkerkneipe unter Punks und obwohl er keiner von ihnen war, gehörte er dazu.

»Dreck also.« Der Junge mit dem Sonnenaufgang auf dem Kopf grinste und steckte sich eine neue Zigarette an der alten an. Entweder hatte er nicht verstanden, dass Hans ihn eigentlich beleidigt hatte oder es war ihm egal.

Mit ein wenig Mühe hob er seinen Arm und deutete auf die neonfarbene Irokesenfrisur. »Wie … kriegst … du … die … zum … Leuchten?«

Der Punk grinste bloß ein bisschen breiter. »Gefällt sie dir?«

»Ja, klar.« Hans versuchte zu lächeln. »Du … du … siehst aus wie … wie ein Stachelschwein.«

Der Typ, den er gerade schon wieder beleidigt hatte, lachte und verschluckte sich vor Lachen am Rauch und gab ihm den nächsten Tequila aus.

Hans überlegte, womit er den Punk wirkungsvoller kränken konnte. Aber ihm fiel nichts ein.

»Pflaume«, sagte der Punk.

Hans nickte, beinahe zufrieden über ein wenig Gegenwehr.

»Das ist mein Name.«

»Pflaume?«

»Ja. Jedenfalls werde ich hier so genannt.«

Hans seufzte. »Wie kommt's?«

»Na ja, kennst du nicht den Spruch: Du bist vielleicht 'ne Pflaume?«

»Doch.«

»Da bin meistens ich gemeint. Jedenfalls …« Er tippte auf den Tresen.

»Verstehe«, sagte Hans.

Sie saßen in Schwaden von Qualm, der vom Licht der Barlampen eine rötliche Farbe annahm. Überhaupt überwog die Farbe Rot. Sophias Lieblingsfarbe. Aber er zweifelte daran, dass es ihr hier gefallen würde.

Als sich der Nebel etwas lichtete, nahm er wahr, dass in jeder Ecke Monster saßen, genauer gesagt gehörnte Monster.

Die Dämonen bewegten sich nicht. Sie hockten in den dunklen Ecken herum und baumelten von der Decke und wirkten gleichzeitig erstarrt. Irritiert blickte Hans in zwei glühende Augen, die auf ihn zuzuschweben schienen. Einen Moment kam es ihm vor, als würden sie ihn aussaugen, aus ihm trinken … Vielleicht hatte er doch schon zu viel Tequila im Blut.

Die Kneipe füllte sich immer mehr. Die Neuankömmlinge beäugten ihn, manche nur flüchtig, andere überfielen ihn regelrecht mit Blicken und dussligen Fragen, die er ohnehin nicht mehr beantworten konnte.

Aber ein Lallen war als Antwort auf eine gelallte Frage offenbar okay.

Alle wirkten zufrieden, dass hier einer von *denen* saß, einer von denen, die sonst nicht hierher durften. Sie mussten noch nicht einmal ihre Stammkneipe verlassen, um einen Neuankömmling von drüben zu sehen. Einen Namen hatte er auch schon verpasst bekommen: *Ossi Ostboy*. Wie er wirklich hieß, wollte zum Glück niemand wissen.

Irgendwann konnte er nicht einmal mehr lallen. Er öffnete den Mund, wenn er etwas gefragt wurde, bewegte die Lippen wie ein Fisch auf dem Trockenen, aber es kam kein Ton mehr aus ihm heraus.

(Sophia, 1989)

Sie starrte in den Fernseher. Sophia saß immer noch viel zu dicht an dem Gerät. Es flimmerte und flirrte und ihre Augen tränten, aber sie konnte sich von dem Anblick nicht lösen.

Hans war gegangen, einfach so, abgehauen. Ließ sie allein in diesen Stunden, die ihr ungeheuerlich erschienen. Die Mauer? Fällt? *Wirklich*?

Was sollte das überhaupt bedeuten? Wie konnte sie denn einfach so *fallen*?

Die Unruhe schob sie von dem Sofa, das noch nagelneu war und von dem sie die Plastikhülle gerade erst entfernt hatte. Die ganze Wohnung war neu, roch neu und leuchtete in frischen Farben. Die letzten Wochen hatten sie Wand für Wand, Zimmer für Zimmer tapeziert und gestrichen. Hans hatte darauf bestanden, alles selbst zu machen und auch die Küche samt Arbeitsplatte und Schränken selbst aufzubauen – als wollte er ihr damit irgendetwas beweisen. Bloß was?

Sie fühlte sich auf einmal fremd. Ein bunter Käfig ist auch ein Käfig, dachte sie.

Sophia wanderte umher, schlich sich in das Zimmer ihrer Tochter. Ein Nachtlicht mit Sternen glimmte.

Marlene schlief und Sophia hörte eine Weile ihrem Atem zu.

Schon fast sechs, bald Schulkind, dachte sie nervös. Ausgerechnet heute. Lässt er mich allein. »Ein historischer Tag«, flüsterte sie den Meerschweinchen zu. Die beiden kamen aus ihren Häusern, schnupperten an ihren Fingern. Sie schob schnell noch etwas Heu in das Gehege. Sie wollte niemanden enttäuschen, nicht einmal die Meerschweinchen.

Sophia musste etwas tun. Sie konnte nicht einfach nur so in der Wohnung herumwandern und auf ihrer Unterlippe herumkauen.

Wenn sie kurz losging, nur eine Stunde … Marlene schlief normalerweise durch. Es war kurz nach ein Uhr, sie müsste sich also im Tiefschlaf befinden.

Flüchtig dachte sie daran, ihrem Mann von den Neuigkeiten zu erzählen.

Doch für den Friedhof war es zu dunkel und er lag zu weit entfernt von ihr. Die Zeit zwischen Mitternacht und dem ersten Hahnenschrei gehörte den Dämonen, den Mächten der Unterwelt. Man durfte sie nicht stören, wie auch sie die Menschen bei Tageslicht in Ruhe ließen. Meistens jedenfalls.

Sophia dachte an *ihn*, an ihren Mann, beinahe automatisch, so wie sie immer an *ihn* dachte – im Dunkel, wenn sie allein war. Er lag unter einem Dach aus Kiefernzweigen. Es duftete nach Harz an seinem Grab und sie sammelte regelmäßig die Zapfen ein, die manchmal feucht waren und manchmal klebten und irgendwie lebendig erschienen. Wie lebende Botschaften aus dem Reich der Toten.

In der Stunde, die alles veränderte, hatte sie *ihn* aus dem Bett geholt, losgeschickt mitten in der Nacht, zur Notdienstapotheke – das Baby war krank, glühte fiebrig, schrie und schrie – ununterbrochen, gellend … Irgendwann war sie erschöpft eingeschlafen, mit dem schreienden Kind im Arm. An der Art wie es klingelte, hatte sie erkannt, dass er nicht zurückkommen würde. Er war in die Dämonenfalle getappt und sie hatte ihn geschickt.

»… Unfall … offenbar einem Reh ausgewichen … gegen den Baum …«

»Was für ein Baum …? Was für ein Reh …?«

»Die Spurensicherung hat ergeben …«

Sie hatte nicht mehr zugehört. Das Rauschen des Windes in ihren Ohren, in ihrem Kopf war stärker geworden. Ihr Herz wurde schwer. Es schien langsamer zu werden, rückwärts zu schlagen. Noch auf dem Weg zum Bad hatte sie sich erbrochen, sich übergeben – bis sie ganz leer war. Das Innerste nach außen. Auf allen Vieren. Zitternd. Japsend. Sich *übergeben* an diese fremde Macht, die sie auf die Knie zwang, die sie im Griff hatte, im Würgegriff, und nie wieder loslassen würde. Und dann …

Sie erinnerte sich nicht mehr an die Tage *danach*.

Ihr Mann war in die Nacht gegangen, und Hans kam aus der Nacht. Es schien ihr logisch, dass ausgerechnet sie ihn fand – schmutzig, blutend, auf der Flucht. An diesem Abend hatte sie ihre Tochter zu den Großeltern gebracht, die direkt am Wannsee wohnten. Wie immer, wenn sie diese Strecke fuhr, langsam und aufmerksam, hatte sie Ausschau nach dem Reh gehalten. Lebte es noch? Beobachtete es sie heimlich?

Statt des Tieres kam dieser Mann aus der Finsternis. Verwirrt schien er direkt auf sie zuzutaumeln. Sie sah den Schock in seinen weiten Pupillen. Hans, entwurzelt wie er war, hatte ihre Hilfe gebraucht und … er vertrieb ihnen die Einsamkeit, ihr und ihrer Tochter. Seine Albträume nahm sie in Kauf, das Hochschrecken in der Nacht, das Herumwälzen, seine Schweißausbrüche … Er konnte ja nichts dafür.

Ihre Eltern lehnten den *Flüchtling aus der Zone* unumwunden ab. »Was weißt du denn von ihm? Vielleicht ist er verheiratet und hat Kinder?«

»Er ist geschieden und hat kein Kind«, entgegnete sie müde. »Marlene mag ihn. Und ich … mag ihn auch.«

»Und wenn er nun kriminell ist?«

»Weil er von drüben kommt?«

»Wir verstehen, dass du dich allein fühlst, aber …«

»Ja, ich bin jetzt weniger allein. Das erste Mal seit … seit dem Unfall … bin ich … Wollt ihr mir das übelnehmen?«

Es war eine Buche gewesen. Sie musste gefällt werden nach dem Aufprall. Sie starb mit ihrem Mann.

Eine Zeitlang hatte Sophia ihr Kind nicht mehr stillen können. Aber dann, am Tag der Beerdigung, schoss die Milch wieder ein. Sie stand am Grab, die weiche Erde in der Faust, und ihre Brüste wurden schwer und hart, und sie ließ Marlene noch am gleichen Abend saugen, den Schmerz wegsaugen, jedenfalls den körperlichen. Sie schämte sich immer noch für die Erleichterung, die sie empfunden hatte: Die Brüste wurden leichter, leerer, das Schwere floss aus ihr heraus. Das Kind schlief satt und zufrieden. Und sie war zu etwas nütze. Das Leben würde weitergehen. Sie würde sich dem Dämonengriff entziehen.

Sie musste nur Mittel und Wege finden …

Und einer davon hieß Hans und er ließ sich retten von ihr und – war er ihr nicht zu Dank verpflichtet?

Bis zum Checkpoint Charlie war es nicht weit. Vielleicht fünfzehn, zwanzig Minuten zu Fuß. Sie konnte kurz dorthin laufen, nachschauen, was sich an der Grenze so tat, und dann schnell wieder zurück. Marlene würde bestimmt nicht aufwachen. Es war mitten in der Nacht; um die Zeit schlief sie immer tief und fest. Es gab keinen Grund zur Sorge. Und sie wusste, dass sie es bereuen würde, wenn sie jetzt nicht hinausging. Die Stadt war ihr immer klein vorgekommen und heute wurde sie, wie es aussah, größer. Das wollte sie nicht verpassen.

Das Checkpoint-Charlie-Häuschen lag auf der Straße wie ein Fels in der Brandung. Menschen wuselten um die Baracke herum; eine Familie mit drei kleinen Kindern ließ sich mit einem amerikanischen Soldaten fotografieren.

Eine andere Familie schleppte Koffer und Taschen mit

sich. »Man kann ja nie wissen ...«, hörte Sophia die Frau sagen.

»Ja, bleibt hier, bleibt alle hier!«, rief ein Mann, dem die krausen Haare ins Gesicht hingen.

»Habt ihr schon eine Unterkunft?«, fragte die Frau neben ihm.

Ein Mann im Trenchcoat tanzte mit zwei Flaschen Sekt aus dem *Café Adler* heraus und sang »I'm singing in the rain«, obwohl es gar nicht regnete.

Sophia schob sich durch die Menge – Richtung Osten.

You Are Leaving The American Sector.

Sie lächelte dem Schild zu und nahm einen Schluck Sekt aus einer der Flaschen, die von dem fröhlichen Mann im Trenchcoat herumgereicht wurden.

»Seit wann ist denn hier auf?«, fragte sie den spendierfreudigen Herrn, als erkundigte sie sich nach der Eröffnung eines neuen Restaurants.

»Mitternacht, glaub ich. Oder bisschen später. Ist das nicht geil? Das ist doch der Hammer, oder?« Er klang etwas angetrunken. »Sooo ein Tag, sooo wunderschön wie heute!«, sang er aus voller Brust und reckte die Arme in die Luft. Es regnete Sekt.

Sophia nickte. »Ein Prost auf Charlie«, murmelte sie, hob die Flasche in Richtung Kontrollbaracke und trank einen zweiten Schluck. Dann können die Amerikaner jetzt endlich nach Hause, dachte sie. Und die Russen ebenso.

»Auf diese unglaubliche Nacht!« Der Mann klang auf einmal gerührt, weinerlich, und er sah aus, als würde er ihr jeden Moment um den Hals fallen.

Lächelnd nahm sie etwas Abstand. Der Sekt schmeckte schal und sprudelte nicht mehr. Sie bedankte sich und lief weiter, den Ostlern entgegen, die – manche verwirrt, manche jubelnd, einige singend, alle fassungslos – an ihr vorbeiströmten. Sie sah noch, wie der Westmann im Trenchcoat eine verdutzte Ostfrau umarmte. Sophia lachte. Sie klatschte, jauchzte wie die Menschen um sie herum und holte tief Luft – eine Luft, die anders war, als sonst. »Ich freue mich so!«, schluchzte eine Frau, die hemmungslos weinte.

Jemand packte Sophie plötzlich an den Hüften und hob sie hoch. Einen Moment schien sie zu schweben. Genauer gesagt verlor sie den Boden unter den Füßen, aber das hatte nichts Beängstigendes. Arme griffen nach ihren Armen, Hände nach ihren Händen – und obwohl sie nicht darum gebeten hatte, saß sie, ehe sie sich versah, auf dieser Mauer. Wie ein Vogel, der sich verflogen hatte und jetzt im falschen Nest hockte.

Warum war Hans nicht bei ihr? Wo steckte er?

Ein grasgrüner Trabi tuckerte im Schneckentempo durch die Menschenmasse. Die Leute klopften wie besessen auf ihm herum.

Sie blickte auf ihn hinab wie auf ein wunderliches Geschöpf aus der Urzeit.

»Ein lebendes Fossil«, sagte sie zu niemand. Diese Nacht war laut, die leisen Stimmen gingen unter und sie musste sich keine Sorgen machen, dass sich jemand beleidigt fühlen könnte.

Auf den Treppenstufen vor der Haustür saß ein Mann.

Sophia lächelte ihm zu. »Kann ich Ihnen helfen? Sind Sie von drüben? Möchten Sie ein Glas Wasser?«

»Ein Glas Wasser?«, fragte er irritiert.

»Alles ein bisschen viel heute, oder?«, fragte sie schüchtern.

Der Mensch schwieg.

»Oder möchten Sie zum Ku'damm?«

Auf dem Heimweg war Sophia dreimal nach dem Weg zum Kurfürstendamm gefragt worden. Aus irgendeinem Grund schienen alle Ossis dahin zu wollen.

Der Fremde schüttelte den Kopf.

»Sie sind der erste traurige Mensch, dem ich heute begegne«, entfuhr ihr.

Sogar die DDR-Grenzer sahen weniger deprimiert aus, dachte sie.

»Ich möchte zu Hans«, sagte der Mann und deutete auf das nagelneue Klingelschild. »Er soll hier wohnen, kennen Sie ihn?«

Der Mann saß immer noch vor ihr wie ein Bettler. Er tat ihr ein bisschen leid und sie versuchte, nicht länger auf ihn hinabzusehen. Plötzlich griff er nach ihrem Knöchel. Sie spürte seine kalten Finger. Unwillkürlich schüttelte sie ihn mit einer kurzen, heftigen Bewegung ab.

Einen Moment starrten sie sich stumm an. Wer immer der Mann war – er brachte wohl keine gute Botschaft. Sie sah, wie er mühsam atmete – verwundet und erschöpft.

»Sind Sie ... sein Vater?« Sophia musterte ihn. Sie konnte keine Ähnlichkeit feststellen. Der Besucher hatte graues, flusiges Haar, durch das sich ein gerader Scheitel zog.

»Wir sind nicht verwandt«, sagte er schroff. »Wir kennen uns ... vom Fußball.«

»Ach so.« Sophia versuchte das Checkpoint-Charlie-Begrüßungslächeln zurückzuholen. Doch ihre Mundwinkel taten ihr nicht den Gefallen. Sie warf einen Blick zu den Fenstern ihrer Wohnung hinauf. Wohnzimmer und Küche waren immer noch dunkel. »Tja, er ist wohl noch nicht da. Tut mir leid.«

Sie wagte nicht zu fragen, was der Unbekannte von Hans wollte. Er sah aus, als könnte er etwas Geld gebrauchen, Westgeld.

»Wenn ich Ihnen aushelfen kann ...« Sie kramte in ihrer Handtasche herum und zerrte fahrig einen zerknitterten Zehnmarkschein aus dem Portemonnaie.

»Nein, um Gottes willen! Nein!« Er erhob sich jetzt schwerfällig; schnaufte oder schluchzte. »Ich warte hier einfach, bis er kommt ... Es ist ... wichtig ... sehr wichtig für mich.«

Sophia schloss die Tür auf. »Sie können auch oben auf ihn warten«, bot sie an. »Sie müssen nicht hier draußen hocken.«

Es kam ihr merkwürdig vor, dass sie einen Fremden mitten in der Nacht in ihre Wohnung bat. Sie dachte an die Schreie der Ostler: »Wahnsinn!«, hatten sie gerufen. Immer wieder: »Wahnsinn!«

Sie hatten recht. Es war nicht normal, was heute Nacht passierte.

Normal war die Mauer, die ein Volk teilte. Normal war das Unnormale.

Sie hoffte einen Moment, dass er ihr Angebot ablehnte.

Er nickte ihr zu.

Sie wartete auf ein »Danke«. Aber es kam nicht.

(Hans, 1989)

Er erwachte in einem fremden Raum.

Hans war nicht sonderlich beunruhigt darüber, schließlich erlebte er eine solche Situation nicht zum ersten Mal, allerdings zitterte er vor Kälte und schwitzte gleichzeitig und in seinem Kopf schien ein Specht sein Unwesen zu treiben.

Es klopfte und hämmerte in seinem Schädel; der Schmerz schlug einen schnellen erbarmungslosen *Metal*-Takt, als würde ein Teil von ihm noch in der Kneipe sitzen. Seine Augäpfel fühlten sich wund an, als hätte er stundenlang geweint, aber er konnte sich nicht daran erinnern, geweint zu haben. Die Lider bekam er kaum auf und so sah er nur durch einen schmalen Schlitz, dass er sich in einem Zimmer befand, das ihm nichts sagte.

Schmutzige, mit Graffitis bemalte Wände umgaben ihn, mit Postern von Punkbands, die er nicht kannte und einem Filmplakat von *Tarantula*. Eine Weile starrte er das Bild an und es fiel ihm nicht schwer, sich an den Film zu erinnern, den er als Kind heimlich gesehen und bei dem er sich furchtbar gegruselt hatte. Dieses Monster konnte jederzeit auftauchen, über einen Hügel klettern, ein Pferd fressen oder auch einen dummen Menschen, der mit seinem lächerlichen Gewehr ein lächerlicher Witz war. Wenn sein Vater ihn erwischt hätte beim nächtlichen Schauen in eine andere Welt, wäre er verprügelt worden. Aber er ließ sich nie erwischen, so gut wie nie. Einmal war er unter das Sofa gekrochen und hatte die ganze Nacht dort verbracht – während der Vater über ihm saß und Bier trank, rauchte und irgendeinen Krimi schaute.

Hans versank beinahe in das Plakat, betrachtete die Menschen, die schreiend aus einer zerstörten Stadt liefen und die riesige Tarantel, die gerade eine schöne vollbusige Frau mit knallroten Lippen in den Klauen hielt. Ihm fiel wieder ein, dass das Albtraummonster zum Schluss mit Napalm bombardiert worden war. Nichts sonst konnte Tarantula stoppen. Nichts konnte seinen Vater stoppen, wenn der erst mal loslegte. Als kleiner Junge hatte er sich versteckt – unter dem Sofa, im Schrank, in der Hundehütte. Erst später war er darauf gekommen, dass Flucht die bessere Option war. Einfach weglaufen – zu einem Freund oder zu einer Freundin. An Freundinnen, die sich um ihn kümmerten, mangelte es ihm nie. Stets waren es mehrere. Er musste nur darauf achten, dass sie sich nicht begegneten. Und wenn es doch dazu kam, ließ er die Eifersüchtige ganz schnell fallen und besorgte sich Ersatz. »Menschen kann man auswechseln«, war so ein Satz, den sein Vater manchmal achselzuckend von sich gab. »Jeder ist ersetzbar.« Und irgendwann wechselte er dann Hans' Mutter gegen eine junge Kollegin des VEB Wohnungsbaukombinats aus und verschwand einfach. Hans vermisste ihn nicht, keine einzige Sekunde. Sein Stuhl blieb zwei Jahre lang leer und Hans brauchte nicht mehr in der Hundehütte schlafen oder sich unter dem Sofa verstecken. Doch dann stand der Alte plötzlich wieder vor der Tür – ohne Ankündigung, ohne Vorwarnung. Und dass seine Mutter ihn wieder aufnahm, als wäre nichts geschehen, verübelte Hans ihr bis heute. Damals dachte er zum ersten Mal daran, über die Mauer zu klettern. Seinem Vater ein für alle Mal zu entkommen. Er fing an, sich gegen ihn zu wehren, zurückzuschlagen. Doch meist zog er den Kürzeren. An Kraft hatte es seinem Erzeuger nie gemangelt. »Ihr werdet schon sehen, was ihr davon habt!«, schrie er seine Eltern heulend, mit blutverschmiertem Gesicht an. »Ihr werdet es bereuen und dann wird es zu spät sein!« Er sah sich erschossen an der Grenze liegen. Tot. Während seine Eltern weiterleben mussten. Aber vielleicht *schaffte* er es ja auch. Klettern, rennen und schleichen – das konnte er.

Aus seiner Kehle stieg ein kurzes raues Lachen. Er dachte an das Ende der Riesenspinne, das ihn als Kind lange beschäftigt hatte. Tarantula war nicht einfach nur umgebracht worden. Ein Monster wie Tarantula konnte man nur mit Napalm töten. Das eine Übel wurde mit dem anderen, viel größerem Übel, ausgemerzt. Und die Moral von der Geschicht? Ganz einfach, die gab es nicht.

Hans versuchte zu erkunden, wo er sich überhaupt befand.

Es roch unangenehm nach abgestandenem Rauch, Bierdunst, Schweiß und alten Socken. Auch fiel ihm auf, dass die Tapete sich wellte und ein Teil über seinem Schlaflager hing.

Er lag auf einer dünnen Matratze und jemand hatte eine kratzende, irgendwie nach Kräutern riechende Wolldecke über ihn gelegt. Er musste sich also keine allzu großen Sorgen machen. Es stand nicht *so* schlecht um ihn. Sie kümmerten sich um sein Wohlergehen, wer immer *sie* waren.

Ihm fiel Sophia ein. Sie hatte keinen blassen Schimmer, wo er sich befand!

Er versuchte sich aufzurichten, doch der Specht in seinem Kopf hackte gleich schneller. Mit einem leisen Stöhnen sank er zurück. Er blinzelte, rieb sich die Augen und blinzelte weiter. Kein Mensch da. Der Raum war leer. Der Tapetenfetzen hing wie ein Palmblatt über ihm und wippte leicht auf und ab.

Er hielt Ausschau nach einem Telefon, aber er konnte nirgendwo eins entdecken. In dem Zimmer lagen überall Dinge herum: Kleidung in der einen Ecke, Bücher und Kassetten in der anderen, dazwischen ein paar leere Bierflaschen, ausgelatschte Sportschuhe, von denen vermutlich der Schweißgeruch kam, ein Plüschtier, das ihn mit Bambiaugen anstarrte, ein altmodischer Pappkoffer, aus dem eine rotschwarz karierte Unterhose herausschaute, und direkt vor seinem Behelfsbett stand ein blassblauer Plastikeimer.

Es roch hier nicht nach Kotze, also hatte er sich wohl nicht übergeben. Allerdings wusste er nicht genau, ob man sein eigenes Erbrochenes riechen konnte. Seine Körpergerüche nahm er ja nicht so wirklich wahr – auch wenn er manchmal das Gefühl hatte, seinen Schweiß auszudünsten und dann ganz schnell duschen musste. »Du stinkst wie eine Kanalratte!«, hatte ihn sein Vater manchmal angebrüllt, wenn Hans nach einer in der Hundehütte verbrachten Nacht wieder auftauchte. »Geh dich waschen!« Natürlich befolgte er den Befehl sofort – und war schon froh, wenn es für sein nächtliches Fernbleiben mal keine Prügel setzte.

Wenn der Alte sonntags zum Fußball ging und anschließend in die Kneipe, suchte Hans nach etwas Trost bei seiner Mutter. Sie schnitt ihm den *Kalten Hund* in Scheiben oder wenn sonst nichts Süßes da war, warf sie für ihn Haferflocken und Zucker in die Pfanne. Und manchmal ließ sie ihn auch an ihrem selbst gemachten Eierlikör nippen. Doch das blaue Auge oder die blutverschmierte Nase ignorierte sie meist.

»Man muss die kleinen Dinge schätzen«, bekam er von seiner Mutter oft zu hören, der die Duldung ins Gesicht geschrieben stand. »Die Kleinigkeiten, die so selbstverständlich zu sein scheinen und es doch nicht sind … machen das Leben erst lebenswert, verstehst du?« Sie erduldete den Vater für diese »kleinen Dinge«, was immer diese gewesen sein mochten. Liebe? Sex? Oder das gemütliche Anschauen und Mitraten bei den Sendungen des Westfernsehens *Am laufenden Band* mit Rudi Carrell oder *Dalli Dalli* mit Hans Rosenthal, die seine Eltern so mochten und bei denen sie gemeinsam Erdnussflips in sich hineinschaufelten? Er hatte keine Ahnung. Zärtlichkeiten zwischen seinen Eltern schien es nicht zu geben, jedenfalls konnte er nie beobachten, dass sie sich küssten oder auch nur umarmten. Manchmal quietschte nachts das Bett im Elternschlafzimmer, das für ihn verboten war. Es quietschte in einem schnellen harten Tempo und dauerte nie besonders lange. Als kleines Kind hörte Hans unfreiwillig zu und machte sich Sorgen um die Mutter und war sehr erleichtert, wenn er sie am Morgen unversehrt wiedersah.

Mühsam stützte er sich auf seinen Ellbogen und schaute in den extra für ihn bereitgestellten Kotzeimer. Er war leer und sah sauber aus. *Prima!*

Ihm fiel ein, dass das ein Lieblingswort von Marlene war und er bekam ein schlechtes Gewissen, dass er hier so sinnlos herumlag.

Er fixierte das Zifferblatt an seinem Handgelenk – die Uhr war ein Geschenk von Sophia, ziemlich edel, mit kratzfestem Saphirglas und silbernem Gehäuse – und er nahm sich vor, spätestens in zehn Minuten aufzustehen und zu gehen. Zähneputzen und duschen würde er lieber zu Hause. Dem schmuddeligen Ambiente hier traute er nicht so richtig. Doch immer, wenn er versuchte, sich aufzurichten, ergriff ihn ein Schwindel und warf ihn wie ein Judokämpfer auf die Matte zurück.

»Oh Mann«, murmelte er, als ihm einfiel, dass seine Landsleute gerade Geschichte schrieben und Sophia, die womöglich die Liebe seines Lebens war – jedenfalls hatte er manchmal das Gefühl, immer noch schwer verliebt zu sein –, ohne ihn irgendwo den Ostdeutschen zuwinkte.

Jemand kam ins Zimmer und als Erstes sah er nackte zierliche Füße. Gleich darauf roch er einen würzigen Duft, der ihn an Weihnachten oder an Räucherstäbchen erinnerte.

»Ist die Mauer noch auf?«, hörte er sich zu seiner eigenen Überraschung fragen.

Er bekam keine Antwort.

Langsam hob er den Kopf und sah eine Asiatin, die ihn kritisch musterte. Sie trug nur einen Kimono, der ihr bis zu den Knien reichte und mit Kolibris bedruckt war.

»Wer … wer sind Sie? Wo ist Skippy? Und verdammt noch mal … wo bin ich eigentlich?«

»Skippy ist Arbeit«, lautete die Antwort. »Er hat mich gebetet, mich kümmern um dich.«

»Gebeten«, murmelte Hans.

Die Frau kniete sich zu ihm, als wollte sie tatsächlich *beten*, und hielt eine Tasse über seine Nase. »Komm trinken.«

»Was ist das?«

»Trinken«, sagte sie etwas energischer und schob eine Hand unter seinen Nacken. »Hilft dir.«

Ihre Finger waren kühl und knochig und übten eine erstaunliche Kraft auf ihn aus.

Mit ihrer Unterstützung kam er schon leichter hoch und ihm wurde nicht sofort schwindlig. Sie setzte die Tasse vorsichtig an seine Lippen. »Schluck schluck«, sprach sie wie zu einem Kind.

Hans gehorchte. Es war Kaffee, aber ein sehr saurer Kaffee. Er verzog den Mund.

»Nur Zitrone in Kaffee«, erklärte sie. »Trink weiter.«

Eher Kaffee in Zitrone, dachte Hans. Doch seine Geschmacksnerven schienen noch genauso müde zu sein wie er. Sie signalisierten nur leichten Ekel. Er leerte die ganze Tasse in einem Zug und versuchte so etwas wie ein Lächeln zustande zu bringen. Sie beobachtete ihn, verzog aber keinen Mundwinkel. Dann bedeutete sie ihm mit einem leichten Druck gegen seine Schulter sich wieder hinzulegen.

Sie holte eine kleine Flasche aus der Tasche ihres Kimonos und als sie sie aufschraubte, nahm er einen scharfen Pfefferminzduft wahr.

Daher stammt also der Geruch der Decke, mutmaßte er.

»Augen zu!«

Normalerweise überließ er sich keinen Fremden. Aber hatte er eine Wahl?

Außerdem nahm sie so einiges auf sich. Nach einer durchzechten Nacht stank mit Sicherheit jeder.

»Warum tust du das?«

Sie sah ihn verwundert an. »Skippy mir gesagt, ich soll kümmern.« Ihr Ton verriet ihm, dass sie ihn für etwas begriffsstutzig hielt.

»Bezahlt er dich dafür?« Seine Frage kam ihm, kaum hatte er sie ausgesprochen, anrüchig vor. Als würde er sie für eine Nutte halten. Außerdem ging ihn das überhaupt nichts an.

»Augen zu bitte.«

Er seufzte und schloss die Lider.

Die fremde Frau rieb seine Schläfen und seine Nasenwurzel mit dem scharfen Öl ein, massierte seinen Kopf, seinen Nacken, seine Ohren und klopfte in seinem Gesicht herum. Ihre Hände wirkten geübt, sie wusste, was sie tat, und er fühlte, wie die Lebensgeister allmählich zu ihm zurückkehrten.

»Das tut gut. Das tut wirklich gut. Du kannst zaubern.«

Er wunderte sich ein bisschen, dass er das zu dieser Fremden sagte. Er war doch sonst nicht so ein Schleimer. Doch er wollte ihr nicht schmeicheln, er meinte das ernst.

Nach einer Weile blinzelte er zu ihr hoch, grinste sie an, aber sie lächelte auch jetzt nicht.

»Bist du Krankenschwester oder so?«

»Augen noch zu!«, befahl sie.

»Schon okay.« Er lachte leise. Der Specht hatte sich verzogen, er hämmerte nicht mehr in seinem Schädel. Stattdessen spürte er den sanften Druck ihrer Finger. Sie schienen auf ihm zu tanzen, den Schmerz wegzutanzen – und er verstand nicht ganz, wie das sein konnte, wie sie das eigentlich anstellte.

Als er die Lider wieder hob, blickte er dankbar in ihre Augen. Sie erschienen ihm pechschwarz und geheimnisvoll.

Etwas glühte in ihnen, als wüsste die Fremde Dinge über ihn, die er nicht wusste. Ein wenig war ihm das unheimlich. Aber darüber ging er mit einem unsicheren Lächeln hinweg. Er fühlte sich gut. Er fühlte sich befreit.

»Ich bin Heilerin«, erklärte sie.

*

In seinem Körper kribbelte es – vom Scheitel bis zur Sohle. Es fühlte sich an, als würde er barfuß über eine Sommerwiese laufen, obwohl die Straßen um den *Kotti* herum genauso dreckig aussahen wie gestern. Er grüßte, wenn ihm jemand entgegenlief, der ihm bekannt vorkam, auch wenn er sich nicht sicher war und selten zurückgegrüßt wurde. Er kaufte einen bunten Blumenstrauß mit einer roten Rose in der Mitte für Sophia und ein Überraschungsei für Marlene. Nicht besonders originell, aber es zählte der gute Wille, oder nicht? Ansonsten nahm er sich vor, einfach die Wahrheit zu sagen und kein Detail zu erfinden oder wegzulassen – mit Ausnahme seiner Begegnung mit der Chinesin. Die erschien ihm, je länger er darüber nachdachte, fast wie ein Traum.

Sophia öffnete so abrupt die Tür, als hätte sie direkt davorgestanden. Sie sah blass aus und hatte rote Flecken im Gesicht und knallrot geschminkte, etwas verschmierte Lippen. Ein wenig ähnelte sie der Frau auf dem Plakat, die von der Riesentarantel verschleppt wurde.

Hans fühlte sofort ein schlechtes Gewissen. Sicher war sie die ganze Nacht wach geblieben und krank vor Sorge.

Mit einem schiefen Grinsen drückte er ihr den Strauß in die Arme. »Für dich. Sorry. Ich bin versumpft und … keine Ahnung wo … aufgewacht. Tut mir wirklich leid.«

»Da ist Besuch für dich«, sagte Sophia kühl.

Das Lächeln auf seinen Lippen erstarb. Das angenehme Kribbeln in seinem Leib hörte mit einem Schlag auf.

»Wer soll das denn sein?«, knurrte er ungnädig.

Sophia zuckte mit den Achseln. »Hat er nicht wirklich verraten.«

Ein *er* also. Vielleicht nur jemand, der ihm eine Versicherung aufschwatzen wollte? Bisher hatte er noch keine einzige abgeschlossen und sich von keinem Vertreter erweichen lassen. Oder Skippy oder einer der anderen Punks, mit denen er indessen vermutlich verbrüdert war, kam ihn besuchen?

»Trägt er einen Irokesenschnitt?«

Sophia sah ihn merkwürdig an. »Nein. Im Gegenteil.«

»Im Gegenteil?«

Zögernd nickte sie.

»So pechschwarze Wuschelhaare?«

»Es ist …« Sie flüsterte jetzt. »Jemand aus dem Osten. Jemand … mit einem Mittelscheitel. Er benimmt sich etwas merkwürdig. Redet kaum. Und er wollte keinen Kaffee, keinen Tee und nicht einmal ein Schluck Wasser.«

Unwillkürlich verengten sich seine Augen und eine Falte erschien auf seiner Stirn. Der Specht machte sich wieder bemerkbar und hackte drauflos.

Konnte die Staatssicherheit einfach so herkommen? Konnten sie ihn verhaften und mitnehmen? Jetzt, wo die Mauer offen war?

Blödsinn. Er musste ruhig bleiben. Bloß jetzt nicht durchdrehen.

Sophia zupfte an den Blumen herum und beobachtete ihn. »Ist etwas nicht in Ordnung?«

»Das wüsste ich auch gern. Warum hast du ihn reingelassen?« Die Frage klang schärfer, als er beabsichtigt hatte. Einen Moment überlegte er, ob er einfach wieder gehen sollte. Irgendeinen Vorwand fand er sicher.

»Was hätte ich denn machen sollen? Er ist einfach hier aufgetaucht und sagt, er ist ein alter Bekannter von dir.«

Blütenblätter segelten auf den Boden des Korridors. Sophia sah nicht hin. Sie schien nicht zu bemerken, dass sie den teuren Strauß zerpflückte.

»Woher kennt er die Adresse?«, murmelte Hans. »Stehen wir denn etwa im Telefonbuch?«

»Ja, sicher, warum auch nicht? Ich habe uns eintragen lassen, dich und mich.« Ihre Stimme klang leicht gekränkt. »Bei den ständigen Umzügen ist es doch gut, dass man uns wenigstens im Telefonbuch findet.«

»Ich frage ja nur«, sagte er. »Ich werfe dir nichts vor. Nur … ihr solltet niemanden reinlassen, den ihr nicht kennt.«

Sophia zuckte mit den Achseln. »Er wollte keinen Kaffee und auch sonst nichts«, sagte sie, als wollte sie betonen, dass der Gast zwar seltsam, dafür aber anspruchslos war.

Hans hängte in Zeitlupe seine Jacke an den Garderobenständer im Flur. Ihm war immer noch nach Weglaufen zumute, doch das kam wohl nicht infrage. Er musste sich stellen. Wem auch immer.

Der Mann saß zusammengesunken in dem rotweiß-karierten Ohrensessel neben der Musikanlage, die Ellbogen auf die Lehnen gestützt und das Gesicht in den Händen verborgen. Es schien, als würde er andächtig einer Melodie lauschen – nur dass gerade nichts zu hören war. Das Gerät war aus.

Hans kaute auf seiner Unterlippe herum und wartete darauf, dass der Besucher ihn ansehen würde. Kannte er ihn? Das Haar wirkte grau und flauschig, wie ein dickes Spinnennetz oder eine Sammlung von Staubflusen. Aber es war ordentlich in zwei Hälften geteilt – so wie Sophia gesagt hatte.

Nach einer Weile räusperte Hans sich vorsichtig. Er wollte die Begegnung hinter sich bringen. So schnell wie möglich.

Unvermittelt sprang der Fremde auf und starrte ihn düster an.

»Georg!«, rief Hans erstaunt.

Die Gesichtszüge waren noch die gleichen, nur ausgelaugter als früher wirkte er, fast mumienhaft, mit tiefen

Falten auf der Stirn, und etwas Bitteres, Vorwurfsvolles lag um seine Mundwinkel.

Hans dachte an das gemeinsame Fußballtraining und die Abende in dem Babelsberger Sportlokal, das nur ein paar Schritte vom Karl-Liebknecht-Stadion entfernt lag. Erst dann fiel ihm ein, dass Georg der *Vater* war, der *Vater des Mädchens*.

Ihm wurde kalt und seine Kehle fühlte sich plötzlich trocken und sandig an.

»Georg«, würgte er hervor und schnappte nach Luft. »Was für eine *Überraschung*! Wer hätte gedacht, dass …«

Seine Stimme klang dünn, fremd und brach abrupt, als wäre er in der Pubertät.

Ein Zucken lief durch seinen Körper und ihm fiel ein, dass er noch nicht geduscht hatte.

»Kann ich dir etwas anbieten? Wie geht es dir?«

Georg schwieg. Aber es war nicht zu übersehen, dass er mühsam atmete, dass er sich gerade so beherrschte.

Hans warf Sophia einen Blick zu und gab ihr mit einer Geste zu verstehen, dass sie ihn mit dem Gast allein lassen sollte. Doch sie reagierte nicht. Sie starrte ihn befremdet an und dann starrte sie den Besucher befremdet an.

»Vielleicht sollten wir … in ein Restaurant gehen, Georg«, schlug er vage vor. »Es gibt hier eins gleich um die Ecke, ein italienisches, das ist wirklich … du solltest die Scampis dort probieren, so etwas Zartes, mit einem Hauch von Knoblauch …«

Er sprach immer noch, als wäre er im Stimmbruch. Und vor allem redete er Unsinn. Georg war eher der Curry-Wurst-Typ – jedenfalls früher gewesen. Irgendetwas in ihm fuhr Achterbahn. Schweiß brach aus seinen Poren. Er musste sich wohl darauf gefasst machen, dass … Er musste sich auf *alles* gefasst machen.

»Wir sollten uns in Ruhe unterhalten, nur du und ich, findest du nicht?«, unternahm er noch einen Versuch. Alles, was er sagte, klang unglaubwürdig. Es war wohl besser, den Mund zu halten. Aber das Schweigen hielt er erst recht nicht aus.

Georg kam jetzt langsam auf ihn zu. Er bewegte sich schwerfällig, als seien ihm Arme und Beine eingeschlafen, und er durchbohrte Hans mit diesem finsteren unnatürlichen Blick. Dabei atmete er hörbar, schnaufte beinahe und hielt die Fäuste geballt.

Hans wich nicht zurück. Er blieb stehen und verzog seine Lippen. Ein Lächeln gelang ihm nicht mehr. Er musste daran denken, wie Georg im Tor gestanden hatte – genauso breitbeinig und mit diesem mürrisch entschlossenen Gesichtsausdruck.

»Wo ist sie?«

»Wo ist … *wer*?«

»Du weißt genau, wen ich meine! Wo ist Mira?«

Gerade so unterdrückte Hans ein Achselzucken. »Mira? Deine Tochter? Keine Ahnung. Ich hab sie nicht mehr gesehen, seit … Du weißt schon.«

»Sie ist nicht bei dir aufgetaucht?«

Hans schüttelte den Kopf. »Wie kommst du darauf? Ich hab sie nie wieder … Ich meine … es gab keinerlei Kontakt.« Er schluckte ein paarmal, die Worte kamen ihm schwer und sperrig vor, die Barrieren schienen direkt auf seinen Stimmbändern zu liegen. In seinem Kehlkopf staute sich etwas: der Rauch der vergangenen Nacht oder abgestandener Atem. Er sehnte sich nach einem Tequila. Der Specht in seinem Schädel würde schon irgendwann Ruhe geben.

»Keinerlei Kontakt«, wiederholte Georg dumpf.

»Ich fürchte, ich kann dir nicht …«

»Man hat sie damals in ein Heim gesteckt. Wir wurden zur *Klärung eines Sachverhaltes* vorgeladen und die Genossen vom MfS haben uns drei Stunden lang verhört. Den nächsten Tag wieder und den übernächsten.«

Er schwieg einen Moment und starrte Hans an – mit einem starren, wilden Raubtierblick. »Wir mussten etwas unterschreiben, ein Formular der Jugendhilfe. Erst dann würden sie uns sagen, wo sie ist. Sie haben uns nur das Wort *Durchgangsheim* an den Kopf geworfen, keinen genauen Ort … es werde noch nach einem Platz in einem Jugendwerkhof gesucht. Wir waren viel zu durcheinander, um zu merken, was das alles bedeuten sollte. Bis dahin hatten wir doch nie irgendwelchen Ärger mit … *denen* … mit der *Firma* … mit *Horch und Guck*. Uns wurde das Erziehungsrecht aberkannt. Meine Frau wollte später ihre Unterschrift zurückziehen, aber …« Georg holte tief Luft und sein Gesicht verzerrte sich plötzlich.

Hans brauchte einen Moment, um zu begreifen, dass er weinte.

»Meine Frau ist in einer Klinik gelandet. In einer …« Er machte eine drehende Bewegung neben seinem Kopf. »Vor ein paar Tagen hatte sie einen Herzinfarkt.«

»Das tut mir leid«, sagte Hans förmlich. »Geht es ihr wieder besser?«

Georg schien ihn nicht zu hören. In seinen Augen schwammen Tränen.

»Vielleicht … vielleicht lässt du mir deine Telefonnummer hier«, schlug Hans vor. »Falls sie auftaucht … also deine Tochter, meine ich. Das ist zwar ziemlich unwahrscheinlich …« Er brachte es immer noch nicht fertig, den Namen des *Mädchens* auszusprechen.

»Meine Frau ist tot«, sagte Georg tonlos. »Und Mira ist … nicht mehr zurückgekommen … zu uns. Ich dachte … sie wäre vielleicht …«

Hans schüttelte energisch den Kopf.

»Mein … mein Beileid«, stammelte Sophia. »Das ist ja … furchtbar.«

Georg warf ihr einen fragenden Blick zu, als würde er sie jetzt erst wahrnehmen.

»Sind Sie mit dem da verheiratet? Mit ihm?« Er hielt zwei Finger gegen Hans gerichtet, als würde er mit einer Waffe auf ihn zielen. »Der ist schuld an allem. Er hat mich benutzt, meinen Geburtstag ... *meine Tochter*! Der ist ... ein ... ein ... *Zerstörer*. Er hat meine Familie zerstört!« Der Mann schluchzte lauthals und ließ sich plötzlich auf die Knie fallen.

»Nein, sind wir nicht ... also verheiratet.« Sophia stolperte verwirrt zu ihm und ließ sich neben ihm nieder. »Wann ist denn die Beerdigung? Und wo? Können wir irgendetwas für Sie tun?« Vorsichtig legte sie eine Hand auf seine Schulter, aber er streifte sie sofort ab.

»Warum hast du uns das angetan?« Georg sandte Hans einen schnellen, verheulten Blick und senkte dann die Lider.

»Es war eine Verkettung«, sagte Hans und räusperte sich. »Eine Verkettung unglücklicher Umstände.«

Er musste an Venedig denken, an die schwarze Gondel und seinen Traum. Falls es ein Traum gewesen war. Vielmehr schien es ihm jetzt eine Vorahnung gewesen zu sein.

Das Gefühl, das in ihm aufstieg, war das gleiche wie vor drei Jahren in der Lagunenstadt: Etwas schlich sich in seine Adern. Es zog sich durch seinen Körper, lief durch seine Blutbahnen. Bleiern, kalt ... Etwas wie Gift ... Er fühlte sich *vergiftet*.

Hilfesuchend sah er Sophia an. Umständlich erhob sie sich und strich sich über ihren Rock, als wäre ihr die Situation peinlich, als wäre *er* ihr peinlich. Sie warf ihm einen Blick zu. Es war nichts Verständnisvolles mehr in ihren Zügen. Sie stand starr und blass da, fahl und bewegungslos – wie eine Schaufensterpuppe.

»Das ist doch ... nicht zu fassen«, flüsterte sie. »Was ist hier eigentlich los?«

Hans zuckte mit den Schultern. Wenn er doch nur im *Trinkteufel* geblieben wäre oder in der Wohnung von wem auch immer. Wenn diese verdammte Mauer nur nicht gefallen wäre. Er wusste, dass er Sophia früher oder später eine Antwort liefern musste. Eine Antwort, die das Unerklärliche erklärte.

»Wer ist Mira?«, fragte sie, kaum dass Georg die Tür grußlos hinter sich zugezogen hatte.

Hans stand mit hängenden Schultern da. »Seine Tochter«, murmelte er.

»Warum hat er gemeint, du hättest seine Familie zerstört?«

Ihre Worte klangen erbarmungslos, eisig. Sie boten ihm keine Chance für eine Ausrede.

Hans holte tief Luft. Und schwieg. Sophia wiederholte die Frage, irgendwie gnadenlos und betonte die beiden letzten Worte dabei, gab ihnen ein Gewicht, das ihn noch mehr in die Tiefe zog.

»Es ist schwer zu erklären«, wich er schließlich aus.

»Versuch es.«

Er nickte langsam. »Ich weiß nicht, ob du das verstehen kannst. Ob überhaupt jemand es verstehen kann.«

»Das werden wir ja sehen.«

»Sie ist mir nachgelaufen ... bei meiner Flucht. Ich dachte, sie lässt das sein, verstehst du? Aber sie ist mir, wie es aussieht, gefolgt. Und ...«

Hans hörte plötzlich seine Schritte, sein eigenes Keuchen, seinen Herzschlag, während er auf diese Betonwand zu rannte, die die eine Welt von der anderen trennte.

»Und?«

»Ich weiß nicht. Bei der Flucht ... also beim Klettern über diese *Scheißdrecksmauer* ... hab ich alles andere ausgeblendet, verstehst du?«

»Nein.«

»Genau das meinte ich. Du kapierst es nicht! *Du kapierst es einfach nicht!* Und ich hab es damals auch nicht kapiert! Ich dachte nicht, dass sie so weit gehen würde. Dass sie wirklich ...«

»Dass sie wirklich *was*?«

»Sie wollte, dass ich sie mitnehme. Und ich habe sie nicht gelassen. Hab sie abgewiesen. Weggeschickt. Ich sagte ihr, sie solle nach Hause gehen. Aber sie … hat das offensichtlich ernst gemeint und sich nicht abschrecken lassen.«

»Wieso hast du sie denn nicht mitgenommen?«

»Sie war fünfzehn Jahre alt! Ich konnte das nicht ernst nehmen. Und verdammt noch mal, ich konnte kein Kind mitschleppen!«

Sophia nickte. In ihren Augen leuchtete etwas wie Mitgefühl.

»Was ist dann passiert?«

Er lauschte auf den Klang ihrer Stimme. Sie hörte sich neutral an – wie die von einem Schiedsrichter.

»Wie gesagt: Sie ist mir gefolgt. Und ich habe es … nicht wahrhaben wollen. Und dann …« Er sprach langsam, mit schwerer Zunge, als wäre er immer noch betrunken. Doch er war nüchtern, stocknüchtern. Sie würde ihm das nicht verzeihen. *Niemals*! Er konnte sie darum bitten, aber es ließ sich nicht mehr aus der Welt schaffen. Er wusste, dass er sich gerade sein eigenes Grab schaufelte, doch was blieb ihm anderes übrig? »Und dann … fiel ein Schuss.«

»Oh Scheiße! Die haben auf das Mädchen geschossen? Auf ein *Kind*?«

Er zuckte mit den Schultern. »Ich weiß es nicht. Der Schuss knallte einfach.«

Ein komisches Lachen kam aus seiner wunden Kehle. »Es war … irgendwie alles … so unwirklich.«

So wie jetzt, dachte er. So wie diese ganze Situation. Beknackt, irreal, verrückt.

Ihm war plötzlich nach Heulen zumute. Doch er stand nur herum.

»Oh mein Gott! Das darf doch alles nicht *wahr* sein! Wieso hast du nichts gesagt? Wie *konntest* du nur …?«

Ihr Gesicht lief rot an und er wusste, was sie meinte. Er glaubte es zu wissen. Schämte sie sich?

Schämte sie sich jetzt dafür, dass sie gleich nach seiner Flucht mit ihm ins Bett gestiegen war?

Er hatte das nicht geplant. Genauso wenig wie sie.

»Was geschehen ist, ist geschehen. Ich kann es nicht mehr rückgängig machen. Ich wusste doch nicht, dass das Mädchen so reagieren würde. Es war nicht meine Absicht, sie da hineinzuziehen. Das musst du mir glauben.«

Sie musste ihm gar nichts glauben. Er log wie gedruckt. In Wirklichkeit war sie ihm egal gewesen, diese *kleine Schlampe*. Er wollte nur … auf die *andere Seite*.

Und er hatte es geschafft. Er hatte es *tatsächlich* geschafft.

Ein Schuss war gefallen. Aber sie hatten ihn nicht getötet. Und auch niemanden sonst. Es war doch alles nochmal gut gegangen, oder etwa nicht?

»Vielleicht haben sie auch nur in die Luft geschossen«, mutmaßte er. »Nicht jeder lässt sich zum Mörder machen, auch nicht auf Befehl.«

»Hattest du was mit ihr?«

»Was?«

»Na, eine Fünfzehnjährige, die einem Mann hinterherrennt, der gerade über die Mauer fliehen will. Das klingt nach …« Sie trat auf die Blüten auf dem Boden, als wären es glühende Zigarettenkippen.

»Nein, ich kannte sie nur flüchtig. Ich war auf der Geburtstagsfeier von Georg, ihrem Vater. Und sie ist mir nachgegangen, als ich mich davonschlich …«

»Einfach nur so? Das soll ich dir glauben? Sie ist dir also einfach nur so gefolgt?« Ihre Stimme klang angespannt, zittrig.

»Ja. Sagte ich doch. Herrgott nochmal! Du fragst wie die Stasi!«

Sie zuckte zusammen. Als hätte er ihr einen Schlag versetzt.

»Denkst du, es ist meine Schuld? Glaubst du das? Du müsstest mich doch so langsam kennen, oder nicht? Traust du mir das zu?«

»Was ist deine Schuld? Wovon redest du? Ich hab dich nicht beschuldigt. Ich … weiß nur nicht …, was das alles soll, was das alles bedeuten soll.« Sie machte eine Handbewegung, als müsste sie ein Insekt verscheuchen. »Warum hast du mir das nie erzählt? Ich dachte immer …, ich könnte dir vertrauen.«

»Und nun? Vertraust du mir nicht mehr?«

Sie schwieg.

Bereute sie jetzt, dass sie sich auf ihn eingelassen hatte?

Ihre Hand griff wieder fahrig nach oben, als wollte sie sich irgendwo festhalten. Aber es gab nichts zum Festhalten. Sie griff ins Leere.

»Ich denke, ich gehe mal Marlene abholen«, sagte sie schließlich.

Er nickte, holte tief Luft. So schnell wie möglich wollte er zurück: in die Normalität. In ihr normales alltägliches Verhältnis.

»Wo ist sie denn?«

»Bei ihrer Freundin«, antwortete sie matt.

»Bei Annika oder Janina?«

»Bei Annika.«

»Ich hab für Marlene noch eine kleine Überraschung«, sagte Hans und tastete seine Jackentasche ab.

Das Schokoladenei war zerdrückt. Es lag wie ein verletztes Küken in seinem Handteller. Genauer gesagt: wie ein Küken mit Genickbruch. »Oh Mist.«

Sophia lachte, aber es war ein nervöses, trauriges Lachen.

Hans fegte den zerpflückten Blumenstrauß auf.

Dann schaute er Nachrichten. Es gab nichts wesentlich Neues. Die Mauerwelt brach weiterhin zusammen. Der Betonwall stand noch da. Aber am Brandenburger Tor tanzten die Menschen auf ihm, bespritzten sich mit Sekt, weinten und jubelten. Die Ostgrenzer guckten verwirrt aus ihren Uniformen. Manche ließen sich Blumen in die Knopflöcher stecken und grinsten klebrig.

Hans hockte in dem rotweiß-karierten Sessel und sah dem Treiben verwundert zu.

Die Feiernden wirkten glücklich. Bürgermeister Momper verkündete, dass »die Deutschen jetzt das glücklichste Volk der Welt« wären. Das Glück wurde live übertragen, die ganze Welt konnte dem Glück zusehen. Doch Hans empfand dieses Glück als seltsam. Als hätte die falsche Fußballmannschaft gewonnen. Eigentlich empfand er nichts.

Nach einer Weile fing er an, die Fenster zu putzen. Sie hatten Folie vor die Scheiben geklebt, trotzdem waren ein paar Farbspritzer auf dem Glas gelandet.

Er putzte sorgfältig, langsam – Fenster für Fenster. Erst danach ging er duschen.

Am Abend rief Sophia an. Sie war in Wannsee bei ihren Eltern, die Hans – weil er aus dem Osten kam? – nicht mochten, und sie würde ein paar Tage bei ihnen bleiben.

»Besuch uns bitte nicht«, sagte sie.

Hans kaufte sich eine Flasche *Wodka Gorbatschow*, legte sich neben den Meerschweinkäfig und trank. Ab und zu hielt er die Hand in das Gehege und versuchte die Tiere zu streicheln. Aber sie flüchteten vor ihm. Sie zuckten zusammen, wenn er sich nur bewegte. Sie trauten ihm kein bisschen.

*

Ein paar Wochen jobbte er in einer Bowlingbahn, verkaufte abgestandene Cola, blumig-muffiges Bier, dünnen Kaffee und fettig-ranzige Pommes frites an lärmende Kinder oder schwitzende Erwachsene. Manchmal servierte er auch merkwürdig riechende Fischbuletten und aufgewärmte Schnitzel, die eine kaugummiähnliche Konsistenz besaßen. Das alles zu überteuerten Preisen. Doch im Bowlingkugelrausch schien den Gästen das Essen relativ egal zu sein. Er bekam trotzdem meist Trinkgeld. Mit der Zeit lernte er, die Gerüche zu ignorieren und auch bei Pöbeleien gelassen zu reagieren. Das war leichter, als er ursprünglich dachte. Meist genügten ein paar Worte oder ein freundliches

Schulterklopfen. Die meisten Kunden liebten es, wenn er mit ihnen scherzte, als wäre er ihr Freund. Manchmal half zur Not auch ein Gratisgetränk. Es wurde eine Art Sport für ihn, besonders unfreundliche Menschen besonders freundlich anzulächeln. Er ging zum Friseur und ließ sich einen ordentlichen Haarschnitt verpassen. Er kleidete sich sogar so, als wäre er ein richtiger Kellner und kaufte sich ein weißes Kellnerhemd und eine schwarze Kellnerfliege und wienerte am Morgen seine Schuhe bis sie glänzten. Die Leute mochten ihn, einige Frauen flirteten mehr oder weniger unauffällig mit ihm, wenn er sie mehr oder weniger unauffällig ansah. Nur einmal kam es vor, dass ein angetrunkener Kunde sich von seiner Freundlichkeit provoziert fühlte und ihm eine blutige Nase und einen derben Schlag in den Magen verpasste. Aber er beherrschte sich und schlug nicht zurück. Die Wut hockte ohnehin in einem Extraraum seiner Seele, eingeschlossen, angekettet – und sie war schon ziemlich alt.

An einem Tag kurz vor Weihnachten fand er die Wohnung verändert vor.

Es fehlten die Geräusche. Das Quieken, das ihn sonst begrüßte. Das Konzert, das die Nager für ihn veranstalteten, sobald sich der Schlüssel im Schloss drehte.

Die Meerschweine waren weg und auch die meisten Kleidungsstücke von Sophia und Marlene. Es fehlten Teller, Tassen, Besteck, Bücher, Bilder und die orientalische Lampe, die aus Tunesien oder Marokko stammte.

Der Käfig war noch da. Eine angeknabberte Mohrrübe lag darin und unzählige Kotbohnen. Bei dem Anblick schnürte sich ihm die Kehle zu. Zum ersten Mal seit Sophias Weggang, wurde ihm klar, dass er verlassen worden war.

Erst dachte er daran, sie zu suchen, zu ihren Eltern zu fahren, sie aufzuspüren, zur Rede zu stellen. Sie liebte ihn doch, oder? Und er liebte sie?

Aber … was genau bedeutete das?

Diese Worte, die in jedem Kitschroman vorkamen?

Was bedeutete *Liebe*? Dass ihm jemand, im Grunde ein fremder Mensch, im Kopf festklemmte, wo er nicht hingehörte?

Vielleicht sollte er *diese Frau* besser hassen? Aber das würde nichts ändern, es war nur die andere Seite der Medaille. Er würde weiter an sie denken, obwohl er nicht an sie denken wollte.

In der Küche riss er die Gardine mit den knallroten Mohnblumen, die er so scheußlich fand und die Sophia ausgesucht hatte, herunter. Die Gardinenstange rutschte beinahe gemächlich nach, flog plötzlich wie ein Speer auf ihn zu, und er wich ihr aus und schrie als es knallte: »Schluss mit Blumen! Schluss mit Sophia! Denk nicht mehr an sie!«

Er nahm sich die angebrochene Flasche Gin aus dem Kühlschrank, legte sich neben den leeren Käfig und trank.

Er trank direkt aus der schweren, dickbauchigen Flasche. Ihn sah ja keiner.

Er würde morgen nach ihr suchen. Morgen war auch noch ein Tag. Er würde sie morgen suchen und finden und mit ihr reden.

Doch dann dachte er: Ach, wozu.

Im Liegen zuckte er mit den Schultern und das war ein seltsames Gefühl.

Er vermisste die Meerschweinchen.

DRITTER TEIL

(Hans, 1992)

Er stand am Fenster und blickte auf den leeren Hof. Einige Krähen tanzten vor den geschlossenen Garagen herum. Eine von ihnen trug etwas im Schnabel, und die anderen interessierten sich auch dafür.

Es war wieder November, aber diesmal ein November ohne Nebel, und der Nebel fehlte ihm. Es kam ihm vor, als fehlte ihm ein Schutz, der ihm zustand, wenn es schon November sein musste. Im Augenblick wollte Hans die Dinge nicht so klar erkennen. Die mickrigen nackten Bäume in der Straße, in der er jetzt wohnte, die Fassaden mit den geschlossenen Fenstern und leeren Balkons, Menschen mit gesenkten Lidern, die an ihren Handschuhen herumfummelten und schneller als sonst in den U-Bahn-Tunneln verschwanden.

Vor ein paar Tagen erst hatte er seinen Wagen in einen anderen Wagen gerammt. Nicht absichtlich, er war kein gewalttätiger Typ, glaubte er zumindest, aber es war seine Schuld. Es geschah an einer Kreuzung, die er gut kannte. Der Nebel fehlte, auf den er es hätte schieben können. Seine Brille, die er neuerdings trug, eine XXL-Elton-John-Sonnenbrille – mit Sehstärke gegen seine Kurzsichtigkeit –, lag im Handschuhfach, seit ihm auffiel, dass November war und der Nebel fehlte.

Der Fahrer des fremden Wagens stand vor ihm und schrie auf ihn ein, aber er blinzelte nur, das Blut rann in seine Augen und ihm blieb nichts anderes übrig als zu blinzeln.

Die Krähen flogen davon, dann kehrte der Vogel mit dem sperrigen Ding im Schnabel zurück und schleuderte die Beute auf den Beton. Hans öffnete das Fenster, beugte sich hinaus und kniff die Lider ein wenig zusammen. Die Krähe hackte auf die Nuss ein, packte sie, schleuderte sie von sich. Hans spürte plötzlich ein heftiges Verlangen nach dieser Nuss.

Ein paar Minuten später holte er das Fahrrad aus dem Keller. Ein älteres Modell mit Dreigangschaltung, es gab keine Berge hier, es gab keinen einzigen Berg in der Gegend, nur diesen Hügel, der sechsundsechzig Meter hoch war, ein Überbleibsel aus der Eiszeit, das großspurig Berg hieß, *Kreuzberg*.

Das Fahrrad sah traurig aus, und es sah staubig aus und ohne Hoffnung. Er kümmerte sich erst um die Reifen. Er kniete sich vor dem Rad nieder, als hätte er etwas gutzumachen. Er pumpte zunächst langsam, wurde dann schneller, sein Körper verkrampfte sich, er spürte sein Herz, es schlug einen wilden komischen Rhythmus, die Sonnenbrille rutschte ihm ein Stück von der Nase, aber er ließ sich nicht aufhalten. Er keuchte. In seiner Stirn pochte ein Schmerz. Er sah einen plüschigen roten Nebel vor sich; er ließ die Pumpe fallen, seine Hände zitterten.

»Na schön«, sagte er zu dem Fahrrad. »Na schön.«

Er holte tief Luft und sah ein paar Schritte entfernt die Krähe um die Nuss tanzen. Es gab hier weit und breit keinen Nussbaum. Er spürte wieder diesen Appetit, diesen Hunger, diese Lust einen Stein zu werfen, damit die Krähe ihren Plan aufgab und ihm überließ, was ihm zustand. Er war größer als der Vogel und stärker.

Er richtete sich auf, um Ausschau zu halten nach einem Stein, aber der Boden war bis auf ein paar welke Blätter leer. Seine rechte Hand strich über den Sattel des Fahrrades. Ihm wurde angenehm warm. Er streichelte den Sitz und schaute zu dem Vogel hinüber. Die Krähe hatte es geschafft. Sie fraß.

Hans lächelte. Er war größer und stärker. Er besaß Geld. Er konnte sich zu essen kaufen, was er wollte. Er konnte sogar fliegen, wohin er wollte. Weiter als die Krähe.

In den Linien seiner Hand klebte Staub. Er berührte das Rad jetzt mit links. Wieder strömte etwas in seinen Körper. Etwas wie Zuversicht. »Du bist doch groß und stark«, hörte er Marlene sagen. Er hatte nur halb zugehört, aber jetzt erinnerte er sich. Er erinnerte sich an die Worte und an den ernsten Ton, nicht an den Anlass.

Vielleicht hatte er ausgesehen wie ein im Keller vergessenes Fahrrad, als Marlene so zu ihm sprach, älteres Modell, Dreigangschaltung, mit Spinnweben zwischen den Speichen. Jetzt fiel es ihm wieder ein: Sophia hatte damals noch ein paar Sachen abgeholt – das musste der Anlass gewesen, seine Traurigkeit. Nein, er hatte nicht geheult. Er war ihnen sogar behilflich gewesen. Fuhr mit dem alten BMW ihr Zeug von Kreuzberg nach Wannsee – Spielzeug, Marlenes Fahrrad mit dem roten Sattel, den leeren Meerschweinkäfig, ein paar Möbel, die Palme, die schon halb vertrocknet war und die anderen Pflanzen. Sophia hatte ihn nicht direkt dazu gedrängt, aber sie hatte es auch nicht verhindert. Es schien ihm so, als spielte es keine Rolle mehr, ob er existierte oder nicht.

Seine Hände wechselten sich auf dem Fahrradsattel ab, links, rechts, links, rechts, wischten oder streichelten, er konnte sich selbst nicht erklären, was er da eigentlich tat. Er ließ sich wieder auf die Knie nieder und pumpte noch etwas Luft in das Vorderrad. Er tastete nach dem Sitz. Er war noch da.

Ihm wurde warm, obwohl er in der Novemberkälte nicht einmal eine Jacke trug.

Der Sattel glänzte und es kam ihm vor, als würde das Rad lächeln.

Erst fuhr er ziellos durch die Stadt, doch dann spürte er, dass der Lenker seinen Körper führte. Er hielt an einer

Schule in Wannsee und schlich um die zweihundert oder dreihundert Fahrräder herum, die vor dem klobigen grauen Gebäude standen. Er wagte nicht, sie zu berühren, und schließlich fand er eines mit einem roten Sattel.

»Was machst du denn hier?«, fragte Marlene. Sie lachte ihn an und bekam rote Wangen und glasige Augen. Es war nicht zu übersehen, dass sie sich freute.

Hans zündete sich eine Zigarette an und sagte: »Rauchen.«

»Willst du mich besuchen?«

Hans lächelte und antwortete nicht. Er wusste es selbst nicht so genau, freute sich aber auch, vor allem darüber, dass sie ihn sofort erkannte. Sie hatte ihn nicht vergessen. Etwas verlegen senkte er die Lider, aber er spürte den Blick des Mädchens wie einen Luftzug.

»Oder bist du der neue Hausmeister? Der alte ist schon eine Weile nicht mehr da.«

Hans nickte unbestimmt. »Du bist jetzt acht, oder? Wie fühlt es sich an, acht zu sein?«

Sie lachte bloß.

Hans ging rückwärts zu seinem Rad, das an einem Laternenpfahl lehnte.

Vielleicht war die Idee gar nicht so schlecht. Er konnte sich bewerben. Wenn er genommen wurde, würde er den Job bei *Karstadt* als Ladendetektiv wieder aufgeben. Es lag ihm nicht besonders, die Kunden zu observieren. Meist erkannte er die Diebe auf den ersten Blick und starrte sie so aufdringlich an, dass auch der dümmste von ihnen bemerkte, dass er ertappt worden war und die Ware zurück ins Regal legte. Und vielleicht würde er Sophia ab und zu … Manchmal rief er sie an mit unterdrückter Nummer und hörte sie leise »Hallo?« sagen.

Hans sah zu Marlene hinüber. Sie stand immer noch da und beobachtete ihn. In aller Ruhe schloss er das Rad an den Laternenpfahl.

»Zeigst du mir, wo das Sekretariat ist?«, fragte er.

»Klar!« Die Augen des Kindes leuchteten auf. »Also bist du doch der neue Hausmeister. Ich hab's ja gewusst!«

Der Direktor war ein kleiner dicker Mann mit Glatze und sah ein wenig wie Danny de Vito aus.

»Haben Sie eine handwerkliche Ausbildung?«

»Ja, ich hab mal Tischler gelernt«, antwortete Hans. Dass er die Lehre nicht abgeschlossen hatte, erwähnte er lieber nicht.

»Schön. Und ich nehme an, Sie können auch Schnee schippen, Rasenmähen und eine Klospülung reparieren?«

»Natürlich.«

»Kinderlärm macht Ihnen nichts aus?«

Hans schüttelte den Kopf.

»Sie werden der Erste sein, der die Schule betritt und der Letzte, der sie verlässt.« Es klang wie eine Drohung – als müsste der Schuldirektor ihn davon abhalten, einen Fehler zu begehen.

»Einverstanden.«

»Der Hausmeister, von dem wir uns verabschieden mussten, hat leider zu oft vergessen, die Heizungen herunterzudrehen und die Fenster zu schließen. Und er hatte … ein Alkoholproblem.«

»Ich trinke nur am Wochenende … ein, zwei Gläschen.«

»Sie wären auch verantwortlich für unser Fundbüro und für die Sicherheit – also Einhaltung von Brandschutz und Hausordnung. Wenn sich Unbefugte hier aufhalten, sind ebenfalls Sie zuständig, diese zum Gehen zu veranlassen.«

»Kein Problem. Ich habe Erfahrungen im Wachdienst.«

»In Ordnung, wann können Sie anfangen? Den Papierkram können wir immer noch erledigen, wenn Sie hier arbeiten. Wir suchen schon seit einer Weile nach einem Hausmeister.«

Hans nickte. »Nächste Woche? Ich werde nicht alle Papiere vorlegen können. Ich bin aus dem Osten geflohen. Da habe ich keine Zeugnisse mitgenommen.«

»Oh je.« Im Gesicht des Direktors zeigte sich unverhohlen die Skepsis. »Ein Flüchtling. Na schön. Vorbestraft sind Sie hoffentlich nicht? Wir brauchen ein polizeiliches Führungszeugnis – vorsichtshalber. Die Elternvertretung hat das so beschlossen.«

»Okay. Werde ich beantragen. Ich bin nicht vorbestraft.«

»Es ist eine sechsmonatige Probezeit üblich.«

»In Ordnung.«

Sie sahen sich an und nickten sich zu. Das Misstrauen schmolz in dem verschwitzten Gesicht des Direktors. Er lächelte sogar ein bisschen.

*

Das Fahrrad wohnte jetzt im Keller.

Seinen Wagen vermisste er nicht. Manchmal dachte er an die Schonbezüge. Sie hatten ein Muster, das an den Maler Miró erinnerte. Sophia hatte sie ausgesucht. Sie liebte Miró.

Wenn er an den Wochenenden sein Gefährt bestieg, wusste er nie vorher, wohin die Reise gehen würde. Er fuhr bis zum Abend, ohne ein Ziel. Deutschland war wiedervereinigt. Die Mauer gab es nicht mehr und auch keine Wachposten, die auf ihn schießen würden wie auf einen tollwütigen Fuchs. Es kam ihm immer noch merkwürdig vor, dass er ungehindert von West nach Ost und von Ost nach West fahren konnte.

Einmal nahm er sich ein Hotelzimmer, ein Appartement im untersten Stockwerk mit Blick auf den Hof. Ein wenig geduckt, wie ihm schien, stand sein Rad zwischen den hoteleigenen Stahlrössern. Die Pedale berührte zaghaft die Pedale eines Damenfahrzeugs. Das Damenfahrzeug hielt still. Er dachte an Sophia. Er vermisste sie nicht, er dachte einfach nur an sie. Eine Weile betrachtete er das Telefon auf dem Schreibtisch. Er könnte sie anrufen. Ihre Stimme hören. Das leise, zögernde »Hallo?« in sich einsaugen. Er würde nichts sagen, einfach nur warten. Zuhören, wie sie atmete. Bis sie auflegte.

Hans wälzte sich unruhig in seinem Bett. Er stellte den Fernseher ein und sah sich *Der Exorzist* an. Danach wälzte er sich noch unruhiger in seinem Bett.

Er stand auf und genehmigte sich eine kleine Flasche *Wodka Gorbatschow* aus dem Schränkchen unter dem Fernseher. Ihm kam Michail Gorbatschow in den Sinn, das Mal auf seiner Stirn, das ihn von den anderen Menschen schon auf den ersten Blick unterschied.

Er versuchte in die Dunkelheit hinauszuspähen, sein Rad auszumachen, vor allem die Pedalen. Auf seinem Kinn sprossen Stoppeln, er strich darüber, er hätte sich gern rasiert, aber das Rasierzeug lag in seiner Wohnung, im Bad seines neuen Ein-Zimmer-Zuhauses. Früher hatte Sophia gemocht, wenn er nicht rasiert war. Früher war lange her.

Eigentlich wollte er nicht an Sophia denken. Schließlich hatten sie sich vor drei Jahren getrennt. Es gab keinen Grund an sie zu denken. Doch er fragte sich, ob sie auch *Der Exorzist* gesehen hatte und jetzt wach lag. Aber sie mochte keine Horrorfilme. Sie gruselte sich schon bei *E. T.*

Später saß er in einem Chinarestaurant vor einer gefüllten Terrine, statt Nudeln schwammen jedoch Unmengen kurzer schwarzer Haare in der Suppe. Er wagte nicht, das Essen zu beanstanden, da er fürchtete, es wären seine eigenen Haare, die ihm ausgefallen waren. An einem Nebentisch saß Michail Gorbatschow mit nacktem Oberkörper und einmal sah er traurig zu ihm hinüber. Er sagte etwas auf Russisch und Hans nickte, obwohl er nichts verstand. Es war ihm plötzlich peinlich, dass er im Russischunterricht nicht aufgepasst hatte. Schließlich betrat ein Nashorn das Lokal, aber dann wurde er durch Schritte und Stimmen auf dem Korridor geweckt, Gläser klirrten, Leute lachten, und so konnte er nicht mehr sehen, was mit Gorbatschow und dem Nashorn passierte.

Frühstücken musste er allein, in einem fensterlosen Raum. Es waren noch zwei Tische eingedeckt, aber es erschien kein weiterer Gast. Eine Kellnerin lief mit der Kaffeekanne geflissentlich an ihm vorbei. Er meldete sich wie ein Kind in der Schule, in der er nun als Hausmeister arbeitete, und als sie schließlich kam, hörte er sie sagen: »Wären Sie nicht gekommen, hätte ich jetzt frei.« Natürlich sprach sie das nicht aus, aber seit er so mutterseelenallein war, hörte er manchmal das Unausgesprochene.

»Und was würden Sie jetzt tun, wenn Sie frei hätten?«, fragte er.

Sie antwortete nicht.

»Aha«, sagte er und räusperte sich.

Die Kellnerin lief rot an und wischte sich die Hände an der Schürze ab.

Sie ließ die Kanne auf seinem Tisch stehen und bevor sie sich entfernte, bewarf sie ihn mit einem beleidigt kühlen Blick.

Hans drehte die glänzende Kaffeekanne in seinen Händen, nickte sich eine Weile in dem Zerrspiegel des Gefäßes zu. Die Form seines Schädels veränderte sich. Sein Gesicht zog sich mal in die Länge, mal in die Breite. Seine Augenbrauen wuchsen zusammen, um gleich wieder auseinanderzudriften. Seine Nase dehnte sich und schrumpfte im nächsten Augenblick. Die Sonnenbrille reflektierte das Licht der Lampe doppelt und seine Pupillen schienen hinter der Dunkelheit der Gläser kalt zu glühen. Er sah aus, als wäre er vom Teufel besessen. Er überprüfte seine Züge in der Wölbung des Kaffeelöffels. Doch dadurch wurde es auch nicht viel besser. Er versuchte den Eulentrick mit dem Kopf, sein Hals war zu steif. Sein Kinn schaffte es gerade bis zur Schulter. Er war also nicht der Teufel. »Das können wir schon mal ausschließen«, hörte er seinen Hausarzt murmeln. Er seufzte und rührte Müsli und Früchte in den Joghurt und kleckerte ziemlich dabei. Er seufzte noch einmal, um herauszufinden, ob er erleichtert war oder enttäuscht.

Doch er fand es nicht heraus. Er fand nicht heraus, was zum Teufel mit ihm los war. Seit dem Unfall war es schlimmer geworden. Albträume, Herzrasen, Schweißausbrüche.

Nur in der Schule ging es ihm einigermaßen gut. Er erfüllte alle seine Aufgaben und bestand die Probezeit. Der Schuss, der noch in seinem Schädel hallte, wurde übertönt durch das Geschrei der Kinder. Dieser Lärm kam ihm wie eine hektische, energiegeladene Musik vor – ihr Rhythmus verlieh ihm die Kraft für den Tag. Ab und zu sah er Marlene mit anderen Kindern spielen. Ihre Mutter sah er nicht.

Sein Rad ließ sich nicht ohne Weiteres von dem Damenfahrzeug lösen. Er zerrte es schließlich grob aus dem Ständer und wischte ungeduldig mit dem Ärmel seines Mantels über den feuchten Sattel. Die ersten hundert Meter klemmte die Handbremse, aber Hans trat trotzig in die Pedalen. Er freute sich sogar ein wenig über den Widerstand. Darüber, dass er ihn brach. Seine Beine arbeiteten kräftig, wütend, sie halfen ihm so zu tun, als kostete es ihn keine Mühe. Er pfiff eine beinahe harmonische Melodie, und nach einer Weile überließ er seinem Rad die Wahl der Route.

Es fuhr Schlangenlinien. Es holperte über das Brandenburger Kopfsteinpflaster. Es klingelte den Damenfahrzeugen hinterher. Es hatte seinen Spaß.

Hans brach der Schweiß aus. Sie fuhren in rasender Geschwindigkeit in ein fremdes Rücklicht. Es knirschte und splitterte. Das fremde Rad warf die fremde Frau ab.

Hans fuhr schnell weiter. Er drehte sich nicht um.

Gegen Mittag erreichten sie die Stadt, in der Hans einmal gelebt hatte.

Er erkannte alles sofort wieder – trotz der vielen Baustellen. Er holperte durch das immer noch heruntergekommene *Holländisches Viertel*, an den besetzten und leerstehenden Wohnungen vorbei und wollte dem Kino *Melodie* einen

Besuch abstatten – mit fünfzehn hatte er hier in einem der Kinosessel, in der letzten Reihe seine erste Freundin das erste Mal geküsst –, doch sein Rad ignorierte seinen Wunsch und sie zogen weiter.

Am Bahnhof fuhren sie eine Weile im Kreis. Sie fuhren um die abgestellten Fahrräder herum. Hans wäre gern abgestiegen, um in einem Imbiss eine Kleinigkeit zu essen. Aber es gelang ihm nicht zu stoppen. Er schwitzte und lächelte in die Überwachungskameras. Dann raste er plötzlich auf eine Gruppe Jugendlicher zu, die Hundehalsbänder trugen und Hunde bei sich hatten, die keine Hundehalsbänder trugen.

Die Jugendlichen sprangen noch rechtzeitig zur Seite. Sie schrien ihm Schimpfwörter hinterher. Hans machte, dass er so schnell wie möglich hier wegkam. Er war noch nicht bereit für eine Rückkehr. Der Osten konnte ihn mal.

*

Hans saß in der Küche und lauschte den Geräuschen der Nacht. Aber er hörte nichts. Er schlich in das Bad und prüfte das Fenster. Es war geschlossen. Dann öffnete er es und lauschte weiter den Geräuschen der Nacht. Er hörte immer noch nichts.

(Hans, 1993)

Es klingelte an der Tür, ein kurzes gehetztes, nachdrückliches Klingeln.

Wie immer, wenn jemand unverhofft bei ihm läutete, dachte er an Sophia.

Es konnte nur Sophia sein – sie kam zu ihm zurück. Er rechnete jeden Tag damit, jede Stunde, jede Minute. Warum sollte sie auch nicht zurückkommen? Schließlich hatten sie sich nicht einmal gestritten. Er fragte sich, was er dann tun würde: sie anlächeln, traurig und vorwurfsvoll gucken oder sie hereinlassen, wie ein Pförtner, sie dann aber spontan in den Arm nehmen?

Hans öffnete nicht gleich. Er rauchte gerade einen Joint und der Soundtrack von *Benny und Joon* fesselte ihn auf seinen Stuhl. Es war, als würde ihn jemand bei den Schultern packen und festhalten. In letzter Zeit war er häufig im Kino gewesen. Und jedes Mal hatte er *Benny und Joon* gesehen. Die weibliche Hauptrolle, Mary Stuart Masterson, ähnelte Sophia frappierend. Wie ferngesteuert kaufte er immer wieder eine Eintrittskarte, starrte gebannt auf die Leinwand und war eifersüchtig auf Jonny Depp.

Als es nicht aufhörte zu klingeln, erhob er sich schließlich, langsam, wie in Zeitlupe und schlurfte durch den Flur. Eine Weile lauschte er an der Tür und hörte, wie sich jemand räusperte.

Es war nicht Sophia. Sie kam nicht zu ihm zurück. Sie würde nie zu ihm zurückkommen. Das wusste er. Warum dachte er dann noch ständig an sie? Wenn er morgens erwachte, sah er sie vor sich. Sie lag neben ihm und schlief oder sie kam gerade zu sich und blinzelte ihn schlaftrunken an. Er hörte sie fragen, ob er wieder etwas *Schlimmes* geträumt habe. Wenn er das Bad betrat, nahm er das Rauschen des Wassers wahr – sie stand unter der Dusche und manchmal summte sie vor sich hin – irgendein Kinderlied, das ihre Tochter mitgebracht hatte oder diesen schmalzigen *A-Little-Bit-Funny*-Elton-John-Song. In der Küche war sie auch schon vor ihm: Es duftete nach dem Kaffee, den sie gekocht hatte und der Toaster warf das Brot mit diesem freundlich klackenden Geräusch aus. Manchmal roch es angebrannt nach angekokeltem Spiegelei und er öffnete das Fenster und lächelte amüsiert vor sich hin. Und manchmal ertappte er sich dabei, wie er gedankenverloren in den Kühlschrank starrte und dem leisen Summen zuhörte und daran dachte, dass er Kaffeesahne kaufen musste, weil Sophia ihren Kaffee nicht schwarz trank.

Die Liebe fühlte sich an wie ein Geschwür in seinen Eingeweiden. Er musste sie irgendwie loswerden.

Es klingelte schon wieder.

Das Fahrrad stand vor ihm.

Es sah sehr schmutzig aus, die Schläuche hingen in Fetzen.

»Guten Abend.«

»Guten Abend«, grüßte er zurück. Erst dann sah er, dass eine Frau hinter seinem Rad stand. Er kannte sie irgendwoher, oder?

»Ich bin Nachbarin«, sagte sie.

Er nickte, als hätte er sich das schon gedacht. Er versuchte, sich daran zu erinnern, wo er sie schon einmal gesehen hatte.

»Es wurde eingebrochen.«

Hans runzelte die Stirn.

»In Keller, meine ich.«

Er betrachtete sie in dem Halbdunkel des Hausflures. Sie hatte pechschwarzes Haar, ungeschminkte Lippen und ein wachsbleiches Gesicht. Und sie war Asiatin.

»Sie sind es«, murmelte er verblüfft.

Sie blickte ihn irritiert an. Offenbar erkannte sie ihn nicht.

»Also … Die Kellertür offen«, sagte die Nachbarin und schob ihm das Rad zu und betrat seine Wohnung. »Fahrrad lag auf Boden.« Sie schüttelte fassungslos den Kopf. »Böse Menschen!«, stieß sie hervor.

Hans stand einfach nur da und hielt die Stange fest. Vielleicht stützte ihn aber auch das Rad. Der Joint schien irgendwie stärker gewesen zu sein als sonst.

In dem Haus gab es keinen Fahrstuhl. Die Frau musste das Rad die Treppe hinaufgetragen haben. In seinem Korridor sah er, dass ihre Lippen rot glänzten und die Wangen fiebrig wirkten. Keine Spur mehr von Blässe.

»Möchten Sie etwas trinken?« Er zog das Fahrrad und die Nachbarin, die sich an dem Sattel festhielt, Richtung Küche. Der Weg kam ihm lang vor – als würde der Flur mit jedem Schritt wachsen.

»Warum flüstern Sie?«, fragte die Frau.

Er zuckte mit den Schultern. Damit Sophia, die gar nicht da ist, nicht aufwacht, dachte er.

»Bier oder Apfelsaft?«

»Wollen Sie Polizei rufen?«

Sie lehnten das Rad gegen den Kühlschrank, und seine Hand berührte den Sattel, auf dem noch die Hand der Frau lag. Ihre Wärme durchströmte seinen Körper, und er beugte sich rasch über die Stange und angelte eine Flasche aus dem Kühlschrank. Er goss Bier und Apfelsaft ein und schob ihr beide Gläser zu, dann rief er mit Marlenes Spielzeugtelefon, das sie aus irgendeinem Grund vergessen hatte und das er nicht in der Lage war wegzuwerfen, die 110 an.

»Sie sagen, sie haben viel zu tun heute Nacht«, erklärte er der Frau. »Aber vielleicht kommen sie später noch vorbei.«

Seine Nachbarin musterte ihn unverhohlen. »Später noch vorbei?« Sie sah plötzlich aus, wie ein Reh, das beim nächsten Knacken eines Astes flüchten würde.

Hans verstand erst jetzt, dass ihre Frage nach der Polizei keine Aufforderung gewesen war, sie zu rufen. Er schüttelte den Kopf. »Ach was.«

Sie setzten sich auf die schwarzen Plastikklappstühle und die Frau trank abwechselnd Bier und Apfelsaft. Hans nippte an der Bierflasche, die eigentlich schon leer war.

»Fahren Sie auch Rad?«

Die Frau nickte und machte eine Geste mit den Händen, als fehlten ihr die Worte. Vielleicht hatte sie auch nur zu viel Bierschaum im Mund. Hans sah ihren Händen hinterher, als wären sie Vögel.

Erst dann betrachtete er sein Rad. Es sah schrottreif aus, aber der Sattel glänzte. Es sah elend, müde und stolz aus.

»Wer zu spät kommt, den bestraft das Leben«, murmelte er vor sich hin und wusste selbst nicht warum. Er zwinkerte dem Fahrrad zu. Es schien zu schlafen.

»Du weiser Mann?«, fragte die Frau interessiert.

»Gorbatschow weiser Mann«, antwortete Hans.

Sie lachte kurz, dann nippte sie vorsichtig an ihrem Bier.

»Wie geht es Skippy?«

»Skippy?« Sie sah ihn so ahnungslos an, dass er dachte, er würde sich irren. Immerhin war er ziemlich betrunken gewesen, als er die *Heilerin* getroffen hatte.

»Warst du nicht die Katerseelsorgerin in seiner Wohnung?«

Sie runzelte die Stirn.

»An dem Tag, als die Mauer fiel«, murmelte Hans und kam sich etwas dämlich vor.

»Skippy in Marokko«, sagte seine Besucherin da. »Schon lange. Haus wurde geräumt.«

»Marokko.«

»Ja. In Dorf. Atlas … Berge.«

»Atlasgebirge?«

»Ja ja.«

»Was macht er da?«

Sie gestikulierte wieder mit der Hand – diesmal so, als wollte sie etwas ausgraben.

Hans wusste nicht, was er dazu sagen sollte und zwang sich ein Lächeln ins Gesicht.

»Atlasgeberge. Gibt Sandsturm manchmal.« Sie schmatzte, als hätte sie ein paar Körnchen auf der Zunge. »Gehen wir jetzt in Keller?«

Sie blinzelte nervös.

Hans las die Ungeduld in ihrem Gesicht. Sie lächelte nicht zurück. Sie lächelte kein bisschen zurück.

»Natürlich.«

Er hielt ihr die Tür auf – was er normalerweise nie machte. Er half Frauen auch nicht in Mäntel oder Jacken. Schließlich waren sie erwachsen und konnten das ganz gut allein. Aber *sie* hatte ihm einmal geholfen, als es ihm nicht besonders gut ging und sie hatte ihm sein Fahrrad gebracht. Ihr gebührte Respekt.

Sie schien das Türaufhalten allerdings nicht weiter zu bemerken. Sie bedankte sich nicht und darüber war er eigenartig froh.

Im Keller gab es nicht viel zu sehen. Die Tür stand halb offen und der Raum war, abgesehen von ein paar herumstehenden Pfandflaschen, leer.

Außer dem Fahrrad hatte sich allerdings auch nichts von Wert hier befunden. Und sogar das Rad war für die Diebe wertlos. Offenbar hatten sie nur ihre Wut an ihm ausgelassen.

»Ich verstehe nicht, was die hier gesucht haben«, murmelte Hans und hielt nach Spuren Ausschau.

»Bestimmt Verwechselung.« Die Asiatin stand seltsam steif da, hob den Arm und klopfte ein paarmal gegen die Wand. Hans fragte sich plötzlich, ob sie mehr wusste, als sie sagte.

»Eine Verwechslung?«

Sie antwortete nicht.

»Wissen Sie, wem der Keller nebenan gehört?«

Ihre flache Hand lag auf dem Gemäuer, als müsste sie seinen Puls fühlen.

»Mir. Mir gehört nebenan. Aber …«

»Aber?«

»… keine Keller.«

»Nicht?«

»Nein.«

»Hm.« Er zuckte mit den Schultern. »Was ist es dann? Ich meine … wozu benötigen Sie den Raum?« Er wollte es nicht wirklich wissen. Es interessierte ihn eigentlich nicht. Er wollte nur nicht unhöflich sein.

Sie holte tief Luft, als würde sie zu einer langen, komplizierten Erklärung ansetzen. Doch dann entwich ihr Atem einfach nur ihrem Mund, wie ein Geist aus der Flasche.

»Ist Ihnen etwas gestohlen worden?«, fragte er behutsam.

Sie schüttelte den Kopf. »Ich mache Experimente«, sagte sie in einem kehlig klingenden Ton. »Mit Heilmittel.«

Er nickte, als wüsste er, wovon die Rede war.

»Top secret«, fügte sie flüsternd hinzu.

Er fragte sich so langsam, ob sie ein bisschen durchgeknallt war.

Wenn ihre Experimente streng geheim sein sollten, wieso erzählte sie ihm davon?

»Vielen Dank für Ihre Hilfe«, sagte er förmlich. Seine Zähne klapperten plötzlich und ihm fiel erst jetzt auf, wie eiskalt es an diesem Ort war.

Ihr Gesicht nahm einen besorgten Ausdruck an. »Sie bekommen Erkältung. Möchten Sie Tee?«

Er versuchte, sich zusammenzureißen, mit dem Zittern aufzuhören.

»Etwas Heißes … wäre gut«, erwiderte er schließlich.

Der blaue Sessel war weich und ließ ihn an die Meerschweinchen denken, die er verloren hatte. Warm, weich, lebendig. Nach etwas Nicht-Menschlichem riechend.

Artig trank er den Tee, der heiß war und nach Zitrone und Ingwer schmeckte und nach einem Kraut, das er nicht kannte. Er spürte die Energie, die in ihn floss. Allmählich entspannte er sich und betrachtete neugierig die Aquarien und Terrarien.

Käfer, Würmer, Schnecken, Kakerlaken, Spinnen, Raupen, kleine Schlangen, sogar Quallen … Die Tentakeln eines Oktopusses zogen feierlich langsam über das Glas. In dem Aquarium, das ihm gegenüberstand, schwammen aalähnliche Fische herum. Falls es denn Fische waren. Sie glitten elegant über etwas Grün-Schlammiges hinweg.

Die Asiatin erklärte ihm nichts. Sie lief herum und fütterte ihre Tiere.

Und Hans fragte sie vorsichtshalber nichts. Er war hier, um Tee zu trinken und sich aufzuwärmen.

Ein Hauch von Essig lag in der Luft. Sie musste viel Zeit mit Putzen verbringen. Der Boden war gekachelt wie in einem Bad, die hellen Deckenlampen spiegelten sich in ihm. Hans schaute verträumt auf sie hinab, als würde er an einem mit Sonnenfunken übersäten See sitzen. Nur der Essiggeruch störte ihn.

»Ist dir noch kalt?«

Ihre Stimme klang auf einmal vertraut und es wunderte ihn nicht, dass sie ihn duzte.

Er wollte etwas sagen, doch sein Hals fühlte sich rostig an. Er musste sich ein paarmal räuspern, ehe er antworten konnte.

»Wenn du Heilerin bist«, sagte er mit schwerer Zunge. »Wenn du tatsächlich heilen kannst ...« Er wusste nicht weiter und räusperte sich wieder.

»Manchen Menschen, nicht jeden«, sagte sie beinahe akzentfrei. »Aufgabe ist ... das richtige, das für dich bestimmte Mittel zu finden.«

Er lächelte sie zweifelnd an. »Das gibt es nicht.«

»Doch. Ich finden. Du musst nur ... Geduld sein.«

»Ich muss die Liebe loswerden«, sagte er und musterte sie etwas verlegen.

Sie schien sich über diese Aussage nicht zu wundern. Sie strahlte etwas aus, als wäre ihr nichts fremd.

»Und ...«

»Und?«

»Ich weiß nicht.«

Wie sollte er beschreiben, was er Nacht für Nacht erlebte?

Dass er von einem Schuss wach wurde, den nur er hörte?

Schweiß trat ihm auf die Stirn, und er erkannte an ihrem Blick, dass sie es sofort bemerkte.

»Angst«, sagte sie freundlich. »In dir steckt die Angst. Dir ist etwas Schlimmes zugestoßen.«

Es war keine Frage. Sie redete in einem Ton, als wüsste sie über alles Bescheid. Und ihre Stimme kam ihm erschreckend vertraut vor. Sie klang wie Sophia.

»Woher ... woher weißt du das?« Nervös dachte er an Skippy und die anderen Punks. Hatte er ihnen damals im Suff etwas erzählt, was sie weitergeben konnten?

Sie legte flüchtig ihre Hand auf seine Brust und ließ sie dann auf seinen Bauch schweben. »Erfahrung am eigenen Leib. Wandert in eigenen Leib.«

Er spürte ihren Druck auf seinem Bauchnabel, der allmählich fester wurde, und zuckte verunsichert mit den Schultern.

»Angst sitzt hier, klammert sich fest. Ich kann versuchen helfen. Vielleicht ich kann herausholen.« Sie ließ ihn plötzlich los und er fühlte sich eigenartig erleichtert.

»Hm. Vielleicht?«

»Mittel ist noch nicht fertig. Es muss noch … wachsen.«

»Wachsen?«

»Nicht richtiger Begriff«, gab sie zu. »Keimen. Reifen. Werden stark.«

Er nickte langsam. »Das heißt, du brauchst ein Versuchskaninchen?«

»Kaninchen?«

Er deutete auf sich. »Ich«, sagte er. »Ich bin das Kaninchen in deinem Labor.«

Sie lächelte verwirrt. »Okay.«

»Okay?«

»Okay.« Sie sah ihn prüfend an, klemmte die Zunge zwischen die Lippen und schien auf irgendetwas zu warten.

»Vielleicht hilfst du mir und ich helfe dir«, kam es aus seinem Mund und er räusperte sich. Die Worte fühlten sich fremd an, kratzig, als hätte er Stroh im Hals. Er hatte nicht vorgehabt, ihr diesen Vorschlag zu unterbreiten. Aber nun erschien er ihm naheliegend.

Viel später erst fragte er sich, wie es sein konnte, dass eine Chinesin mit Sophias Stimme sprach und dass er in einem Keller, der kein Keller war, Sätze sagte, die er gar nicht sagen wollte.

An ihre Antwort auf seinen Vorschlag konnte er sich da schon nicht mehr erinnern.

(Hans, 1995)

In Li Lings Labor arbeitete außer ihr noch ein stummer Chinese namens Tian, der für einen Chinesen ziemlich groß und kräftig war. Wenn er es richtig verstanden hatte, lebte Tian aus politischen Gründen im deutschen Exil.

Hans machte sein Versuchskaninchen-Dasein nichts aus. Im Gegenteil. Er fühlte sich wohl und wichtig.

Seit zwei Jahren hielt er nun schon seinen Arm bereitwillig hin, wenn sie Nadeln und andere spitze Dinge an ihm testeten, die meist mit irgendeinem Mittel beschmiert waren: Tannennadeln mit Harz, Dornen von Rosen und Kakteen mit dem Sud frisch zerquetschter Kräuter und Blüten, Stacheln von Seeigeln und von Rochen mit dem Saft verschiedener Algen. Sie akupunktierten ihn mit Haizähnen und Skorpionsstacheln, benutzten tierisches Sekret und pflanzliche Säfte, die nur manchmal verdünnt waren. Sie schrieben auf, wann seine Haut sich rötete und anschwoll und wann nicht. Sie lieferten die Berichte an den Meister in China und bekamen von dort neue Anweisungen. Und auch Hans sollte alles notieren: Buch führen über seinen Gemütszustand, seine Seele, seine Träume. Eine wichtige Aufgabe. Es ging um die Demokratie. Um den Widerstand in China. Und nicht nur da. Um die Angst, die sie vernichten wollten. Das klang ein bisschen größenwahnsinnig. Und das war ihm gerade recht.

Li Ling erklärte nicht viel. Sie erwähnte, dass der Meister und sie und ihre ganze Familie Falun-Gong-Praktizierende seien. Keine große Sache. Eine Art Meditation. Vielleicht eine Antwort auf das Massaker 89. Ein stummer Protest. Jeder, der nicht dem Sozialismus huldigte, wurde von der KP zum Staatsfeind erklärt. Aber was konnten sie gegen Meditation und Qui-Gong-Übungen sagen?

Hans kam das alles bekannt und fremd zugleich vor. Die Angst überwinden war ein gutes Ziel. Und es lenkte ihn ab. Er schlief jetzt besser. Der Schuss hallte noch in ihm, aber nicht mehr jede Nacht. Und die Erinnerung an Sophia verblasste allmählich.

Gott sei Dank.

Nach den Nadeln, Stacheln und Dornen kamen die Maden an die Reihe.

Das lebende Vieh war schon ein anderes Kaliber. Aber er gewöhnte sich auch an die Tierchen. Er fühlte keinerlei Ekel. Er sah sich selbst als Teil eines Experiments. Es gab keine Gefahr. Oder vielleicht gab es doch eine Gefahr. Aber er würde alles überleben, da war er sich sicher.

Li Ling sorgte sich um ihn, maß seinen Blutdruck, seinen Puls, seine Körpertemperatur, begutachtete seine Zunge und kontrollierte den Rhythmus seines Herzens. Nicht mütterlich, eher geschäftstüchtig. Er wurde Teil ihres Plans. Und sie schien zufrieden mit ihm. Er war ein guter Wirt, geduldig und gelassen.

Als einmal aus irgendeinem Grund sein Gesicht extrem anschwoll, tropfte sie ihm etwas auf die Lider, die Wangen, die Stirn – ein Mittel, das selbst durch seine geschwollene Nase noch stark nach Seetang roch und ihn für ein paar Augenblicke an die Ostsee seiner Kindheit zurückversetzte: Er sah sich selbst, wie er an einer Luftmatratze hing und Richtung Horizont trieb, Wellen schlugen ihm immer wieder ins Gesicht und er bekam keine Luft mehr!

Nach Atem ringend, versuchte er Li Ling nach den Ursachen zu befragen, gab aber schnell auf. Es kam nur unverständliches Gestammel aus seinem Mund, die Zunge, die ebenfalls dick war wie ein vollgesogener Schwamm, versagte ihm den Dienst. Er griff sich an den Hals, keuchte, röchelte. Ein paar Sekunden glaubte er zu sterben. Um seine Kehle schien sich etwas Großes, Schweres geschlungen zu haben. Vielleicht erwürgte er sich auch selbst. Die Augen waren zugeschwollen, ließen sich nicht mehr öffnen, und die Lippen kamen ihm aufgepumpt vor wie Fahrradschläuche.

Sie erklärte weniger, sie handelte. Zunächst mit den Tropfen aus dem Meer, danach abwechselnd mit Kräuterwickeln, Eis und Massagen. Und es ging ihm in wenigen Minuten, die ihm allerdings wie eine Ewigkeit vorkamen, besser. Die Schwellung ging zurück und er fühlte sich befreit. Er konnte wieder atmen, auch wenn das Sprechen noch schwerfiel. Ihm fiel plötzlich ein, wer ihn gerettet hatte, als er auf der Luftmatratze Richtung Horizont trieb. Eine unbekannte Frau mit einer weißen Badekappe. Blonde Locken quollen unter dem Gummi der Haube hervor. Ihre Augen sahen blau und besorgt aus. Sie redete nicht viel. Sie brachte ihn zum Strand zurück, zu seinen Eltern, die gar nicht mitbekommen hatten, dass er fast ertrunken wäre.

Zu guter Letzt flößte Li Ling ihm noch einen Heiltrunk ein, der eiskalt war, nach Kräutern und Alkohol schmeckte und in der Kehle brannte – vielleicht war es auch einfach nur ein Schnaps. Ihm war zumute wie ein Überlebender: Irgendwie euphorisiert spürte er sich selbst, seinen Herzschlag, seinen Atem. Er schlief drei Tage und drei Nächte lang nicht, kritzelte wie ein Besessener sein Notizbuch voll. Die Zeilen konnte er später kaum noch lesen. Li Ling zeigte sich auch damit zufrieden. Sie schien alles zu akzeptieren, was von ihm kam. Selbst eine kraklige, kaum entzifferbare Handschrift.

*

Er wusste nicht, ob die Einfälle und Experimente nur eine fixe Idee waren und Li Ling vielleicht verrückt.

Doch sie wirkte professionell, beinahe kalt und gleichzeitig enthusiastisch. Und er vertraute ihr. Auch wenn sich Li Ling über die Ergebnisse der Experimente selten, eigentlich nie, äußerte und nicht gerade besonders glücklich wirkte, hatte er nicht das Gefühl, seine Zeit zu verplempern.

Sie befanden sich auf dem richtigen Weg, da war er sich sicher. Auch wenn ihm das Ziel nicht so klar war.

Er trank kaum noch Alkohol, jedenfalls keine harten Sachen mehr, und rauchte nur noch gelegentlich. Die meisten

Nächte schlief er jetzt durch. Morgens radelte er zur Schule, mit einem schwarzen Sportrad, das er sich im letzten Jahr zugelegt hatte. Die Schüler mochten ihn, verriet er sie doch nicht, wenn er sie beim heimlichen Rauchen ertappte oder er half ihnen beim Auffinden verlorener Jacken, Mützen, Schals, Taschen, Fahrradhelme, Zahnspangen und Schlüssel, da er auch das Schulfundbüro betreute. Sogar Kleinigkeiten bewahrte er länger auf, als vorgeschrieben – Kettchen mit Herzen oder Schutzengeln, Lippenstifte und Cremedöschen, sogar Sammelkarten mit albtraumhaften Monstern. Nur die durchgeschwitzten Socken, die in den Umkleidekabinen liegen blieben, warf er weg und die wenigen Zigaretten, die er fand, rauchte er selbst.

In der Schule aß er auch zu Mittag und nach der Arbeit genehmigte er sich eine Currywurst oder einen Döner und ein Bier am Stand, bevor er zum Labor fuhr.

Der Stumme erwartete ihn meist schon und bereitete ihn vor, maß seine Temperatur und gestikulierte, was für den Tag geplant war. Dann beugte sich Tian über die Reagenzgläser und Terrarien und prüfte, ob mit den Maden und dem anderen Getier alles in Ordnung war.

Li Ling wirkte meist mürrisch, wenn sie erschien. Sie bemühte sich nicht groß, freundlich zu ihm zu sein. An manchen Tagen nahm sie sich nicht einmal die Zeit zu grüßen und begann sofort mit der Arbeit. Mittlerweile war er ein fester Bestandteil von was auch immer. Mit routinierten Bewegungen legte sie ihm die Maden, die kalt waren, da sie aus dem Kühlschrank kamen, in die Wunde. Die Verletzung, die der Stumme ihm vor ein paar Tagen am linken Unterarm zugefügt hatte, sah – planmäßig infiziert, wie sie war – so übel aus, als würde sie nie wieder heilen. Doch sie heilte. Und zwar dank der Maden erstaunlich schnell. Nur war es nicht das, was Li Ling interessierte. Sie prüfte seine Atmung, seinen Puls und wollte wissen, woran er dachte, während die Maden seinen Wundbrei verspeisten, und was er träumte, was er vor sich sah, wenn er die Augen schloss, welche Erinnerungen ihm in den Sinn kamen und was er fühlte.

Die Prozedur dauerte eine Stunde, manchmal mehr, manchmal weniger. Wenn Li Ling damit begann, die Maden Stück für Stück wieder einzusammeln, wich allmählich die Spannung aus ihrem Körper und sie erlaubte sich ein Lächeln. Doch er konnte erkennen, dass es nicht echt war. Es wirkte gequält. Der Zweifel nagte an ihr, wie die Maden an ihm nagten. Er verstand ihren Frust nicht. Was erwartete sie? Warum war sie mit allem unzufrieden? Als die Wunde so schnell verschwand, wie sie gekommen war, sogar schneller und er kaum Schmerzen empfand, lobte er sie, hielt sich nicht zurück mit Schmeicheleien. Sie schienen seine anerkennenden Worte jedoch kalt zu lassen. Die Gier, mit der sie arbeitete, zielte nicht auf diese Art Wertschätzung und scheinbar auch nicht auf finanziellen Erfolg. Er durchschaute sie nicht und sie blieb ihm fremd.

Aber vielleicht war es ja auch ihr Geheimnis, das ihn an sie kettete. Er hatte keine Ahnung.

Sie verlangte nicht von ihm, dass er ihre Arbeitswut teilte. Sie scherte sich nicht darum, dass er fast jeden Tag zu spät kam. Die Uhrzeit interessierte sie wenig, sie trug keine Uhr, und manchmal mochte er sie allein schon dafür.

Sie ließ sich von ihrer Intuition treiben und die funktionierte – soweit er das einschätzen konnte – ganz gut.

Die Behandlungen blieben nicht ohne Folgen. Manchmal fiel er in einen Redefluss, der sich kaum stoppen ließ. Er erzählte von seinen Träumen und seiner Vergangenheit, von seinen Eltern, an die er so gut wie nie dachte. Er redete und redete, oft ohne dass ihm bewusst wurde, was er alles erzählte. Er redete bis er heiser war. Und manchmal kritzelte er in einem Schreibwahn alles auf. Er schrieb von Sophia und von ihrer Tochter und Venedig und der schwarzen Gondel – und ohne Übergang berichtete er von dem *Mädchen*, von der Leiter, die sie ihm besorgt hatte, und seiner Flucht über die Grenze, von der Mauer, der ersten und der zweiten, vom Schuss, der fiel, und der Schuld, die sich in ihm wand wie ein Bandwurm.

Er dachte nicht darüber nach, was Li Ling mit diesen Informationen anfing. Wollte sie ihm helfen? Oder war er einfach nur nützlich für sie – nützlich wie eine Made? Und spielte das eine Rolle?

Der Stumme stand oft dicht neben ihm, als wollte er ihn auffangen, falls er ohnmächtig werden würde. Hans empfand diese Nähe als lästig. Doch immer, wenn er versuchte Abstand zu gewinnen, rückte der Stumme nach, blies ihm seinen schalen Atem in den Nacken.

Man hatte ihm in einem chinesischen Gefängnis mit einem Schlauch kochend heißes Wasser in den Mund geflößt und Hans wagte nicht, ihn zu deutlich abzuwehren, obwohl er es hasste, wenn jemand ihm zu nahe kam. Stattdessen führte er seine Selbstgespräche jetzt mit ihm. Er erzählte dem Stummen, was er noch einkaufen musste, wie das Wetter morgen werden sollte, welchen Film er sich im Fernsehen angesehen hatte und später auch von dem Schuss, von der Grenze, von seiner Flucht und dem Mädchen.

Eigentlich redete er, was ihm gerade in den Sinn kam, um nicht an die verbrühte Zunge des Stummen denken zu müssen.

»Die Maden sind Allesfresser«, sagte er einmal, verwundert und merkwürdig traurig zugleich. Der Stumme griff nach seiner Hand und ließ sie eine Weile nicht mehr los, als wollte er sich an ihm festklammern. Hans stand mit ihm Hand in Hand da und dachte, dass das wohl jetzt doch etwas zu weit ging, aber er rührte sich nicht und wartete einfach ab, und eigentlich war die Berührung gar nicht so unangenehm.

Der Stumme stieß einen seltsamen Ton aus – Hans wusste nicht, ob das ein Lachen oder Stöhnen sein sollte. Oder wollte er etwas erwidern? Vielleicht hatte er einen Moment vergessen, dass er nicht mehr sprechen konnte?

Hans sah, wie die Augen des Mannes feucht wurden, und

eine einzelne Träne lief wie in Zeitlupe über seine Wange. Schließlich ließ der Stumme seine Hand fallen, wandte sich abrupt ab und wühlte in dem Viehzeug herum.

Nach einer Weile ging er an einen Schrank, den er sonst nie angerührt hatte, und kramte ein weißes Fläschchen ohne Aufschrift daraus hervor. Den Inhalt kippte er in das Becken. Dann stand er da, über das Gewürm gebeugt und zupfte nervös an seinem Oberlippenbart.

Hans sah ihm zu und ihm wurde wieder einmal bewusst, wie wenig er begriff von dem, was hier vor sich ging.

Der Stumme starrte die Maden an, als hätte er den Verstand verloren. Was wollte er denn noch von ihnen? Ihre Fressgier steigern? Ihr Aussehen verbessern? Oder vergiftete er sie?

Nicht zum ersten Mal wünschte sich Hans, Tian würde sprechen, ein Wort wenigstens, selbst wenn er es nur auf Chinesisch sagte. Aber der Stumme blieb stumm. Manchmal versuchte er mit Händen und Füßen etwas zu erzählen, und Hans bemühte sich, herauszufinden, was das sein mochte.

Einmal zeigte Tian ihm eine vergilbte Fotografie, auf dem ein lächelnder Mann zu sehen war, dem mindestens zwei Zähne fehlten und der ein stämmiges braunes Pferd mit kurzer Mähne an den Zügeln hielt. Sein Vater, das war unschwer zu erkennen.

»Lebt er noch? In China?«

Der Stumme hatte zwei Mal genickt und dabei todtraurig ausgesehen und Hans hatte ihn auf einen Tequila im *Trinkteufel* eingeladen.

*

Die Maden fraßen. Hans sah ihnen ungläubig dabei zu. Irgendetwas hatte sich verändert. Sie brauchten jetzt keine Wunde mehr.

Einige hingen an seiner Haut wie Fische am Angelhaken.

»Und nun?«

Der Stumme hockte auf einem Holzschemel vor dem Becken, starrte in das Gewimmel, dann wieder Hans an und grinste verzückt. Seine Freude war offensichtlich. Er wirkte beinahe glücklich.

Hans verstand nur nicht wieso. Er beobachtete das Leben auf seinem Arm mit Skepsis. Die Maden hatten sich ohne Zweifel weiterentwickelt. Sie waren gewachsen und suchten sich die passenden Stellen an seinem Körper selbst. Sie blieben nicht an seinem Unterarm, sondern kämpften sich nach oben, bis in seine Achselhöhle.

Er spürte keinen Ekel, nur konnte er auch keine positiven Effekte erkennen. Seine Seele blieb eher gleichgültig. Er schüttelte und streifte die Tiere ab, bis keine einzige Made mehr an ihm hing.

Der Stumme sprang auf.

Hans zuckte zusammen. Unwillkürlich ballten sich seine Fäuste. Notfalls würde er zuerst zuschlagen.

Doch Tian sah ihn gar nicht an. Sein Blick war auf die Tür gerichtet.

Und jetzt hörte Hans es auch: Stimmen, Schritte. Männerstimmen.

Ein Schlüssel drehte sich im Schloss. Li Ling erschien wie ein Gespenst.

Sie bewegte sich langsam, zögernd, als würde sie geschoben. Sie hielt den Blick gesenkt, sah blass und müde aus.

Zwei Polizisten folgten ihr und grüßten mit einem forschen: »Guten Tag, die Herrschaften! Es hat Beschwerden gegeben. Wir müssen der Sache nachgehen.«

Ihre beim Eintreten leeren Gesichter verzogen sich, als sie die Terrarien sahen.

Einer der beiden lachte. Der andere griff sich an den Hals, als müsste er sich gleich übergeben. »Ach herrjeh … Was … Was ist denn *hier* los?«

»Nichts«, antwortete Hans. »Wir sind Hobbyangler. Wir züchten ein paar Köder für uns und die Kollegen vom Verein. Ist das verboten?«

»Zum Angeln brauchen Sie die?«

Hans nickte. »Zum Angeln in der Havel, in der Spree und in den Seen. Genau. Karpfen, Zander, Barsche … Lebendköder sind immer noch die besten, verstehen Sie?«

Die Uniformierten antworteten nicht. Sie stapften zwischen den Becken umher und wirkten ratlos.

»Sie gedacht, wir haben Drogenlabor«, sagte Li Ling empört. »Aber wir sind nicht Kriminelle!«

»Anzeigen müssen wir nachgehen, auch wenn sie anonym sind«, sagte der Polizist, der sich immer noch den Hals rieb. »Das verstehen Sie, oder?«

»Wir keine Drogen. Das hier nur … Hobby.«

»Ein sehr ungewöhnliches Hobby«, stellte der andere Ordnungshüter fest.

»Nicht illegal«, verteidigte sich Li Ling. »Ich zahlen Miete für zwei Keller und Wand ist entfernt mit Erlaubnis.«

Die Beamten nickten vor sich hin und sahen sich weiter um.

»Tja. Ich würde sagen, es liegt kein Gesetzesverstoß vor. Allerdings ist dieser Hobbyraum schon sehr … speziell. Sind Sie sicher, dass die Viecher nicht entweichen können? Die dürften ja durch jede Spalte kommen.«

»Sicher«, antwortete Li Ling.

»Darauf achten wir selbstverständlich«, sagte Hans und lächelte.

Die Polizisten starrten ihm ins Gesicht und er fragte sich, ob etwas nicht stimmte. Fühlte er da nicht ein Kribbeln über seiner linken Augenbraue?

»Nun, gegen einen Weihnachtskarpfen ist natürlich nichts einzuwenden«, murmelte der Polizist, der die ganze Angelegenheit eher lustig zu finden schien.

Hans fragte sich einen Moment, ob er bestochen werden wollte.

»Gut, wir nehmen noch Ihre Personalien auf und verschwinden wieder«, sagte der andere, der die Angelegenheit eher widerlich fand.

Der Stumme stand neben einem der Becken und rührte sich nicht. Nur sein Kiefer bewegte sich. Hans hatte ihn noch nie Kaugummi kauen sehen.

»Können Sie sich ausweisen?«, rief der Ungeduldige ihm zu.

»Er versteht kein Deutsch«, sagte Hans. »Und er ist taubstumm.«

Die beiden Polizisten warfen sich Blicke zu.

»Sie bräuchten einen chinesischen Gebärdendolmetscher«, erklärte Hans in aller Seelenruhe.

»Geht die richtig?« Der Freundlichere deutete auf eine billige Plastikuhr an der Wand, die viel zu laut tickte.

»Sie geht zwei Minuten nach.«

»Zwei Minuten nach«, wiederholte er langsam, als wäre das irgendwie von Bedeutung. »Ja, dann müssen wir jetzt gehen. Wir kommen ein anderes Mal wieder und halten Sie dann Ihre Ausweispapiere bereit.«

»Selbstverständlich.« Ohne große Eile öffnete Hans ihnen die Tür.

*

Drei Tage später war das Labor geräumt.

Hans traf den Stummen an, der den glänzenden Boden wischte, bis er noch mehr glänzte.

»Was ist hier los?«

Er erhielt keine Antwort. Tian putzte verbissen.

»Wo ist Li Ling?«

Hans stellte sich dem Chinesen in den Weg.

»Das könnt ihr doch nicht machen«, murmelte er.

Tian wischte mit dem Mopp zwischen seinen Beinen herum.

Hans stoppte die Bewegung mit dem Fuß.

»Ich denke, ich habe das Recht auf eine Erklärung«, sagte er trotzig.

Aber er bekam keine. Nur einen wütenden, blutunterlaufenen Blick, vor dem er sich nun doch erschrak.

Ein paar Wochen später erfuhr er, dass Li Ling ihrem Freund gefolgt war und sie eine Zeitlang in Marokko bleiben würde. Er erfuhr, dass sie mit Skippy in einem Dorf am Rand der Sahara, in der Nähe der algerischen Grenze lebte, in einem Haus ohne Strom, wo sie Schafe und Ziegen züchteten, wenn sie nicht gerade tiefe Löcher gruben und Fossilien aus der Erde holten.

»Mir geht gut. Keine Sorgen macht.« Sie rief aus einem Hotel in Merzouga an, einem kleinen Wüstenort, und erzählte etwas von der Hitze, von einem Brunnen, von Eidechsen und vom Schatten unter den Olivenbäumen.

»Was wird denn jetzt?«, unterbrach Hans ihr Gerede schließlich. »Wie geht es weiter?«

»… wiederkomme, es geht weiter«, sagte sie am Telefon. »Jetzt … Pause.«

»Wann?«, fragte Hans. »Wann kommst du wieder?«

Alles, was er noch hörte, war ein Schnarren in der Leitung.

Hans legte auf. Er lief in der Wohnung umher. Dann ging er in die Küche und starrte aus dem Fenster.

Einen Moment sah er Schafe und Ziegen vorbeiziehen.

Er konnte sie sogar riechen. Eine Zeitlang starrte er in die gelbe Wüstenlandschaft und sah den wüstengelben Tieren zu, die an verdorrten Grasbüscheln knabberten.

(Hans, 1999)

Seit die Sache in der Schule passiert war, träumte er von dem Mädchen.

Es lag vielleicht an der Leiter.

Er hatte vergessen, sie wieder in die Werkstatt zurückzubringen und ein Junge war darüber gestolpert. Es sah recht übel aus: ein offener Bruch. Der Knochen ragte unten aus dem Bein heraus und die Kinder kreischten wie die Wahnsinnigen. Ein Rettungswagen musste kommen und später wurde Hans angeschrien: erst von den aufgebrachten Eltern, dann von dem Direktor der Schule: »Es ist Ihre Schuld! Das hätte nicht passieren dürfen! Sie sind ganz allein verantwortlich! Sie können von Glück reden, wenn wir Sie nicht anzeigen!« Und natürlich verlor er seinen Job.

Es machte ihm nicht so besonders viel aus. Marlene war mittlerweile fünfzehn und hatte die Schule längst verlassen, um an irgendeinem Gymnasium weiterzumachen. Ihre Mutter hatte er ohnehin kaum gesehen, solange Marlene an seiner Schule Schülerin war, und wenn, dann aus der Ferne.

Eine Zeitlang war er arbeitslos und hockte vor sich hin starrend in seiner Wohnung. Er schlief schlecht und hatte wieder Albträume. Er wurde verfolgt. Von Bewaffneten, die jederzeit auf ihn schießen konnten.

Aber auch das *Mädchen* lief ihm Nacht für Nacht nach. Manchmal wachte er schweißgebadet auf und es saß an seinem Bett und grinste ihn an. Sie redete nicht mit ihm. Sie klimperte mit dem Schlüsselbund herum, und er sah, dass sie durchs Fenster gekommen war. Es stand weit offen und die Leiter lehnte in seine Wohnung hinein, zeigte vorwurfsvoll auf ihn. »Du bist schuld!«, knarzte sie.

Das Mädchen ließ ihn nicht in Ruhe und er wusste, dass er nach ihr suchen musste, wenn er seinen Frieden finden wollte.

Einmal zündete er Räucherkerzen an, weil er an Li Ling dachte, die ihm fehlte, wie eine Tante oder Cousine, die er besonders mochte. Er schrieb Bewerbungen, an die er selbst nicht glaubte, und schaute nebenbei die Regionalnachrichten. Es war nichts Besonderes passiert. Es ging darum, dass auf einem Flohmarkt geklaute Räder aufgetaucht waren.

Passanten wurden befragt, Käufer interviewt. Er erkannte das Mädchen nicht sofort, erst als sie etwas sagte, dämmerte ihm, dass er die Stimme nicht zum ersten Mal hörte. Sie war es. Die traurigen Augen, der verträumte Blick. Sie trug schwarz, als wäre sie auf einer Beerdigung. Die Atemlosigkeit war neu: Als hätte sie Asthma, stockte sie beim Reden und rang ein paarmal nach Luft.

Sie wurde gefragt, was sie davon halten würde, dass man hier Diebesgut verkaufte.

Sie zuckte mit den Achseln. »Das wusste ich nicht«, antwortete sie vorsichtig. »Ich wollte … auch kein Fahrrad kaufen, sondern … suche nach …«

»Sie sind mehr die junge Dame, die nach Schmuck und Schuhen Ausschau hält?« Der Reporter lachte über seine dämliche Bemerkung. »Oder nach origineller Second-Hand-Mode?« Die Kamera schwenkte über den Körper des Mädchens. Aber es gab nichts zu entdecken, nichts Auffälliges. Sie war vom Kopf bis zu den Füßen schwarz, wie eine Krähe. Auch die Haare waren schwarz gefärbt. Nur das Gesicht war blass, verschlossen. Er sah den verborgenen Schmerz dennoch. Die Augenringe waren nicht zu übersehen. Der Schuss, von dem er träumte, hatte ihr gegolten, nicht ihm.

Das Mädchen sah den Reporter ausdruckslos an. »Ich suche nach nichts Besonderem«, sagte sie. »Manchmal lese ich hier Gedichte.« Sie deutete fahrig auf einen Stand mit antiquarischen Büchern.

Der Journalist wandte sich abrupt von ihr ab, als hätte sie etwas Unanständiges gesagt, und hielt das Mikro einem jungen Mann, der gerade ein Rad vor sich her schob, ans Kinn.

Hans rückte dichter an das Fernsehgerät heran. Aber das Mädchen tauchte nicht mehr auf. Sie war also in Berlin und trieb sich auf Trödelmärkten herum. Er würde sie finden. Er nahm sich vor, dass er sie finden würde.

Hans begann sich als Journalist auszugeben. Einem Journalisten wurden keine dummen Fragen gestellt, wenn er dumme Fragen stellte. Er besuchte die Trödelmärkte, erst den in Schöneberg, auf dem die geklauten Fahrräder angeboten worden waren, dann die in den anderen Stadtteilen, interviewte langweilige alte Leute, die langweilige alte Bücher verkauften.

Zur Tarnung schrieb er sogar ein paar Artikel, von denen einige auf den Lokalseiten der Bezirke tatsächlich veröffentlicht wurden. Die Wahl seiner Themen glich selbst einem Flohmarkt: Er schrieb nicht nur über »Verborgene Schätze in Berliner Antiquariaten«, sondern außerdem über Feuerwehreinsätze, vermisste Personen und Unwetterschäden, porträtierte einen Obdachlosen vom Bahnhof Zoo, eine Hundertjährige aus Charlottenburg und eine Mutter von Sechslingen, die in Wilmersdorf lebte und auch noch dreifache Witwe war. Er besorgte sich einen Presseausweis und fand allmählich Gefallen am Schreiben. Zwar verdiente er lächerlich wenig, aber es war ein gutes Gefühl, einen Artikel gedruckt zu sehen. Die meisten Menschen ließen sich gern interviewen; sie fühlten sich wichtig durch ihn. Mit ein paar Zeilen würdigte er ihr Leben und manchmal auch ihr Leiden. Er hörte ihnen zu und schrieb mit. Von sich selbst musste er nichts offenbaren. Nach einem Gespräch und dem Erscheinen des Artikels erlosch der Kontakt, als hätte es ihn nie gegeben. Auch das kam ihm entgegen. Er war schon immer ein Einzelgänger gewesen, fühlte sich als der einsame Wolf, der durch die Wälder strich. Näherer Kontakt zu Menschen interessierte ihn nicht, von Ausnahmen abgesehen. Zu diesen Ausnahmen gehörten Sophia und Li Ling. *Hatten* gehört. Die einzigen Menschen, die ihm etwas bedeuteten, waren aus seinem Leben verschwunden.

Im November erhielt er eine Einladung der Gauck-Behörde zur »Einsichtnahme in die personenbezogenen Unterlagen«. Den Antrag hatte er vor etwa einem Jahr gestellt – eher aus vager Neugier als aus brennendem Interesse. Er hatte nicht das Gefühl gehabt, dass er für die Stasi relevant gewesen war, mal abgesehen von seiner Flucht. »Es wurden 5 Akten mit ca. 1 000 Seiten aufgefunden«, hieß es in dem

Schreiben lapidar. »Sie haben die Kosten der beantragten Amtshandlung zu tragen.«

Hans lachte auf, und trug den Termin und die Adresse in seinen Kalender ein. Dann holte er sich ein Bier aus dem Kühlschrank und trank es in einem Zug aus.

Jetzt bekam er also Gelegenheit den Schnüfflern hinterherzuschnüffeln.

Nach dem dritten kalten Bier stellte er sich unter die Dusche, seifte sich gründlich von Kopf bis Fuß ein, kniff die Lider zusammen, damit ihm nichts von der Lauge in die Augen laufen konnte, hörte dem Rauschen des Wassers zu und dachte an das Mädchen. Vielleicht fand er auf einer der tausend Seiten ja einen Hinweis, was mit ihr passiert war?

Er wurde furchtbar nervös bei dem Gedanken, stellte das Wasser so heiß ein, dass er es gerade noch ertrug. Es fraß sich in seine Poren, seine Haut wurde von roten Flecken übersät. Eines der Male hatte beinahe die Form eines Sowjetsterns.

Hans wusste, dass ihm nichts anderes übrigblieb, als sich Klarheit zu verschaffen – soweit man sich Klarheit in einem Zerrspiegel verschaffen konnte.

*

Dennoch spürte er ein Unbehagen, als er in dem kargen Raum die erste Akte vom Stapel nahm. Er starrte das Ding an, ein paar Minuten lang, unfähig die Pappe zu berühren. Die Akte sah graubraun aus, wie ein giftiger Pilz. Wenn er sie berührte, würde etwas von dem Gift auf ihn übergehen, würde in seine Haut eindringen und etwas in ihm auslösen, von dem er keine Ahnung hatte.

Blödsinn. Er war doch Profi oder gab sich zumindest dafür aus. Als Journalist durfte man keine Angst haben vor der Vergangenheit. Und es war auch keine Angst, die er spürte, eher Widerwillen, obwohl es nicht sein Wille war, der sich widersetzte, im Gegenteil. Es war der muffige Geruch, der ihm in die Nase stieg, der Anblick dieser Erbärmlichkeit, der Ekel, der ihn erfasste – das gleiche Gefühl, das ihn aus dem Land getrieben hatte. Aus einem Land, das ihn mit einem Schuss verabschiedet hatte. Es überraschte ihn einigermaßen, wie intensiv und plötzlich alles wieder da war. Einen Moment dachte er daran zu gehen, zu flüchten – darin lag doch seine Begabung, oder?

Stattdessen setzte er sich gerade hin, atmete ein paarmal tief durch. Es war richtig gewesen abzuhauen, sagte er sich. Niemand, kein Mensch und schon gar kein Staat hatte das Recht, ihn festzuhalten.

Seine Hand war merkwürdig verkrampft, als er den Aktendeckel aufschlug. Für derart kontaminierte Dokumente sollte man besser Handschuhe ausgeben. Wie hielten das die Leute aus, die hier arbeiteten? Die die Akten in dieser wahnwitzigen Ansammlung von Schnüffelpapier suchen und wie die Müllsammler im Abfall der letzten deutschen Diktatur wühlen mussten? Wie fühlten sie sich, wenn sie die Spitzelberichte ausgaben und täglich in die Gesichter der Leute blickten, die verraten wurden?

Es schüttelte ihn kurz. Er hätte jetzt gern ein Bier oder etwas Härteres getrunken. Aber er war ja hier, um sich Klarheit zu verschaffen, nicht um sich zu benebeln.

Als er die ersten Seiten las oder versuchte, den Sinn dieser Stasisprache zu verstehen, musste er daran denken, wie er sich einmal verlaufen hatte, während seiner Armeezeit. Er war nach seinem ersten Ausgang, Monate nach seiner Einberufung, nach einer wilden Herumknutscherei in der Dorfdisko – mit einer jungen Frau, deren Namen er gleich wieder vergaß – spät dran gewesen, nahm eine Abkürzung und landete in einem sumpfigen Gebiet, wusste nicht mehr, wo er sich befand. Bei jedem Schritt war er knöcheltief versunken und hatte das Gefühl gehabt, unterzugehen, einfach verschluckt zu werden. Er hörte sich selbst wieder wie damals: Das Platschen, das Schluchzen, Platschen, Schluchzen, Platschen, Schluchzen – er war gerade mal achtzehn und glaubte sich am Ende.

Natürlich wurde er für das Zuspätkommen in völlig desolatem Zustand – mit Schlamm beschmiert, noch halb betrunken, fluchend, heulend, und unerlaubt in Zivil – bestraft: drei Tage Arrest, zusätzliche Arbeiten, Ausgangs- und Urlaubssperre. Und natürlich wurde er vor versammelter Mannschaft angebrüllt, »zur Sau« gemacht, gedemütigt wie nie zuvor.

In der Zelle hatte er das zweite Mal in seinem Leben über eine Flucht nachgedacht. Doch diesmal wollte er nicht mehr sterben, um seine Eltern zu bestrafen. Er musste diesen Irren in ihren Uniformen entkommen. Wenn er sich selbst halbwegs ernst nahm, durfte er sich diese Schmach nicht bieten lassen. Das, was sie ihm hier antaten, würde er ihnen nie und nimmer verzeihen. Irgendeinen Weg raus aus diesem Land musste es doch geben.

Die Pläne, die er schmiedete und meist wieder fallen ließ, behielt er für sich. Es gab keinen Grund, sie jemandem zu erzählen.

Die Flucht über die Ostsee erschien ihm zu weit und zu riskant; für einen Fluchthelfer aus dem Westen fehlten ihm außer den nötigen Kontakten, auch das Geld und das Vertrauen; für einen Ausreiseantrag hätte er womöglich jahrelang auf gepackten Koffern sitzen und sich weiter demütigen lassen müssen.

Klar war ihm immer nur eines: Er würde allein gehen. Auch die kurze Ehe änderte daran nichts. Seiner Frau hatte er von seinen Fluchtabsichten nichts gesagt. Eine Zeitlang legte er das Vorhaben auf Eis, aber nicht besonders lange. Die Vorstellung irgendwann, bald, abzuhauen, verschaffte ihm ein heimliches Freiheitsgefühl. Er fühlte sich ein stückweit von einer Last befreit: Er würde gehen, alles hinter sich lassen, sich aus dem Staub machen, verduften – auf Nimmerwiedersehen. Seine Frau war doch nicht schwanger, wie sich herausstellte, die Bremse, die er für eine Weile angezogen hatte, löste sich wieder. Sie hatten wegen einer gemeinsamen Wohnung geheiratet, die ihnen schließlich – nach monatelangem Warten – von der Kommunalen Wohnungsverwaltung zugewiesen wurde: Zwei Zimmer unter einem undichten Dach, Ofenheizung, kein Bad – sie wuschen sich im Ausguss in der Küche oder in einer Schüssel – die Toilette in einem winzigen, unbeheizbarem Raum, vermutlich der ehemaligen Speisekammer. Auch der Ausblick war deprimierend: Sie schauten direkt in eine NVA-Kaserne und konnten den Soldaten zusehen, die Krieg spielten und hin und her gescheucht wurden.

Sie gingen zusammen ins Kino, betranken sich gelegentlich freitags oder samstags und schliefen miteinander. Das war alles. Er liebte sie nicht und er bezweifelte, dass sie ihn liebte. Sie war hübsch, sie kleidete sich sorgsam, meist ganz in Weiß, als wäre sie eine Braut auf Dauer, oft nähte sie die Hosen, Blusen und Röcke aus einfachsten Materialien wie Bettlaken und Stoffwindeln selbst, sie spielte Klavier und nicht einmal schlecht, aber er war nicht verliebt in sie. Er dachte an andere Dinge, wenn sie beieinander lagen, manchmal an andere Frauen. Sie saß oft am Klavier, einem Erbstück ihrer Großmutter, ohne zu spielen, träumte vor sich hin und war kaum ansprechbar. Wenn er es versuchte, sah sie ihn an wie einen Fremden, als würde sie ihn nicht kennen. Es wunderte ihn, dass sie ihn geheiratet hatte.

Manchmal verschwand sie einfach für ein paar Stunden, einen Nachmittag, ohne ihm zu sagen, wohin sie ging. Er fragte sie nicht, es war ihre Sache. Wenn sie zurückkam, erklärte sie nichts, ging in die Küche, wusch das Geschirr ab und kochte etwas. Er erinnerte sich an ihr Lieblingsgericht: Blumenkohl mit Semmelbrösel und Wiener Schnitzel – die Semmelbrösel gelangen ihr wirklich gut, knusprig und würzig und nicht zu fettig. Er hatte nie wieder solch fantastische Semmelbrösel gegessen.

Als er jetzt durch die Akte blätterte, dämmerte ihm, wo sie gewesen war.

Seine Geheimnisse hatte sie nur deshalb nicht ausgeplaudert, weil sie von seinen Geheimnissen nichts wusste. Niemand wusste davon. Er hielt sie in sich verborgen, eingeschlossen in seinem Kopf.

Er horchte in sich hinein, versuchte zu erkunden, ob ihn der Verrat schmerzte. Aber er fühlte nichts, nur eine müde, matte Gleichgültigkeit. Das ewige Weiß, das seine Frau getragen hatte, war also gelogen. Die Unschuld vom Lande nichts als ein schlechtes Schauspiel. Vielleicht bedeutete die Farbe ihrer Kleidung ja auch etwas anderes: dass sie sich ergeben hatte zum Beispiel.

Mechanisch dachte er: Warum? Seit wann? Wie lange? Nur wem sie gedient hatte, war klar.

IM Schneewittchen und ihre sieben Stasizwerge.

Wieso hast du das getan? Wer bist du?

Doch es interessierte ihn nicht wirklich. Die Berichte waren fast harmlos. Sie schrieb nichts, was ihn belastet hätte. Dass sie private Dinge ausplauderte, ins Detail ging, über den Sex schrieb, fand er absurd. Irgendein Stasiheini wollte das also wissen. Wozu? Um sich daran aufzugeilen?

Er wunderte sich über sich selbst. Das ganze Zeug, das da vor ihm ausgebreitet lag, berührte ihn in den ersten Minuten seiner Akteneinsicht kaum. Er war eher befremdet, als würde es gar nicht wirklich um ihn gehen.

Auch die akribische Untersuchung seiner Flucht in der zweiten Akte ließ ihn erst einmal kalt. Die Berichte der Grenzer und ihrer Vorgesetzten, die Skizze und die Fotos vom sogenannten Tatort, die Bilder von der Leiter, von Fußabdrücken, von seinem in Babelsberg zurückgelassenen Trabant, die Durchsuchungs- und Beschlagnahmeprotokolle – auf Anordnung des Staatsanwaltes des Bezirkes Potsdam wurde seine Wohnung gefilzt … Er sah das alles zum ersten Mal, schaute in sein Leben aus der Perspektive der Aasfresser. Aus deren Sicht war er der *Grenzverletzer*, der *Täter*, der *Staatsfeind* … Sie hätten ihn lieber tot gesehen. Sie hätten ihn gern erschossen. Vielleicht eine Prämie kassiert und eine Woche Sonderurlaub für einen sauberen Kopfschuss. Sie konnten ihn mal. Er war ihnen entkommen, er war *ihm* entkommen – diesem Staat, der wissen wollte, wie oft er mit seiner Frau fickte.

War er das wirklich?

Entkommen?

Das Wort *Schuss* verschwamm vor seinen Augen, ein gezielter Schuss auf die mutmaßliche Mittäterin des Grenzverletzers, die sich ebenfalls auf die Grenzanlagen nach Berlin (West) zubewegte, las er noch. Dann wurde die Schrift vor seinen Augen unscharf, unlesbar.

Seine Hand begann zu zittern, zitternd blätterte er weiter.

Er fand einen Haftbefehl des Kreisgerichts Potsdam-Stadt gegen ihn, in dem die Untersuchungshaft angeordnet wurde. Er wird beschuldigt, einen ungesetzlichen Grenzübertritt begangen zu haben. Na sowas …

Ein *Operativer Vorgang* war eingeleitet, ein *Ermittlungsverfahren*, wegen Paragraf 213 (1) des Strafgesetzbuches, war eröffnet – und schließlich *vorläufig* eingestellt worden, weil der Beschuldigte abwesend ist.

Ein Lachen brach aus ihm heraus, hart und kratzig, wie ein böser Husten.

Weil er *abwesend* war, hatten sie sich den Anwesenden zugewandt.

Seine Eltern befragt, seine Exfrau, seine Nachbarn, Kollegen …

In der dritten Akte fand er seitenweise Vernehmungsprotokolle: Wann und unter welchen Umständen wurde der Grenzverletzer zum letzten Mal gesehen; welche Motive zur Flucht sind bekannt; wo hält er sich zum gegenwärtigen Zeitpunkt auf …

Als er in Akte Nummer vier auf die Seiten stieß, auf denen es um die Leiter ging, fühlte er, wie ihm der Schweiß ausbrach.

Bei der kriminaltechnischen Untersuchung des Tatortes

wurde eine 3m hohe, 10sprossige Metallleiter am vorderen Sperrelement angelehnt festgestellt, an welcher sich ein etwa 1m langes Seil befand, welches dem Täter, der Spurenlage nach, zum Nachholen der Leiter über die zuvor überwundenen Sicherungsanlagen diente.

Natürlich hatten sie nicht besonders lange gebraucht, um herauszufinden, woher die Leiter stammte.

Die Familie Möller war ins Visier der Ermittlung gerückt. Die Eltern des Mädchens mussten die Leiter identifizieren, als wäre sie ein menschliches Wesen und nicht ein zurückgelassener Gegenstand, und natürlich beteuerten sie ihre Unschuld: »Wir haben nichts gewusst und nichts mit der Sache zu tun! Ja, die Leiter gehört uns. Aber wir können uns nicht erklären, wie der Republikflüchtling in ihren Besitz gelangen konnte. Sie wurde immer angeschlossen. Er muss den Schlüssel während der Geburtstagsfeier gestohlen haben.« Ein handschriftlicher Aktenvermerk.

Auch der Schlüssel wurde gefunden. Natürlich. Sie fanden alles – außer Hans.

Und noch etwas anderes hatten sie schnell aufgespürt.

Verblüfft starrte er auf ein Urteil in Akte Nummer fünf – IM NAMEN DES VOLKES!, las er.

War er in Abwesenheit doch noch verurteilt worden?

Aber es ging gar nicht um ihn. Jedenfalls nicht direkt.

Es ging um seinen altersschwachen Trabant, den er in der Karl-Marx-Straße zurückgelassen hatte.

I M   N A M E N   D E S   V O L K E S !

wird der Pkw vom Typ Trabant P601, polizeiliches Kennzeichen DP 21-55, nebst Zubehör, gemäß §56 Abs. 1 und 4 StGB,

e i n g e z o g e n.

So wurde es beschlossen – in einer »nichtöffentlichen Hauptverhandlung«. Mit Unterschriften und blauem Hammer-Zirkel-Ährenkranz-Stempel, damit alles seine Ordnung hatte.

Einen Moment stellte er sich den Trabi im Potsdamer Gerichtsgebäude vor – angeklagt und chancenlos. Nicht einmal hupen durfte er zu seiner Verteidigung.

Er schlug noch einmal die Seite mit dem Bild auf, betrachtete das traurige Foto seines Autos.

Es wirkte schmutzig und alleingelassen und auch so, als wartete es noch auf ihn.

Hans atmete tief durch. Er fragte sich, ob es in der Stasiunterlagenbehörde eine Dusche gab.

Ein paar Minuten starrte er vor sich hin, ohne etwas Bestimmtes zu sehen. Schließlich erhob er sich, lief aus dem Raum durch die nichtssagenden weißen Gänge bis zur Toilette. Am Waschbecken mied er den Blick in den Spiegel. Drehte den Hahn auf und ließ das kalte Wasser über seine Handgelenke laufen, wusch sich den Hals, das Gesicht. Fühlte die Tropfen wie Tränen über seinen Körper laufen.

Wenn du jetzt gehst, wird dich niemand aufhalten, dachte er.

Doch seine Beine liefen mit ihm zurück. Etwas in ihm widersetzte sich dem Fluchtinstinkt.

Er brauchte … *Klarheit*.

Noch einmal zog er die zweite Akte unter dem Stapel hervor.

Vorsichtig, als könnte etwas reißen, blätterte er Seite für Seite um.

Bis zum Wort

Schuss.

Hans zwang sich die Passage ganz zu lesen.

Der Grenzer hatte gezielt einen Schuss auf das Mädchen abgegeben – und nicht getroffen. Sie war stehen geblieben, mit erhobenen Händen, ihm zugewandt.

Der Uniformierte richtete weiter die Waffe auf sie, erkannte sie jetzt aber zum Glück im grellen Licht der Scheinwerfer. Sie wohnte in Klein Glienicke. Sie ging fast jeden Tag mit ihrer Schulmappe an den Posten vorbei.

Auf einer der letzten Seiten der Akte fand er endlich einen Hinweis zum Schicksal des Mädchens … zu Mira …

Maßnahmeplan
- Aufklärung der Persönlichkeit des Grenzverletzers und seiner Tatmotive
- Untersuchung begünstigender Bedingungen und deren Beseitigung
- Prüfung von Rückführungsmaßnahmen
- Aufenthaltsfeststellung des Täters, Einleitung Fahndung und Verhaftung
- Ermittlungen zu der Person Möller, Mira (15). Verdacht der Mittäterschaft und Beihilfe zum vollendeten ungesetzlichen Grenzübertritt.

Jemand hatte handschriftlich ergänzt: Organe der Jugendhilfe einschalten. Einleitung von Erziehungsmaßnahmen, Einweisung in JWH, nach § 67 (1) StGB.

Scheiße.

Seine Schuld.

Aber immerhin: eine erste brauchbare Spur. Er würde ihr folgen.

*

VIERTER TEIL

(Sophia, 2001)

Sophia hielt ihrer Tochter die Hand.

Das Mädchen hustete schon seit dem Morgen, sie hatte gestern den ganzen Tag gehustet und in der Nacht war sie vom Husten erwacht. So ging das schon zwei Wochen lang. Sophia konnte es nicht mehr mit anhören, aber sie musste es mit anhören. Sie verabreichte ihrer Tochter den Hustensaft, den sie widerwillig und brav nahm, sie rieb ihre Brust mit einer stark nach ätherischen Ölen riechenden Salbe ein, sie prüfte die Wärme ihres Körpers, sie las ihr vor, sie kochte für sie, was sie sich wünschte. Sie redete beruhigend auf Marlene ein, wenn sie wieder einen Anfall bekam. Ihre Tochter hörte sie nicht. Ihr Husten klang roh und hohl. Sie hustete und würgte, sie würgte und erbrach schließlich.

Die Vorlesungen musste Sophia sausen lassen. Sie studierte seit einem halben Jahr Sozialpädagogik. Sie hatte ihre Arbeit in einer Kita, die sie vor zwei Jahren begonnen hatte, wieder aufgegeben, um studieren zu können. Sie mochte Kinder; sie mochte ihre spontane Art, ihre manchmal seltsamen Ideen, ihren Witz, ihre Fantasie, dennoch wollte sie nicht ein Leben lang Kindergärtnerin sein. Sie wollte etwas anderes. Sie wusste nicht genau, was, aber sie wusste immerhin, was sie nicht wollte.

Die Hand in ihrer Hand fühlte sich kühl an. Marlene saß auf dem zerwühlten Bett, und sie saß bei ihr.

»Ist dir kalt? Soll ich dir einen Pullover holen? Frierst du?«

Marlene antwortete nicht; sie hustete. Sophia spürte ihre Anstrengung mit dem Husten aufzuhören. Ihr Händedruck wurde stärker; sie klammerte sich an sie. Der Husten ließ nach, und sie weinte jetzt und sank gegen ihre Mutter.

»Verfickte Scheiße! Ich will nicht mehr krank sein!«

»Ich weiß. Schon gut.« Sie lächelte müde. »Wer will schon krank sein.«

Marlene zitterte in ihren Armen; sie hatte kein Fieber, aber sie zitterte und schwitzte. Ihre Haut fühlte sich feucht an, sogar ihre Haare fühlten sich feucht an. Sie sahen noch strubbliger aus als sonst. Dabei gab sich Marlene immer Mühe, sich möglichst zottlig und rebellisch zu stylen. Auch wenn sie sich sonst kaum pubertär verhielt, auf eine unordentliche Frisur legte sie großen Wert.

Sophia dachte daran, dass sie als Kind manchmal krank sein wollte: keine Mathematikarbeit schreiben, kein Ausdauerlauf mit Seitenstichen, keine Lehrer, keine Schüler. Die Mutter hatte ihr Apfelsaft ans Bett gebracht, sogar der Vater war nett zu ihr gewesen und hatte ihr Geschichten vorgelesen.

Sie wusste, dass sie jetzt nett zu ihrer Tochter sein musste. Sie wusste, dass sie den Husten nicht als Vorwurf gegen sich empfinden durfte. Sie wusste, dass das Kind ihre Liebe brauchte, gerade jetzt. Gerade jetzt, wenn Marlene sie davon abhielt, in die Vorlesung zu gehen. Gerade jetzt, wenn sie sich in das frisch gemachte Bett erbrach. Gerade jetzt, wenn sie jammerte, wenn sie aus dem Mund roch, wenn sie hustete. Hustete.

Es war die zweite Bronchitis in diesem Jahr, aber die erste war weniger heftig verlaufen.

Sophia baute ihrer Tochter einen Turm aus Kissen, damit sie hochgebettet lag und leichter atmen konnte. Obwohl sie zu alt dafür war, las sie ihr ein Märchen vor, das Märchen vom Feuerzeug, von Andersen. Marlene lag stumm da und starrte ins Leere. Sie hatte sich widerstandslos zudecken lassen und ihre Arme lagen ergeben auf der Bettdecke. Sophia konnte endlich die Geschichten lesen, die sie als Mädchen beeindruckt hatten und von denen ihre Tochter nichts hielt. Marlene schloss die Augen und der Schleim rasselte gleichmäßig in ihren Bronchien. Sophia las das Märchen stumm weiter und wunderte sich: Es endete anders, als sie es in Erinnerung hatte. Grausamer. Der Soldat wurde König und bekam die Prinzessin, weil die drei Hunde mit den Riesenaugen die Richter, die Ratsleute, den König und die Königin zerfleischten. Sie war jetzt froh, dass ihr Kind den letzten Teil nicht gehört hatte. Immerhin musste die Prinzessin den Mörder ihrer Eltern heiraten. Keine sehr gute Basis für eine Ehe.

Sophia ging in die Küche und kochte sich einen Kaffee. Doch die Milch war sauer und verdarb den Kaffee, und sie kippte das flockige Getränk in den Ausguss. Ihr fiel ein, dass sie noch nicht zu Mittag gegessen hatte. Ein Teller mit Grießbrei stand beinahe unberührt auf dem Tisch. Der Anblick und der Geruch erzeugten Übelkeit in ihr. Selten stimmte der Geschmack ihres Kindes mit dem ihren überein. Sophia beschloss, auf das Mittagessen zu verzichten. Es war ohnehin zu spät. In drei, vier Stunden war Abend, dann würde sie für sich und Marlene eine Suppe kochen oder Rührei braten. Sie hatte keinen großen Hunger. Sie spürte ein Kratzen im Hals. Wenn sie schluckte, brannte es da, wo die Mandeln waren. Sie kochte einen Tee für ihren Hals und aß einen Apfel, wegen der Vitamine. Sie begann die Zeitung zu lesen. Marlene wachte auf und rief nach ihr.

»Warum hat er sie getötet?«

Sie legte ihr die Hand auf die Stirn. »Warum … *was* …?«

»Sie hat ihm nichts getan«, sagte Marlene.

Ihre Stirn glühte.

»Wer?«, fragte Sophia ahnungslos. »*Wer* hat *wem* nichts getan?«

»Die Hexe«, sagte Marlene. »Er hat sie getötet … Wegen … wegen nichts.«

»Wegen dem Feuerzeug«, sagte Sophia ruhig. Sie hielt ihrer Tochter ein Glas mit Apfelsaft an die Lippen.

»Wegen dem Scheiß-Feuerzeug?«, fragte Marlene fassungslos. »Fuck!«

»Trink«, befahl Sophia.

Marlene nippte an dem Apfelsaft und verzog den Mund. »Schmeckt eklig«, murmelte sie und ließ sich zurück in die Kissen sinken. »Er hat ihr den Kopf abgeschlagen«, beklagte sie sich.

Sophia lief mit dem Glas in die Küche, schüttete es aus und kochte Tee für Marlene.

Das Mädchen weigerte sich, den Tee zu trinken. »Ich will fernsehen«, sagte sie. Sophia verzog skeptisch das Gesicht, aber insgeheim freute sie sich. Marlene hatte sich schon lange nicht mehr so entschieden geäußert. Sie wollte fernsehen. Sollte sie. Dann konnte sie in Ruhe die Zeitung zu Ende lesen.

»Na schön.« Sie sammelte das Bettzeug zusammen und brachte es in das Wohnzimmer. Marlene taumelte barfuß hinter ihr her, überlegte es sich dann aber anders und ging auf die Toilette. Sophia schaltete den Fernseher an und suchte nach einem passenden Sender. Sie fand einen Bericht über Tiere. Immerhin versäumt sie die Schule, dachte sie und entschied sich für den Naturkundestreifen. Ihre Tochter mochte Tiere und hatte Bio als Leistungskurs gewählt. Marlene kam aus dem Bad und lächelte. Wenn sie nicht hustete, sah sie fast gesund aus. Sie nahm das Programm, das ihre Mutter gewählt hatte, widerspruchslos an und legte sich auf das Sofa. Sophia deckte sie zu. »Danke, Mama«, sagte Marlene und umschlang Sophias Hals. Verlegen ließ sie sich küssen. Es kam ihr merkwürdig vor, dass ihre Tochter sich bedankte. Wofür? Sie hatte sie schließlich in diese Welt gesetzt. Sie konnte sich nicht aussuchen, bei wem sie landete. Sie küsste ihre Tochter auf ihre heißen Wangen. Sie war schon froh, dass das Kind nicht in Kasachstan, Malaysia oder Sri Lanka gelandet war, sondern bei ihr, ausgerechnet bei ihr.

Sophia ging in die Küche und nahm sich die Zeitung vor. Sie überflog die Titel der Artikel, den Wetterbericht und ein paar Meldungen im Lokalteil ohne wirkliches Interesse. Sie trank den Hustentee, den sie für Marlene gekocht hatte. Er war kalt und schmeckte bitter. Unerhört bitter. Bitterer Fenchel, las sie auf der wüstenfarbenen Schachtel. Kein Wunder, dass ihre Tochter dieses Gesöff verweigerte.

Sie spürte Lust auf eine Zigarette, sie hatte, seit sie studierte, angefangen zu rauchen. Aber jetzt hörte sie eben wieder auf damit. Seit ihre Tochter hustete, ließ sie die Qualmerei bleiben. Das Verlangen nach dem Nikotin war noch nicht so stark; sie konnte es einfach ignorieren. Sie suchte im Küchenschrank nach einem Ersatz und fand eine angebrochene Tüte Salzstangen. Sie steckte sich vier Stangen gleichzeitig in den Mund.

Sie kaute noch, als ihre Tochter die Küche betrat. Im Schlafanzug und ohne Hausschuhe stand sie vor ihr, auf den nackten Fliesen.

Zieh dir was an die Füße, wollte sie murmeln, aber der Ausdruck in Marlenes Gesicht hielt sie davon ab. Die Schatten unter ihren Augen sahen in diesem Moment wie Abdrücke aus, wie Narben. Die Brauen waren buschiger als sonst, als sträubte sich jedes einzelne Härchen. Das macht das Licht, dachte Sophia, dieses verdammte Neonlicht. Der harte Schein zerlegte alles sorgfältig in Hell und Dunkel. Manchmal, wenn sie in dieser Beleuchtung eine Zwiebel zerstückelte, kam sie sich vor wie ein Chirurg in der Klinik. Auch Marlenes Haare standen in alle Richtungen, aber das war eigentlich nichts Besonderes. Sie hatte dickes Haar und wenn Sophia sie nicht daran erinnerte, fiel ihr nicht ein, es zu kämmen.

»Ich glaube, es ist etwas passiert«, sagte sie leise.

Sophia musterte sie. Erst jetzt fiel ihr auf, dass ihre Tochter sie gar nicht ansah. Sie sprach zu sich selbst. Sie war zu ihr gekommen, um zu sich selbst zu sprechen.

»Es ist etwas passiert. Etwas Schlimmes.« Jetzt richtete Marlene ihren Blick auf sie. »Im Fernsehen.« Das Mädchen runzelte die Stirn.

»Im Fernsehen. Aha«, sagte Sophia erleichtert.

»Zwei«, sagte sie. »Es waren zwei Flugzeuge. Erst kam das eine und dann kam das andere.«

Sophia nickte und aß die nächste Salzstange.

»Ich will in mein Bett«, murmelte das Mädchen. »Ich will in mein Bett, in mein Zimmer. Ich will nicht mehr … fernsehen.«

»Bist du müde?«, fragte Sophia. Marlene antwortete nicht. Sie ging in ihr Zimmer.

Sophia blätterte von Neuem die Zeitung durch, als könnte sie doch noch einen Artikel finden, der sich zu lesen lohnte. Sie fand keinen. Sie schaute in die Tüte, auf der das Wort *Sticks* stand. Von den Salzstangen war nur noch Salz übrig.

Der Fernsehapparat lief noch. Sophia nahm ein Kissen in die Arme und spürte ihr Herz schlagen. Sie sah die Flugzeuge. Erst kam das eine und dann kam das andere. Sie hörte die Menschen schreien. Sie presste das Kissen an ihren Leib und schaltete durch alle Sender. *Erst kam das eine und dann kam das andere.*

Sophia war noch nie in New York gewesen. Sie war noch nie in Washington gewesen. Sie war noch nie in Amerika gewesen. Gelegentlich sah sie sich amerikanische Filme im Fernsehen oder im Kino an; sie mochte Jodie Foster, Dustin Hoffmann und Jack Nicholson. Manchmal las sie ein Buch eines amerikanischen Autors. Auf ihrem Nachttisch lag gerade ein Buch von John Irving. Sie besaß echte Levis. Das war alles.

Sophia konnte sich von dem Fernsehgerät nicht mehr lösen.

Marlene hatte aufgehört zu husten. Sie ging wieder in die Schule.

Sophia verabschiedete ihre Tochter mit Küssen auf die Wange, und am Nachmittag kehrte Marlene zu ihr zurück.

Sophia schaltete den Fernseher aus, wenn ihre Tochter kam. Sie begrüßte sie mit Wangenküssen, stellte die üblichen Fragen, *normale* Fragen. Sobald das erledigt war und das Mädchen in ihrem Zimmer verschwand, schaltete sie den Fernseher wieder an. Später zwang sie sich dazu, Marlene nach den Hausaufgaben zu fragen, ihr ein Abendbrot zu bereiten – obwohl sie alt genug war, das selbst zu erledigen. Dann drückte sie die Taste auf der Fernbedienung.

Erst kam das eine und dann kam das andere. Die Häuser fielen in sich zusammen.

Marlene mied die Bilder. Sie huschte in das Zimmer, um ihrer Mutter Gute Nacht zu sagen, aber sie schaute nicht zu dem Fernseher hin.

Sophia wollte antworten und griff sich an die Kehle. Marlene hörte sich geduldig und schuldbewusst ihren Husten an.

»Willst du kein Licht einschalten?«

Sophia sah sich einen Moment verwirrt um. Nur der Apparat flimmerte vor sich hin. »Doch schon«, sagte sie. »Später.«

»Soll ich das Licht für dich einschalten?«

»Wenn du magst …«

Sophia schaute sonst nicht viel Fernsehen. Und sie gehörte nicht zu denen, die bei einem Unfall am Straßenrand stehen bleiben und gaffen. Sie kannte Amerika nicht. Aber sie fühlte den Krieg. Zum ersten Mal in ihrem Leben ließ sie es zu, dass der Krieg in sie hineinkroch.

Natürlich versuchte sie, ihn wieder loszuwerden. Sie rief ihre Eltern an. »Geh zum Arzt!«, schrie ihre Mutter, als Sophia am Telefon nicht aufhören konnte zu husten.

»Der Husten ist nicht das Problem«, stieß Sophia schließlich hervor und hustete.

»Das hört sich aber anders an«, sagte ihre Mutter.

»Ich mache mir Sorgen«, sagte Sophia zögernd und rang nach Luft. »Ich mache mir schreckliche Sorgen.«

»Um wen? Um Marlene? Geht's ihr nicht besser? Ich dachte, es geht ihr besser.«

»Um die Welt«, sagte Sophia, obwohl es nicht das traf,

was sie meinte, was sie fühlte. Sie konnte es nicht erklären, nicht einmal sich selbst.

»Ach so«, sagte ihre Mutter. »*Die* Sorgen machen wir uns alle.«

Sophia schwieg. Sie dachte darüber nach, wie sie erklären konnte, was nicht zu erklären war.

»Was macht eigentlich das Studium?«

Welches Studium, hätte Sophia beinahe geantwortet. Tatsächlich verschwendete sie keinen Gedanken mehr an die Vorlesungen. »Mit dem Husten …«, begann sie sich zu rechtfertigen, aber sie wusste nicht weiter. »Ich kann nicht«, sagte sie schließlich schlicht. »Ich muss immer an die Türme denken.«

»Ach was«, sagte ihre Mutter gereizt. »Du lebst in Deutschland.«

Sophia sagte nichts dazu.

»Mit diesem Betroffenheitsgefasel kann ich nichts anfangen«, sagte ihre Mutter grob. »Kümmere dich um deine Tochter, um deine Gesundheit und dein Studium.« Es klang wie ein Befehl.

»Okay«, sagte Sophia. Sie war bereit klein beizugeben. Sie war bereit zu gehorchen.

»Kümmere dich um deine eigenen Angelegenheiten.«

»Ist gut.«

»Nur weil die Welt verrücktspielt, musst du nicht verrücktspielen.«

»Nein.«

Sophia hatte es jetzt eilig, sich von ihrer Mutter zu verabschieden. Es war Nachrichtenzeit. Sie schaltete den Fernseher an. Sie brachten die Bilder jetzt nicht mehr so oft. Sie musste eine Weile suchen, ehe sie die Flugzeuge fand. *Erst kam das eine und dann kam das andere.*

In der Nacht erwachte sie davon, dass jemand sie berührte. Eine dunkle Gestalt stand vor ihrem Bett. Sophia hörte einen schnellen Atem.

»Marlene?«

Das Mädchen antwortete nicht.

»Na, was ist«, sagte Sophia sanft. Sie hob die Bettdecke, damit das Mädchen zu ihr schlüpfen konnte. »Was ist los?«

»Ich hatte einen Albtraum«, erklärte Marlene erstaunlich klar. »Zwei Lastwagen sind gegen unser Haus gefahren. Das Haus ist zusammengestürzt. Wir lagen unter den Trümmern. Ich habe noch gelebt, aber du ...«

»Schon gut«, sagte Sophia. »Es war nur ein Traum.«

»Ja«, sagte das Mädchen. »Es war nur ein Traum.«

Sophia nahm ihre Tochter in den Arm, zog sie an sich und fühlte ihr Herz schlagen.

»Wir leben«, sagte sie überrascht.

»Wir leben«, wiederholte das Mädchen. Sie hörte an Marlenes Stimme, dass sie bald einschlafen würde. Vielleicht würde der Schlaf dafür sorgen, dass sie ihren Traum vergaß.

Sophia suchte nach ihrem eigenen Herzschlag. Sie fand ihn nicht.

Am Morgen nach Marlenes Traum konnte Sophia nicht aufstehen. Sie richtete sich in ihrem Bett auf und ein Schwindel ergriff sie und zwang sie, sich wieder fallen zu lassen. Sie probierte es noch einmal. Sie war jetzt gewappnet. Sie erwartete das Schwindelgefühl und stemmte sich ihm entgegen. Sie erhob sich. Marlene, die noch in ihrem Bett lag, erwachte, und Sophia musste aufpassen, dass sie nicht auf sie stürzte. »Aufstehen, Schatz«, sagte sie liebenswürdiger als sonst. Der Schwindel wollte sie in die Knie zwingen, doch sie widerstand ihm. Sie schwankte vor ihrer Tochter, aber das Mädchen hielt die Augen noch halb geschlossen und bemerkte es nicht. Sophia ermahnte Marlene ein zweites Mal, dann ging sie in die Küche. Sie hatte Probleme, den Brotkasten zu öffnen. Sie griff ein paar Mal daneben. Der Schwindel gab ihr das Gefühl zu schweben. Sie war tot, sie war ein Engel, na ja, ein Geist vielleicht. Fast durchsichtig.

Ein Teil von ihr lag noch in dem Bett, plump und schwer wie ein Stein, und rührte sich nicht. So war das also. *Was*? *Was* war *so*? Sie hatte eine Grippe, nur eine Grippe. Sonst nichts. Die Krankheit würde vergehen, wie Krankheiten vergingen. Ihre Mutter hatte recht: Es gab keinen Grund, sich verrückt zu machen.

Der Husten tief in ihr grollte, sprang aus seiner Höhle, sie wirbelte herum und suchte nach einem Halt. Der Küchenstuhl sah schwach aus, wie eine Zimmerpflanze, die lange vernachlässigt worden war. Sie stützte sich trotzdem auf ihn. Er knickte unter ihrem Gewicht weg, als wäre ihm die Verantwortung zu viel. Sie lachte vorsichtshalber, als sie Marlene über sich stehen sah. »So was Dummes«, brachte sie hervor. Die Tochter erwiderte ihr Lachen nicht. Sie half ihr auf. »Gehst du heute zum Arzt?«

»Ja, natürlich.«

Marlene stellte den Stuhl wieder hin. Sophia setzte sich. Sie wartete ungeduldig darauf, dass ihre Tochter ihr die Wange zum Abschiedskuss hinhielt. Vielleicht konnte sie sie dazu bringen, dass sie eine Weile bei ihren Großeltern wohnte. Bis es ihr wieder besser ging.

Als Marlene die Wohnungstür hinter sich zugezogen hatte, versuchte Sophia aufzustehen. Sie stützte sich auf den Tisch und starrte dabei auf einen Ketchupfleck auf dem Fußboden. Die Erdkugel drehte sich. Das sah sie jetzt deutlich. Wie war es ihr bisher gelungen, das Gleichgewicht zu halten? Wie gelang es all den anderen Menschen?

Sie taumelte zu ihrem Bett zurück und ließ sich fallen. Wenn sie lag, ging es ihr gut. Sie musste nur lange genug liegen, um wieder die Alte zu werden.

Als sie erwachte, glühte sie. Sie zitterte am ganzen Körper und glühte. Endlich, dachte sie, endlich. Das Fieber würde ihr helfen, die Krankheit zu verbrennen. Sie schlief wieder ein.

Sie kam zu sich und das Mädchen stand an ihrem Bett. Sie fühlte sich selbst die Stirn. Das Fieber war noch da.

»Ich habe Äpfel für dich gekauft«, sagte Marlene und legte ihr die Früchte auf die Bettdecke. »Sie sind schon abgewaschen.«

Sie bedankte sich.

»Und Brot. Ich habe auch Brot besorgt. Beim Bäcker.«

Sie hatte ihr kein Geld gegeben; sie musste die Äpfel und das Brot von ihrem Taschengeld gekauft haben.

»Warst du beim Arzt?«

»Ja, natürlich«, sagte Sophia.

Marlene nickte. Sophia fürchtete, ihre Tochter würde sie nach den Medikamenten fragen. Aber sie fragte nicht. Sie hielt ihr einen Apfel hin, und sie nahm ihn und biss hinein. Ihr fiel ein, dass sie noch nichts gegessen hatte an diesem Tag. Ein plötzlicher Husten riss ihr die Apfelstückchen wieder aus dem Mund.

»Wie war die Schule?«, fragte sie, während sie die matschigen Teile wieder einsammelte.

»Ganz gut«, antwortete Marlene gleichgültig.

Es gelang Sophia, den Apfel zu essen, ohne noch einmal zu husten. Marlene sah ihr dabei zu. »Was hat der Arzt gesagt?«, wollte sie wissen.

»Wie steht's mit Hausaufgaben?«

Marlene seufzte. »Gleich.«

»Es ist nur eine Grippe, Marlene. Kein Grund zur Sorge.« Sie kämpfte gegen den Kitzel an, der aus ihrer Brust in die Kehle stieg. Der Husten siegte. Er brach aus ihr heraus, schüttelte sie, drückte ihren Kopf in das Kissen und würgte ihren Hals. Sophia kam hoch und keuchte.

Marlene hatte das Zimmer verlassen.

Am Abend brachte Marlene ihr eine Tasse mit Pfefferminztee. Sie setzte sich auf den Rand des Bettes und aß ein Brot mit Ketchup.

»Wie wär's, wenn du ein paar Tage zu Oma Pisspott gehst?«, fragte Sophia und erschrak. Warum nannte sie ihre Mutter so? Marlene hatte sie einmal so genannt und dafür schrecklichen Ärger mit ihr bekommen. »Zu Oma und Opa«, verbesserte sie sich, aber es war zu spät.

»Oma Pisspott, Oma Pisspott«, sang Marlene höhnisch. In einer Silvesternacht vor zwei oder drei Jahren hatte die Großmutter ihre Enkelin nicht nur fünf Minuten nach Mitternacht Schlafen geschickt, sie hatte ihr einen Topf für Babys unter das Bett geschoben.

»Nur ein paar Tage«, sagte Sophia. »Du weißt, dass sie dich mag.«

»Ich geh' nicht«, sagte Marlene trotzig.

»Opa könnte dir Schach beibringen«, sagte sie. »Er mag dich auch.«

Marlene betrachtete ihre Mutter argwöhnisch. »Willst du mich loswerden?«

Sophia hustete und konnte nur den Kopf schütteln.

Marlene sprang auf. »Wenn du mich loswerden willst, dann sag es lieber gleich.«

»Nein«, sagte sie. »Ich will dich nicht loswerden. Um Gottes willen … Bleib', wenn du willst. Ich zwinge dich nicht.«

Marlene wandte sich von ihr ab. Sie stand einen Moment starr und schweigend im Raum. Dann murmelte sie etwas vor sich hin. Sophia glaubte einen Moment den Namen *Hans* zu hören, aber sie hatte sich wohl getäuscht. Der Kontakt zu Hans war abgerissen, endgültig. Wie lange war das jetzt her?

Vielleicht hatte ihre Tochter *Haus* gesagt. Dass sie zu Haus bleiben wollte.

Sophia dachte an die Türme, die in sich zusammenfielen. Es nützte einem nichts mehr, in den eigenen vier Wänden, in einem Haus aus Stein zu sein. Es gab kein Versteck.

»Gute Nacht«, sagte Marlene frostig.

»Schlaf schön«, sagte Sophia. »Wenn du Angst hast, kannst du in mein Bett kommen.«

»So ein Quatsch! Ich habe keine Angst.«

»Prima.« Das Reden erschöpfte sie. Sie wollte nur noch schlafen. Abtauchen in das Nichts. Es war gut da unten. Es war gemütlich, den Körper loszuwerden, sich aufzulösen, in der Bewusstlosigkeit zu treiben. Sie kannte nichts Besseres. Es gab keinen Grund aufzuwachen. Keinen.

Als sie erwachte, war Marlene bereits zur Schule gegangen. Sie hatte ihr eine Tasse Tee auf den Nachttisch gestellt.

Sophia versuchte aufzustehen. Der Schwindel packte sie und riss sie herunter. Er hatte die Geduld mit ihr verloren. Und sie besaß keine Kraft mehr. Sie zwang sich, einen Apfel zu essen. Vielleicht konnte sie sich mit dem Schwindel einigen. Vielleicht konnte sie sich so bewegen, wie er es ihr vorzuschreiben schien.

Sie schob sich aus dem Bett und blieb einen Moment auf dem Teppich hocken. Der Schwindel rührte sich nicht. Sie spürte, dass er sie beobachtete. Er achtete auf jede ihrer Bewegungen. Langsam wie in Zeitlupe kroch sie auf allen Vieren zu dem Fernseher. Der Schwindel ließ sie in Ruhe. Sie würde gesund werden, ganz sicher. Eine halbe Stunde schaltete sie herum, bis sie die Bilder gefunden hatte. Sie atmete auf. Aber die Bilder wurden nur noch kurz gezeigt. Das eine Flugzeug, das andere. Der erste Turm fiel, der zweite. Zack, zack – wie in einem Trickfilm. Sie schaltete den Fernseher aus und krabbelte in die Küche. Der Mülleimer war überfüllt. Es stank. Überall stand schmutziges Geschirr herum. Der Kühlschrank war mit Ketchup besudelt. Auf einem der Stühle lagen Zeitungen und Post. Marlene leerte regelmäßig den Briefkasten. Sie löste manchmal das Kreuzworträtsel in der Zeitung. Sophia sah die Briefe durch, ohne sie zu öffnen. Dann schaute sie sich die Titelblätter der vergangenen Tage an. Die Flugzeuge, die in die Häuser eindrangen. Die brennenden Türme. Die Trümmer. Die mit einer Staubschicht bedeckten Menschen. Die Leichenteile wurden nicht gezeigt. Ihr fiel auf, dass aus einigen Zeitungen etwas ausgeschnitten war. Keine großen Stücke und die Teile fehlten nicht auf der Seite mit dem Kreuzworträtsel. Sophia kroch in das Zimmer ihrer Tochter. Sie brauchte nicht lange zu suchen. In einer Schublade des Schreibtisches fand sie die Zeitungsbilder: Marlene hatte Osama bin Laden ausgeschnitten. Und sie hatte jeweils ein dickes schwarzes Kreuz über sein Gesicht gesetzt. Als wäre der Mann schon gestorben. Oder als stände er auf der geheimen Todesliste ihrer Tochter.

Sophia dachte daran, die Bilder zu zerreißen. Aber sie legte sie zurück in die Schublade.

Sie kroch in die Küche und versuchte Ordnung zu schaffen. Sie räumte Teller und Tassen in den Geschirrspüler. Sie säuberte den Kühlschrank. Die Tränen, die ihr über das Gesicht liefen, ignorierte sie.

Schließlich hockte sie ratlos vor dem Mülleimer.

Sie zog sich an einem Schrank hoch und wartete darauf, dass der Schwindel etwas nachließ.

Sie ergriff den Mülleimer und tastete sich mit der anderen Hand an der Wand entlang.

Sie musste die Treppe hinab quer über den Hof gehen. Sie musste es schaffen zurückzukommen.

Der Schweiß brach ihr aus. Das Herz, das sie lange nicht gespürt hatte, schlug heftiger denn je. Beine und Arme zitterten. Aber es gelang ihr zurückzukehren. Es gelang ihr, den leeren Eimer in der Küche abzustellen. Es gelang ihr, erst auf ihrem Bett zusammenzubrechen.

Wenn sie lag, ging es ihr gut.

Sie erwachte davon, dass ihr Wasser ins Gesicht tröpfelte. Marlene saß bei ihr und legte ihr einen triefenden Lappen auf die Stirn.

»Du bist ganz heiß.«

»Und jetzt auch noch nass.«

*

»Warum bist du nicht in der Schule?«, fragte sie nach einem Blick auf den Wecker.

»Es ist doch Wochenende, Mama.«

»Ich mache dir Frühstück«, sagte sie rasch. »Willst du warme Brötchen? Im Tiefkühlfach sind noch …« Sie hustete. Sie japste nach Luft. Sie spürte scharfe Stiche in der Lunge.

»Ist schon gut, Mama«, sagte Marlene genervt. »Ist nicht nötig.«

Sophia schüttelte den Kopf. Sie setzte sich auf. Sie schob die Beine aus dem Bett, wie es sich gehörte. »Ich mache dir … warme Brötchen«, sagte sie und versuchte fröhlich zu klingen.

»Der Ketchup ist alle«, sagte ihre Tochter düster. »Und das Brot auch.«

Sophia stellte sich auf die Füße und schwankte und wankte. Der Schwindel trieb ihr Spiel mit ihr. Sie trat zwei drei Schritte vor und einen zurück. Sie tat, als wäre nichts. Sie bewegte die Arme ein bisschen, als würde sie tanzen. Sie summte vor sich hin, aber ihr fiel keine richtige Melodie ein, und sie hörte auf damit. Marlene wandte den Blick nicht ab. Diesmal nicht. Sie starrte sie an.

»Ich gebe dir Geld. In dem Gemüseladen gibt es auch Ketchup. Holst noch ein paar Bananen und so und dann …«

»Der Gemüseladen ist zu«, sagte Marlene. »Der Gemüseladen schließt samstags um zwölf.«

Sophia warf einen zweiten Blick auf den Wecker. »Dann wird es ja höchste Zeit fürs Frühstück.« Sie suchte nach einem Halt. Aber da stand nur Marlene. Sie wollte ihre Tochter nicht als Stütze benutzen. Sie tapste einfach vorwärts. Sie schaffte es bis zum Türrahmen. Im Korridor stand eine Reisetasche. Sie warf ihrer Tochter einen verwunderten Blick zu.

»Wo willst du hin?«, fragte sie. »Gehst du zu deinen Großeltern?«

»Du solltest dich anziehen«, sagte das Mädchen.

Marlene klang ernst, wie eine Polizistin, die sie verhaften wollte. Sie hatte allen Grund, sie zu verhaften. Sophia sorgte nicht für ihre Tochter. Sie versagte. Sie überließ sich der Krankheit. Nicht einmal Ketchup konnte sie kaufen.

»Was möchtest du frühstücken?«

»Ich möchte, dass du dich anziehst«, sagte Marlene hartnäckig. »Ich habe schon gefrühstückt.«

»Ich gehe lieber wieder ins Bett.«

Marlene schüttelte den Kopf. Sophia sah, dass ihr Tränen in die Augen stiegen. Die Lippen ihrer Tochter zitterten. Marlene zeigte ihr den ausgestreckten Mittelfinger und lief davon. Sie ließ die Tür ihres Zimmers hinter sich zuknallen, als wollte sie das Haus zum Wanken bringen. Sophia umklammerte den Türrahmen. Ihre Tochter hatte allen Grund, sie zu hassen. Es gelang ihr, sich abzustoßen, und sie taumelte auf das Bad zu.

Sie legte sich in die Wanne und ließ Wasser über ihren Körper laufen. Sie seifte sich ein und spülte sich ab. In der letzten Zeit war sie wie ein Hund ins Bad gekrochen, am Tage, wenn Marlene die Schule besuchte oder manchmal in der Nacht, wenn ihre Tochter schlief. Pinkeln, Durchfall am Morgen, Zähne putzen, Katzenwäsche; beim Husten erbrach sie sich, obwohl sie nichts mehr in sich hatte außer Tee und Wasser. Vermutlich hatte sie gestunken wie der überfüllte Mülleimer.

Wo wollte das Mädchen mit der Tasche hin?

Marlene brachte ihr Hose, Pullover, Strümpfe und Unterwäsche ins Bad. Sie half ihr in den Bademantel. Der Verschluss des BHs war kaputt; Marlene brachte ihr einen anderen BH. Einen geblümten. Den trug sie sonst nie.

Sie fürchtete, ihre Tochter würde ihr auch noch beim Anziehen helfen, aber sie half ihr nicht. Sie wartete einfach ab. Schließlich reichte Marlene ihr einen Kamm, nachdrücklich, mit der gleichen Bewegung, mit der ihre Mutter ihr früher am Morgen den Kamm gereicht hatte. Sophia lächelte, falls sie es ironisch meinte. Aber ihre Tochter lächelte nicht.

Sophia schob sich in den Flur, und Marlene brachte ihr Schuhe und Mantel. Die Schuhe schob sie direkt vor ihre Füße. Sie half ihrer Mutter den Mantel umzulegen. Sophia zog sich artig an. Sie schob die Knöpfe durch die Löcher, als würde sie es für jemand anderen tun oder für eine Puppe. Sie band die Schleifen langsam, sorgfältig, ihre Finger waren steif und ungeschickt, zögerten, ihrem Willen zu gehorchen. Falls sie noch einen Willen besaß, der stark genug war, ihrem Körper Kommandos zu geben. Marlene kümmerte sich nicht weiter um sie. Sophia hörte, wie sie im Wohnzimmer telefonierte.

»Das Taxi kommt gleich«, sagte das Mädchen und hob die Reisetasche auf.

»Ich kann das doch machen«, murmelte Sophia und griff nach dem Trageriemen.

»Nein! Lass los!«

Sie ließ los, als hätte sie sich verbrannt.

Sie brauchte lange, um die Treppe hinunterzugelangen. Ihre Tochter redete am Straßenrand mit dem Taxifahrer. Die Tasche war bereits verstaut.

Sie bemühte sich, nicht zu taumeln, während sie auf den Wagen zusteuerte. Es glückte ihr nicht ganz.

Als der Taxifahrer ihr in den Wagen half, bemerkte sie, dass er kein Taxifahrer war. Es war Hans.

Wieso kam er her? Was hatte Marlene ihm gesagt?

*

Sie lag auf einer Bahre und fragte sich, ob sie schon tot war. Das würde einiges erklären – auch, dass sie Hans noch einmal gesehen hatte.

Ein junger Kerl in einem blauen Kittel steckte eine Nadel in ihren Arm.

»Warum kommen Sie erst jetzt?«, fuhr der Doktor sie an. »Warum sind Sie nicht früher zum Arzt gegangen?«

Sie war also doch noch nicht gestorben. Tote durfte niemand zurechtweisen.

»Ich konnte nicht«, sagte Sophia. »Ich konnte nicht aufstehen.«

»Ja ja«, sagte der Mann und lachte vorwurfsvoll. »Beinahe wären Sie gar nicht mehr aufgestanden.«

Sophia sah zu, wie das Blut aus ihrer Vene gezapft wurde.

»Die Leute kommen in die Notaufnahme und denken, man wird sie schon wieder zusammenflicken, was?«

Sie schwieg. Der junge Kerl im blauen Kittel schloss sie an einen Tropf an. Der Beutel schwebte wie eine Wasserbombe über ihr.

Der Arzt trug auch einen blauen Kittel. Irgendwie sahen die Männer in ihren blauen Kitteln aus wie Fleischer. Und sie war das Stück Fleisch am Haken.

Der Doktor nahm die Aufnahme vom Röntgen, die eine Schwesternschülerin auf ihrem Bauch abgelegt hatte, und hielt sie gegen das Licht. »Eine dicke fette Lungenentzündung«, sagte der Doktor fröhlich. »Beidseitig.« Er blickte triumphierend auf sie hinab, als würde sie ihm für seine Entdeckung gleich den Nobelpreis verleihen.

Sophia erschrak nicht. Sie war erleichtert. Es gab also einen Namen dafür. Es gab für alles einen Namen. Kein Grund, sich verrückt zu machen. Kein Grund verrückt zu *werden*.

Der Jüngling, der ihr das Blut abgezapft hatte, schob sie auf der Trage zur Tür hinaus. Er machte sich nicht die Mühe, ein Wort mit ihr zu wechseln.

Im Gang wartete Marlene auf sie. Hans stand neben ihr und hatte einen Arm um ihre Schulter gelegt. »Mach dir keine Sorgen, Sophia«, sagte er. »Ich kümmere mich um sie.«

»Was passiert jetzt?«, wollte Marlene wissen.

»Ich muss eine Weile im Krankenhaus bleiben«, sagte Sophia. »Nicht lange. Ein paar Tage, höchstens zwei Wochen. Vielleicht ist Hans so nett, dich zu deinen Großeltern zu bringen.«

Hans nickte, Marlene schüttelte den Kopf. »Mama, ich bin alt genug. Ich will nicht zu Oma Pisspott!«

Sophia sah in den Augen ihrer Tochter etwas aufblitzen, ein Licht, das sie noch nicht kannte.

»Okay«, flüsterte sie.

(Hans, 2001)

Er saß in dem Café mit den schwarzen Stühlen und den roten Wänden, in dem er sich in letzter Zeit häufiger aufhielt, starrte durch die Scheibe und wartete. Das Café war gut besucht und Hans hoffte, dass es nicht so auffiel, wenn er hier stundenlang saß und merkwürdige Getränke bestellte. Wenn er mal nicht aus dem Fenster sah, musterte er die Biker, die an zusammengestellten Tischen saßen und auf ihren Rücken Totenkopf-Aufnäher trugen. Nach einer Weile begannen sie damit, Töne von sich zu geben: Sie sangen mit tiefen grollenden Stimmen, allerdings nicht gleichzeitig und die meisten kannten den Text nicht richtig, sodass er erst nach einer Weile darauf kam, was es für ein Lied war: »Und weil du heut Geburtstag hast, da haben wir gedacht …« Also Ostrocker. Leicht infantile Ostrocker. Er lachte stumm in sich hinein. Aber die Maschinen, die wie eine wilde Hammelherde auf dem Bürgersteig vor dem Café standen, waren *Harleys*. Keine *MZ*, keine *Simson*. Die Männer trugen ihre Lederkluft, als müssten sie sich auch hier drin vor irgendetwas schützen, und Hans beneidete sie um ihre zweite Haut. Sie wirkten durch ihre Verkleidung wie große harte Kerle, auch wenn sie – wie gerade jetzt – Schwarzwälder Kirschtorte aßen und Kinderlieder sangen – so schnell konnte sie nichts aus der Bahn werfen, obwohl Motorradfahrer ja recht häufig aus der Bahn geworfen wurden und dann nützte ihnen auch die zweite Haut nicht mehr viel.

Hans fragte sich, warum die Biker nicht an der *Spinnerbrücke* waren, wo sie hingehörten, aber vielleicht war einfach das Wetter zu schlecht für den Biergarten. Und außerdem konnte er sich genauso gut fragen, was *er* hier eigentlich machte.

Aus dem Fenster spähen, was sonst. Spionieren. Stalking sagte man heutzutage dazu. Stalken war anstrengender als er gedacht hatte. Denn bisher tat *sie* ihm nicht den Gefallen aufzutauchen und das sinnlose Herumsitzen stresste ihn.

Auf der anderen Seite der Straße direkt unter dem Dach wohnte *sie* – das Mädchen, das er immer noch so bezeichnete, obwohl dieses Mädchen schon lange eine Frau war. Mira, die sich jetzt Kyra nannte. So wie er immer häufiger seinen zweiten Vornamen gebrauchte: Leopold. Der altmodische Klang gefiel ihm. An manchen Tagen erschien es ihm leicht, ein anderer zu werden. Hans war ein Hans Wurst und gleichzeitig ein Hans im Glück. Leopold schien zu Höherem berufen. So hießen Kaiser und Könige, Komponisten und Heilige, Juweliere und Lebenskünstler aller Art. Leopold musste nicht stundenlang duschen, um sich sauber zu fühlen und er konnte sich selbst im Spiegel begegnen, vor allem sich selbst.

Er streifte seine alte Haut ab, wie eine Schlange. Er gab sich nicht nur einen anderen Namen, er kleidete sich neu ein, er lernte ein paar Fremdwörter und ihre Bedeutung auswendig, er schnitt sich die Haare selbst, rasierte sich seltener und putzte sich die Zähne zum ersten Mal in seinem Leben mit Kernseife.

Heute trug er ein weißes XXL-Hemd, das er gestern auf einem Trödelmarkt gekauft hatte, während er Mira-Kyra gefolgt war, und das zu seiner XXL-Elton-John-Sonnenbrille gut passte. Unter dem bauschigen Stoff gab es genug Raum – es fühlte sich an, als würde er in einem Zelt stecken, in dem er nicht allein war.

Hans spürte ein sanftes Ziehen, einen leichten Schmerz.

Der Egel hatte sich seinen Platz gesucht: auf der Brust, über seinem Herzen.

Seit zwei Wochen lief er nun schon mit ihm herum und seit zwei Wochen begann Hans sich jeden Tag ein bisschen mehr in Leopold zu verwandeln.

Li Ling war aus Marokko zurückgekehrt und sie hatte dieses merkwürdige *Tier* mitgebracht – gezüchtet nach den Ideen ihres Vaters – und sofort wieder mit ihren Experimenten begonnen. Es gab diesmal kein Labor, jedenfalls keines, von dem er wusste, und auch auf ihren stummen Mitarbeiter und Mitwisser schien Li Ling zu verzichten. Jedenfalls tauchte Tian nicht mehr auf und sie erwähnte ihn mit keiner Silbe. Den Hirudo präsentierte sie Hans in ihrer Wohnung, in der sie auch ihre Patienten empfing.

Sie bat nicht um seine Hilfe. Sie bot ihm an, ihm zu helfen. Redete von den Albträumen, von dem Schuss, der in ihm hallte, der ihn vor Sonnenaufgang aus dem Schlaf riss, von dem Schweiß auf seiner Stirn in engen Räumen, vom Zittern seiner Hände beim Kaffeetrinken oder Rauchen. Auch der Duschzwang war ihr nicht verborgen geblieben, obwohl er ihn nie erwähnt hatte oder vielleicht ganz beiläufig ein einziges Mal. Sie wusste alles über ihn, so kam es ihm vor. Erneut wurde er zum Wirt, der einen Parasiten versorgte, verließ sich auf Li Ling, auf eine Verrückte, der er vertraute.

»Du hilfst mir, wenn du ihr hilfst.« Li Ling hörte sich die Geschichte von dem Mädchen, in dessen Schuld er stand, geduldig an. »Ich weiß, dass sie in psychologischer Behandlung ist. Es geht ihr nicht gut. Sie wurde damals in so einen Umerziehungsknast gesteckt, nachdem ich ... geflohen bin. Sie ist ... ich weiß auch nicht ... neben der Spur ist wahrscheinlich noch untertrieben.«

»Ich versteh schon. Wenn sie zu mir kommt, ich ihr kann helfen«, versprach sie mit einer Stimme, die auf und ab schwappte wie eine Welle, die hart und weich zugleich klang. »Du mir besorgst Informationen über Frau und ich ihr helfen.« Er glaubte ihr, dass sie das konnte. Sie war die Einzige, der er solch ein Wunder zutraute. »Du musst sie nur dazu bringen, kommen zu mir.«

In den vergangenen Monaten war er Miras Spuren gefolgt, hatte Akten ausgegraben und Leute befragt. Er war Journalist, er durfte das. Niemand fragte nach seinen Motiven, nach seiner Schuld.

Auch in Bad Freienwalde hatte er recherchiert, einem Nest in Brandenburg, das nah an Polen lag. Das Heim, in dem Mira gewesen war, existierte schon lange nicht mehr. Das Gebäude stand noch, nur öffnete auf sein Klingeln niemand. In das Haus nebenan gelangte er problemlos. Von einer weißhaarigen Putzfrau, die in dem Amtsgericht die Gänge säuberte, erfuhr er ein paar Details: Kinder hinter Gittern, Kinder, die weinten oder um Hilfe riefen, Kinder, die von der Polizei gebracht wurden – in Handschellen.

»Von den Fenstern hier konnte man direkt in die Zellen sehen«, erzählte sie ihm. Sie schwieg eine Weile, wischte mit dem Mopp auf dem nass glänzenden Boden herum, der eigentlich schon sauber genug wirkte, bückte sich langsam und hob etwas auf, das aussah wie ein fossiler Kaugummi.

»1987 wurde dieses elende Verlies endlich geschlossen.« Sie schnaufte, öffnete ein Fenster und warf den Kaugummi hinaus. »Sie hätten es abreißen sollen. Da liegt ein Fluch auf dem Haus, wenn Sie mich fragen«, murmelte sie.

»In die Zellen«, wiederholte Hans und räusperte sich. Es fiel ihm schwer, das Wort auszusprechen und dabei an Mira zu denken, aber er zwang sich dazu. Auf der anderen Seite war nichts zu sehen, keine Gitter, keine Kinder. Das Gebäude sah tot aus. Es hatte seine Vergangenheit ausgespuckt.

Die Frau blinzelte ein paarmal, als könnte sie sich so besser erinnern. »Das war kein Heim, das war ein Gefängnis. Aber alle haben weggeschaut, haben geschwiegen. Mir taten sie leid, besonders die Kleinen, wissen Sie? Und es hat mir Angst gemacht. Sie sollten doch eigentlich schaukeln, Eis essen, Fange spielen … stattdessen … immer diese armen Gesichtchen hinter diesen Eisenstäben. Sie haben mir zugewunken, aber zurückgewunken habe ich nicht. Ich wollte ihnen keine falsche Hoffnung machen.«

Er versuchte ihr Geld zu geben, aber sie wehrte ab. »Bringen Sie das, was ich erzählt hab, mal in Ihr Blatt, Herr Reporter«, meinte sie. »Zeit wird's.«

Er dankte ihr und sah in ihre wässrig blauen Augen. Sie fragte nicht, von welcher Zeitung er überhaupt kam und wann der Artikel erscheinen würde. Sie hatte ihm einfach nur ein paar Bilder, die in ihr spukten, zugeschoben. Der Rest war seine Sache.

Alkohol und Koffein hatte Li Ling ihm verboten, also bestellte er sich nach der Apfelsaftschorle einen lächerlich süßen Milchshake, der schaumig aufgeblasen wirkte und ihm aus seinen Hunderten Bläschen zuzublinzeln schien. Vielleicht nahm er auch die Dinge anders wahr, seit er mit dem Vampir am Körper herumlief? Langsam löffelte er die Sahne in sich hinein, bis die rosafarbene Flüssigkeit auftauchte und ein künstlicher Erdbeergeruch in seine Nase stieg, der ihn ein wenig würgte. Vielleicht hätte er doch besser den Tomatensaft bestellen sollen? Er schaute auf die andere Straßenseite hinüber und bemerkte aus den Augenwinkeln Unruhe im Raum. Hatte jemand die Zeche geprellt? Gab es Ärger wegen einer Bestellung? Fingen die Biker einen Streit an?

Die Leute erhoben sich beinahe alle gleichzeitig und er rutschte unbehaglich auf dem harten Stuhl umher. Sie meinten doch nicht etwa ihn? Hatte er irgendetwas falsch gemacht? Hielten sie ihn für einen Spanner, weil er stundenlang durch die Scheibe glotzte? Doch die Gäste und die Kellner sahen gar nicht zu ihm hin. Sie versammelten sich vor dem Fernsehgerät, das an der Wand befestigt war; jemand hatte es eingeschaltet und ein anderer Jemand stellte jetzt den Ton lauter.

Hans spürte eine Bewegung unter dem Hemd, als die Geräusche an sein Ohr drangen. Die Szene auf dem Bildschirm sah aus wie aus einem Weltuntergangs-Hollywoodstreifen, aber ihm war sofort klar, dass das kein Film war.

Langsam stand auch er auf, betrachtete die Bilder, das zweite Flugzeug, das sich in einen Feuerball verwandelte, die Häuser, die in sich zusammensackten, als hätten sie das vorher so geprobt, die Wolke aus Schutt und Asche, die sich auf die Menschheit zuschob.

Der Hirudo bewegte sich auffällig, aber niemand achtete

auf Hans. Auch er selbst nahm kaum Notiz davon, registrierte nur nebenbei, dass an ihm gesaugt wurde.

»Oh Gott!« – »Was für eine Schei…!« – »Oh, nein! Das darf nicht … das darf doch nicht …!« – »Jesus, Maria!« – »Oh my God!« – »Was ist das denn …«

Einer der Biker stieß dröhnende unartikulierte Laute aus, jedenfalls konnte Hans die Sätze nicht verstehen. Irgendwas mit *Fuck* und *Shit* und *Gott*?

»Ohmygodohmygodohmygod!«, kam es aus den Lautsprechern.

Die Stimmen schraubten sich in die Höhe, verfolgten ihn beim Hinausgehen, die Stimmen aus dem Fernsehgerät, die sich mit denen aus dem Café mischten. Alle riefen sie früher oder später nach *Gott* – ohne *ihn* wirklich zu meinen.

Hans hatte das Geld, einen Zehnmarkschein, neben seinen Milchshake gelegt und war hinausgelaufen. Flüchten konnte er immer noch gut. Es war ein kühler regnerischer Tag; er warf die Jacke über die Schultern – sie flatterte einen Moment wie Flügel – und atmete tief die Luft ein. Eine frische lebendige Luft, die in ihn schlüpfte, die ihm sagte, dass noch nicht alles verloren war – jedenfalls für diesen Moment. Es kam ihm vor, als würde das Wesen unter seinem Hemd es ihm gleichtun. Trank es durch sein Blut auch von dem Sauerstoff? Der Egel zappelte immer noch herum. Hans versuchte ihn zu beruhigen. Streichelte, tätschelte die Stelle, als wäre der Parasit ein Kind oder ein zugelaufenes Kätzchen.

»Keine Panik«, murmelte er beschwörend vor sich hin und sah den Menschen, die ihm entgegenkamen, in die Augen. Wussten sie es schon? Dass etwas passiert war? Was auch immer dieses *Etwas* war … Es traf sie direkt und es traf sie alle – ob sie es nun ahnten oder nicht.

Der Mensch ist der Parasit des Menschen, kam ihm ungebeten in den Sinn. Und die gesamte Menschheit saugte den Planeten Erde aus.

Die Zerstörungswut kannte also keine Grenzen mehr. Das

Undenkbare wurde nicht nur gedacht, sondern auch gnadenlos ausgeführt. Das *World-Trade-Center* war mit Flugzeugen statt Bomben attackiert worden. Das Schlimmste, was schwer gestörten Menschen in den Sinn kam, wurde eiskalt geplant und in die Tat umgesetzt. Die schwer gestörten Menschen starben dabei selbst. Kein Polizist würde sie festnehmen, kein Gericht der Welt konnte sie verurteilen. Eigentlich brauchte man heutzutage keine Atomraketen mehr. Die Angst, die die Bilder auslösten, genügte. Der Ort des Geschehens war nur scheinbar weit weg. New York war Amerika und Amerika würde sich keinen Massenmord bieten lassen. Die Rache würde blutig sein – das kannte man aus jedem Western. *Spiel mir das Lied vom Tod*. Was also kam als Nächstes? Begann jetzt der letzte Weltkrieg?

Automatisch dachte er an Sophia. Ihm fiel ein, wie sie Paprika für ihn geschnitten hatte: in Herzform, immer in Herzform. Schon zum Frühstück bekam er rote Herzen serviert – die er mit etwas Scheu und verlegen lächelnd gegessen hatte. Das da in seinem Mund war süß und saftig gewesen, irgendwie unschuldig, falls man das von Paprika sagen konnte. Bevor es mit der Erde zu Ende ging, wollte er sie noch einmal sehen. *Sophia*. Er wollte sie in die Arme nehmen und ihr sagen, was er ihr nie gesagt hatte und dann würde er sie küssen – sehr lange, so wie im kitschigsten Liebesfilm.

Wo steckte sie gerade? Ging es ihr gut? Das Leben konnte von einer Sekunde zur nächsten vorbei sein. Aus irgendeinem Grund, den er nicht ansatzweise verstand, liebte er sie noch immer. Normalerweise verbat er sich die Sehnsucht und meist mied er indessen auch jeden Gedanken an sie. Aber an einem Tag wie diesem wollte er an etwas glauben, das irgendeinen Sinn machte, und wenn es diese komische Liebe war, die er an anderen Tagen für eine Geisteskrankheit hielt. Unheilbar, ganz klar.

Ihm fiel jetzt erst auf, dass er einen Plan hatte: Er wollte die Sache mit Mira in Ordnung bringen, ihr helfen mit der

Vergangenheit, mit ihrem Leben, das er ihr versaut hatte, klarzukommen. Nur so konnte er Sophia wieder unter die Augen treten. Glaubte er.

*

Auf einem Wochenmarkt schlenderte er Mira in gehörigem Abstand hinterher.

Sie sah nicht aus, als wollte sie etwas kaufen. Sie betrachtete das Obst und Gemüse, als hätte sie noch nie welches gesehen, starrte die gelben und roten Birnen an, dann die Zwiebeln, die Knoblauchzöpfe, den Paprika und lief weiter, zum nächsten Stand.

Er hatte sich angewöhnt, sich zu verkleiden, wenn er ihr folgte.

Mal war er der Tourist, der Berlin besichtigte, mit hellen Klamotten, Stadtplan und Strohhut, mal trug er einen Geschäftsanzug und eine Aktentasche. Auch Bauarbeiter im Blaumann war er schon gewesen, und einmal ließ er sich sogar dazu herab, zum Hertha-Fan zu mutieren: mit gefälschtem Trikot, Schal und einer Fußballfanidiotenmütze. Natürlich hielt er Abstand und senkte den Blick, sobald sie in seine Richtung schaute, was aber selten geschah. Sie wirkte benommen, vielleicht von den Tabletten, gleichgültig, ein bisschen müde, als würde sie zu wenig schlafen. Meist trug sie etwas auf dem Kopf: die Kapuze einer Jacke oder eines Sweatshirts. Es schien ihm, als verbarg sie sich vor der Welt. Sie grüßte niemanden, sprach keinen der Verkäufer an. Sie drehte sich nie um. Als hätte sie Scheuklappen.

Er war ihr problemlos in den Supermarkt und in die Drogerie gefolgt, in die U- und S-Bahn. Sogar auf ihrem Weg in die Psycho-Doc-Praxis war er ihr nachgelaufen, auch wenn er dann an dem Ärztehaus vorbeischlenderte, in das sie ging. Sie blieb dort stets lange, zu lange. Er besuchte indessen die Buchhandlung auf der anderen Seite, blätterte in Fotobänden und dicken Sachbüchern, in Autobiografien von ihm unbekannten Menschen, die sich für berühmt und wichtig hielten, und in einem Ratgeber über Panikattacken, der ihn nervös machte. Er wartete. Er wartete, bis sie wieder auftauchte – als müsste er sie vor irgendetwas beschützen.

Wovor?

Wenn es sich ergab, schob er hin und wieder ein paar Flyer mit Li Lings Telefonnummer und Adresse in ihren Briefkasten. Irgendwann musste sie doch einmal auf die Idee kommen, anzurufen …

»Wie wär's denn mit Bezahlen, mein Fräulein«, hörte er einen Händler sagen und drehte sich um.

Da stand ein junges Mädchen mit einer Frisur, die aussah wie ein zerstörtes Vogelnest, und hielt einen großen roten Apfel in der Hand. »Ich hab kein Geld«, sagte sie trotzig.

»Und das ist ein Grund zu klauen, ja?«

Das Mädchen schüttelte den Kopf. »Meine Mutter ist krank.« Sie wirkte nicht besonders besorgt darüber, dass sie beim Diebstahl ertappt worden war. Und schon gar nicht schien sie davonlaufen zu wollen. Sie blieb merkwürdig gleichmütig. »Sie braucht eben Vitamine.«

Hans hörte der Stimme zu, die wie Sophias Stimme klang.

»Marlene?«, fragte er verblüfft.

»Gehört die zu Ihnen?«, fragte der Händler. »Sie hat schon ein paar Äpfel in ihrem Rucksack verschwinden lassen. Denkt wohl, ich merk das nicht.«

Er klang nicht aufgebracht, nur beleidigt, wie jemand, der sich unterschätzt fühlte.

»Ich bezahle«, sagte Hans spontan und sah Marlene an. Er reichte einen grünen Schein über den Tisch, der Bettina von Arnim zeigte, die genauso verträumt guckte wie die junge Diebin. »Reicht das?«

Der Mann brummte »bin ja kein Unmensch« oder etwas in der Art.

»Danke«, sagte Marlene matt.

»Sophia ist krank?«

»Sie kann nicht aufstehen.«

Hans schwieg verblüfft. An diese Möglichkeit hatte er nie gedacht. Dass Sophia ihn eines Tages brauchen würde.

»Wenn ich euch irgendwie helfen kann …?«

»Ich hätte dich fast nicht erkannt«, sagte Marlene.

»Ich dich auch nicht.« Er nahm den Cowboyhut ab, den er heute trug und lächelte. »Besser?«

Sie lächelte nicht zurück.

»Deine Frisur ist irgendwie anders«, redete er gegen ihre ausdruckslose Miene an. Früher hatte Sophia ihr den Pony geschnitten. Aber diese Zeiten waren wohl endgültig vorbei.

»Wir müssen etwas tun«, murmelte sie so leise, dass er sie kaum verstand. »Du hast sie doch geliebt, oder?«

Er zögerte für den Bruchteil einer Sekunde, dann nickte er.

»Gut.« Sie wirkte auf einen Schlag erleichtert. »Ich bringe ihr jetzt erst mal das Obst … und dann …«

»Ist es so schlimm?«, unterbrach er sie.

»Warum bist du nie vorbeigekommen?«

Hans schwieg. Er hob den Kopf und blickte über die Stände hinweg. Mira war nicht mehr zu sehen. Jedenfalls konnte er sie zwischen den vielen Marktbesuchern nicht ausfindig machen. Er reckte den Hals und versuchte unauffällig die Gegend im Blick zu behalten.

»Wieso nicht?« Marlene blieb hartnäckig.

»Ich konnte nicht.«

Er fühlte sich merkwürdig schwach. Er war ein Schwächling.

»Und ich dachte damals … wir sind so was wie ne Familie … Blöd, oder? Was Kinder so glauben. Dämlich von mir. Aber …«

»Aber?«

»Du warst mein Papa, den anderen kannte ich ja nicht. Nur sein Foto und sein Grab.«

Er wusste nicht, was er sagen sollte und musterte sie jetzt aufmerksamer. Sie trug eine Jeansjacke, die ihr zu groß war, und sie sah wie ein Junge aus – wie ein Junge, der sich gerade geprügelt hatte. »Du wolltest mal Pirat werden, erinnerst du dich?«

»Will ich immer noch.«

»Scheiße, wirklich?«

»Klar.«

Sie lachten beide.

»Du warst nicht dämlich. Die Idioten sind immer die Erwachsenen. Niemals die Kinder.«

Sie liefen nebeneinander her und Hans fand es seltsam, dass sie in seiner Erinnerung bis eben noch ein kleines Mädchen gewesen war.

»Du lässt uns doch nicht im Stich, oder?«

Sie standen vor dem Haus, in dem Sophia und Marlene wohnten, und ihr Gesicht war wieder ernst geworden.

»Du kannst mich anrufen. Jederzeit.«

Er dachte daran, sie zu umarmen. Stattdessen gab er ihr seine Visitenkarte. Wie man das so machte unter Erwachsenen.

*

Als Marlene zwei Tage später tatsächlich anrief, weinte sie am Telefon.

»Seit diesem scheiß Terroranschlag ist sie völlig neben der Spur«, schluchzte sie. »Ich denke, sie ist davon krank geworden. Sie lässt sich zu sehr ... zu sehr ... ich weiß nicht, vom Tod anziehen. Keine Ahnung, was ich damit sagen will. Ihre Krankheit heißt *Tod*, verstehst du, was ich meine?«

Hans wartete, bis sie sich etwas beruhigt hatte.

»Das tut mir leid. Ich kann euch besuchen, wenn du möchtest. Aber ich weiß nicht, ob das ... hilfreich wäre.« Er sprach, als hätte er Fusseln auf der Zunge. Klar, wollte er

Sophia sehen. Klar, wollte er helfen. Aber wenn es nun zu früh war? Er musste erst das Mira-Problem lösen. Sich die Schuld von der Haut schrubben.

»Kannst du sie mit mir zusammen ins Krankenhaus bringen?«

Hans schluckte. Das Problem musste wohl warten, weil das nächste schon vor der Tür stand.

»Ich glaub', sie muss ins Krankenhaus«, murmelte Marlene. »Sie hat totales Fieber und hustet sich die Seele aus dem Leib.«

»Natürlich.« Hans räusperte sich. »Klar, kann ich machen. Ich bin in einer halben Stunde bei euch.« Er musste nur noch schnell duschen.

Hans war froh, dass er nicht allein war.

Der Hirudo hing an ihm und saugte ausgiebig und rhythmisch, und Hans fühlte sich befreit – als hätte er ein paar Bier gekippt, ohne jedoch betrunken zu sein.

Dass dieses Gefühl, dieses Hochgefühl aus *ihm* herauskam, nicht von einer Droge, machte ihn noch euphorischer.

Er fuhr zu Sophia. Er würde ihr helfen, ihr und ihrer Tochter.

»Alles wird gut«, sagte er zu dem Lenkrad.

Er besaß jetzt einen alten Mercedes-Benz, Blau Metallic, mit kaum sichtbaren Kratzern auf der Motorhaube und nur einer Mini-Beule und zwei kleinen Dellen am Kotflügel. Baujahr 1986, dem Jahr, in dem er geflohen war. Groß genug, um Sophia ins Krankenhaus zu transportieren. Groß genug für eine Familie.

Er würde sich um Marlene kümmern. Er würde sie mit seinem Mercedes zur Disco fahren und wieder abholen, falls Jugendliche heute noch in die Disco gingen.

»Ich werde für euch da sein. Du hast recht, ich bin dein Vater, Marlene.«

Warum war er nie auf diesen Gedanken gekommen? Dass er dem Kind von Sophia etwas bedeutete?

Als er das Radio einschaltete, sang Elton John: »*It's a little bit funny this feeling inside …*«

Das war ein Zeichen, oder? Das musste ein Zeichen sein!

Hans kannte Sophias Lieblingssong mittlerweile gut genug, dass er ein wenig mitsingen konnte.

Marlene öffnete ihm die Haustür. Ihre Wimperntusche war verschmiert und ihm fiel jetzt erst auf, dass sie sich schon schminkte. Sie trug wieder die Jeansjacke, die ihr eigentlich zu groß war.

»Da bist du ja endlich«, sagte sie kläglich.

Er nickte ihr zu. »Es hat ein paar Minuten länger gedauert.«

»Ich wusste nicht, ob du wirklich kommst.« Sie sah ihn skeptisch an, als würde er nicht gerade vor ihr stehen.

Hans öffnete den Mund, um zu protestieren, aber sie rief ihm zu: »Ich hol sie runter. Eine Minute! Warte bitte am Auto!« Dann wandte sie sich von ihm ab und lief in einem rasenden Tempo die Stufen hinauf.

Hans überlegte kurz, ob er ihr folgen sollte. Aber ihre Anweisung war eindeutig gewesen. Wahrscheinlich hatte Marlene ihrer Mutter nichts gesagt.

Sophia sah tatsächlich übel aus. Sie sah aus, als käme sie aus einem Zombiefilm.

»Wo ist der Taxifahrer?«, fragte sie verwirrt.

Er half ihr beim Einsteigen. Legte den Arm um sie. Wie früher. Nur dass er das Zittern unter ihrer Haut spüren konnte. Nur dass sie nach etwas Saurem, vielleicht nach ein bisschen Kotze roch, statt nach Parfüm.

Aber das war ihm egal.

Er liebte sie.

Er spürte die Liebe zu ihr, wie eine Gräte, die ihm im Hals stecken geblieben war.

*

Sophia musste noch im Krankenhaus bleiben und Marlene zog nach ein paar Tagen ungebeten zu ihm. An einem Samstagmittag stand sie mit ihrem Schulrucksack und einem Koffer vor der Tür und lächelte leicht verlegen. »Nimmst du mich eine Weile auf, *Daddy*?«

Sie lachte über die verwirrte Miene, die er machte.

»Nur bis sie wieder raus ist … ein paar Tage, höchstens zwei Wochen …«

Er starrte sie an, bis ihm auffiel, dass das vielleicht unhöflich wirken könnte.

Das Wort Daddy klingelte in seinen Ohren. Hatte er da irgendetwas verpasst?

»Warum eigentlich nicht«, murmelte er zweifelnd.

»Prima!« Sie schob sich in die Wohnung und er trat ein paar Schritte zurück und geleitete sie schließlich ins Wohnzimmer.

»Okay, du kannst auf dem Sofa schlafen.« Er deutete auf die Couch, als wüsste sie nicht, was er meinte, und er dachte an den Hirudo, der Tag für Tag größer wurde. Jetzt musste er wohl darauf achten, dass er sich in seinen eigenen vier Wänden so kleidete, dass Marlene nichts mitbekam.

»Danke.«

»Du weißt hoffentlich noch, dass ich immer lange im Bad brauche?«

»*Sehr* lange«, sagte sie. »Ich weiß. Das ist mir egal.«

»Prima.« Er lachte leise. »Das hast du oft gesagt, als du klein warst, erinnerst du dich?«

Sie schüttelte den Kopf.

»Als ich dir mal einen ziemlich dummen Spruch in dein Poesiealbum geschrieben habe, fandest du das *prima*.«

»Der Spruch war nicht dumm. Er war der *beste* im ganzen Universum.« Sie grinste. »Ich hab es noch. Das Poesiealbum mein ich. Es liegt zu Hause in meinem Nachttisch.«

»Verrückt«, sagte er freundlich.

»Sind wir das nicht alle?«

Er dachte lange über ihre Frage nach – als müsste er ein philosophisches Problem lösen.

»Ja«, sagte er schließlich. Er erinnerte sich, dass sie schon als Kind ziemlich altklug auf ihn gewirkt hatte.

»Wäre ja auch langweilig, wenn jeder stinknormal wäre.«

Er nickte ihr zu und fragte sich, ob sie bei diesem Satz an ihre Mutter dachte.

Sophia wäre womöglich fast gestorben, weil sie wohl einfach nicht daran gedacht hatte, zum Arzt zu gehen, und Marlene hatte ihr vermutlich das Leben gerettet.

Der Hirudo schien aus seinem Mittagsschlaf zu erwachen und rekelte sich.

Hans wandte sich schnell ab von seiner neuen Mitbewohnerin und lief in die Küche. »Sind Spaghetti okay?«

»Spaghetti sind *prima*!«

In der Küche band er sich eine Latzschürze um, die noch zu seinem Kellner-Outfit gehörte. Der Hirudo wand sich wie ein Aal, aber unter dem groben schwarzen Stoff war zum Glück nichts von ihm zu sehen.

In den folgenden Tagen benahm sich Marlene neugierig, pubertär – wie es ihrem Alter entsprach. Es kam Hans fast vor, als müsste sie beweisen, dass sie jetzt ein Teenager war. Sie rüttelte ein paarmal an der Tür, wenn er sich im Bad aufhielt und länger brauchte als eine Stunde. Aber natürlich vergaß er nie abzuschließen. Nie.

Sie ließ ihre Sachen überall liegen, hörte ihren Gangsta Rap viel zu laut und kleckerte ständig mit Ketchup herum, den sie statt Butter auf ihre Brote schmierte.

Sie nahm ihm das Papier weg, als er gerade versuchte den Bericht für den Meister in China zu schreiben. Es war auch eigentlich kein Bericht, er bekritzelte ein kleines Blatt mit spärlichen Notizen – aber Li Ling würde das akzeptieren und keine Fragen stellen.

»Keine Albträume mehr«, las Marlene vor. »Kein Schweißausbruch in der U-Bahn. Mir ist klar geworden, dass ich mich um M. kümmern muss.«

Marlene grinste ihn an. »Du musst dich um M. kümmern?«

Er wollte ihr gerade erklären, dass sie das nichts anginge, als ihm einfiel, dass das nicht nötig war. Auch verspürte er keinerlei Lust, das Missverständnis aufzuklären. »Das mach ich doch schon, oder?«

Er blieb geduldig mit ihr und ging mit ihr ins Kino oder Pizza essen oder Shoppen. Er kaufte ihr die Hose, die sie unbedingt haben wollte und die rotweiß-gestreift war wie eine Zuckerstange und so eng aussah, dass er sich nicht vorstellen konnte, dass sie da hineinpasste. Aber es klappte doch und Marlene trug dazu eine Art *Biene-Maja*-Hemd und einen Schlips, den sie aus seinem Schrank genommen hatte – es war sein einziger.

Als er das nebenbei erwähnte, warf sie ihm einen bockigen Blick zu. »Dann hol dir den doch zurück!« Sie wedelte mit der Krawatte vor seiner Nase herum und schnitt Grimassen, hässliche Fratzen, die ihn, wie es aussah, provozieren sollten.

»Schon gut. Ich trage das Ding sowieso nicht.«

Er gab ihr etwas Taschengeld und sie kaufte sich Schminkzeug und anderen unnützen Kram davon und mit einiger Verwunderung nahm er zur Kenntnis, dass ihre Lippen jetzt violett waren, als hätte sie zu lange in der Ostsee gebadet.

Er ließ sie einfach machen, was sie wollte. Erstens war er nicht ihr Vater. Und zweitens hielt er Erziehung für Selbstverteidigung von Erwachsenen.

Er sah keinen Sinn darin, ihr Dinge zu verbieten. Es würde nur Ärger geben und was sollte er mit Ärger?

Sie schien manchmal darauf zu lauern, dass er etwas sagte, wenn sie zu spät kam oder wenn sie sich sein letztes Bier aus dem Kühlschrank nahm und nicht einmal daran dachte, ihm etwas abzugeben.

Aber er reagierte nicht auf ihre Provokationen. Er sollte sowieso keinen Tropfen trinken, solange der Hirudo auf ihm lebte, daran hielt er sich. Auch rauchen war tabu und er durfte keine parfümierte Seife, kein Deo, keine Hautcreme und kein Rasierwasser benutzen. Er hoffte nur, dass er nicht zu sehr stank. Dass sein Geruch bei niemandem Aufmerksamkeit erregte, schon gar nicht bei Marlene.

Es fiel ihm nicht besonders schwer, den Vater zu spielen. Es machte ihm sogar ein bisschen Spaß. Sie schien eine Art Vorbild in ihm zu sehen – das er mit Sicherheit nicht war, aber was machte das?

»Wie würdest du es finden, wenn ich mir ein Tattoo stechen lasse oder ein Piercing?«

»Wenn du dich unbedingt verunstalten willst«, antwortete er.

»Verunstalten? Wieso verunstalten?«

»Du bist doch hübsch genug. Also ich meine, du bist und bleibst hübsch, wenn du auf diesen Unsinn verzichtest.«

Sie sagte nichts weiter dazu. Sie schien zufrieden mit seiner Antwort. Hoffte er jedenfalls.

»Darf ich dich auch mal was fragen?«

»Klar.«

»Hat deine Mutter manchmal über mich geredet?«

»Nein«, sagte Marlene, ohne ihn anzusehen. »Nie.«

Die Antwort kam so schnell und unbefangen, dass er keinen Zweifel daran haben konnte, dass sie die Wahrheit sagte.

Er glaubte ihr trotzdem nicht.

»Warum habt ihr euch eigentlich getrennt?«, fragte sie und streifte ihn mit gleichgültigem Blick.

Hans spürte einen Stich in der Brust. Und gleichzeitig schien der Hirudo zu trinken. Marlenes Frage kam überraschend, doch da war kein Unbehagen, keine Angst in ihm.

»Weil …«

»Weil?«

»Ich habe einen Fehler gemacht.«

»Bist du fremdgegangen?«

Er lachte auf. »Einen Fehler in meiner Vergangenheit. Und es war ein Fehler, deiner Mutter von diesem Fehler nichts zu erzählen.«

Der Hirudo hatte aufgehört zu saugen. Es kam Hans so vor, als würde er dem Mist, den er erzählte, lauschen. *Verlogener Mist*, dachte er wütend.

Natürlich erwartete er, dass Marlene nachhaken würde.

Aber sie sagte nur lapidar: »Also waren es zwei Fehler. Aber … Menschen sind nun mal so. Sie machen dauernd dumme Sachen, die sie hinterher bereuen.«

Wenn er aus dem Bad kam, gehüllt in einen extra großen Bademantel, streifte ihn Marlene manchmal mit merkwürdigen Blicken.

Es schien ihm fast, als ahnte sie etwas von seinem Geheimnis und wollte ihm auf die Spur kommen. Aber darin war er ja geübt. Die Rätsel, die er in sich trug, blieben auch in ihm.

Doch der Egel wuchs weiter. Und er war nicht *in* ihm, sondern *an* ihm. Er hing fett und vollgesogen wie ein Schwamm an seinem Körper. Er musste sich etwas einfallen lassen. Er musste ihn irgendwie wieder loswerden.

Es ging ihm gut. Er brauchte ihn nicht mehr.

*

»Hat dich der Schuss schon verlassen?«, wollte Li Ling wissen.

Einen Schuss weg habe ich so und so, dachte er. Da kannst du gar nichts gegen machen. Er verzog den Mund zu einem schiefen Lächeln.

»Ich denke schon. Ich träume nicht mehr davon, erschossen zu werden. Ich träume eigentlich überhaupt nicht mehr.«

Li Ling sah ihn unbeteiligt an. »Das nicht, was ich meine.«

Er stand mit entblößtem Oberkörper vor ihr, als wäre sie

seine Ärztin. Sie betrachtete den Hirudo, tastete ihn ab – vorsichtig und sorgfältig. Trotzdem zitterte der Angstfresser unter ihrer Berührung.

»Es verändert sich gerade einiges. Morgen holen wir Sophia aus dem Krankenhaus. Ich kann *ihn* nicht länger beherbergen. Meine Zeit als Wirt ist vorbei.« Hans hoffte, dass sie verstand. Er brauchte seinen Körper zurück. Wie sollte er Sophia umarmen mit dem Parasiten auf seiner Brust?

»Du musst warten, bis der Schuss deine Seele verlässt«, sagte Li Ling. Es klang wie eine Warnung.

»Das wird er nie«, entgegnete er. »Es ist schon viel, wenn ich nicht mehr davon träume und das habe ich dir zu verdanken. Und ich bin froh darüber, glaub mir, aber …«

»Es ist Ihre Entscheidung. Besser wäre noch warten.«

Er nickte. »Ich weiß. Es geht mir gut, wirklich. Und ich will einfach nur ich selbst sein.«

Sie schwieg. Durch das Schweigen hindurch hörte er ihre Enttäuschung.

Oder bildete sich das zumindest ein.

»Vielleicht gibt es manchmal kein Richtig und kein Falsch, sondern nur … den nächsten Schritt.« Möglicherweise kam er ja mit Kalendersprüchen weiter?

Doch bei Li Ling zeigten seine Weisheiten wenig Wirkung. Sie tastete weiter die gestreifte, gelb-olivgrün glänzende Haut ab, die über seiner lag, strich wie beschwörend über den gewölbten Rücken des Egels.

Das Tier bewegte sich nicht. Es schien irgendwie auf etwas zu lauern. Oder es stellte sich tot.

»Hirudo Timor ist satt. Er braucht Nahrung wieder in zwei Jahren. Wir können ihn lösen in Bad.« Sie packte Hans am Arm und führte ihn, als wäre er ihr Gefangener.

Er ließ alles mit sich geschehen. Lag in der Wanne, die ohne Wasser war, und wartete ab. Die Mischung aus Zitrone und Salz, die Li Ling verwendete, erinnerte ihn an den *Trinkteufel* – nur dass der Tequila fehlte. Ihre Handgriffe wirkten geschickt und routiniert, dennoch schien sich der Hirudo zu wehren.

Hans spürte die Stiche der Zähne, das Tier gab das Saugen noch nicht auf, im Gegenteil – es schien sich jetzt erst recht stärken zu wollen.

Li Ling redete auf Chinesisch mit dem Wesen, das sich immer mehr in ihn verbiss. Sie schien ihm etwas zu erklären. Hans hörte zu. Es kam ihm vor, als könnte er sie plötzlich verstehen: Sie sprach von ihrem Vater, Professor Chang, von der Gefahr, in der er sich befand.

»Lass los«, sagte Li Ling schließlich auf Deutsch. Hans brauchte ein paar Sekunden, ehe er begriff, dass sie ihn meinte.

Er schloss die Augen. Sah sich noch einmal auf die Mauer zurennen, aber diesmal brauchte er keine Leiter. Er wusste, dass Sophia auf der anderen Seite wartete. Er hob ab von der Erde, schwerelos wie ein Vogel, schlug mit den Armen, die sich in Schwingen verwandelten.

Wo flog er eigentlich hin?

Als er hinabsah, war Sophia verschwunden, stattdessen sah er ein schwefelgelbes Moor unter sich, das kleine Blasen warf.

Keine Chance irgendwo zu landen! Sein Herz krampfte sich zusammen.

Li Ling verpasste ihm eine Ohrfeige und er kam zu sich.

»Deine Seele wirft etwas ab nur«, erklärte sie kurz.

Die Wunden auf seinem Oberkörper sahen wie winzige sternförmige Kegel aus. Er war gezeichnet – vom Leben oder von einem blutsaugenden Dämon, das kam vielleicht auch auf das Gleiche heraus. Er blutete heftig. Die Minivulkane auf seinem Körper spuckten Blut. Kleine Rinnsale flossen wie Lava aus ihm heraus.

Der Hirudo schwamm in einem gläsernen Gefäß mit Kieseln und Pflanzen, das auf einem Hocker neben ihm stand, hin und her. Das Wesen wirkte unruhig, orientierungslos, als wären die angesammelte Angst, die Albträume jetzt in ihm. Es schien nicht zu wissen, wo es hin sollte, und stieß sich ein paarmal den Kopf.

»Was passiert jetzt mit ihm?«

»Er wird nicht getötet. Hirudo jetzt dein Haustier. Mit dir verbunden für lange.«

Hans nickte. Eigenartigerweise beruhigte ihn diese Auskunft.

Von dem Blutverlust fühlte er sich geschwächt. Er nahm sich vor, sie ein anderes Mal nach ihrem Vater zu fragen.

*

Der Hirudo war ein anspruchsloses Haustier, das nicht mal gefüttert werden brauchte. Das Wesen schwamm wie eine Wasserschlange in seinem Aquarium herum und Hans sprach mit ihm, als würde er mit seiner alten Angst reden. »Du kennst mich, du kennst meine finstersten Träume. Ich hoffe, du kannst sie besser verdauen als ich.«

Vorerst stand das Aquarium auf seinem Nachttisch. Das Tier war das Letzte, was er sah, bevor er eindöste und das Erste, wenn er aufwachte. Es kam ihm vor, als würde ihn der Hirudo beobachten – auch wenn Hans schlief, oder gerade wenn er schlief. Das Wesen drang nicht in seine Träume, da Hans nicht mehr träumte. Dennoch war ihm klar, dass die Einquartierung in seinem Schlafzimmer nur eine vorübergehende Lösung sein konnte.

Marlene wohnte wieder bei ihrer Mutter. Sie telefonierten fast täglich und meist bat er darum, Sophia sprechen zu können. Doch Sophia ging selten mal ans Telefon. Sie blieb reserviert, antwortete kaum und wenn er seinen ganzen Mut zusammennahm und Mutter und Tochter besuchte, verschwand sie nach ein paar Minuten in ihr Zimmer.

Sie war dünner geworden und sah müde aus. Sie ging oft allein auf den Friedhof – das wusste er von Marlene.

»Sie will nur mit ihm zusammen sein. Mit meinem Vater.«

»Aber er ist tot.«

»Das ist ihr egal.«

»Das glaub ich kaum.«

»Ich meine … sie redet trotzdem mit ihm. Und vielleicht hört sie ihn antworten, was weiß ich.«

Er horchte auf Marlenes Tonfall. Sie klang genervt, nicht verzweifelt.

»Bei dir alles okay?«, fragte er trotzdem.

»Ich war in einem Tattoostudio. Ich hab jetzt Piercings«, sagte sie.

Bevor er dazu kam zu fragen an welchen Stellen, sagte sie »Tschüss« und legte auf.

Als sie Sophia aus dem Krankenhaus abgeholt hatten, war es ihm vorgekommen, als nahmen sie nur ihren Körper mit. Äußerlich betrachtet schien sie wieder gesund zu sein. Sie hustete nicht mehr. Die Lunge hatte sich schnell erholt. Sie sah normal aus und ihr Gesicht schimmerte rosig.

Doch als er sie vorsichtig umarmte – er tat dabei so, als wollte er ihr einfach nur die Tasche abnehmen – ließ sie es ohne Reaktion geschehen.

Es war ein grauer Tag, es regnete und er spannte für den Weg zum Auto einen Schirm auf, unter den Mutter und Tochter Platz fanden, während die Tropfen auf ihn fielen. Er fühlte sich zufrieden damit, sogar glücklich. »Ich bin euer Schirmherr«, alberte er, aber Sophia lächelte nicht einmal und Marlene zuckte freundlich mit den Schultern. »Ich habe uns Kuchen gekauft«, wollte er noch sagen und er sagte es auch – nur dieses *Uns* ließ er dann doch weg.

Und sie nahmen ihn auch nicht mit hoch in die Wohnung. Sie verabschiedeten sich an der Haustür. Sophia wollte sich ausruhen, wollte schlafen. Den Schoko-Kirsch-Kuchen aßen sie ohne ihn.

»Es wird schon noch. Es wird sich alles einrenken«, erklärte er dem Hirudo, der in seinem Gefäß als Gefangener umherschwamm.

Hans fühlte sich immer noch merkwürdig leicht und ignorierte den Sumpf, der unter ihm lag, der im Zentrum seines Unterbewusstseins vor sich hin blubberte.

So schnell ließ er sich nicht in die Tiefe ziehen.

Der Egel schien ihm zuzuhören und ihn aufmerksam zu betrachten.

Ein Teil von Hans Leopold steckte noch in ihm – das Blut eines Flüchtlings, das er verdaute, mit allem Merkwürdigen, was darin enthalten war. Vielleicht wirkte das Tier deswegen so nervös? Weil es eingesperrt war, ohne die geringste Chance herauszukommen aus dem Verlies?

Sie hatten Körperflüssigkeiten ausgetauscht und ihre Kreisläufe miteinander verbunden. Wesensanteile des Hirudos mussten jetzt auch in Hans existieren; jedenfalls konnte er das nicht völlig ausschließen. Das Schweben, das er in sich spürte, wenn er seinen Parasiten schwimmen sah, deutete auf eine Verbindung hin. Er fühlte sich gelassen, sogar wenn er an Sophia dachte.

Eines Tages würde sie schon begreifen, was er ihr bedeutete. Und das Warten machte Hans jetzt nicht mehr viel aus.

In seinem alten Leben hatte er das Warten gehasst. Das Warten auf eine Wohnung, die er mit achtzehn bei der *Kommunalen Wohnungsverwaltung* beantragen musste, das Warten auf eine AMIGA-Lizenz-Schallplatte vor dem Babelsberger Musikgeschäft – Pink Floyd, Janis Joplin, Michael Jackson konnte er im Laufe der Jahre immerhin ergattern –, das jahrelange Warten auf den Trabi, das Warten auf Ersatzteile, wenn etwas kaputt ging, das Warten an der Haltestelle am *Bassinplatz* in Potsdam, da wieder mal ein Bus ausfiel, das Warten auf die bestellten Kohlen, die nie zum vereinbarten Termin kamen, das Warten auf ein paar Apfelsinen oder ein Glas Kirschen in der Warteschlange vor dem Russenmagazin, das hoffnungslose Warten auf den Telefonanschluss, Warten auf das Platziert-Werden in der Gaststätte an dem Urlaubsort an der Ostsee, in der es, wenn er endlich am Tisch saß, sowieso nur noch Soljanka gab … Warten darauf, dass sich endlich alles änderte. Das Leben in der Warteschleife hatte ihn zermürbt. Und nun, da er nicht mehr zu warten brauchte, wartete er freiwillig – auf das Einzige, worauf es sich zu warten lohnte: auf einen Menschen, den er liebte.

Er war bereit dazu – heute, morgen, sein Leben lang und länger. Denn wenn sie ihn erst lieben konnte, wenn er tot war, dann kam ihm das indessen auch okay vor. Sie würde mit roten Rosen oder wenigstens mit einem Töpfchen Alpenveilchen an sein Grab kommen und an ihn denken, da war er sich sicher.

(Hans, 2002)

»Ich muss sie treffen. Es geht nicht anders«, sagte er in den Telefonhörer.

Li Ling sagte nichts. Sie seufzte bloß.

»Ich muss meine Mission zu Ende führen, das verstehst du doch?« Er durfte keineswegs aufgeben. Und es nicht zu versuchen, schien ihm genau das zu sein: ein Verrat. Ein Verrat an Mira, ein Verrat an sich selbst.

Gewissermaßen wollte er zurückklettern über die Mauer und Mira nachholen. Sie hatte es nicht verdient, lebenslänglich zurückzubleiben.

Immerhin: Sie war jetzt bei Li Ling in Behandlung. Der Hirudo Timor lebte auf ihr, fraß sich durch ihre Angst. Und sie machte Fortschritte. Nur schien das allein nicht zu genügen.

Li Ling war dagegen, dass er schon jetzt Kontakt zu ihr aufnahm. »Ist zu früh. Schnell ist nicht besser«, erklärte sie. »Sie ist gerade erst aus Mauseloch gekommen.«

Aber er ließ sich nicht beirren. »Ich habe lange nachgedacht und sehe keine andere Lösung. Ich will ihr helfen, das Verschüttete auszugraben. Aber sag ihr nicht, wer ich bin. Ich meine … wer ich war. Ich bin Leonard.«

»Es könnte sein gefährlich für dich«, warnte sie ihn.

»Für jemanden, der über die Berliner Mauer geklettert ist, ist nichts mehr gefährlich«, spottete er. Es war keine Angeberei und auch nicht nur scherzhaft gemeint – und Li Ling verstand das sofort. »Die Wege in den Menschen sind Irrgärten«, sagte sie.

»Auch aus einem Labyrinth kann man herausfinden«, entgegnete er. »Wenn Leopold das geschafft hat, kann Kyra das auch schaffen, meinst du nicht?«

Li Ling antwortete mit einem Schweigen, das ihm etwas unheimlich war. Hans wusste nicht, was sie wusste. Er hatte keinen blassen Schimmer. Kannte sie ihn besser, als er sich selbst?

Sie schien tief Luft zu holen oder erneut zu seufzen, aber sie antwortete nicht.

»Könntest du mir mit meinem Rücken helfen?«, durchbrach er die Stille. »Die Tätowierung hat sich entzündet, fürchte ich.«

»Natürlich. Meine Tür immer offen.«

Hans nickte ihr zu. Er hatte nicht vergessen, dass sie telefonierten, aber er war sich sicher, dass sie ihn auf irgendeine vertrackte Art sehen konnte.

Immer konnte auch *gleich* bedeuten, oder?

Er wartete nicht länger ab.

Marlene hatte ihn vor ein paar Wochen in »ihr« Tattoostudio geschleppt und er war nach fünf Stunden mit einer Schlange, die aus seiner Haut auf dem linken Schulterblatt brach und sich selbst biss, wieder herausgekommen. Der Eiter schien direkt aus den Giftzähnen des Reptils zu tropfen – so sah es jedenfalls im Spiegel aus. Die Stelle war rot und juckte und es machte ihn wahnsinnig, dass er sie nicht erreichen und sich nicht selbst eincremen konnte.

»Polizei dich jetzt leichter finden«, stellte Li Ling fest.

»Mhm.« Er war sich nicht sicher, ob sie scherzte. Ihre

Stimme klang ernst. Aber warum sollte die Polizei ihn suchen?

Hans lag auf einer Liege, die mit duftenden Kräutern übersät war, die ihn angenehm benebelten, und ließ sich behandeln, ohne Fragen zu stellen.

Sie tastete das Tattoo vorsichtig ab und allein durch die Berührung entspannte er sich schon ein wenig. In seiner Wunde begann es sanft zu pochen. Er spürte das Pulsieren, als würde plötzlich das Herz der Schlange schlagen.

Was auch immer Li Ling verwendete – es roch nach Kohl und es schienen große samtig-saftige Blätter zu sein –, wirkte schon nach ein paar Minuten, so kam es ihm jedenfalls vor. Das Kribbeln auf seiner Haut wurde allmählich stärker, ein kurzer Schmerz flackerte auf, bis es ihm schien, als würden Bläschen platzen und dann fühlte er nichts mehr. Ein durchaus angenehmes Nichts.

Li Ling arbeitete routiniert und schnell wie immer, dennoch wirkte sie nervös, ließ Dinge fallen und schimpfte auf Chinesisch.

»Was ist los?«, fragte er schließlich.

»Professor Chang … ich kann nicht erreichen.«

»Oh«, sagte Hans. Etwas anderes fiel ihm dazu nicht ein.

»Er vielleicht wieder im Gefängnis oder im Arbeitslager. Lage sehr schlecht.«

»Das tut mir leid.«

»Falls was sollte passieren und … falls ich nicht mehr da …«

»Nicht schon wieder bitte«, antwortete Hans höflich. »Du wirst *hier* gebraucht. Was sollen wir ohne dich anfangen?« Das war nicht nur Gerede. Er konnte sich nicht mehr vorstellen, auf ihre Künste zu verzichten.

»… dann kümmren du dich um Hirudos, okay?«, setzte sie ihren Satz fort.

»Warum solltest du …?«

»Versprich mir.«

»Okay, versprochen. Aber was genau …«

»Und kümmren um Mira. Sag ihr, was ich erzählt habe dir. Sie muss Bescheid wissen.«

Das Telefon klingelte. Sie murmelte etwas und lief aus dem Zimmer.

Hans lag bäuchlings da, starrte vor sich hin und hörte sie mit einer Stimme telefonieren, die ihm irgendwie stachlig vorkam wie ein Kaktus.

Die Schlange auf seinem Schulterblatt bewegte sich träge. Vielleicht war sie kurz aufgewacht. Er fühlte ihre Zunge an seinem Nacken.

Nach einer Weile schien sie sich wieder einzurollen und einzuschlafen.

Zur gleichen Zeit fielen Hans die Augen zu.

Als er erwachte, hörte er Li Ling sprechen. Offenbar stand sie neben ihm und redete. Mit wem?

Er drehte den Kopf zur Seite und schaute in ihre Richtung.

Außer ihnen beiden war niemand da.

»Als er war im Gefängnis, sie haben ihn halb totgeprügelt, mit einem Gummiknüppel auf ihn eingeschlagen, mit Elektroschocks … gestraft … *be*straft? Aber er hat keine Angst mehr. Der erste Patient des Professors … er war selbst. Er sich selbst behandelt mit Hirudo. Später viele Menschen, die zu ihm kamen, alles verwundete Seelen … Kamen aus den Lagern. Hatten böse Träume davon. Mein Vater in Gefahr, denn er weiß zu viel und hat gesehen viel Böses. Er sagt, sie werden ihn töten, aber er fürchtet sich nicht vor Tod.«

»Ich hatte keine Ahnung …«

»Niemand hat eine Ahnung«, sagte sie brüsk. »Niemand, der nicht *dort* war.« Eine Zigarette klemmte in ihrem Mundwinkel, während sie sprach.

Hans hatte Li Ling nie zuvor rauchen sehen. Und es schien auch keine gewöhnliche Zigarette zu sein. Es duftete, als würde jemand in seinem Garten Laub verbrennen.

Später wusste er nicht mehr, ob er das nicht doch alles nur geträumt hatte.

Er war eingeschlafen und dann?

Nur die Schlange, die sich auf seiner Schulter sacht bewegte, hielt er ohne Zweifel für real.

*

Er starrte sie an wie eine Erscheinung.

Sie kam aus dem Bad – mit nassem Haar und barfuß, nur mit einem Kimono bekleidet – mit einem irgendwie verträumten Ausdruck im Gesicht. Ihre Augenbrauen hoben sich, als sie ihn bemerkte. Reflexhaft ballten sich seine Fäuste. Erkannte sie ihn etwa?

Hans saß in dem blauen Sessel, der eine Art Thron war in Li Lings Wohnung – mit hoher stolz wirkender Rückenlehne und breitem, mit Samt überzogenem Sitz.

Sie sahen sich an. Es herrschte eine merkwürdige Stille.

Hans dachte an das Mädchen, das er hinter der Mauer zurückgelassen hatte, an ihren verliebten Blick damals, und wollte etwas Unverfängliches sagen. Doch er brachte keinen Ton heraus. Stattdessen hielt er die Luft an. Sein Körper spannte sich und Mira stand wie erstarrt da.

Wusste sie, wer er war?

Unter dem seidenen Stoff des Kimonos konnte er unschwer die Umrisse des Hirudos erkennen. Er schien erstaunlich groß zu sein. Sie sah fast schwanger aus. Unwillkürlich musste er grinsen – was ihm irgendwie peinlich war. Sie hatte sich verletzt, wie es aussah. Erst jetzt bemerkte er den Verband an ihrer Hand. Es gab keinen Grund zu grinsen. Er versuchte damit aufzuhören.

»Wer sind Sie?«, fragte er schnell.

Sie schwieg.

Scheinbar wusste sie es nicht.

»Sie sitzen auf meinem Sessel«, sagte sie nach einer Weile.

Er nickte ihr zu und erhob sich. Der Thron gebührte ihr.

Sie legte ihre Hände auf den Hirudo und sah ihn misstrauisch an. Es war alles andere als ein freundlicher Blick. Entweder erkannte sie ihn allmählich doch oder sie mochte ihn einfach nicht.

Sie setzte sich und dankte ihm so höflich, dass es wie Ironie klang.

Hans ließ sich auf einem kleinen Stuhl nieder, einem der Kinderstühle von Li Lings Töchtern. »Was ist Ihnen passiert?«

Er wollte wissen, was sie wusste. Und wenn sie sich doch an ihn erinnern sollte, würde sie sich durch irgendetwas verraten.

»Halb so wild«, sagte sie stockend, leise, sodass er sie kaum verstand. »Nur eine Schnittwunde. Li Ling hat sich gekümmert.« Sie durchbohrte ihn mit einem fragenden Blick. »Um mich«, fügte sie hinzu.

»Ich verstehe.«

Er verstand, dass sie ihn nicht verstanden hatte, dass sie sich nicht entsinnen konnte. Kein bisschen. Er war ein Fremder. Oder sie war sich selbst fremd.

In ihm kam der Wunsch auf, ihr etwas Tröstliches zu sagen. Einen Satz, den jeder kannte und jeder mochte, etwas Emotionales. *Man sieht nur mit dem Herzen gut* – oder etwas in der Art. Aber zum Glück verkniff er sich das Zitat dann doch und grinste nur weiter ein bisschen vor sich hin.

Ihr Kimono verrutschte, glatter Stoff glitt über glatte Haut. Ihre Knie und Schenkel leuchteten nackt und wehrlos zu ihm hinüber.

»Sie sind *es* also losgeworden«, sagte sie plötzlich.

Seine Augenbraue zuckte. Er wusste nicht sofort, was sie meinte. Seine Vergangenheit? Sein Trauma? Nein, davon wusste sie nichts. Wollte sie den Hirudo etwa schon wieder *loswerden*? Sie könnte ruhig ein bisschen dankbarer sein, dass ihr geholfen wurde, fand er.

Mit sanfter Stimme erkundigte sie sich danach, ob es ihm

besser gehen würde. Und beinahe hätte er gesagt, dass es hier nicht um ihn ging. Sondern ganz allein um sie.

»Ich antworte nicht auf läppische Fragen wie diese. Nicht mehr.«

Das hatte er eigentlich auch nicht sagen wollen. Obwohl ihn diese Wie-geht's-Fragen schon immer genervt hatten. Sie waren ihm stets wie eine Aufforderung zum Lügen vorgekommen.

Sie erhob sich und er rechnete schon damit, dass sie gehen würde – zurück ins Bad oder wohin auch immer. Doch sie wanderte nur ein paar Schritte durch das Zimmer, wühlte eine Weile in einem Rucksack herum und holte etwas aus ihm heraus. Sie kam zurück, ließ sich in den Sessel fallen und zeigte ihm den Gegenstand – es war ein Telefonhörer. Sie sah ihn herausfordernd an, als müsste er schon Bescheid wissen, was sie ihm damit sagen wollte.

Er wusste es nicht.

Als sie ihn fragte, ob er ihr sagen könne, was das sei, kam ihm in den Sinn, dass sie noch gestörter war, als er bisher angenommen hatte.

Hans antwortete mechanisch.

Wo blieb eigentlich Li Ling?

Er hatte ihr mit Hilfe seines Presseausweises die Kopien der Akten über ihre Patientin besorgt – die Jugendhilfeakte, die Stasiakte. Offenbar sah Mira in dem Telefonhörer ein Ding aus ihrer Vergangenheit. Mit dem sie augenscheinlich nichts anfangen konnte, da ihr die Erinnerung fehlte.

Ihre Verwirrung verwirrte ihn. Irgendwie hatte er sich ihre Begegnung anders vorgestellt. Das Zusammensein überforderte ihn schon jetzt.

»Sie werden sich sicherlich fragen …«

»Nein. Ich frage mich nicht, welche Halluzinationen Sie haben. Es geht mich nichts an. Schreiben Sie Ihre Berichte.«

Automatisch sah er auf seine Uhr und setzte die Sonnenbrille auf.

»Ich muss gehen«, murmelte er und blieb sitzen.

Wie aus weiter Ferne hörte er Li Lings Stimme. Sie klang schrill und unharmonisch. Aber er blendete sie aus.

Hans musste irgendeinen Kontakt herstellen zu Mira, er wollte sie erreichen, ihr Vertrauen gewinnen.

Dir sind Dinge passiert, die niemals hätten passieren dürfen.

Genau das konnte er ihr natürlich nicht sagen.

Hans wusste überhaupt nicht, was er sagen sollte.

Es kam ihr sicher merkwürdig vor, dass er sein Hemd aufknöpfte, ihm kam es ja auch merkwürdig vor. »Er hat hier gelebt. Ein starkes Exemplar, aber nicht so groß …« Wie ferngesteuert bewegte er sich auf sie zu.

Er wartete ab, ob sie ihn aufhalten oder zurückstoßen würde.

Doch sie rührte sich nicht.

Als wäre das sein gutes Recht, band er den Gürtel ihres Kimonos auf und blickte auf den Hirudo hinab. Er war tatsächlich ein Prachtexemplar. Sein Muster wirkte filigran, wie künstlerisch gestaltet, die Flecken und Streifen leuchteten wie kleine Sonnenuntergänge. Man konnte ihn fast als hübsch bezeichnen. Nicht nur durch seine Größe machte das Tier einen starken Eindruck. Es sah verständig aus, als wüsste es mehr von der Welt, als man einem Egel zutrauen würde. Hans berührte ihn nicht sofort. Seine Hand näherte sich vorsichtig. Er wollte weder den Parasiten, noch seine Wirtin erschrecken. Behutsam landeten seine Finger schließlich auf der Haut des saugenden Schmarotzers. Er fühlte ihn, fühlte die Lebendigkeit. Eine Welle der Zufriedenheit strömte in ihn. Das Experiment schien tatsächlich zu glücken.

*

Er lauerte auf sie – ein paar Schritte von dem Haus entfernt.

Jetzt musste er am Ball bleiben, wenn er noch ein Tor vor dem Abpfiff schießen wollte. Seine Chancen standen nicht schlecht. Die Art wie sie ihn angesehen hatte, ging ihm nicht aus dem Kopf. Voller Misstrauen und gleichzeitig neugierig, schutzbedürftig … Auf jeden Fall suchend, wie jemand, der die Orientierung verloren hatte und nicht mehr wusste, für welche Mannschaft er überhaupt spielte.

Er würde ihr den Weg schon zeigen und die Türen öffnen, die nötig waren.

Sein Handy klingelte. Dann hörte er Li Lings Stimme. Sie redete Chinesisch und schluchzte. Er verstand kein Wort.

»Was? Was ist passiert?«

»Er ist tot! Professor Chang! Mein Vater!«

Hans fühlte einen Stich in seiner Brust.

»Ich komme sofort!«

»Nein. Du nicht kommen. Ich packe schnell. Nehme Kinder und verschwinden. Kümmren du um Mira. Sie braucht Hilfe.«

»Verschwinden? Wohin?«

Sie legte auf.

Einen Moment stand er nur still da. Er versuchte sich zu konzentrieren und an das zu denken, was Li Ling ihm vor einigen Tagen erzählt hatte. Befand sie sich in Gefahr? Auszuschließen war es nicht. Wenn dem so war, musste sie ihre Töchter in Sicherheit bringen. Was sollte Hans tun? Er wusste es nicht. Es gab so unendlich viele Möglichkeiten … Er könnte Li Ling begleiten, mit ihr zusammen untertauchen. Oder er würde Marlene anrufen und sich erkundigen, wie es Sophia indessen ging. Vielleicht wandte sie sich ja doch mal wieder den Lebenden zu?

Mira sah blass aus, als sie aus dem Haus trat. Sie hielt ihren Leib umschlungen und taumelte ein bisschen. Hans lief zu ihr, griff nach ihrem Arm und stützte sie, brachte sie erst mal in ein Restaurant. In Sicherheit. Er bestellte Kaffee und Cognac und zerbrach nervös ein paar Streichhölzer. Mira sah ihm dabei zu.

»Wieso?«, fragte sie schließlich. »Wieso?«

»Wieso?« Er rieb sich die Augen, blinzelte, setzte die Sonnenbrille auf, die er gerade erst abgesetzt hatte, und schob sich ein Streichholz in den Mund.

»Die brauchen keinen Grund.« Er erzählte, warum der Hirudo überhaupt gezüchtet wurde. Von der Traumatisierung durch Umerziehung, der man etwas entgegensetzen wollte. Er nahm keine Rücksicht. Er sah ihr in die Augen, die wie das Muster des Parasiten leuchteten, und erkannte, dass die Angst fehlte.

Ihm fiel ein, dass Mira keinen Alkohol trinken durfte und er genehmigte sich auch den Cognac, den er für sie hatte kommen lassen.

Der Schnaps rann kalt durch seine Kehle und wärmte seine Brust.

Mira sagte etwas und er verstand nur das Wort *Unwahrscheinlich*.

»Unwahrscheinlich?« Er verschluckte sich am Rauch seiner Zigarette und hustete eine Weile. »Das ganze Leben ist unwahrscheinlich.« Er hielt Mira einen kleinen Vortrag, warum er das so sah: Er fing beim Urknall an und endete bei Krieg und Folter. Und er bestellte sich gleich noch einen Cognac.

Mira rührte ihren Kaffee kaum an. Sie wirkte abwesend. Vielleicht hörte sie ihm zu, vielleicht auch nicht. Wie ein Kind nahm sie ihm die Streichhölzer ab, spielte mit ihnen und durchbohrte ihn mit Blicken – als würde er sie an irgendetwas erinnern.

Eine von diesen rumänischen Bettlerinnen tauchte auf, von denen es im Moment viele gab in Berlin, oft mit Baby auf dem Arm. Doch diese hier schien sich für eine Musikerin zu halten, jedenfalls hatte sie ein Instrument dabei, dem sie ein paar schräge Töne entlockte, ohne Rücksicht auf ihr Gespräch, das sie abrupt unterbrach. Mira sammelte die Hölzer ein und versuchte der Frau die Schachtel zu schenken. Die Geste fand keine Beachtung. Die Rumänin wollte keine zerbrochenen Streichhölzer. Sie ließ die Schachtel wie durch Zauberei verschwinden und klimperte ihnen die Ohren mit ihrem Zupfinstrument voll. Dazu sang sie so furchtbar, dass es Hans Tränen in die Augen trieb. Nicht so, als würde er weinen, sondern so, als würde er eine Zwiebel schneiden.

Hans überlegte, ob er sich noch einen Cognac bestellen sollte, um den Krach zu ertragen. Aber sich vor Mira zu betrinken, erschien ihm dann doch nicht so sinnvoll.

Sie konnten genauso gut in seine Hinterhofwohnung gehen. Ohne die Bettlerin wäre er nicht auf diese Idee gekommen, obwohl er seit Kurzem hier in diesem unauffälligen grauen Haus am Landwehrkanal, mit Afrikanischem Restaurant zur Straße hin, wohnte. Sie mussten nur ein paar Treppenstufen hinaufsteigen.

Mira, die er nicht davon abhalten konnte, dass sie der Rumänin noch ein paar Münzen in die Hand drückte, folgte ihm, ohne Fragen zu stellen.

Vor seiner Wohnung blieb sie allerdings misstrauisch stehen. Die Tür sah auch nicht besonders einladend aus – sie war grau wie eine Zellentür und es fehlte das Namensschild. Er sah ihr an, dass sie am liebsten wieder kehrtgemacht hätte. Hielt sie ihn für einen perversen Killer oder etwas in der Art?

»Was stehen Sie da herum?«, fuhr er sie deshalb an.

Es wirkte. Sie murmelte etwas vor sich hin, setzte ein nicht ganz glaubwürdiges Lächeln auf und trat ein.

Hans beeilte sich, ihr Tee zu kochen und servierte eine Tafel Schokolade dazu, die Marlene ihm im letzten Jahr zum Vatertag geschenkt hatte.

Mit Geschenken war das so eine Sache. Seit frühester Kindheit hatte er stets das Gefühl, das Falsche zu bekommen. Zum Glück kam nur selten jemand auf die Idee, ihm etwas zu schenken. Schokolade? Was sollte er mit Schokolade?

Allerdings brach Mira nur ein winziges Stück ab. Er schob die Süßigkeit über den Tisch etwas näher an sie heran.

Sie blickte ihn nur irritiert an. Sie schien keinen großen Appetit zu haben.

»Li Ling hat die Katastrophe schon kommen sehen«, sagte er düster. »Sie war in großer Sorge in letzter Zeit. Und nun ... ist ihr Vater, Meister Chang, tatsächlich ... tot!« Hans rieb sich die Augen. Falls das doch ein Traum war, wollte er möglichst schnell aufwachen. »Wahrscheinlich haben sie ihn gefoltert. Li Ling hat berichtet, dass sie Elektroschocks anwenden. Sie wollten herausfinden, worüber er forschte, was er entwickelte. Wir können nicht ausschließen, dass sie Bescheid wissen ... über unseren Freund.« Er deutete etwas verschämt auf ihren Bauch.

Mira schien ihm zuzuhören, aber sie fragte nichts. Sie hockte einfach nur da, mit leerem Blick. Er berichtete über die Verfolgung Andersdenkender in China, von dem Verbot der Falun-Gong-Bewegung und den drastischen Maßnahmen der Regierung, aber sie schien nicht viel zu begreifen von dem, was er sagte.

Ihr Schweigen wurde ihm allmählich zu viel.

»Und Ihnen?«, fragte er. »Was ist Ihnen passiert?«

Sie zuckte zusammen.

Es kam ihm vor, als wäre etwas zwischen ihnen – wie dichter Nebel oder eine Wolkendecke. Er musste das Gespinst aufreißen. Wenigstens sollte sie begreifen, dass sie hier nicht zufällig saß.

»Nichts!«, sagte sie plötzlich scharf. »Was soll mir passiert sein?«

Hans fühlte ihre Wut, die er sich nicht ganz erklären konnte und die auf seine Wut traf, die in ihm lauerte wie ein schlafender Drache. Er setzte die Sonnenbrille auf.

Sie hätte ihm ja auch nicht hinterherlaufen müssen damals. Warum war sie ihm gefolgt? Jeder wusste doch, was an der Mauer passieren konnte, oder? Er wollte ja, dass sie zurückkehrte zu Papas Geburtstagsparty. Sie hatte nicht auf ihn gehört, die Gefahr ausgeblendet. Selbst schuld.

Es ist alles einfach blöd gelaufen, dachte er mürrisch.

Er wollte nur noch, dass sie ging. Jetzt. Sofort.

Sie schien nicht sonderlich überrascht, als er ihr diesen

Vorschlag machte. Sie erhob sich, dankte ihm förmlich für den Tee.

Nur ihre Blässe beunruhigte ihn ein wenig. Sie sah tatsächlich weiß aus, die Lippen wirkten dagegen dunkel wie Schatten. Dass fehlte noch, dass sie ihm hier zusammenbrach.

Aber sie schlüpfte unter seinem ausgestreckten Arm hindurch, lief, ohne sich umzusehen, die Treppe hinunter, polternd, unbeholfen, als wären ihre Füße eingeschlafen, als würde sie über irgendetwas stolpern.

Es fiel ihm merkwürdig schwer, die Tür hinter ihr zu schließen. Warum ließ er sie gehen? Sollte er ihr folgen?

*

Hans alias Leonard lief in seiner Wohnung hin und her, räumte das Geschirr ab, stopfte dreckige Wäsche in die Waschmaschine, wischte Staub und machte sogar ein paar Kniebeuge und Liegestütze, um sich abzulenken.

Er hätte ihr nachgehen sollen. Und dann?

Sie war wütend auf ihn und er war wütend auf sie.

Patt.

Aber so enden durfte es keinesfalls.

Er saugte noch ein wenig Staub – sogar in den Ecken, die er sonst links liegen ließ.

Wenigstens sah seine Wohnung jetzt halbwegs ordentlich aus.

Er besuchte den Hirudo, der in einem Geheimversteck der neuen Wohnung seine Runden drehte. Er klopfte an das Aquarium. »Hier bist du sicher«, murmelte er ihm zu. »Es gibt kein Namensschild an der Tür, keines am Briefkasten, keines an der Klingel unten. Sei also unbesorgt, sie werden dich nicht finden.«

Der Egel drehte so etwas wie eine Pirouette für ihn. Hans spürte ein leichtes Ziehen in den Wundmalen seiner Brust und legte seine Hand auf das Glas, an dem das Tier sich entlangschlängelte – dicht, sehr dicht, als wollte es wieder zu ihm oder wenigstens aus seinem Gefängnis hinaus.

Auf der Straße war nichts mehr zu sehen von Mira. Natürlich nicht. Was hatte er erwartet?

Trotzdem starrte er auf die andere Seite hinüber, in die Büsche, die vor dem Kanal wuchsen, ein mögliches Versteck. Eine erstaunlich große Ratte schlüpfte aus dem Grün und trippelte auf dem Uferweg entlang, als würde sie hier spazieren gehen. Unwillkürlich musste er lachen. Sie drehte ihren Kopf und sah ihn mit schwarzen Augen an.

Hans starrte zurück, erstaunt über die Dreistigkeit des Nagetiers, das stolz wirkte wie ein Unterweltkönig. Er nickte ihr zu.

Sie lief weiter, beachtete ihn nicht länger und tauchte in die Uferböschung, aus der sie gekommen war.

»Mira?«

In der Straße, in der sich Li Lings Wohnung befand, hatte er einen Schatten um die Ecke huschen sehen. »Kyra?«

Vielleicht sollte er ihr alles beichten? Einfach erzählen, was er getan hatte?

Würde sie ihm glauben? Wenn sie sich nicht erinnern konnte?

Unwahrscheinlich, hörte er sie sagen.

Eine Wolkendecke schob sich vor die Sonne. Es gab keine Schatten mehr. Nur ein paar Menschen, die ihn nichts angingen.

Er dachte an Li Ling und beschloss, kurz nach dem Rechten zu sehen.

Die Tür ließ sich ohne Probleme öffnen. Hatte Li Ling in der Hektik vergessen, abzuschließen? Oder würde er Blutspuren finden, wenn er eintrat. Ihre Leiche?

Hans blieb stehen und lauschte. Irgendwo klapperte Geschirr.

Vielleicht war sie ja doch nicht geflohen?

Er versuchte, sich auf das Geräusch zu konzentrieren.

Etwas klirrte, zerbrach, schepperte auf Fliesen. Aber niemand fluchte.

Wer immer sich in der Wohnung aufhielt – Li Ling war es nicht. Sie hätte längst ein paar verärgerte Töne von sich gegeben.

Hans dachte daran, wieder zu gehen, es wäre sicher vernünftiger, von hier zu verschwinden. Doch er fühlte keine Angst. Im Gegenteil. Etwas zog ihn in das Innere der Behausung.

Merkwürdigerweise fiel ihm der stolze Rattenkönig vom Kanalufer ein. Er hatte sich nicht vertreiben lassen von der Spezies Mensch. Und er lebte nicht schlecht, wie es aussah.

Zentimeter für Zentimeter schob sich Hans in den Flur hinein.

Auf dem Boden befanden sich zerstörte Dinge. Der Kimono, den Mira getragen hatte, lag in Stücke zerrissen. Aus einer zerbrochenen Porzellanvase sickerte ein Rinnsal Wasser. Orchideen lagen zerrupft und zerstreut herum. Ein gartenzwerggroßer Buddha war offenbar geköpft worden. Von den Bildern hingen nur noch die Rahmen an der Wand. Die Scherben bedeckten den Teppichläufer. Räucherstäbchen steckten in der Erde zerstörter Pflanzentöpfe und qualmten vor sich hin.

Es sah nicht nach einem Einbruch aus, eher als würde sich hier jemand austoben. Ein unzufriedener Patient? Li Ling war in letzter Zeit nicht besonders zuverlässig gewesen, wenn es um die Einhaltung von Terminen ging.

Außerdem hatte sie nicht immer die einfachsten Klienten. Es wäre nicht das erste Mal, dass sie einen Psychopathen enttäuschte und derjenige auf Rache sann. Einmal hatte jemand, der sich verfolgt fühlte, sämtliche Glühbirnen aus den Lampen geschraubt und eine nach der anderen zerschlagen – er glaubte, dass die Glaskolben ihn beobachteten und die Drähte ihn abhörten. Li Ling versuchte nicht, ihn aufzuhalten, sie ließ ihn einfach gewähren, und eine Zeitlang hockte Hans bei Kerzenschein in ihrer Wohnung.

Die Scherben unter seinen Füßen knirschten leise. Er stoppte in der Bewegung. Einen Moment stand er still da. Es war kein Mucks mehr zu hören.

Auch die Geräusche aus der Küche hatten aufgehört. Werimmerdaswar musste ihn wahrgenommen haben und lauerte auf ihn.

Noch hatte Hans die Möglichkeit zu flüchten. Doch mit der Angst schien auch sein Fluchtimpuls abhandengekommen zu sein. Der Sog des Unbekannten erwies sich als stärker als seine Bedenken. Er wollte wissen, wer hier durchdrehte und warum.

Hans schlich sich an die Küche heran und spähte durch den Türspalt.

Der Mann sah ihn mit blutunterlaufenen Augen an.

Es war Tian, der Stumme.

»Was treibst du denn hier?« Hans war eher verblüfft als wütend.

Er stieß die Tür auf und sah die Waffe, die der Stumme hielt.

Tian richtete eine Pistole auf ihn.

Hans blinzelte in die Mündung und hob langsam die Hände. Er glaubte nicht, dass Tian schießen würde, aber letztlich ließ sich das auch nicht ausschließen.

Konnte nicht jeder zum Mörder werden?

»Ich hab das gehört mit deiner Familie. Ist das wahr, dass deine Eltern in ein Lager verschleppt wurden? Und sie lassen sie erst frei, wenn du die Hirudos tötest? So hat es Li Ling erzählt. Tut mir leid. Aber … ich war immer auf deiner Seite, erinnerst du dich? *Wir sind doch Freunde!*« Seine Stimme klang empört, vor allem beim letzten Satz. Er meinte, was er sagte. Tian war tatsächlich so etwas wie ein Freund, oder nicht?

Der Stumme legte die Waffe auf den Küchentisch und setzte sich.

Tränen liefen über sein Gesicht. Seine Augäpfel waren rot wie Tomaten. Er musste schon die ganze Zeit geheult haben.

Hans ging zu ihm und legte ihm vorsichtig die Hand auf die Schulter.

Der Stumme wehrte sich nicht gegen die Berührung. Er sackte zusammen und verbarg sein Gesicht. Aus seiner Kehle kamen verwundete Laute.

Hans drückte kurz und kräftig zu, als wollte er den Stummen massieren, dann ließ er los, lief herum und suchte im Kühlschrank und in den Küchenschränken nach Alkohol. Aber er fand nichts. Nicht einmal ein Bier.

»Vielleicht solltest du duschen gehen«, schlug er vor. »Duschen hilft, einen klaren Kopf zu bekommen.« Und sauber zu werden, dachte er. Tian trug zwar einen Anzug, der aber an einigen Stellen mit Dreck besudelt war.

Hans warf einen Blick auf die Pistole. Sie sah nicht aus wie ein Spielzeug.

Sollte er sie vorsichtshalber an sich nehmen?

Tians Schultern zuckten nicht mehr. Schlief er?

Vielleicht konnte Hans sich die Waffe greifen und gehen? Er traute Tian keinen Mord zu, aber letztlich konnte er das Ausmaß der Verzweiflung nicht abschätzen. Der Stumme wäre nicht der erste in die Enge Getriebene, der aggressiv wurde.

Hans beobachtete ihn eine Weile. Er wirkte friedlich in sich versunken.

Vielleicht meditierte er. Suchte nach einem Ausweg. Den es vermutlich nicht gab.

Langsam schob Hans seine Hand auf dem Tisch vor. Der kleine Finger berührte schon den Lauf der Pistole.

Mit einem Ruck hob Tian den Kopf und starrte ihn finster an.

Hans sprang auf. »Tut mir leid, ich muss los. Das nächste Mal gehen wir zusammen was trinken, okay?« Er mied es, in die entzündeten Augen des Stummen zu blicken. Sie waren nie Freunde gewesen.

Der Mann nahm die Waffe an sich und igelte sich wieder ein.

Allmählich wurde Hans klar, dass Tian sich hier verschanzte. Vielleicht schlug er ja alles kaputt, um nicht selbst kaputt zu gehen, um nicht nichts zu tun.

Hans spürte, dass er Hunger und Durst hatte, vor allem Durst. Ein Gin-Tonic wäre jetzt nicht schlecht. Er zuckte mit den Achseln und ging.

*

Er hatte sich gerade einen Joint angezündet, als es klingelte.

Es war der zweite heute und für einen Moment lauschte er bloß in den Ton hinein, der anders zu klingen schien als sonst, tiefgründiger, fast mit einem Hall. Dass seine Klingel überhaupt eine Stimme hatte, fiel ihm zum ersten Mal auf. Beinahe hätte er *»Herein«* gesagt, obwohl die Tür noch verschlossen war.

Seltsamerweise fielen ihm seine Eltern ein. Nur wenn er dieses Zauberwort hörte, durfte er das Wohnzimmer betreten. Als wäre er nur ein Gast im eigenen Heim.

Mira sah ihm verwirrt entgegen, aber sie ließ es zu, dass er sie auf beide Wangen küsste. Ihre Haut fühlte sich weich und warm an. Was vielleicht daran lag, dass seine Lippen hart und kühl waren. Er hätte sich vielleicht doch etwas überziehen sollen. Vorsichtshalber schaute er in die Tiefe und stellte fest, dass er zumindest eine Hose trug.

Mira erzählte etwas. Ihr Tonfall klang empört. Er lauschte ihren Worten nach wie einem Wind, der vorbeipfiff. Er wollte antworten, dass er schon wusste, dass Li Ling verschwunden und ihre Wohnung verwüstet war, aber ihm fielen die passenden Worte dazu gerade nicht ein.

»Da steht ein Chinese vor dem Haus«, sagte sie. »Wissen Sie, wer der Mann ist?«

Er antwortete nicht.

Tian, dachte er. Der Stumme musste ihm gefolgt sein.

Er hörte, dass sie weitere Fragen stellte und sah, dass sie sich eine unglaublich rote Kugel in den Mund schob. Ein säuerlicher Geruch stieg ihm in die Nase. Der Geschmack legte sich auf seine Zunge.

Er ging auf die Toilette und betrachtete dort das Muster des Bodens, das ihm entgegenwuchs wie kleine niedliche Pilze.

Wenn Mira schon mal hier war, würde er ihr das Versteck zeigen. Sie war die Einzige, die Bescheid wissen sollte. Eine Weile starrte er in den Strudel des Beckens, der ihm heute geheimnisvoll vorkam, wie eine spiralförmige Strömung in eine andere Welt. Wo floss das ganze Wasser eigentlich hin? Ihm wurde ein bisschen schwindlig, als er darüber nachdachte.

Den großen Kleiderschrank hatte er direkt vor die Kammer geschoben. In der Rückwand, hinter einem Vorhang aus Mänteln und Jacken, gab es eine Luke, die auf den ersten Blick nicht zu erkennen war.

Mira stand unschlüssig vor dem Schrank und starrte in das dunkle Loch, das er für sie freigelegt hatte – wie den Eingang zu einer Höhle.

»Na, mach schon.« Er gab ihr einen vorsichtigen Schubs.

Sie zögerte nicht länger, kletterte durch die Öffnung, ein Arm um den Leib geschlungen, um das Wesen, das auf ihr lebte.

Hans folgte ihr umgehend, blieb dicht an ihr, ohne sie jedoch noch einmal zu berühren.

»Na, sieh mal einer an«, sagte sie, als sie seinen Hirudo entdeckte. Er lauschte in ihre Stimme hinein. Sie klang freundlich und nach Komplimenten. Seine Besucherin schien den Egel für einen Engel zu halten.

Er redete etwas mit ihr und sie redete zurück. Irgendwie ging es um Pinguine. Das Gespräch verebbte und ihm fiel auf, dass er das erste Mal nicht allein hier war. Hans lächelte und dann spürte er plötzlich ihre Hand in seiner.

Sie fühlte sich klein und unschuldig an, wie die Hand einer Fünfzehnjährigen.

Die Berührung war merkwürdig intensiv, so als wären ihre Hände füreinander geschaffen.

Seltsamerweise bot sie ihm eine Tomate an. Er lächelte jetzt in die braune Papiertüte hinein. »Später.«

Er fragte sich, ob sie immer noch Sex von ihm wollte – so wie *damals* – und ehe er sich versah, sprach er die Frage aus. Nur das *Immernoch* ließ er weg.

Sie antwortete in ihrem Singsang. Wie es aussah, wollte sie nicht, jedenfalls nicht sofort, und er ließ sie los. Ihm fiel ein, dass er ihr eine Erklärung schuldete. Nur welche?

Tian. Sie hatte nach ihm gefragt, oder?

Er nahm noch einen tiefen Zug, dann warf er den Jointstummel auf den Boden und trat ihn aus.

Als wäre das ein Signal an sein Gehirn, wurden seine Gedanken plötzlich klarer.

Er stellte sich so gerade hin, wie es in dem engen Kabuff möglich war und berichtete sachlich, was er über Tian wusste.

Ein bisschen kam er sich wie ein Dozent vor, der einen Vortrag über die Hirudos hielt, über das Massaker im Jahr 1989 auf dem *Platz des Himmlischen Friedens* und die Verfolgung der Dissidenten. Über die Zucht der Angstfresser, die helfen sollten, Angst und Trauma zu bekämpfen. »Nur Menschen ohne Angst sind zum Sturz der Regierung fähig.« Er erzählte ihr von einem Attentat auf einen der Funktionäre des Regimes. »Sie haben bei dem Attentäter, einem Falun-Gong-Anhänger, etwas gefunden, von dessen Existenz sie bis zu diesem Zeitpunkt nichts wussten.«

Mira hörte ihm zu und stellte Fragen, vor allem wollte sie allerdings wissen, was mit Li Ling passiert sein könnte und wo sie steckte.

Automatisch wurde er misstrauisch und fragte sich, ob er nicht schon zu viel erzählt hatte. Es war nicht so, dass er Mira nicht vertraute. Nur: Er vertraute grundsätzlich niemandem.

Im Osten war er damit gut beraten gewesen. Wenn man den Menschen nicht vertraute, konnte man auch nicht von den Menschen verraten werden.

Hätte er sich auf die Verschwiegenheit seiner Frau verlassen, wäre er im Knast gelandet.

»Ich weiß nicht, wo sie steckt. Und wenn ich es wüsste, würde ich es nicht sagen.«

Mira nickte ihm kühl zu und zog sich aus der Kammer zurück.

War sie jetzt beleidigt? Er war einfach nur ehrlich zu ihr.

Im gewissen Sinne konnte er ihre Besorgnis verstehen. Der Hirudo hing an ihr, saugte ihr die Angst aus dem Blut – die Heilerin verschwand spurlos und ließ sie allein. Aber *er* würde sich um Mira kümmern. Er stand in ihrer Schuld, selbst wenn sie sich nie wieder an das Geschehene erinnern sollte.

Hans folgte ihr nach einer Weile, schloss sorgfältig die Luke, schob die Kleidung davor und drückte den Schrank zu.

Ihm fiel Tian ein, der jetzt wusste, wo er wohnte, und er ging in die Küche und schaute aus dem Fenster in den Hinterhof.

Kein Chinese zu sehen. Ein paar Kinder bewarfen sich mit Sand oder Steinen. Hans blickte in den Himmel hinauf. Ein Wolkenschiff trieb vorbei.

Plötzlich hörte er ein Japsen hinter sich.

»Was ist mit dem Attentäter passiert?«, schrie Mira ihn an.

Ihre Stimme klang gepresst, als würde ihr jemand die Kehle zudrücken.

»Er wurde hingerichtet.«

Hans berichtete ihr, was er von Li Ling erfahren hatte, von der Exekution mittels Giftspritze im Hinrichtungsbus.

Er musterte sie besorgt. Sie sah nicht gut aus, ihr Gesicht war kreideblass.

»Alles in Ordnung, Mira?«

Sie schwieg. »Ich heiße Kyra«, sagte sie schließlich.

Er dachte darüber nach, ihr zu beichten, dass er nicht Leonard, sondern Hans hieß. Doch es schien ihm nicht der richtige Zeitpunkt zu sein.

Offenbar hatte sie etwas gesehen, etwas das nicht da war natürlich: eine Hinrichtung. In seiner Badewanne.

Er versuchte sie zu beruhigen und redete von seiner eigenen Paranoia.

»Du hast nicht gewusst, worauf du dich einlässt.«

»Nein. Aber ich hatte keine Wahl.«

Sie erklärte, dass sie nichts bereuen würde, sprach über *das eine für sie bestimmte Mittel*.

Unwillkürlich musste er lachen über diese Formulierung, über Li Lings Werbespruch. Er versuchte damit aufzuhören, aber es gelang nicht. Nicht sofort jedenfalls.

Er rechnete jeden Moment damit, dass Mira gehen würde, dass sie genug von ihm hatte.

Doch sie blieb.

Irgendwann nahm er ihr Angebot an und angelte sich ihre letzte Tomate aus der Papiertüte. Sie aßen sie gemeinsam, saugten sie aus – und ehe er sich versah, küssten sie sich.

*

Hans hörte ein Geräusch. Es klang wie ein Klopfen. Kam Mira zurück?

Dann tauchte ein Kopf vor seinem Fenster auf. Ein weißer Kopf mit gelbem Schnabel. Hans lachte der Möwe zu. Es kam ihm wie Zauberei vor.

»Wer hat dich denn geschickt«, murmelte er.

Sie sah groß und edel aus und sie blickte ihn forschend an.

Er dachte an Li Ling. Wollte sie ihn warnen? Wenn jemand dazu in der Lage war, dann sie.

Unsinn.

Es klopfte wieder. Es war nicht die Möwe.

Jemand wollte zu ihm. Mira?

Er erhob sich und ging unschlüssig in den Flur.

Aber warum sollte Mira klopfen, wenn sie sonst klingelte?

War die Klingel kaputt?

Außerdem hatte er ihr einen Schlüssel gegeben.

Ihm fielen Tian und seine Waffe ein.

»Wer ist da?« Wenn niemand antwortete, würde er einfach nicht öffnen.

»Ich bin's.«

Die Stimme war leise und klang nach einer Frau.

»Ist die Klingel kaputt?«

»Keine Ahnung. Mach endlich auf!«

Marlene sah ihn trotzig an. »Was soll das? Warum lässt du mich warten?«

»Ich dachte …« Hans drehte sich um und sah durch die geöffnete Zimmertür zum Fenster. Die Möwe war nicht mehr da.

Ich dachte, eine Möwe hat geklopft, klang auch nicht besonders glaubwürdig.

»Komm rein. Was willst du?«, fragte er schroff.

Er hatte keine Zeit für sie. Er wartete auf Mira, schon seit Stunden. Sie musste jeden Augenblick zurückkommen.

»Wir waren verabredet, Daddy.« Sie lachte empört.

Hans überlegte. Er konnte sich nicht erinnern.

Er überlegte außerdem, was wäre, wenn Marlene und Mira sich begegnen würden. Immerhin liebte er Sophia. Auch wenn er sie so gut wie nie sah. In Mira war er, wenn es hochkam, ein bisschen verliebt.

»Was ist los? Du guckst so verstört. Ich wollte dir deinen Rücken mit Olivenöl einschmieren.« Sie hielt eine kleine braune Flasche hoch. »Hast du jemand anderen erwartet? Deine neue Freundin?«

Hans wurde rot.

Marlene grinste. »Ertappt. Deiner Tochter kannst du nichts vormachen. Wann kommt sie? Ich will sie kennenlernen.«

Hans holte tief Luft. »Ich weiß es nicht. Aber ich erwarte sie.«

»Oh, eine Zuspätkommerin.« Marlene lachte. »Sympathisch. Ich bin eigentlich auch heute falsch. Also genaugenommen sind wir morgen verabredet. Soll ich wieder gehen?«

Hans zuckte mit den Achseln.

»Hast du was zu essen da? Ich hab Hunger.« Sie sah ihn an, als hinge ihr Leben von ihm ab.

»Wir können Pizza bestellen«, schlug er vor.

»Prima.« Sie zwinkerte ihm zu. »Zieh dein T-Shirt aus.«

»Hm?«

»Na, ich creme dich ein, dein Schlangentattoo, und du rufst indessen an. Ich nehme *Frutti di Mare* bitte.«

»Ich liebe immer noch deine Mutter«, sagte er ernst.

»Ich weiß.« Marlene lächelte und sah einen Moment wie Sophia aus. »Mit viel Knoblauch bitte.«

Sie lagen auf dem Teppich vor dem Fernseher, aßen die Pizza mit der Hand und aus der Schachtel.

Der Duft von Knoblauch verteilte sich in der Wohnung.

Er hatte eine DVD in den Recorder geschoben und sie schauten *Spiel mir das Lied vom Tod*.

»Das ist mein Lieblingswestern«, erklärte er ihr.

»Aha. Warum?«

»Weil es keinen besseren gibt.«

»Dachte ich mir.«

Der Film dauerte zweieinhalb Stunden und sie sahen ihn bis zum Ende.

Mira tauchte nicht auf.

»Dein Sweetheart lässt dich warten«, sagte Marlene zum Abschied.

»Irgendeiner wartet immer«, antwortete er.

Sie küsste ihn auf die Wange.

»Wir sehen uns.«

»Sicher.«

»Bald?«
»Bald.«

Mira kam in der Nacht.
Er lag im Bett, hatte schon geschlafen – war immer wieder aufgewacht, jede halbe Stunde. Der Fernseher flimmerte vor sich hin.
Er sah ihr in die Augen, die ihn ernst und wie in Trance anblickten.
»Mira«, sagte er.
»Hans«, antwortete sie.

*

Er wagte nicht zu fragen, ob sie sich an alles erinnerte.
Nicht jetzt. Später vielleicht.
Sie blutete. Ihre Kleidung war blutverschmiert.
»Er löst sich«, sagte sie.
»Leg dich hin. Ich helfe dir. Alles wird gut.«
Der Hirudo lag noch auf Miras Bauch. Wellen liefen durch seinen Körper, als würde er das letzte Mal saugen.
»Jetzt«, sagte Mira.
Hans griff nach ihm und konnte ihn nicht halten. Er wand sich unter seinen Händen, entschlüpfte ihm und kroch über das Bett.
»Er sucht dich«, flüsterte Hans.
»Ich glaube nicht«, sagte Mira. »Er sucht das Wasser. Und seinen Gefährten.«
Sie presste sich das Kissen auf die Wunde. »Es tut nicht weh. Kümmre dich um den Hirudo.«
Er nickte ihr zu, wickelte ihn in das Laken. Dann brachte er ihn fort, wie ein neugeborenes Kind.
Das Wasser des Aquariums färbte sich einen Hauch rot. Die beiden Egel schwammen umeinander herum, nervös und schnell. Hans beobachtete ihren Tanz. Der Kleinere

zog Kreise um den Großen. Er schoss nicht mehr gegen die Scheibe. Er hatte jetzt Besseres zu tun.

Nach einer Weile ging Hans zu Mira zurück.

Sie saß aufrecht da, im Schneidersitz, mit geschlossenen Augen und blutigen Händen, als wollte sie meditieren. Dann hob sie die Lider und sah ihm entgegen, starrte ihn an, mit lauerndem Blick. Und er wusste auf einmal, dass sie alles wusste.

FÜNFTER TEIL

(Mira, 2002)

Die Erinnerung kommt zurück – Szene für Szene. Und ich sehe zu, warte geduldig, wenn der Film wieder einmal gerissen ist, wenn das Bild einen Moment schwarz wird.

Ich hocke in Li Lings begehbarem Kleiderschrank, blättre in den Akten. Lese Bruchstücke, kämpfe mich voran. Ich brauche viele Pausen und wandere dann in der Wohnung herum. Der Angstfresser saugt rhythmisch an mir. Wir sind wie ein Herz und eine Seele. Der Hirudo ist zu meinem Beschützer geworden.

Manchmal, während eine neue Rolle in den Projektor eingelegt wird, sehe ich etwas auf meiner inneren Leinwand, als würde in der Nacht ein Blitz kurz aufzucken: Eine verriegelte Tür. Der Schatten des Gitters auf dem gekachelten Fußboden. Die Kellertreppe, die ich hinabfalle, weil ich gestoßen wurde. Das Blut läuft mir aus der Nase in den Mund. Etwas gurgelt in der Kehle dieses fremden Ichs.

Das Ich bewegt sich nicht. Liegt zusammengekrümmt da. Stumm. Jemand kommt die Treppe hinunter. Ich schwebe über mir, sehe, wie ich getreten werde. Wieder und wieder.

Wie im Kino wird es schwarz um mich herum, bevor es hell wird. Die Saalbeleuchtung erlischt. Der Vorhang geht auf. Es gongt dreimal.

Ich sehe mich selbst. Marmorblass. Ich greife nach mir, helfe mir hoch, rede mit mir. »Komm schon. *Komm schon*!«

Mira hebt den Kopf, blickt blinzelnd zu mir hinauf. Sie ist verletzt. Blut strömt ihr übers Gesicht, rinnt den Hals hinunter. Ihre Lippe zittert, als würde sie mir etwas sagen wollen.

Mir wird klar, was als Nächstes zu tun ist: Ich muss ihre Stimme finden.

Vergraben unter den Akten entdecke ich sie schließlich in einem Koffer: Das Band ist schon in dem Gerät eingelegt. Es ist braun und der Ton leiert nur am Anfang.

*

»Sie wissen, wo Sie sich hier befinden?«

»Nein.«

»Sie sind hier in einem Raum der Untersuchungsabteilung des Ministeriums für Staatssicherheit Potsdam. Haben Sie das verstanden?«

»Nein.«

»Natürlich haben Sie das verstanden! Sie wissen, weshalb Sie hier sind?«

»…«

»Ihr Kopfschütteln können Sie sich sparen. Wie Sie sehen, läuft ein Band mit! Also antworten Sie!«

»Ich weiß nicht, warum ich hier bin.«

»Spielen Sie hier nicht die Unschuldige! Sie wissen es!«

»Nein.«

»Sie wollten die DDR auf ungesetzlichem Wege verlassen.«

»Nein!«

»Aber Sie sind im Grenzgebiet aufgegriffen worden.«

»Ich wohne da.«

»Sie sind zusammen mit dem Grenzverletzer gesehen worden, der Republikflucht begangen hat, Paragraf 213 des Strafgesetzbuches der DDR. Sie haben einem Kriminellen bei seiner Straftat geholfen!«

»Nein.«

»Sie haben ihm zur Flucht verholfen und wollten selbst fliehen!«

»Nein.«

»Leugnen Sie hier nicht die Tatsachen. Oder meinen Sie, dass Sie zum Spaß hier sitzen? Glauben Sie, wir haben Sie aus Langeweile hierher gebracht? Jetzt erzählen Sie mal ..., und zwar alles, was Sie über den Grenzverletzer wissen.«

»Ich weiß nichts.«

»Sie lügen. Berichten Sie, was an dem Tag geschehen ist!«

»Hab ich doch schon.«

»Wieso war der Grenzverletzer bei Ihnen zu Hause?«

»Mein Vater hat Geburtstag gefeiert. Der Hans war auch eingeladen. Wir sind ein Stück spazieren gegangen. Und dann ist er ... weg. Einfach weg. Verstehen Sie? Weg! Ich wusste nichts von seinen Plänen! Wie oft soll ich das noch erzählen?«

»So lange, bis Sie die Wahrheit sagen! Also ... Lügen Sie nicht. Und hören Sie auf zu flennen!«

»Ich lüge nicht.«

»Sagen Sie uns endlich, was Sie wissen!«

»Hab ich doch. Mein Vater hatte Geburtstag. Wir feierten. Hans kam und hat ihm gratuliert und ihm ein Buch geschenkt.«

»Was für ein Buch?«

»Ein schwarzes.«

»Ein Erzeugnis aus dem kapitalistischen Ausland?«

»Nein. Ein ganz normales ... keine Ahnung. Schwarzer Umschlag, dünn ...«

»Titel?«

»Vergessen ...«

»Dann strengen Sie sich gefälligst an!«

»So lautet der Titel. Irgendwas mit Vergessen.«

»Sie halten sich wohl für ganz schlau, was? Denken Sie, ich nehme Ihnen auch nur ein Wort ab, das Sie hier sagen?«

»Vergessen und Erinnern. So heißt das Buch.«

»So. Das werden wir überprüfen. Und jetzt äußern Sie sich zu dem Grenzverletzer! Hatten Sie ein intimes Verhältnis?«

»Nein.«

»Wussten Sie von seinen Fluchtplänen?«

»Nein.«

»Denken Sie, dass wir Ihnen das abnehmen?«

»Ja.«

»Da irren Sie sich!«

»Es ist die Wahrheit. Ich wusste nichts. Ich wollte nur ... nett sein.«

»So ... Sie wollten also nett sein. Was verstehen Sie darunter?«

»Nichts Besonderes. Höflich sein und freundlich.«

»Nun werden Sie mal ein bisschen konkreter! Sie meinen, Sie haben ihm einen Gefallen getan, ihm die Leiter beschafft zum Beispiel.«

»Nein, so meine ich das nicht.«

»Wie meinen Sie das denn?«

»Ganz normal freundlich eben.«

»Sie haben eine Straftat nicht nur in Kauf genommen, sondern gefördert!«

»Hab ich nicht.«

»Sie organisierten für den Straftäter eine Leiter!«

»Ich ... Nein ... Ich ...«

»Wie alt sind Sie?«

»Fünfzehn.«

»Hat der Mann Sie verführt? Sie unsittlich berührt?«

»Nein.«

»Sie können es ruhig zugeben. Es gibt Zeugen. Na ...? Was hat er mit Ihnen gemacht?«

»Gemacht?«

»Wir können das Tonband auch einen Moment ausschalten, wenn Sie möchten. Hat er Sie in den Schritt gegriffen? An Ihre Brüste? Es wäre besser, wenn Sie reden. Wir können natürlich auch eine gynäkologische Untersuchung veranlassen, wenn Ihnen das lieber ist. Also ... was ist zwischen Ihnen und dem Grenzverletzer vorgefallen.«

»Ich ... Ich ... verweigere die Aussage.«

»Sie verweigern was? Was glauben Sie, wo Sie hier sind?«

»Keine Ahnung. Bei der Stasi eben.«

»Hören Sie mal zu, junge Dame. Es geht hier darum, dass wir uns ein Urteil über Sie und über Ihre Beteiligung an einer schweren Straftat bilden müssen. Wenn Sie uns sagen, was Sie wissen, können Sie vielleicht wieder nach Hause. Zu Mami und Papi. Obwohl die wahrscheinlich wegen dir Miststück umziehen und ihr kleines hübsches Häuschen aufgeben müssen. Anderenfalls …«

»Ich habe Ihnen schon alles gesagt. Ich kenne den Mann kaum! Und ich wollte die DDR nicht verlassen!«

»Das wirst du auch nicht. Dafür sorgen wir schon!«

*

Das Band verstummt. Doch Miras Stimme zieht mich mit sich.

Wie in einem Strudel dreht sich alles.

Ich weiß nicht, wohin er mich wirbelt.

Die Landung ist hart: auf dreckig rauem Boden.

Ich sehe:

Gitter vor den Fenstern.

Die Tür ist ein Zyklop, der mich bewacht.

Dunkel und kalt starrt er mich die ganze Zeit an.

Ich bin nicht mehr bei der Stasi. Wo dann? Wo bin ich?

Ich liege in einer Zelle. Die Arme um mich selbst geschlungen.

Fremde Kleidung am Leib. Lumpen. Zukleinzugroß. Die riechen komisch nach Schweiß, Chemie und zerquetschten Insekten. Die Hosenbeine schlackern um meine dünnen Waden. Die Bluse klemmt, schnürt mir die Brust zusammen. Mein Herz wummert gegen Stoff und Knöpfe.

Warten, Strammstehen, Warten.

Die Wand anstarren.

Den erbsengroßen Fleck. Wie ein Einschussloch.

Ich will die Wand nicht mehr sehen. Schließe die Augen.

Wanke sacht hin und her – wie ein Halm im Wind.

Irgendjemand hat mir ins Gesicht geschlagen.

Weil ich keine Antworten wusste? Weil er mich wecken wollte?

Keine Ahnung, wer das war.

Keine Ahnung, wo ich hier bin.

Keine Ahnung, wie lange ich schon auf diesem beschissenen eiskalten Steinfußboden liege.

Keine Ahnung, *wer* ich eigentlich bin.

Wieso ich existiere.

Wozu also die Augen öffnen. Sie sind ohnehin zugeschwollen.

Etwas verklebt mir die Wimpern. Ich muss an Zuckerwatte denken. Blutdurchtränkte Zuckerwatte.

Ich strecke die Zunge heraus, lecke über die geplatzten Lippen.

In den Mundwinkeln sammelt sich…

Zuckerwatte, Zuckerwatte, Zuckerwatte.

Das Wort stolpert besoffen in mir herum.

Der Sinn des Lebens ist …

Zuckerwatte.

Ich will nicht aufwachen.

Aber ich wache auf.

Wenn ich die Lider geschlossen halte, sitze ich im Karussell.

Alles dreht sich.

Breite die Arme aus, fliege.

Auf und davon. Auf und davon. Auf und davon.

So weit weg, wie möglich.

In meiner Lippe pocht mein Herz.

*

Ich hocke in dem Schrank, zittere. Von irgendwoher kommt ein Geräusch.

Klickklick. Klickklick. Ich folge den Tönen, öffne eine Tür, betrete einen Raum. Gleißendes Licht. Ich kann nicht gleich sehen, was mich hier erwartet.

Klickklick.

Ich bin wieder fünfzehn. Bin Mira.

Die Alte starrt mich an.

Ich starre die Alte an.

»D-Heim Potsdam war voll. Alt Stralau auch.«

»Voll …? Was meinen Sie …«

»Belegt. Überbelegt. Potsdam und Berlin.« Sie grinst breit, als hätte ich zwei Köpfe. »Das Durchgangsheim Bad Freienwalde hatte noch einen Platz für …«

»Heim? Wieso *Heim*?« Die Angst wächst mir aus den Poren. Gänsehautangst.

»Kindchen«, sagt die Frau mitleidig spöttisch. »Deine Eltern haben sich von dir losgesagt. Schon ein paar Tage, nachdem du zu uns gebracht wurdest. Sicher kein leichter Schritt für sie, aber …« Ein tiefes Seufzen unterbricht ihre Rede. »Sie haben sich entschieden. Und sie dürfen in ihrem Haus bleiben. In *Klein Dingsbums* …« Sie lacht. »Na, du weißt schon. Du hast keine Eltern mehr. Du gehörst jetzt dem Staat. Keine Sorge: Wir kümmern uns um dich.«

»Ich gehöre … *nicht* hierher. Ich will … *nicht* hierbleiben.« Die Worte sind so rau, dass sie meine Kehle wund scheuern. Sie fallen aus mir heraus, als wären sie erstickt worden.

Die Frau trägt eine Kette mit Plastikkugeln, die leise aneinander klicken, wenn sie sich bewegt, und faselt etwas von *versuchter Republikflucht*. »Das hast du dir selbst eingebrockt. Du kannst *froh* sein, dass …« *Klickklickklick*. »Die können noch ganz anders.« Den letzten Satz wispert sie, lispelt wie die zahnlose Hexe Babajaga und blickt sich um, als könnte sie der Weberknecht, der in der Ecke hockt, belauschen.

Ich weiß nicht, worüber ich froh sein soll. Mir fällt kein Grund ein. Aber ich frage nicht nach. Es kitzelt in meiner Kehle. Ich schlucke ein paarmal. Huste. »Muss ein Missverständnis …«, würge ich heraus. Das Fenster ist geschlossen. Die Gitter halten es zu. Ich bekomme keine Luft.

Die Angstzuckerwatte verklebt mir die Kehle, die Nasenlöcher, die Lippen.

Die Frau wartet einfach ab, bis ich mit dem Keuchen fertig bin.

»Das hier ist ein *ganz normales* Kinderheim«, sagt sie so langsam, als wäre ich begriffsstutzig. »Wenn du dich ordentlich benimmst, wird dir nichts Böses geschehen.«

Ich senke den Blick, betrachte den Weberknecht. Seine Beine zucken vor Lachen.

Wir hocken in einem Büro. Uringelbe Blümchenmustertapete. Eine Topfpflanze auf dem Fensterbrett. Die Spitzen der Blätter sind kackbraun.

Die Frau beugt sich plötzlich über den Schreibtisch. Hebt die Hand. Um mir über den Kopf zu streichen? Um mich zu schlagen? Ihre Kette baumelt vor meiner Nase. *Klickklickklick*. Meine Gänsehaut wächst, als würde ich mich in ein Tier verwandeln. *Klickklickklick*. Ein Wesen mit poriger harter Haut. Vielleicht sind das Schuppen. Vielleicht werde ich ein Reptil.

Der Duft von Schweiß und Parfüm treibt mir Tränen in die Augen.

Ich rücke von ihr ab, in meinem Mund sammelt sich Hass. Spucke ihn ihr ins Gesicht.

Treffer.

In ihrem Blick liegt jetzt ein silbriger Glanz.

Ich muss an Fische denken, als ich sie anstarre.

Die Tür springt auf und der Mann greift sich meinen Arm. Er wirkt hager, holzig.

Ich trete nach ihm. Einmal, zweimal, dreimal. Die Schreie aus meinem Mund müssen gellend sein, aber ich höre sie nicht.

Er packt mich an den Haaren, zerrt mich eine Treppe hinab. Der Mann, der mich mit sich zieht, trägt ein kariertes Hemd, ordentlich zugeknöpft bis zum Kehlkopf.

Lande im Keller. Im Bunker.

Zelle 5.

Die Riegel knallen, der Schlüssel schließt.

Durchgangsheim. Was bedeutet das? Durchgang – wohin?

Ich denke an Hans. Hans, der sich aus dem Staub gemacht hat und jetzt auf der anderen Seite ist. Weit weg von allem. Weit weg von mir.

»Hans?« Ich flüstere seinen Namen in die Wand hinein. Lausche auf eine Antwort. Kratze seinen Namen mit dem Fingernagel in das Gemäuer.

Mein Blut mischt sich mit Dreck.

Ich büße für ihn.

Selbst schuld. Der Irgendwer hat das gesagt. Der Irgendwer, der mich ins Gesicht schlug.

Mein Hals tut weh.

Vom Schreien, Schluchzen, Schreien, Schluchzen.

Losgesagt.

Die Silben scheppern in mir, wie Würfel in einem Becher.

Los Ge Sagt. Ge Los Sagt. Sagt Los Ge.

»Lüge!«, krächze ich.

Ein Würgereiz ist die Antwort.

Es gibt nicht einmal ein Klo hier unten.

In dem Kübel schwappt eine erbsengrüne chemische Flüssigkeit.

Ein ätzender Dampf schlängelt sich an mir hinauf, steigt mir in die Nase, in den Mund, in die Kehle.

Ich übergebe mich, bis ich ganz leer bin.

Der Geruch meiner Kotze mischt sich mit dem Gestank von Chlor.

Ich lege mich neben die hochkant stehende Holzpritsche.

Meine Kehle brennt wie Feuer.

Vater unser. Vater unser, der du bist. Vater unser, der du bist losgesagt von deiner Tochter, die da ist in der Hölle.

Jemand kommt und brüllt mich an. Ich glaube, es ist eine Frau. Aber sicher bin ich mir nicht. Es rauscht in meinen Ohren.

Ich schaffe es nicht, den Kopf zu heben.

Wie aus weiter Ferne nehme ich wahr, dass die Tür zuschlägt, die Riegel knallen. Der Schlüssel klirrt. Klirrt mir ins Hirn.

Jetzt riecht es außer nach Chlor und Erbrochenen auch noch nach bonbonsüßem Kräutertee und Schmalzstullen.

Mein Magen knurrt. Es muss schon länger her sein, dass ich gegessen habe. Doch der Gedanke, mir deswegen etwas in den Rachen zu schieben, erscheint mir abwegig.

Direkt vor mir läuft ein kleiner schwarzer Käfer hin und her.

Dann hält er plötzlich inne. Als sei ihm ein einleuchtender Gedanke gekommen. Mir scheint, er betrachtet mich so, wie ich ihn betrachte.

Ich würde gern tauschen mit ihm.

Mein Leben tauschen.

Später zieht mich die Frau die Stufen hinauf.

Immer wieder zerren sie mich mit sich. Als könnte ich nicht allein laufen.

Sie hat es nicht leicht mit mir. Ich bleibe stehen. So wie der Käfer. Blicke in ihr missmutiges Gesicht. Sie muss einen Auftrag erfüllen. Ich bin ihr Auftrag.

Sie gibt mir Befehle: »Komm!«, »Schneller!«, »Schlaf nicht ein!«

Ich folge ihr nicht. Werde langsamer. Schließe die Lider. Ich wünschte, ich könnte einschlafen. Wenn ich aufwache, werde ich in der Schule hocken. Gelangweilt den mit Kuli bekritzelten Radiergummi betrachten: blaue Sternchen und Kringel, ein winziges blaues Herz – es pocht nicht, es ist erfroren. Vielleicht werde ich sogar meine Federtasche aufräumen und einen abgebrochenen Bleistift anspitzen.

»Ich bin eine gute Schülerin«, murmle ich idiotisch vor mich hin. »Ich gehöre nicht hierher.«

Die Frau starrt mir auf den Mund. Sie nimmt mich nicht wahr. »Nicht so bockig, Fräulein«, sagt sie.

Ich bin eine Puppe. Eine Puppe aus Papier. Ich weiß nicht, ob es Puppen aus Papier gibt. Aber ich bin eine.

Kann jederzeit reißen. Oder an einer Salzstulle ersticken. Mehr Salz als Schmalz.

Der Sonnenstrahl, der durch die Gitterstäbe fällt, verbrennt mich. Trotzdem schlottere ich vor Kälte.

Von mir ist nicht mehr viel übrig, als ich auf der Pritsche liege. Ein Mann in weißem Kittel beugt sich über mich. Sein Atem stinkt nach Zwiebeln und Zigarettenqualm. Seine Berührungen sind grob. Ich will ihn anschreien. Doch aus meinem Mund kommen nur Laute: eine Art Gurgeln.

Die Frau hält mich fest, weil ich mit den Armen um mich schlage, mit den Beinen strample, mich hin und her winde. Da bin ich längst nackt. Wie auch immer das passieren konnte.

Es passiert.

Das Gurgeln verwandelt sich in ein Schluchzen, in ein Wimmern. Bevor ich schreien kann, drückt sie mir den Mund zu.

Der Kittelmann grapscht in mich hinein. Ich kann nicht erkennen, ob er etwas herauszieht aus mir. Das Böse, Verdorbene, das in mir steckt. Beinahe muss ich unter der Hand, die mein Ich zerquetschen will wie ein Insekt, lachen, so irre kommt mir alles vor.

Der Mann spricht nicht mit mir. Kein einziges Wort. Nur seine Finger sind überall. Wie Waffen.

»Stell dich nicht so an«, murrt die Frau gelangweilt. »Ist doch nur eine Routineuntersuchung.« Ihre Stimme klingt wie zerlaufener Käse. Und irgendwie riecht sie auch so. Ihre Hand auf meinen Lippen. Ihre Achselhöhlen, ihre dicken Brüste, ihr ganzer massiger Körper sind direkt über mir. Sicher bin ich nicht die Erste, die sie niederdrückt.

Meine Schreie ersticken unter ihr.

Das kleine strampelnde Kind in mir erstickt.

Mein Gesicht ist nass, meine Haut durchweicht.

Ich höre auf, mich zu wehren.

»Na also«, surrt eine Insektenstimme.

Die Frau lässt mich los. Als sie von mir abrückt, sehe ich in ihrem Blick etwas flackern. Sie sieht zufrieden aus. Nickt zufrieden. Lächelt zufrieden. Sogar ihre Zähne sind breit. Einen Moment wundere ich mich, dass sie in ihren Mund passen.

Meine Lippen spannen sich wie die Sehne eines Bogens, schießen ein Lächeln zurück.

Ich löse mich auf. Der Schmerz stellt sich von selbst ab.

Ich spüre, wie ich leicht werde, nach oben schwebe.

Dann blicke ich auf das fremde Wesen hinab, an dem immer noch herumhantiert wird. Es hat glasige Augen.

Es sieht tot aus. Aber es lebt.

*

Was man so Leben nennt.

Ich kann mir nur die Namen mit S merken.

Sally, eigentlich Sabine. Sille, eigentlich Sibylle. Susi, eigentlich Susanne.

Manchmal schlüpft ein Kind zu uns hindurch.

Es passt durch die Eisenstäbe, als könnte es durch sie hindurchgehen. Es ist höchstens vier.

Es sucht sich eine Mutter aus. Es sucht sich jeden Tag eine andere Mutter aus. Manchmal weint es vor sich hin, ohne das Gesicht zu verziehen.

Da ist kein Ausdruck mehr in seinen Augen.

Eine Puppe, die laufen kann und Töne von sich gibt. Die weint, ohne eine Träne. Die nicht spricht und niemals lacht.

Meine Finger sind blutig von der Arbeit. Ich bin zu ungeschickt. Ich strecke die Arme aus. Aber das Kind macht einen Bogen um mich.

Die Mädchen säuseln ihm zu. Jede von ihnen möchte einmal Mutter sein.

Mutter ist hier so etwas Ähnliches wie Gott. Unerreichbar.

Von den Vätern ganz zu schweigen.

Ich bin die Einzige, die ganz normale Eltern hat.

Hatte.

Die anderen kommen aus zersprengten Familien.

Irgendeine Ladung ist in die Luft geflogen und die Kinder wurden weggeschleudert und sind hier gelandet.

Manche von ihnen haben auf der Straße gelebt. Sich auf Dachböden versteckt oder bei irgendwelchen Männern.

Ihre Gesichter sind leer wie weißes Papier. Die gewöhnliche Aufenthaltsdauer von zwei oder drei Wochen haben sie längst überschritten. Sie sind schon monatelang in diesem Kinderknast.

Erst ganz allmählich – Schweißtropfen für Schweißtropfen – wird mir bewusst, dass ich jetzt zu ihnen gehöre.

Die Mädchen kommen mir vor wie Geister. Ich sehe durch sie hindurch und sie sehen durch mich hindurch. Manchmal gibt es Prügeleien. Gewitterwolken, die sich plötzlich entladen. Mal unter der Dusche, mal im Schlafraum, der auch nur eine Zelle ist. Ich mische mich nicht ein in die Streitereien. Trotzdem treffen mich gelegentlich Schläge. Harte, kurze, wütende Schläge. Mein Gesicht schwillt dann an. Ich blute aus der Nase. Ein Zahn wackelt.

Nach der Arbeit schreiben wir manchmal blaue Sätze. Die Heimordnung. In Schönschrift. Die Strafen stehen unter Punkt Fünf. Unter das Wort *Isolierung* darf man zwei Striche setzen. Weil es so oft vorkommt.

Nach der Arbeit machen wir Sport. Liegestütze. Kniebeuge. Hockstrecksprünge.

Entengang zur Strafe. Die Hände im Nacken.

Schweißtränen. Tränenschweiß.

Arbeit. Sport. Liege. Stütz. Knie. Beuge. Hock. Streck. Sprung. Enten. Gang.

Ich wünsche mir eine Ente zu sein. Eine richtige. Die an einem Fluss lebt oder einem Teich. Oder über einen See schwimmt. Wegfliegt, wann sie möchte, wohin sie möchte. Oder einfach untertaucht.

Heulen ist nicht erlaubt. Dreck unter den Nägeln ist nicht erlaubt. Blutende Hände sind nicht erlaubt.

Wir sollen schweigen, arbeiten, Befehle befolgen. Eigentlich ganz einfach.

Ich dämmere vor mich hin. Verbringe die Zeit in einer Art Dornröschenschlaf. Nur dass der Prinz längst über die Hecke getürmt ist. Auf Nimmerwiedersehen.

Die Tage ähneln sich wie ein Ei dem anderen. Meine Existenz an diesem Ort passt wie die Faust aufs Auge.

Meine Restseele schwebt über mir.

Sie hat den Weg nach draußen noch nicht gefunden.

Irgendwann wird auch sie durch die Gitterstäbe schlüpfen und entkommen.

Und etwas zurücklassen, das nicht ich bin.

*

Im Jugendwerkhof bekomme ich ein Einzelzimmer im Keller mit Gitter vor dem Fenster, und es ist sogar möbliert: mit Hocker, Pritsche und Eimer für die Notdurft.

Ich unterhalte mich leise mit mir selbst, rede mit mir über meine nächste Flucht.

»Kriegst du das hin?«, flüstere ich. »Wirst du es diesmal schaffen unterzutauchen?«

Ich antworte mir nicht. Aber das ist ja auch nichts Neues.

*

Bin ich weggelaufen? Ich erinnere mich nicht.

Noch nicht.

Der Hirudo trinkt gleichmäßig. Ich spüre den Rhythmus, meine Herzmusik, deutlicher als sonst. Schneller als sonst.

Berühre das Wesen, streiche beruhigend über seine Haut, suche dann weiter.

Finde wieder ein Stück Papier in der Schrankhöhle.

Ein Protokoll. Es fällt mir schwer, es in den Händen zu halten. Verwest verpestetes Papier.

Ich reiße mich zusammen, beginne zu lesen.

Die Erinnerung flackert auf.

Ich bin weggelaufen.

Schemenhaft sehe ich einen Mann vor mir. Sein Schnurrbart ist zementgrau und sein Gesicht sieht irgendwie sandig aus.

*

Vernehmungsprotokoll

Frage: Von wann bis wann sind Sie letztmals vom Jugendwerkhof unerlaubt abgängig gewesen und wo haben Sie sich während dieser Zeit aufgehalten?

Antwort: Zuletzt bin ich am 24. Juni 1989, gegen 19 Uhr aus dem Werkhof entwichen. Ich lief zur Straße am Stadtrand und trampte mit verschiedenen Wagen bis Berlin. Von hier fuhr ich mit der S-Bahn bis Schönefeld und von dort mit dem Sputnik bis Potsdam. Ich lief eine Weile durch die Gegend, fand dann ein Abrisshaus, wo ich auf dem Dachboden schlief. Anschließend fuhr ich mit der Fähre nach Hermannswerder und nahm Kontakt zu dem dortigen Pfarrer auf, der mich eine Zeitlang in einem Zimmer im Altersheim übernachten ließ. Tagsüber verbrachte ich meine Freizeit in Potsdam.

Frage: Wer hat Ihnen den Tipp gegeben, sich an den Pfarrer zu wenden?

Antwort: Niemand. Auf die Idee bin ich von selbst gekommen.

Frage: Wo haben Sie sich in Potsdam aufgehalten?

Antwort: Manchmal am Heiligen See, manchmal im Café Heider.

Frage: Hatten Sie Kontakt zu einer Gruppe Jugendlicher, die sich illegal an der staatsfeindlichen Aktion gegen die Volksrepublik China beteiligte?

Antwort: Nein.

Frage: Haben Sie sich an der illegalen Trommelei in der Erlöserkirche beteiligt?

Antwort: Nein. Ich war nicht in der Erlöserkirche.

Frage: War dem Pfarrer bekannt, dass Sie aus dem Jugendwerkhof abgängig waren?

Antwort: Ich habe ihm erzählt, dass ich ausgerissen bin und warum. Er hat Verständnis gehabt und versprochen mir zu helfen und mich zu unterstützen.

Frage: Wissen Sie, dass der Pfarrer die staatsfeindliche Aktion in der Erlöserkirche unterstützt hat?

Antwort: Nein.

Frage: Wussten Sie etwas von den Plänen, Kirchenräume für das Trommeln zur Verfügung zu stellen?

Antwort: Nein.

Frage: Er hat Ihnen also nicht erzählt, was so in Potsdam geplant ist?

Antwort: Über sowas haben wir nicht geredet.

Frage: Worüber haben sie beide denn geredet?

Antwort: Wo kriege ich was zu essen her, wo schlafe ich heute Nacht – solche Sachen.

Frage: Sie wissen, dass Sie sich strafbar machen, wenn Sie uns nicht sagen, was Sie wissen?

Antwort: Ich habe Ihnen gesagt, was ich weiß.

*

Was weiß ich? Was weiß ich jetzt? Wer ich war? Wer ich bin? Wer ich nicht bin?

Das Blatt wird mir zu schwer. Ich hole tief Luft. Ich bin

nicht allein. Der Hirudo leistet mir Gesellschaft. Ohne ihn könnte ich nicht … Ich muss hier raus! Aus diesem Schrank raus!

Sehe Handschellen aufblitzen. Sie legen sich mit einem Klicken um meine Gelenke.

*

»Wenn du mir den Wagen wieder vollkotzt, bring ich dich um«, sagt Herr Keineahnungwer.

Ich lache. Mir ist übel, aber leider nicht übel genug. »Ich bin euch wieder entwischt«, sage ich und lache, lache ihn aus. »Ich bin euch wiedermal aus dem Werkhof davongelaufen und du konntest nichts machen.«

»Du hast mich zu Siezen!«, brüllt Herr Keineahnungwer.

»Machst du doch auch nicht«, gebe ich zurück.

Seine komischen Fusselhaare stehen ihm zu Berge.

Ich lache, als er mich anschreit. Lache, als er mich aus dem Wagen zerrt.

»Du kommst wieder in den Arrest, das ist dir doch klar, oder?«

Er öffnet die Tür, die zum Keller führt, versetzt mir einen Stoß, dann einen Tritt.

Ich rutsche von der Stufe und falle, überschlage mich. Es ist wie ein böser Tanz.

Nach einer Art Radschlag verharre ich einen Moment auf einer Hand, ich kippe, gleite abwärts und abwärts, bis ich unten aufschlage. Jemand knipst das Licht aus. Gute Nacht.

*

Die Frau in Weiß sieht mich streng an und sticht eine Spritze in meinem Arm.

»Weißt du, wie du heißt?«

Ich denke über die Frage nach, die mir seltsam vorkommt.

Es ist ein Rätsel. Und ich stammle etwas. Mir fällt die Lösung nicht ein. Und meine Zunge ist zum Reden zu schwer.

»Na, das wird schon wieder«, sagt sie. »Bald bist du wieder gesund und die Amnesie wird schon irgendwann vergehen. Schlaf jetzt ein bisschen.«

Die weiße Gestalt schwebt aus dem Zimmer.

*

Ich bin aus dem Schrank herausgekrochen, hocke jetzt in Li Lings blauem Sessel. Ich habe genug von den Akten. Für heute ist es genug.

Der Hirudo schmatzt leise. Er fährt nervös zusammen, als ich ihn berühre. Hört einen Moment auf zu trinken. Sein Leib pocht unter meinen Händen.

Über mir tanzen kleine Lichter und ich versuche mich zu erinnern, was ich vergessen habe. Warum ich hier bin zum Beispiel.

Das Wort *Brunnen* bildet sich in mir. *Das Kind ist in den Brunnen gefallen.*

Tropfen fliegen wie Mücken auf meine Arme. Sie stechen mich, brennen auf meiner Haut und mein Herz tut weh.

*

Das Kind ist in den Brunnen gefallen. Tief, zu tief, um je wieder herauszukommen. Aber das macht nichts. Es lebt eben jetzt dort unten, schaut nachts zu den Sternen hoch und redet mit den Irrlichtern, die nicht so irre sind, wie sie heißen.

Ich sortiere die Akten, staple sie sorgfältig und wische mir die staubigen Hände an der Hose ab.

Der Hirudo bewegt sich schlaftrunken. Blut läuft mir den Bauch hinunter, tropft auf den Boden. Er löst sich von mir. Ich habe es schon in den letzten Stunden gespürt: dieses Zucken, als wollte er sich von mir befreien. Li Ling hat also recht gehabt. Wenn es soweit ist … Aber wann ist es soweit?

Die Vergangenheit ist störrisch, sie wird bleiben. Sie lässt sich nicht aus mir heraussaugen. Ich kann sie nur betrachten wie ein Bild. Doch ein paar Puzzleteile fehlen – ein paar mehr als nur ein paar. Mein Gedächtnis ist immer noch löchrig wie Emmentaler Käse. Vielleicht wird mir nach und nach alles wieder einfallen. Vielleicht werde ich erfahren, wo Mira geblieben ist.

Aus den Akten weiß ich, dass ich aus dem Krankenhaus in die sogenannte Freiheit entlassen worden bin. Ich wurde achtzehn und ein paar Monate später fiel die Mauer. Einfach so.

Das Telefon klingelt und ich erhebe mich aus dem blauen Sessel, in den ich vor einer Ewigkeit versunken sein muss, denn ich komme nur schwer wieder hoch. Ich schlurfe mühsam auf den Ton zu, nehme den Hörer ab.

»Ja«, sage ich, und es klingt, als wäre mir schon dieser Laut zu viel.

Jemand sagt etwas auf Arabisch. Jedenfalls hört es sich wie Arabisch an.

»Sie haben sich verwählt«, sage ich.

Doch dann ist eine Stimme am Apparat, die mir bekannt vorkommt. Kehlig, aufgeregt, weit weg.

»Wo bist du?«, frage ich Li Ling.

»Marokko. Rabat. Ich nicht zurück.«

Schweigen. Einen Moment denke ich, sie hat aufgelegt.

»Was soll das heißen?«

Ich sehe aus dem Fenster. Da steht eine Kastanie. Auf einem der Äste wächst ein neuer Baum. Ich blinzle zweimal, aber der Babybaum bleibt. Seine Blätter sind hell und kindlich.

»Ich kann nicht!«, stößt sie aus sich heraus.

»Wieso?«

Sie redet vor sich hin. Ich verstehe das Wort *Gefahr*. Aber ich weiß gerade nicht, was es bedeutet. Auch von ihren Kindern redet sie, von den Mädchen. »Sie jetzt mit Mutter *und* Vater.«

»Ach so«, sage ich verständnislos. Über den Vater ihrer Kinder hatte sie nie gesprochen. Ich hatte geglaubt, er sei einer von diesen Losern, die ihre Familie fallen lassen. »Ich habe mir Sorgen gemacht. Du warst auf einmal verschwunden. Und deine Wohnung ist … ein einziges Chaos.«

»Kein Problem. Alles gut. Wie dir geht?«

Ich lächle, als würde sie vor mir stehen. »Bist du am Meer?«

»Meer nicht weit weg. Blau. Sehr blau. Himmel und Meer.«

»Himmel und Meer«, wiederhole ich wie eine Zauberformel.

*

Klein Glienicke. Wir gehen noch einmal den Weg. Hans Leonard Hagedorn und ich.

Ich laufe an seiner Hand, als wollte ich ihn heiraten, und ich fühle mich merkwürdig schwebend – so ohne Mauer um mich herum und mit meinen neuen Turnschuhen, die jetzt aber Sneaker heißen. »Damen Sneaker für die Frau von Welt«, wie die Verkäuferin mir mit ihrer Automatenstimme und ihrem Automatenlächeln verkündete. Ich verzichtete darauf, ihr mitzuteilen, dass ich keine Dame bin und die Welt erst noch erkunden muss. Schließlich weiß ich, wie man sich in einem Schuhgeschäft benimmt.

Wir gehen noch einmal den Weg, und ich fühle mich leicht, mir ist fast nach Hüpfen zumute. Keine Mauer, die uns aufhält. Kein Angstfresser mehr, der an mir saugt. Ich vermisse ihn ein bisschen, aber natürlich besuche ich ihn oft. Er schwimmt in seinem Becken und manchmal füttere ich ihn noch mit meinem Blut, und sehe ihm anschließend zu, wie er sich verliebt um das andere Exemplar schlängelt.

Hans Leonard bleibt vor dem Haus meiner Eltern stehen und sieht mich fragend an. Ich schüttele den Kopf. An der Klingel steht ein fremder Name. Die Außenwände sehen nicht mehr grau, sondern zitronengelb aus. Auch der Zaun ist falsch.

Ich gehe einfach weiter und ich höre, dass er mir folgt. Seine Schritte sind schwer und er seufzt beim Atmen. Das Schuldbewusstsein klebt an ihm wie Schweiß. Diesmal bin ich diejenige, die vorausläuft und er trippelt mir nach wie ein altersschwacher Dackel.

Hans, du armes Würstchen, denke ich und fühle einen Hauch von Mitleid, der aber sofort wieder verschwindet.

Wir gehen noch einmal den Weg und er redet ununterbrochen, beichtet mir alles: Dass er einfach nur abhauen wollte, ohne Rücksicht auf Verluste. Und dass er durch Li Ling und den Hirudo allmählich begriffen habe, dass er etwas für mich tun müsse.

»Ich bin an deine Akten rangekommen und konnte so schwarz auf weiß nachlesen, was sie mit dir gemacht haben. Dann bat ich Li Ling um Hilfe. Sie war sofort bereit, weil sie wusste, dass sie nur so zu meiner *Rettung* beitragen konnte – ich weiß, wie bescheuert das klingt. Aber … *du* warst *das eine für mich bestimmte Mittel*. Eine Zeitlang diente ich als Versuchskaninchen für ihre Experimente. Als wir keinen Zweifel mehr hatten an der Wirksamkeit des Hirudo Timor, machten wir dich endlich ausfindig. Deine erste Begegnung mit Li Ling verlief gleich so, wie wir es geplant hatten: Es sah aus wie Zufall, dass ihr euch über den Weg gelaufen seid, nicht wahr? Sie meinte, sie könnte dir helfen, und alles andere … alles andere hat sich wie von selbst ergeben.«

Wir gehen noch einmal den Weg; ich nicke und lächle, lasse ihn schwatzen und frage irgendwann: »Wie findest du eigentlich meine neuen Turnschuhe?«

Wir sind bereits auf dem Friedhof angelangt, da, wo sich unsere Wege trennten vor langer Zeit. Und doch haben sich diese Wege nie getrennt – wir liefen nur eine Weile in verschiedene Richtungen.

Artig betrachtet er die bunten Dinger an meinen Füßen und ich sehe ihm an, dass er nicht gleich weiß, was er sagen soll. »Irgendwie so … farbenfroh. Sie passen zu dir.«

Wir stehen eine Weile zwischen zwei Grabsteinen, dann entziehe ich mich ihm, löse mich aus seinem Griff, und wühle in meiner Tasche, die ebenfalls neu ist: ein verwaschener Jeansbeutel mit kunterbuntem Peacezeichen.

Ich halte sie schließlich in der Hand, warte ab, ob sie sich nicht doch noch in etwas anderes verwandelt, in einen Regenschirm etwa. Aber sie ist schwer und schwarz, eine richtige Waffe. Ich bin nicht verrückt. Und ich habe keine Angst mehr.

Verblüfft bleibt er neben mir stehen, und scheint nicht zu begreifen, was ich vorhabe.

Nicht einmal die Hände hebt er.

»Ehrlich gesagt weiß ich nicht, ob sie geladen ist«, sage ich zu ihm.

Hans Leonard starrt mich weiter an. Das erste Mal seit Stunden bleibt er stumm.

»Worauf wartest du noch?«, frage ich beinahe sanft. »*Lauf …!*«

DANKSAGUNG

Ich danke dem Ministerium für Wissenschaft, Forschung und Kultur des Landes Brandenburg für die Verleihung des Brandenburgischen Kunst-Förderpreises für Literatur, der es mir ermöglichte, den Roman zu Ende zu schreiben.

Weiterhin danke ich Gudrun Weber für die Unterstützung der Recherche und Wilfried Schmeja für die Informationen zu Klein Glienicke.

Außerdem danke ich Ulrike Schuldes für ihre Geduld, dem Mitteldeutschen Verlag in Halle (Saale) für diese zweite Zusammenarbeit und Erdmute Hufenreuter für das schnelle Lektorat und den Empfang im Garten.

ZUR AUTORIN

Grit Poppe wurde 1964 in Boltenhagen an der Ostsee geboren und lebt in Potsdam. Sie studierte am Literaturinstitut in Leipzig. Von 1989 bis 1992 engagierte sie sich in der Bürgerbewegung Demokratie Jetzt und wurde deren Landesgeschäftsführerin für Brandenburg. Heute schreibt sie Bücher für Kinder, Jugendliche und Erwachsene. Sie erhielt verschiedene Stipendien und Preise, u. a. den Gustav-Heinemann-Friedenspreis für »Weggesperrt« und den Brandenburgischen Kunst-Förderpreis für die Realisierung des Romans »Der Angstfresser«. Im Mitteldeutschen Verlag erschien 1989 als ihr Debüt der Erzählungsband »Der Fluch«.

Bibliografische Information der Deutschen Nationalbibliothek
Die Deutsche Nationalbibliothek registriert diese Publikation in der Deutschen Nationalbibliografie; detaillierte bibliografische Daten im Internet unter http://d-nb.de.

www.mitteldeutscherverlag.de

Gesamtherstellung: Mitteldeutscher Verlag, Halle (Saale)
Layout und Satz: Stefanie Bader, Leipzig
Umschlagabbildung: © iStock – Popmarleo, Xurzon

ISBN 978-3-96311-239-3

Printed in the EU